国民必知当代文学艺术读本

张艳梅　王春林　著

中国书籍出版社
China Book Press

目 录

· 上编 文学 ·

第一章　中国当代文学 …… 3
第一节　十七年文学 …… 3
第二节　"文革"文学 …… 11
第三节　新时期文学 …… 13
第四节　台湾及海外文学 …… 53

第二章　"二战"后西方文学 …… 61
第一节　法国文学 …… 61
第二节　苏联（俄）文学 …… 72
第三节　美国文学 …… 81
第四节　英国文学 …… 91
第五节　德国文学 …… 98
第六节　意大利文学 …… 102
第七节　拉美文学 …… 105
第八节　日本文学 …… 111
第九节　其他国家与地区文学 …… 115

· 下编 艺术 ·

第一章　中国当代艺术 …… 123
第一节　中国当代艺术概述 …… 123

第一节 当代中国电影 ………………………………… 129
第二节 当代中国绘画 ………………………………… 161
第三节 当代中国音乐 ………………………………… 186

第二章 "二战"后西方艺术 ………………………………… 213

第一节 "二战"后西方艺术概述 ……………………… 213
第二节 "二战"后西方电影 …………………………… 218
第三节 "二战"后西方绘画 …………………………… 242
第四节 "二战"后西方音乐 …………………………… 258

上编

文学

第一章

中国当代文学

第一节 十七年文学

每一次重大的社会政治转折,总会对文学创作产生一定的影响和制约。1949年在中国文学史上的意义,即是如此。中华人民共和国的成立,意味着一个新兴政权在这片古老土地上确立。与此同时,中国文学进程也揭开了新的一页。根据文学创作发展的实际状况,通常把中国当代文学分为"十七年文学"、"文革文学"以及"新时期文学"三个历史阶段来加以叙述。

"十七年文学"始于1949年,止于1966年。从文学思潮演进的角度看,这一时期曾先后出现过"《武训传》批判"、"《红楼梦研究》批判"、"胡风事件",以及"反右"、"批《海瑞罢官》"等运动。这一系列批判运动,正是文学管理层与广大作家之间规训与反规训的一种博弈和对抗。在这一历史进程中,建立在个性解放、精神自由基础上的新文学传统,不得不服从于强大的政治压力,让位于一体化的共和国文学传统。唯一不同的是,1956—1957年之间,由于推行"百花齐放,百家争鸣"的"双百方针",作家们获得了有限程度的自由,于是,也就出现了极其短暂的恢复文学批判精神和人性传统的"百花时代"。一部分作家大胆揭示社会生活中的不合理现象,如王蒙的短篇小说《组织部新来的年轻人》,刘宾雁的特写《在桥梁工地上》、《本报内部消息》等。另一部分作家则努力打破人性禁区,恢复文学的人道主义传统,如宗璞的短篇小说《红豆》、陆文夫的短篇小说《小巷深处》等。

短暂的"百花时代"之外,按照习惯性的文体分类,"十七年文学"小说成就最为突出。从文体来说，除中篇小说乏善可陈，长篇小说与短篇小说写作均取得了一定成绩。从题材来说，农村题材与革命历史题材都值得注意。农村题材方面，赵树理的《三里湾》、《登记》、《锻炼锻炼》，柳青的《创业史》，周立波的《山乡巨变》、《山那面人家》，孙犁的《铁木前传》、《风云初记》，以及所谓"山药蛋派"（主要包括赵树理、马烽、西戎、孙谦、李束为、胡正等山西作家）、"荷花淀派"（主要包括孙犁、韩映山、从维熙、房树民等河北作家），引人注目。革命历史题材方面，代表性作品有梁斌的《红旗谱》、杨沫的《青春之歌》、罗广斌和杨益言的《红岩》、吴强的《红日》、曲波的《林海雪原》、杜鹏程的《保卫延安》、茹志鹃的《百合花》、王愿坚的《党费》、峻青的《黎明的河边》等。

"十七年诗歌"以颂歌和战歌为主。除郭小川一些表现自我内在精神矛盾的作品，如《望星空》、《一个和八个》、《白雪的赞歌》、《深深的山谷》，以及穆旦《葬歌》这样具有地下写作性质的作品之外，"十七年诗歌"所呈现出的颂歌倾向，带有鲜明的时代特征。无论是郭沫若、艾青、田间、冯至、臧克家、李季、张志民等从前一个历史时期走来的老一代诗人，还是闻捷、公刘、邵燕祥、李瑛、贺敬之等新中国成长起来的一代青年诗人，这一时期，他们的诗歌创作都未能够溢出时代的框限，形成自己独立的精神品质和艺术追求。

颂歌性的时代主题，也出现在散文写作之中。无论是叙事散文还是抒情散文，那些曾经产生过广泛影响的作品，比如杨朔的《荔枝蜜》、《雪浪花》、《香山红叶》，秦牧的《花城》、《土地》、《古战场春晓》，刘白羽的《日出》、《长江三日》，魏巍的《谁是最可爱的人》，吴伯箫的《记一辆纺车》等，其思想主旨，都是对新时代的热情讴歌和衷心赞颂。

话剧的写作情形，也没有越出规训时代的框限之外。那些有影响的话剧作品，无论是直接关注现实生活的《龙须沟》（老舍）、《明朗的天》（曹禺）、《洞箫横吹》（海默）、《霓虹灯下的哨兵》（沈西蒙等），还是历史题材的《关汉卿》（田汉）、《胆剑篇》（曹禺）、《蔡文姬》（郭沫若），都或直接或以曲笔歌颂着"社会主义新时代"。"十七年话剧"的经典之作是老舍的三幕剧《茶馆》。在那个大一统的文学时代，能够以悲剧的美学形态表现老北京人的苦难生活，无疑需要足够的艺术勇气。

从当代文学经典的角度来看，"十七年文学"中值得注意的小说家分别是赵树理、孙犁、柳青、杨沫、梁斌，而老舍则以其《茶馆》彪炳史册。

小 说 部 分

赵树理（1906—1970），原名赵树礼，山西沁水县人，当代著名小说家。他的小说多以其故乡晋东南一带农村为背景，反映农村社会的变迁和矛盾斗争，塑造农村各式人物。以他为代表的"山药蛋派"，是中国当代文学史上重要的文学流派。赵树理的主要作品有《小二黑结婚》、《李家庄的变迁》、《李有才板话》、《登记》、《锻炼锻炼》、《三里湾》等。

长篇小说《三里湾》是赵树理十七年期间最具代表性的一部作品。从取材来说，《三里湾》是第一部表现农业合作化运动的长篇小说。与同时期出现的合

赵树理（1906—1970）

作化题材长篇小说《创业史》、《山乡巨变》相比较，《三里湾》的特色在于较少受当时流行的主流意识形态影响，更多地站在乡土社会自身的生活秩序内部来观察描写农村社会情况，叙述农业合作化运动的变化与发展。

作品的故事情节并不复杂，在展示三里湾的秋收、整党、扩社、开渠等主体故事的同时，也穿插了几对青年男女之间的婚恋故事。作品集中描写了四个家庭的生活状况，包括三里湾合作化运动的积极分子——村支书王金生一家，一向热衷于个人发家致富的村长范登高一家，富裕中农"糊涂涂"马多寿一家，还有落后妇女"能不够"一家。在那样一个高度政治化的时代，赵树理能够把叙事重心放到家庭生活状况展示上，本身就体现了作家的某种精神超越性。

赵树理自身的思想矛盾性在《三里湾》中有着鲜明的体现。一方面，作为一位长期拥护党的政策的党员作家，赵树理当然会高度肯定农业合作化运动。这一点，通过他对王金生、王玉生等一批农业合作化积极分子充满热情的描写，可以得到充分的印证。但另一方面，赵树理又是一位不仅尽可能地恪守现实主义创作原则，而且对农村生活非常熟悉的优秀作家。赵树理实际上非常清楚农民骨子里对于集体化道路的不情愿。范登高之所以热衷于个人的发家致富，"糊涂涂"马多寿之所以会在某种程度上"抵制"合作化运动，根本原因均在于此。从人物形象塑造角度看，"糊涂涂"这样的"中间人物"，其审美价值显然要高于王金生一类积极分子。

艺术表现上，《三里湾》体现了赵树理一贯的艺术个性：有头有尾的线性叙事方式，大小故事的相互穿插，更多地通过对话和动作来展示人物性格，浓郁的山西地域特征。

孙犁（1913—2002），原名孙树勋，河北安平人，当代著名小说家、散文家。作为一位有着实际革命经历的作家，孙犁身上存在着突出的另类色彩。相比较而言，作家身上的传统文人气质更胜于革命作家的气质。因此，曾经有研究者把他看作是革命文学中的"多余的人"。孙犁的文学创作影响广泛，被认为是文学流派"荷花淀派"的创始人。其小说创作的一大特色是小说的散文化追求。孙犁的主要作品有《荷花淀》、《芦花荡》、《山地回忆》、《风云初记》、《铁木前传》、《村歌》等，小说散文集《白洋淀纪事》曾经入选"百年百种优秀中国文学图书"。此外，尚有大量散文作品结集行世，影响广泛。

1949年后，孙犁最重要的文学作品是中篇小说《铁木前传》。关于这部作品，孙犁曾经有创作谈专门谈及："这本书，从表面上看，是我1953年下乡的产物。其实不然，它是我有关童年的回忆，也是我当时思想感情的体现。"为什么要写这么一部小说呢？"它的起因，好像是由于一种思想。……这就是，进城之后，人和人的关系，因为地位，或因为别的，发生了在艰难环境中意想不到的变化。我很为这种变化所苦恼。"作家的自我言说，能够帮助读者更准确到位地理解这部小说。

所谓"铁木"，指的分别是铁匠傅老刚与木匠黎老东。他们两位不仅在既往的艰难岁月中相濡以沫，结下了深厚友情，而且他们的下一代儿女之间也萌生了堪称青梅竹马的真诚爱情。然而，在1949年社会形态发生根本变化之后，两家的友谊终于破裂，年轻人之间的爱情也随之结束。处于小说文本中心地位的，是两组带有鲜明对比色彩的人物形象：能够安贫乐道的傅老刚与一门心思发家致富的黎老东；热衷于集体事务的九儿、四儿与贪图安逸、厌恶集体事务的六儿、小满儿。没有把以上两组人物的对立处理成所谓的"阶级冲突"，而只是思想"进步"与"落后"的矛盾差异，就构成了对于时代局限一定程度上的思想艺术的超越。

小说相当成功地刻画出了小满儿这样一位年轻女性形象。虽然小说前半部也在以批判性的笔触写小满儿讲究吃穿、厌恶集体劳动的生活态度,但到了后半部,作家的叙事态度却发生了明显的变化,已经情不自禁地写起了这位年轻女性不仅外表可爱,而且也特别灵巧能干:"不管多么复杂的花布,多么新鲜的鞋样,她从来一看就会,做起来又快又好","浇起园来可以和最壮实的小伙子竞赛,一个早晨把水井浇干"。显然,作家原先强加在她身上的道德标签已逐渐失去效应,人物本身鲜活真实的个性,自然也就取而代之,成为人物最主要的性格基调。孙犁之所以能在一定程度上摆脱时代的艺术窠臼,正是因为他在小说写作中无意识地回到了人性立场。

柳青(1916—1978),原名刘蕴华,陕西省吴堡县人,当代著名小说家。为了深入体验农村生活,1952年任陕西省长安县副书记,并在长安县皇甫村落户达14年。主要作品有长篇小说《种谷记》、《铜墙铁壁》、《创业史》。

柳青(1916—1978)

柳青的代表作,是具有突出史诗品格追求的长篇小说《创业史》。同样是旨在透视表现农业合作化运动的长篇小说,与赵树理的《三里湾》相比较,柳青《创业史》与那个政治化时代主流意识形态之间的关系显然要密切许多。对于这一点,柳青自己说得很明白:"这部小说要向读者回答的是,中国农村为什么会发生社会主义革命和这次革命是怎样进行的。回答要通过一个村庄的各个阶级人物在合作化运动中的行为、思想和心理的变化过程表现出来。这个主题思想和这个题材范围的统一,构成了这部小说的具体内容。"

《创业史》的故事发生在渭河平原一个叫作蛤蟆滩的小村庄里,第一部主要写带头人梁生宝巩固和发展互助合作组的故事。小说艺术结构庞大而完整,通过活跃借贷、买稻种和分稻种、进山割竹、新法栽稻等一系列故事情节,形成了错综复杂的各种矛盾线索。众多人物形象最终构成了两大对立的阶级阵营:一边是坚决走"共同富裕"集体化道路的梁生宝、高增福等贫苦农民;另一边主要包括土改时被迫低下头、现在试图重振威势的富农姚士杰,刚刚从土改时万般惊慌状态中有所恢复的富裕中农郭世富,以及一门心思个人发家的村长郭振山等。而处于以上两大阵营之间的,是如同梁三老汉这样具有摇摆特征的普通农民。以上三种农民,对农业合作化运动采取了各不相同的应对态度。通过上述描写,柳青展示了不同阶层农民之间的复杂关系。

人物形象的深度刻画，是柳青《创业史》一项主要的艺术成就。合作化运动的带头人梁生宝，积极带领蛤蟆滩的农民走集体化道路，是一位积极、聪明、公道、能干的新时代英雄人物形象。然而其被人诟病的一个缺陷，是柳青艺术处理上的过于理想化。与梁生宝相比较，梁三老汉这一形象具有更为突出的审美价值，堪称典型形象。作为一位朴实厚道的农民，梁三老汉一直有着发家致富的强烈愿望。他的最高人生理想，就是所谓的"三十亩地一头牛，老婆孩子热炕头"，就是能够如同蛤蟆滩的其他富裕人家一样，早日成为"三合头瓦房院"里的"长者"。然而，农业合作化运动却使梁三老汉的理想无法实现。因此，面对着声势浩大的农业合作化运动，面对儿子梁生宝在农业合作化运动中表现出来的空前热情，梁三老汉一种深刻的精神痛苦是不可避免的。柳青作为一位现实主义作家的值得肯定之处，正在于他以生动的笔触，将梁三老汉的这种精神痛苦十分真切地记录了下来。围绕着如何评价梁生宝与梁三老汉这两位人物形象，文学界曾经在20世纪60年代展开过一场激烈的学术论争。

杨沫（1914—1995）

杨沫（1914—1995），原名杨成业，祖籍湖南湘阴，当代著名小说家。杨沫的小说创作开始于20世纪三四十年代，现在所能见到的杨沫最早的小说作品，是出版于1950年的中篇小说《苇塘纪事》。主要作品有长篇小说《青春之歌》、《芳菲之歌》、《英华之歌》。

杨沫的小说代表作，是长篇小说《青春之歌》。《青春之歌》是当代文学史上第一部描写学生运动、塑造革命知识分子形象的优秀长篇小说。小说带有强烈的自传性色彩，主人公林道静身上明显有着作者杨沫的影子。《青春之歌》主要故事发生在1931年"九·一八"事变到1935年"一二·九"运动之间。作品以这一特定历史时期的学生运动为主线，成功地再现了知识分子林道静的人生成长历程：因为抗拒养母为她安排的官太太道路而逃离家庭；在北戴河找不到出路备感绝望之际，得到余永泽的帮助；由于抗日烽火和学生运动的强烈感召，加之卢嘉川、江华等共产党员的阶级启蒙教育，开始认识到余永泽的平庸自私，出于政治立场的不同而与之决裂；到最后，终于毅然投身于抗日救亡运动，成为一名无产阶级革命者。

作为一部带有"成长小说"典型特征的作品,《青春之歌》成功塑造了林道静这一人物形象。林道静是当代文学中一位少见的精神内涵比较细腻丰富的女性形象。她的思想感情与行为方式,尤其是她在投身于革命之前那种性格上的软弱和幼稚,表现得异常真实。她在经过一番努力之后最终走向革命的思想嬗变过程,也基本上合乎生活与艺术逻辑,令人信服。从总体上说,这一形象既具有比较丰富的女性气质和个性特征,又体现了一定的阶级转变内涵,比较丰满而立体,具有相对突出的审美价值。在知识分子明显受到贬抑的"十七年"期间,以知识分子林道静为主人公的《青春之歌》之所以取得了合法性地位,根本原因在于,小说通过林道静的成长过程,指认了知识分子的唯一出路:在无产阶级政党的引领下,经历艰苦的思想改造,从个人主义到达集体主义,从个人英雄式的幻想,到参加阶级解放的集体斗争,也即个体生命只有融合、投入到以工农大众为主体的革命中去,他的生命价值才可能得到证明。杨沫在再版后记中曾经写道:"如果作为'九一八'至'一二九'这个阶段,知识分子在党的领导下走向革命的典型人物来说,作为艺术的真实来说,她是真的。因为当时千千万万的青年知识分子(尤其是女同志)都和她有大致相同的生活遭遇,大致相同的思想、感情,大致相同地从寻找个人出路而走上了革命的道路。"

20世纪50年代后期,文学界围绕如何看待《青春之歌》发生过一场文学论争。迫于政治压力,杨沫曾对小说进行过并不成功的修改。

梁斌(1914—1996),原名梁维周,河北蠡县人,当代著名小说家。主要作品为《红旗谱》三部曲。《红旗谱》三部曲共由三部长篇小说组成:第一部《红旗谱》出版于1958年,主要描写反"割头税"斗争和保定二师学潮;第二部《播火记》出版于1963年,主要描写高蠡暴动;第三部《烽烟图》出版于1983年,主要写抗日战争初起时的农村斗争情况。

梁斌的代表作,是三部曲中的第一部《红旗谱》。作为一部"革命历史小说",《红旗谱》叙述的是革命的"起源"。故事发生在大革命前后,地点是冀中

梁斌(1914—1996)

平原一个名叫锁井镇的地方。主线是朱、严两家农民三代人(第一代朱老巩、严老祥,第二代朱老忠、严志和,第三代大贵、二贵、运涛、江涛)与冯兰

池、冯贵堂一家地主两代人之间的阶级斗争。"楔子"中第一代农民朱老巩与严老祥大闹柳树林,赤膊上阵,拿着铡刀去拼命,另一位朱老明与地主对簿公堂打官司,却"都注定要失败"。这就为"正文"中第二代、第三代主体故事的展开做了必要的对比性铺垫。朱老忠他们终于在接受了党的正确领导之后,斗争取得了很大的胜利。通过这样一种小说结构,作品要传达的主题是:"中国农民只有在共产党的领导下,才能更好地团结起来,战胜阶级敌人,解放自己。"

小说成功地塑造了朱老忠与严志和两位农民形象。朱老忠是北中国燕赵大地上成长起来的具有中国传统侠义精神的农民形象。"为朋友两肋插刀","出水才看两腿泥",可以说是梁斌为朱老忠设定的性格标签。朱老忠不仅这样说,而且也在行动中这样做。朱老忠最终走向革命,是建立在一种坚实的人性基础之上的。背负杀父之仇,多年闯荡江湖,大贵被抓壮丁,这些人性基础决定了朱老忠走向革命的必然性。严志和是一位具有突出乡土根性的农民形象,朴实厚道、惜地如金。这一点,在他与朱老忠以及"宝地"的关系中表现得异常突出。严志和性格的另一面是貌似软弱的生命坚韧。正因为严志和在遭受一系列人生打击之后,仍然能够以坚定意志战胜这些人生灾难,加入共产党,与这个不公平的社会进行殊死抗争,所以,严志和的确称得上是具有真实人性的乡村世界中相当少见的硬汉。

《红旗谱》艺术上的值得称道之处,在于民族风格与地方色彩的兼备。民族风格体现为作家自觉借鉴了中国古典小说中常用的一些表现手法,比如注重故事情节的曲折性,更多地通过语言和动作来刻画人物。地方色彩一方面体现为民俗风景画的描写,另一方面则是地方口语的征用。

戏 剧 部 分

老舍(1899—1966),原名舒庆春,字舍予,满族人,当代著名小说家、戏剧家。主要作品有长篇小说《骆驼祥子》、《四世同堂》、《鼓书艺人》、《二马》、《离婚》、《老张的哲学》、《赵子曰》、《猫城记》,短篇小说《月牙儿》,戏剧作品《龙须沟》、《西望长安》、《茶馆》,自传体小说《正红旗下》(未完成)等。

老舍的话剧代表作,是三幕剧《茶馆》。《茶馆》的三幕戏分别选取"戊戌变法"后、北洋军阀时期、抗战后国民党统治时代的三个社会生活场景。在这三个场景中，一方面细致描绘了北平风俗的变迁，另一方面共同表现出旧时代政局混乱、是非不分、恶人得势、民不聊生的特点——黑暗势力蔓延，社会每况愈下、不断衰退。第一幕中，康梁变法失败后，老裕泰茶馆中形形色色的各阶层人物登台表演。一方面是拉皮条的为太监娶老婆，暗探遍布社会，麻木的旗兵无所事事，一味寻衅滋事；另一方面是破产农民卖儿卖女，爱国的旗人常四爷因几句牢骚被捕，新兴资本家秦仲义试图实业救国，茶馆老板王利发左右周旋，维持生意。第二幕、

老舍（1899—1966）

第三幕中，恶势力越来越肆无忌惮，为所欲为。暗探宋恩子、吴祥子的后代子承父业，继续敲诈勒索；拉皮条的刘麻子后代青出于蓝，依托当局要员准备开女招待"托拉撕"；庞太监的侄子侄媳组成的迷信会道门在社会上称王称霸，甚至做着"皇帝"、"娘娘"的美梦。而另一些企图有所作为的良民百姓却走投无路：民族资本家秦仲义抗战中被日本人抢走财产，抗战后国民党当局将其当做逆产没收，令其彻底破产；做了一辈子顺民的王利发妄图改良，赶上时代的"发展"，没想到生意却越做越坏，到最后连茶馆也干脆保不住了；一向被称作"铁杆庄稼"可以"吃皇粮"的旗人常四爷成为自食其力的小贩，过着朝不保夕的生活。结尾处，王利发、秦仲义、常四爷三位老人在舞台上"撒纸钱""祭奠自己"，王利发悬梁自尽。这个极富象征意味的结尾，弥漫着一片阴冷凄凉的氛围，既是对旧时代的强烈控诉，也在为旧时代唱最后的挽歌。

艺术结构上，《茶馆》采用了一种"人物群像式"的结构方式，出场人物众多，堪称老北平旧时代民间生活的"浮世绘"。《茶馆》是中国当代戏剧史上的一部杰作。

第二节 "文革"文学

"文革文学"始于1966年，止于1976年，即"文革"这一特定历史阶段的文学存在状态。"文革"十年，是对思想文化极端禁锢、全面破坏，几乎彻

底摧毁的黑暗年代。本应多元繁荣的文学写作领域，百花凋零，一片荒芜。"文革文学"的凋零状况，与林彪、江青一伙炮制的《林彪同志委托江青同志召开的部队文艺工作座谈会纪要》存在着密切关联。"纪要"既全盘否定新中国成立后的文学成就，也否定20世纪30年代"左联"时期的文学成就。《纪要》认为，1949年之后的文艺界被一条黑线专了政，"这条黑线就是资产阶级的文艺思想、现代修正主义的文艺思想和所谓30年代文艺的结合"。由于受到《纪要》的主导性影响，整个"文革"时期，只剩下浩然等极少数作家的作品能够看到，还有部分红卫兵诗歌，以及广泛流行的八个样板戏。被江青标举为"样板"的八个戏分别是《红灯记》、《沙家浜》、《智取威虎山》、《奇袭白虎团》、《海港》，芭蕾舞剧《红色娘子军》、《白毛女》以及交响音乐《沙家浜》。

在浩然《金光大道》之类的主流文学之外，"文革"期间，还有一种文学现象不容忽视，即陈思和先生所说的潜在写作，或者称之为地下写作。潜在写作的文体，主要存在于诗歌领域。其写作者有两大群体：一是曾经活跃于"反右"运动前的老作家群体，主要包括流沙河、曾卓、牛汉、绿原、穆旦、蔡其矫等；另一个则是以知青为主体构成的青年诗群，其中最具代表性的是"白洋淀诗群"，根子（岳重）、多多（栗世征）、芒克（姜世伟）等，是这个诗派的主要成员。除了"白洋淀诗群"，食指（郭路生）的诗歌影响很大，他的《相信未来》、《四点零八分的北京》、《海洋三部曲》、《鱼群三部曲》等在当时广为流传。另外，诸如北岛、舒婷、顾城等朦胧诗人，也都在"文革"期间开始了自己最初的诗歌写作。

这两大诗歌群体的诗作，一方面，以一种"春江水暖鸭先知"的觉醒者先行姿态，对"文革"苦难有所反思与批判，另一方面，也在不无坚定地表达着自己的理想精神追求。曾卓在《悬崖边的树》中写道："不知道是什么奇异的风／将一棵树吹到了那边——／平原的尽头／临近深谷的悬崖上／／它倾听远处森林的喧哗／和深谷中小溪的歌唱／它孤独地站在那里／显得寂寞而顽强／／它弯曲的身体／留下了风的形状／它似乎即将跌进深谷／却又像是要展翅飞翔"。而食指则在《相信未来》和《这是四点零八分的北京》中分别吟诵道："当蛛网无情地查封了我的炉台，／当灰烬的余烟叹息着贫困和悲哀，／我顽固地铺平失望的灰烬，／用美丽的雪花写下：／相信未来！／／当我的紫葡萄化为深秋的泪水，／当我的鲜花依偎在别人的情怀，／我仍然固执地望着凝露的枯藤，／在凄凉的大地上写下：／相信未来！""这是四点零八分的北京／一片手的海洋翻动/这是四点零八分的北京/一声尖厉的汽笛长鸣/北京车站高大的建筑/突然一阵剧烈地抖动/我吃惊地望着窗外/不知发生了什么事情/我的心骤然一阵疼痛,一定是/妈妈缀扣子的针线穿透了我的心胸/这时,我的心变成了一只风筝/风筝的线绳就在妈妈的手中……"

诗歌之外,小说领域也出现了一批以手抄本的形式广为流传的作品,主要包括张扬的长篇小说《第二次握手》、赵振开(北岛)的中篇小说《波动》、礼平的中篇小说《晚霞消失的时候》、靳凡的中篇小说《公开的情书》等。需要特别注意的是,贯穿、渗透于这些小说作品中的,都是"文革"时期特别难能可贵的一种启蒙主义精神。

第三节 新时期文学

"文革"结束,是当代中国一个至关重要的转折点,也意味着文学又有了一个新的开端。此后,通常称之为新时期文学。虽然中国社会体制并未根本改变,不过,随着政治上的思想解放与经济上的改革开放,文学创作环境相对宽松自由,新时期文学明显焕发了勃勃生机。业已走过近四十年历程的新时期文学,又常被研究者分成80年代文学、90年代文学及新世纪文学三个不同阶段。假若说第一阶段与文学创作密切相关的关键词是"思想解放"、"改革开放",那么,后两个阶段的关键词显然就是"市场经济"。总体而论,在经过了将近四十年的文化与文学积淀之后,新时期文学取得了重要成就。

80年代的小说创作,走过的是一个思潮呈线性演进状态的发展历程。首先是"伤痕文学",刘心武的《班主任》、卢新华的《伤痕》、郑义的《枫》、莫应丰的《将军吟》等,是"伤痕文学"的代表性作品。然后是"反思文学",主要作品有王蒙的《蝴蝶》、鲁彦周的《天云山传奇》、古华的《芙蓉镇》、高晓声的《李顺大造屋》等。接下来是"改革文学",代表作有蒋子龙的《乔厂长上任记》、张洁《沉重的翅膀》、柯云路《新星》等。然后是"寻根文学",韩少功的《爸爸爸》、阿城的《棋王》、王安忆的《小鲍庄》、张炜的《古船》等,被看作是这个思潮的代表性作品。还出现了一批现代派小说,包括刘索拉的《你别无选择》、徐星的《无主题变奏》等。紧接着是"先锋文学",马原的《冈底斯的诱惑》、余华的《世事如烟》、格非的《迷舟》等,是这一思潮的代表作。最后是"新写实小说",主要作品有池莉的《烦恼人生》、方方的《风景》、刘震云的《一地鸡毛》等。从文体角度看,这个阶段中篇小说堪称异军崛起。

这个阶段的诗歌创作,主要形成了三大诗歌群体。第一个群体是"归来诗人",艾青的《鱼化石》、绿原的《重读〈圣经〉》、流沙河的《故园九咏》、牛汉的《华南虎》等影响广泛。第二个群体是"朦胧诗群",代表性诗作有北岛的《回答》、舒婷的《致橡树》、顾城的《一代人》、杨炼的《大雁塔》、江河的《太阳和他的反光》等。第三个群体是新生代诗人。1986年的"现代诗群体大展",是新生代群体的第一次集结。诸如"他们"、"海上诗群"、"现代史诗"、"非非主义"、"莽汉主义"等,都特别引人注目。新生代的重要诗作有海子的《面向大海春暖花开》、西川的《厄运》、翟永明的《女人》、于坚的《对一只乌鸦的命名》等。

80年代的散文创作,也大致分三类。一类是旨在回顾包括"文革"在内的既往历史的反思性散文,巴金的《随想录》、孙犁的晚年散文、杨绛的《干校六记》等,是这方面的代表性作品。另一类是抒情散文,周涛的《游牧长城》、王英琦的《有一个小镇》、唐敏的《女孩子的花》等较为引人注目。第三类是学者散文和随笔,主要作品有张中行的《负暄琐话》、余秋雨的《文化苦旅》,以及金克木的一系列文章。

这个阶段话剧创作基本沿着现实主义与现代主义实验探索两个脉络进行。其中,现实主义一脉的主要作品有沙叶新等人的《假如我是真的》、李龙云的《小井胡同》、何冀平的《天下第一楼》等。尤其后两部作品,明显承继发展了老舍《茶馆》的艺术传统。现代主义实验探索一脉的代表性作品有高行健的《绝对信号》、《野人》,马中骏等的《屋外有热流》,刘树纲的《一个死者对生者的访问》等。

假若说80年代的文学创作尚有主流可寻,是一个主潮不断更迭替换的时代,那么,进入20世纪90年代之后,直至新世纪十年,伴随着市场经济发展,以及威权资本时代的到来,中国当代文学创作进入了一个无主潮的多元化时期。这一时期,有两大思想文化事件对文学创作产生了重大影响,一是"人文精神"大讨论,二是所谓"新左派"与"自由主义"两大思想阵营的分野与对峙。

这一时期的小说创作,从思潮的角度看,先后形成了"现实主义冲击波"、"新历史小说"、个人化写作以及"底层叙事"这样几种写作潮流。"现实主义冲击波"出现在 1996 年前后，是一种密切关注现实社会问题的小说创作。刘醒龙的《分享艰难》、关仁山的《九月还乡》、谈歌的《大厂》等，是这一潮流的代表性作品。"新历史小说"主要针对"十七年文学"中的革命历史小说而言，带有鲜明的颠覆与解构性质。主要作品包括陈忠实的《白鹿原》、阿来的《尘埃落定》、李洱的《花腔》等。个人化写作是一个以女性作家为主体形成的小说写作潮流，代表作有林白的《一个人的战争》、陈染的《私人生活》、海男的《我的情人们》等。"底层叙事"是伴随着社会越来越严重的分层化现实出现的一种旨在关注底层民众生存状态的写作潮流，因其与现代左翼文学之间的渊源关系显而易见，又被称为"新左翼文学"。陈应松的《马嘶岭血案》、王祥夫的《上边》、曹征路的《问苍茫》等，均为"底层叙事"的重要作品。

从小说文体角度看，90 年代以来，长篇小说写作形成热潮，并且取得了重要成就。一批重要的小说家，都把主要精力投入到长篇小说的写作之中。王蒙、贾平凹、莫言、王安忆、铁凝、阎连科、张炜、余华、陈忠实、韩少功、李锐、阿来、宗璞、尤凤伟、刘震云等，皆有重要作品问世。《白鹿原》、《古炉》、《你在高原》、《生死疲劳》、《马桥词典》、《空山》、《中国一九五七》等，在思想内涵和艺术审美上，都堪称长篇力作。莫言能够获得 2012 年度的诺贝尔文学奖，显然与这种长篇竞写热潮的出现有关。

从作家所属代际的角度切入看，90 年代以来，中国小说界的中坚力量，是一批 50 后作家，上文提到的主要作品大都出自 50 后作家之手。与此同时，一批具有创作活力的年轻作家，即 70 后与 80 后作家，也取得了不俗的写作成绩。徐则臣、李浩、张楚、鲁敏、乔叶、弋舟、魏微、盛可以、路内、笛安等，都有很好的作品问世。这些年轻作家身上，正寄寓着中国当代文学未来的希望。

90 年代以来的诗歌创作，形成了"知识分子写作"与"民间写作"两大阵营。王家新的《帕斯捷尔纳克》、西川的《虚构的家谱》等，是前者的代表作；于坚的《0 档案》、韩东的《有关大雁塔》等，则是后者的代表作。此外，这个阶段还出现了不少优秀的长诗，诸如昌耀的《山旅》、韩作荣的《雪季》等，都相当引人注目。

这一阶段的散文创作，形成了独特的创作热潮。一方面，学者散文，或曰文化散文持续升温，余秋雨在《文化苦旅》之后，又推出了几种引起广泛争议的新作，比如《山居笔记》等。另一方面，一批小说家介入散文创作之中，写出了颇具影响的散文作品，比如史铁生的《我与地坛》、张炜的《融入野地》、张承志的《以笔为旗》等。

这一时期，话剧领域出现了一位颇有影响的导演孟京辉。他导演的话剧诸如《一个无政府主义者的意外死亡》、《百年孤独》、《恋爱的犀牛》等，都曾经在社会上引起过轰动效应。

放眼新时期文学，举凡小说、诗歌、散文、戏剧诸文体领域，都出现了一批相当优秀的作家，创作出了一批具有经典意味的文学作品，构成了一个相对意义上的文学高峰。

小 说 部 分

王蒙（1934— ）

王蒙（1934— ），河北南皮人，当代著名作家，创作有大量小说、诗歌、散文及文学评论作品。1953年19岁时即创作长篇小说《青春万岁》，1956年发表短篇小说《组织部来了个年轻人》，在社会上引起强烈反响，并因这篇小说被错打成"右派"。"文革"后复出，先后创作有《活动变人形》、"季节"四部曲（《恋爱的季节》、《失态的季节》、《踌躇的季节》、《狂欢的季节》）、《青狐》、《这边风景》等长篇小说，以及《蝴蝶》、《杂色》、《春之声》、《海的梦》等中短篇小说。曾经担任过文化部部长。

王蒙的小说代表作，是长篇小说《活动变人形》。小说讲述的是现代知识分子倪吾诚的家庭故事。倪吾诚辛亥革命前三个月出生于一个没落地主家庭。他很早熟，十岁时就能声泪俱下慷慨陈词，痛斥女人缠足的愚昧野蛮，大谈耕者有其田，地主是寄生虫。十四岁则扬言早晚要砸烂祖宗的牌位。由此可见，倪吾诚从小身上就"有了些要'革命'的种子"。尽管十五岁时，他曾受母亲和表哥的调唆，一度学会抽鸦片和手淫，但很快就以坚强的意志摆脱了恶习，并毅然赴县城寄宿中学读书，之后又上了大学，然后旅欧二年。学成回国，他担任了某大学的讲师，遂举家迁京，与妻子静宜过了一段安静幸福的生活。后来由于岳母姜赵氏和妻姐静珍的到来，他的幸福生活被破坏了。他与家中的这些女性之间产生了尖锐的矛盾冲突，后因无聊的图章事件而家庭分裂,从此走上了另一条充满传奇色彩的人生道路,终因一事无成,在碌碌无为中了却残生。

《活动变人形》是一部"审父意识"非常突出的优秀长篇小说,主人公倪吾诚身上,很明显地有着王蒙父亲的影子。"活动变人形",是笼罩全书的象征性意象。主人公倪吾诚就像一个"活动变人形",聪明的脑袋和高大的身躯下面长着一双不健全的腿。小说通过这样一种隐喻,来表现中国现代知识分子内在的精神分裂。作为一位曾经亲身浸染过西方文化的现代知识分子,倪吾诚对西方文化有着天然的亲和力,他不仅自己成为西方文化的忠实信徒,还试图让家人也都成为自己的同类。然而,他的家庭,却是一个充满了中国传统文化气息的家庭。妻子静宜、妻姐静珍以及妻母姜赵氏共同组成的这个家庭,成了他最大也最坚固的"敌人"。倪吾诚与家人之间的冲突,实际上构成了小说最根本的矛盾冲突。一方面,是中国传统文化本身的根深蒂固,另一方面,是完全无法沟通的家庭生活。生活于其中,性本软弱的倪吾诚,当然就只能不断扭曲变形了。一部《活动变人形》,写出的正是倪吾诚这位现代知识分子精神世界扭曲变形的历史。

汪曾祺(1920—1997),江苏高邮人,当代著名小说家、散文家。曾经就读于昆明西南联大,师从于著名作家沈从文,以短篇小说创作知名于世。其小说具有散文化与抒情性的特质。小说《受戒》、《大淖记事》、《陈小手》等影响广泛,大部分作品收录在《汪曾祺全集》中。被誉为"抒情的人道主义者,中国最后一个纯粹的文人,中国最后一个士大夫"。

汪曾祺深受中国传统文化和儒家思想影响,在创作上主张回到现实主义,表现民族传统,表达纯真、自然的情感。他的小说大都取材民情风俗、日常生活。语言自然、活泼;文风清新、质朴;意境优雅、

汪曾祺(1920—1997)

唯美。他的散文刻画民俗、民风,形象生动,蕴涵着对民族文化传统的深切情感。他说:"风俗是一个民族集体创作的抒情诗,它反映了一个地方的人民对生活的挚爱,对活着所感到的欢愉。"他的作品对乡土文学、寻根文学产生过重要影响。他以一系列品格独异的短篇小说,丰富并改变了80年代中国小说创作的总体格局。

《受戒》是汪曾祺的短篇小说代表作之一，具体描写的是和尚谈恋爱的故事。"散文化"特色在这篇小说中表现突出。从人物，到故事，再到结构，皆"散"。人物"散"：小说的主线虽然是要写明海和小英子的故事，但笔墨却并没有集中在他们两人身上，同时也还以不小篇幅写了庙里的其他几个不守清规戒律的和尚（关于这些和尚，汪曾祺写道，在那地方人眼里，当和尚与劁猪、做婊子是一回事，都是一种谋生的手段），以及小英子一家人的生活状况。故事"散"：既没有什么故事情节，也谈不上什么戏剧冲突，明海和小英子之间，同样没有什么故事波澜，不过是一些日常琐事而已。结构"散"：叙述者看似以信马由缰的方式不断节外生枝，但总体上却并不显得杂乱无章。从中不难体会到汪曾祺的"苦心经营"。

与其说《受戒》的主人公是明海和小英子，莫如说，汪曾祺是在以一种貌似简淡的"散文化"方式，营造渲染某种整体氛围，因此也可称作"氛围小说"。在创作谈中，作家曾经强调，《受戒》是他"这样一个80年代的中国人的各种感情的总和"，小说"写的是美，是健康的人性"。对于情窦初开的小和尚明海和小姑娘小英子之间隐约朦胧如淡远春山一般的爱恋故事，小说尽管没有加以浓墨重彩，却别具一种独特的艺术感染力。尤其是小说结尾处，写明海"受戒"后，与小英子一起划船回家时，两人表白爱情，把船划进了芦苇荡，给读者留下了极大的艺术想象空间。好的短篇小说，就应该具备以"不写"为"写"的艺术特点。表面上看起来什么都没有写，实际上却什么都在其中了。

贾平凹（1952— ）

贾平凹（1952— ），陕西丹凤县人，当代著名小说家、散文家。创作有大量的小说、散文作品。主要有长篇小说《浮躁》、《废都》、《高老庄》、《怀念狼》、《秦腔》、《高兴》、《古炉》、《带灯》，中篇小说《腊月·正月》、《鸡窝洼人家》等。他的散文《丑石》影响广泛。

贾平凹的小说故事发生地，主要他的故乡陕西商州一带。因此，他的一系列乡村小说，也往往被称为"商州系列"。用作家自己的话来说，就是"欲以商州这块地方，来体验、研究、分析、解剖中国农村的历史发展、社会变革、生活变化"。贾平凹的小说创作几经变化。出道之初的贾平凹曾经深受孙犁艺术风格的影响，诸如《满月》、

《小月前本》一类作品，一派清新淡雅，颇具田园意趣。此后，贾平凹陆续推出过《鸡窝洼人家》、《腊月·正月》以及《浮躁》等一批作品，逐渐走出早期唯美的田园风格，社会关怀意识明显增加，只不过其思想意趣未能摆脱当时主流意识形态的影响。90年代，贾平凹小说创作发生重大转折。一方面，作家的社会批判与反思意识明显增强，另一方面则是在叙事层面上，对于中国本土小说传统有着更为自觉的继承和发扬。比如至今仍然存有争议的长篇小说《废都》，单就叙事层面而言，言语声气，口味腔调，活脱脱就是从《红楼梦》、《金瓶梅》传承转化而来。也正因此，在"中国经验"的传达与"中国叙事"的建构中，贾平凹有着极其鲜明的代表性。

贾平凹的小说代表作，是以乡村"文革"为主要表现对象的长篇小说《古炉》。故事发生在陕西一个名为"古炉"的村子里，贫穷闭塞却山水清明，村人保有传统的烧瓷技术和浓郁的民风古韵，仿佛几百年来从未被扰乱过。但动荡却从1965年冬天开始了，几乎所有古炉村人，在各种因素的催化下，各怀不同的心腹事，集体投入到了一场声势浩大的运动之中。古炉村主要由两大家族组成，一个是朱姓家族，另一个则是夜姓家族，朱、夜之外，其他的杂姓只占了很少的一部分。长期以来，两大家族之间形成了许多恩恩怨怨，一旦有了如同"文革"这样的契机，这些长期形成的恩怨自然就会猛烈地爆发出来。结果，朱姓家族成立了红大刀队，夜姓家族成立了榔头队，两大家族斗了个不亦乐乎你死我活。直到1967年春，惨烈无比的武斗爆发，这个山水清明的宁静村落，终于演变成一个充满猜忌、对抗、大打出手的人性废墟。

从人物形象看，诸如狗尿苔、蚕婆、霸槽、朱大柜、善人、天布、杏开、秃子金、半香等，都塑造得生动丰满，各具神韵。尤其是狗尿苔这一形象，更是凸显出了贾平凹难能可贵的悲悯情怀。

莫言（1955—），原名管谟业，山东高密人，当代著名小说家。出身于乡村的莫言有过很长时间的军旅生涯，他的小说创作就开始于这个期间。1981年秋，他在河北保定市《莲池》杂志发表处女作短篇小说《春夜雨霏霏》。1985年，在《中国作家》第2期上发表中篇小说《透明的胡萝卜》，引起文坛的广泛注意，莫言随之而一举成名。自此之后，莫言的小说创作一发而不可收，进入井喷状态。1986年，他在

莫言（1955— ）

《人民文学》杂志发表中篇小说《红高粱》,这部中篇与其他一些具有内在联系性的中篇连缀在一起,组成了长篇小说《红高粱家族》,并由张艺谋改编为电影《红高粱》,在欧洲的西柏林电影节上获得了最高奖——金熊奖。自90年代起始,莫言把自己的主要精力逐渐投入到了长篇小说的写作之中,先后创作长篇小说《酒国》、《丰乳肥臀》、《檀香刑》、《生死疲劳》、《四十一炮》、《蛙》等。在先后获得国内外的各种文学奖项之后,2012年10月,莫言终于获得了世界上影响最大的文学奖项——诺贝尔文学奖,为他自己也为中国文学赢得了殊荣。诺贝尔文学奖的颁奖词称:"他将幻觉现实主义与民间故事、历史与当代社会融合在一起。"诺奖评委会的这句授奖词,确实在很大程度上言简意赅地提炼出了莫言小说创作的突出特征。

莫言的代表作是长篇小说《生死疲劳》。这部小说叙述了从1950年到2000年50年间的当代中国乡村社会变迁。叙述者西门闹,是一个土改时被镇压了的地主。在小说中,他不间断地经历着六道轮回:一世为驴、一世为牛、一世为猪、一世为狗、一世为猴……每次转世为不同的动物,都未离开他的家族,未离开这块土地。小说正是通过他的眼睛,准确地说,是各种动物的眼睛来观察和体味农村的变革。在西门闹身上,突出地表现出一种批判与抗争精神。这个身陷六道轮回中的西门闹,在被取了性命之后,不无悲怆地以第一人称写道:"我的故事,从1950年1月1日讲起。在此之前两年多的时间里,我在阴曹地府里受尽了人间难以想象的酷刑。每次提审,我都会鸣冤叫屈。"为何要鸣冤叫屈呢?原因就在于,西门闹"在人间三十年,热爱劳动,勤俭持家,修桥补路,乐善好施",没想到最后的结局居然是无端地被绑缚枪毙。因此,西门闹内心备感冤屈,请求阎王能够把自己放还人间,"去当面问问那些人",自己究竟犯了何罪而死于非命。西门闹的诘问,是对强权与专制的不满与对抗。在诺奖长期坚持的评奖标准中,非常重要的一条,就是人类理想主义精神的坚守。《生死疲劳》中西门闹对强权和专制的抗争过程,充分体现了中国式的理想主义精神。

张炜(1956—),山东龙口人,当代著名小说家。虽然他也创作有包括《秋天的愤怒》、《秋天的思索》、《一潭清水》在内的不少中短篇小说,但真正给他带来声誉的,却是他的长篇小说。从1986年的《古船》开始,他迄今创作的长篇小说主要有《九月寓言》、《柏慧》、《家族》、《外省书》、《能不忆蜀葵》、《丑行或浪漫》、《刺猬歌》、《你在高原》等近十部。其中,《你在高原》可谓卷帙浩繁，多达十卷450万字，是一部巨型长篇小说。散文《融入野地》《芳心似火》影响也很广泛。

张炜的长篇小说代表作是他30岁时创作完成的《古船》。小说以胶东地区地处城乡交叉点的洼狸镇为中心展开故事叙述，在近四十年的历史背景下选择了四个时间片断：土改前后、"大跃进"和紧接着的"灾害"时期、"文革"、80年代初期。小说把社会政治不间断的动荡变迁与家族的兴衰紧密交织在一起。在这段历史中，三个家族之间的恩怨，与历次政治运动相互纠葛缠绕。隋、赵、李三个家族的人们，命运浮浮沉沉，仁厚的、刚毅的、怨毒的、痴狂的、伪善的、怪诞的灵魂不断地轮回和重现。而其中，作者最想凸显的，是历史进程中两股相互盘结较量的力：一股能够顺应和推动历史与人类的脚步，另一股则会死死地拽住历史的行进步伐。在此过程中，作家把笔触伸向了深藏于民族性格当中的文化内核，从文化学的角度穿透历史的纵深，试图重新探讨并寻找能够引起人类命运及历史变革的某种规律性存在。

张炜（1956— ）

在批评家刘再复看来，"《古船》中的隋抱朴是一个具有原罪感的人物，这个人物在中国当代文学中几乎是绝无仅有的"。隋抱朴的原罪感来自他的父辈，他的父亲是洼狸镇上一个拥有雄厚资产的资本家。"隋抱朴目睹家道的毁灭和继母死亡的惨象，按常理，他应该产生仇恨，该进行报复，但是，他没有恨，没有任何报复之心，他没有继承父亲的任何遗产，却继承了父亲的罪感。""沉重的负疚感使隋抱朴产生了一种良知责任和道义责任：他应当做好事，为他的故乡洼狸镇做好事。于是，他用他的技术和毅力一次又一次地拯救了粉丝厂，每一次拯救都使他的身躯濒临崩溃，但却使他从心底感到一种轻松，在精神上获得一次解脱，因为压在他灵魂上的那笔重债已减轻了一分。""《古船》由于塑造了这样一个主人公，这样一个充满了原罪感的灵魂，使得作品弥漫着很浓的悲剧气氛和忏悔情调。这种罪感文学作品的出现，在西方不算奇特，但在我国，则不能不说是一种罕见的文学现象。"刘再复之所以给予隋抱朴、给予《古船》如此高的评价，原因就在于小说中存在着一种高贵而深刻的人道主义精神。

陈忠实（1942— ），陕西西安人，当代著名小说家。主要作品有中篇小说《初夏》、《四妹子》、《蓝袍先生》，短篇小说《信任》、《李十三推磨》、《日子》等。长篇小说《白鹿原》影响巨大。

陈忠实小说代表作《白鹿原》的题记，是法国作家巴尔扎克的一句名言："小说被认为是一个民族的秘史。"这句题记透露出的，正是陈忠实志存高远的艺术雄心。为了完成这部厚重的长篇小说，陈忠实曾经花费两三年的时间，从以下三个方面进行了充足的准备：一是熟悉历史资料和生活素材，包括大量查阅县志、地方党史和文史资料，进行深入的社会调查；二是学习和了解中国近代史，了解心理学和美学知识反复阅读《中国近代史》、《兴起和衰落》、《日本人》、《心理学》、《犯罪心理学》、《梦的解析》、《美的历程》、《艺术创造工程》等中、外研究民族问题以及心理学、美学方面的新著；三是艺术上的准备，认真选读了国内外各种流派的重要长篇小说作品，学习借鉴他人之长，这其中自然包括了对长篇小说结构问题的深入思考。小说以陕西关中平原上素有"仁义村"之称的白鹿村为背景，细腻地反映出白姓和鹿姓两大家族祖孙三代的恩怨纷争。主人公六娶六丧，神秘的序曲预示着不祥。白鹿两家，为争夺白鹿原的统治代代争斗不已，上演了一幕幕惊心动魄的故事：巧取风水地，恶施美人计，孝子为匪，亲翁杀媳，兄弟相煎，情人反目……大革命，日寇入侵，三年内战，白鹿原翻云覆雨，王旗变幻，家仇国恨，交错缠结，冤冤相报代代不已。

《白鹿原》的一大成就，体现在人物形象塑造上。诸如白嘉轩、田小娥、朱先生、鹿子霖、黑娃、鹿三、白孝文、白灵、鹿兆鹏等，都被作家刻画得特别生动鲜活。最具美学价值者，是白嘉轩与田小娥。陈忠实心目中的理想化人物白嘉轩，是以儒家文化为核心的所谓宗法文化谱系的自觉守护者。除了当年为将一块风水宝地据为己有而对鹿子霖父子略耍心机之外，白嘉轩终其一生，一言一行都严谨恪守儒家文化的基本价值理念而不越雷池一步。正是白嘉轩以其超乎群伦的道德人格映照着白鹿原这一缩微化了的乡村中国。同样是小说中最成功的人物形象之一，田小娥的存在，却构成了白嘉轩的对立面。从现代观念的角度去看，中国传统的宗法文化谱系最根本的弊端，就是对于自然人性的强力压制。尤其是田小娥这样的乡村女性，更是需要承受巨大的道德压力。尽管说田小娥的所作所为不符合宗法文化的伦理道德观念，但却合乎人性本能的内在要求。一部优秀的长篇小说，必须具备处理现实与历史复杂性的能力。陈忠实的难能可贵之处，就是他一方面充分地写出了白嘉轩这一人物形象存在的重要价值，另一方面却也表现出了田小娥形象存在的合理性。能够并行不悖地写出如此尖锐对立的两个人物形象，说明陈忠实具有卓尔不群的艺术创造力。

王安忆（1954— ），福建同安人，当代著名女小说家。有过插队经历，知青作家。小说创作特别活跃，作品数量巨大。主要有长篇小说《69届初中生》、《黄河故道人》、《流水三十章》、《米尼》、《纪实与虚构》、《长恨歌》、《富萍》、《上种红菱下种藕》、《桃之夭夭》、《遍地枭雄》、《启蒙时代》、《天香》等，中短篇小说《流逝》、《小鲍庄》、《小城之恋》、《荒山之恋》、《锦绣谷之恋》、《岗上的世纪》、《叔叔的故事》、《我爱比尔》、《乌托邦诗篇》、《雨，沙沙沙》、《众声喧哗》等。台湾出身的旅美文学评论家王德威对王安忆有着极高的评价。王德威在其小论文《海派文学，又见传人——王安忆的小说》一文中，称赞王安忆是继张爱玲之后，又一位优秀的海派文学传人，高度肯定了王安忆在当代中文文坛上的重要地位。

王安忆（1954— ）

王安忆的小说代表作，是曾经获得过茅盾文学奖的《长恨歌》。单就小说命名，就可见作家挑战历史的强烈艺术野心。王琦瑶长达40年之久的情与爱，被王安忆这一枝细腻而绚烂的笔写得哀婉动人，跌宕起伏。20世纪40年代，还是中学生的王琦瑶被选为"上海小姐"的第三名，被称作"三小姐"。从此开始了命运多舛的一生。做了李主任的"金丝雀"，使她从少女变成了真正的女人。上海解放，李主任遇难，王琦瑶成了普通百姓。表面上日子平淡似水，内心的情感潮水却从未平息。与几个男人的复杂关系，想来都是命里注定。在艰难的生活与心灵纠结中，她生下女儿薇薇并将她抚养成人。80年代，已是知天命之年的王琦瑶难逃劫数，女儿同学的男朋友为了金钱，把王琦瑶杀死，使其命丧黄泉。

《长恨歌》中的王琦瑶是静默的、隐忍的、心事重重的。王安忆精心刻画的，是一个并不风华绝代的出生平凡的姑娘，却凭着天赐的一颗不安稳的心，让自己一次次登上时代的风口浪尖。而拥有了这样的智慧，就能够在复杂的生存竞争中更胜一筹。正是在步步攀爬更高社会阶层的过程里，我们看出王琦瑶的真实个性所在。

文学史家洪子诚曾经评价："《长恨歌》写生活在上海弄堂里的女孩子王琦瑶四十年的命运浮沉；她的经历联系着这个都市的特殊风情和它的变化兴衰。这部小说'生长'在这样的时刻：上海再次融入跨国市场资本主义的全球潮流；上海的旧时代的故事被重新发现和讲述；也同时发现曾经讲述上海的张爱玲；颓废、繁华之后的凄凉——又开始成为令许多人着迷的美感经验。"这一评价，让我们再次想起了"重要的不是故事讲述的时代，而是讲述故事的时代"。

余华（1960— ），浙江海盐县人，祖籍山东高唐县，当代著名小说家。他的小说创作，可以明显划分为先锋写作和现实主义写作两个阶段。主要作品有中短篇小说《十八岁出门远行》、《鲜血梅花》、《一九八六年》、《四月三日事件》、《世事如烟》、《难逃劫数》、《现实一种》、《河边的错误》、《古典爱情》、《战栗》等，长篇小说《在细雨中呼喊》、《活着》、《许三观卖血记》、《兄弟》、《第七天》等。

余华（1960— ）

一般意义上，《活着》和《许三观卖血记》是余华社会影响最大的两部小说。但从所达到的思想艺术水准来说，最能够代表余华小说创作成就的，是他的长篇小说处女作《在细雨中呼喊》。小说的命名，能够让我们联想到伯格曼那部影响极大的电影《呼喊与细语》。尽管属于两种不同的艺术方式，但在深入探究隐秘人性这一点上，二者却有着明显的相通之处。小说展示了一位江南少年的成长经历和心路历程，可以看作是"成长小说"。作品的结构来自于对时间的感受，确切地说是对记忆中的时间的感受。叙述者天马行空地在过去、现在和将来这三个时间维度里自由穿行，将忆记的碎片穿插、结集、拼嵌完整，最终呈现给读者一部具有强烈绝望感的诗意小说。

小说采用了第一人称叙事方式，这个"我"作为事件的目击者与叙述者，带有一种被世界遗弃的突出特质。开篇第一句话，就为整部小说奠定了在绝望中生存的基调："一九六五年的时候，一个孩子开始了对黑夜的不可名状的恐惧。"此处的黑夜，象征意味很明显，完全可以看成是不合理社会的一种隐喻性表达。"我"之所以总是会对周围的一切抱有恐惧心理，与他不断被抛来抛去的生存境遇关系密切。"我"本来出生于南门，6岁时，被带到了孙荡，由王立强和李秀英夫妇领养。养母李秀英对"我"进行诚实与否的考验，养父王立强对"我"施行种种暴虐，同学国庆和刘小青对"我"无端诬告。最严重的，是王立强去世后李秀英以出走的方式对"我"的抛弃。走投无路的"我"，在度过了6年寄人篱下的惊恐生活之后，于12岁时再度回到南门，回到亲生父母身边。令人难以置信的是，"我"的回归并未找到亲情的感觉："仿佛又开始了被人领养的生活"。父亲嫌弃"我"成了家里的累赘，兄弟们受父亲态度的影响远离了"我"，母亲在家里忍辱负重，令"我"同情，但等到"我"考上大学之后，方才明白，母亲其实更希望"我"的哥哥去上大学……所有这一切，都使"我"产生了一种强烈的再度被遗弃感。一个处于成长关键阶段的年轻人，两次遭受"被遗弃"的命运，余华小说传达出的，实际上正是一种存在主义层面上的生存绝望感。

铁凝（1957—　），祖籍河北赵县，当代著名小说家，中国作家协会主席。主要作品有长篇小说《玫瑰门》、《大浴女》、《无雨之城》、《笨花》，中短篇小说《哦，香雪》、《没有纽扣的红衬衫》、《麦秸垛》、《棉花垛》、《青草垛》、《对面》、《永远有多远》、《六月的话题》、《孕妇和牛》等。

铁凝的代表作，是长篇小说《笨花》。如果说《玫瑰门》与《大浴女》更多地将艺术聚焦点投向了人性恶与丑的挖掘与审视，那么，《笨花》则将艺术的聚焦点更多地投向了人性善与美，并且令人信服地在这善与美的表现过程中展示出了人性中正面力量的充沛与伟大。如果说《玫瑰门》与《大浴女》可以在某种意义上看作是以关注表现女性精神与命运为主的女性小说，那么，在《笨花》中，铁凝的艺术视野无疑要开阔得多。在成功地塑造女性形象的同时，铁凝将自己的艺术重心转移到了对整个社会与历史的关注与表现上。铁凝既往的小说创作历程中，虽然也写到过多个男性人物，但这些男性人物与司猗纹、尹小跳、苏眉等女性形象相比，总显得苍白无力。《笨花》成功地塑造出了若干格外丰满厚实的男性形象。

向喜是《笨花》中一位塑造得相当成功的旧军人形象。向喜幼年时曾经

铁凝（1957—　）

学习过《孟子》、《论语》，特别是《孟子》对他的一生产生过很大影响。"尤其书中孟子和梁惠王那些耐人寻味的对答，更使他铭记不忘。他常想，孟子为什么总和梁惠王交往？这一切先生从来没有告诉过他，但梁惠王和孟子那些耐人寻味的对答，却伴随了他一生。"小说中的这段话语告诉读者的，正是儒家文化对向喜人生历程所产生的重大影响。向喜一生所秉承遵循的正是儒家文化的基本原则。这一点，其实在他为自己特意选择的"中和"与"谦益"的字号中即已有明显表现。抗战爆发后，向喜被迫采取了一种隐忍自保的不介入方式。当日军士兵逼上门来的时候，忍无可忍的向喜为援救一位素不相识的卖艺者，还是将枪口对准了悍然来犯的日军士兵。"是什么原因使向喜举起了粪勺？是他听见了玉鼎班和施玉蝉的名字，还是他听见日本兵骂了他'八格牙路'，还是他又想起了保定那个小坂？也许这些都不是，也许就是因为日本人要修停车场，铲了他保定双彩五道庙的那块红萝卜地吧。"假如可以把红萝卜地理解为中国人日常生活的象征的话，那么包括向喜在内的无数中国普通民众对于日军殊死反抗的真正原因恐怕正在于此。向喜的形象就这样被最终定格为日军兽行的一位坚决反抗者。

李锐（1950— ）

李锐（1950— ），祖籍四川自贡，当代著名小说家。曾经在山西插队，是一位知青作家。主要作品有长篇小说《旧址》、《无风之树》、《万里无云》、《银城故事》、《人间——重述白蛇传》（与蒋韵合作）、《张马丁的第八天》，短篇小说集《厚土》、《太平风物》，中篇小说《黑白》、《北京有个金太阳》、《红房子》、《古墙》等。

李锐的代表作，是那部副标题为"吕梁山印象"的短篇小说集《厚土》。系列小说《厚土》的发表，标志着李锐开始产生了全国性影响。1986年11月号的《人民文学》、《上海文学》和《山西文学》上，同时推出了李锐的短篇小说《厚土》七篇。此举引起了文坛内外的高度关注。时任《小说选刊》主编的著名作家李国文，曾以《好一个李锐》为题撰文在当时影响颇大的《文艺报》上，对李锐的这一系列小说给以充分肯定。李国文以外，雷达、吴方、李庆西、李国涛等批评家都曾经专门撰文对《厚土》进行过深入的探讨与研究。除了上述专文的探讨外，有关方面还曾经召开了专门的创作研讨会。这就真正称得上是一部《厚土》激动文艺界了。相比较来说，《厚土》诸篇中,《合坟》、《秋语》、《看山》、《眼石》、《锄禾》等影响更大。

关于《厚土》,在学术界享誉颇高的由潘旭澜主编的《新中国文学词典》有着准确到位的评介:"所写大都为吕梁山区黄土高原上有焉不察、周而复始的人事片断和生活情状,尤其着重于民族文化心态中沉重、黯淡、消极、麻木的负面,旨在以文化的眼光看取原始状态般生活的常与变,对民族心理素质作深沉凝重的批判和反省。""作品显示出一种独特的文体追求,在穷乡僻壤常见生活场景的摹写中,营造并渲染扣人心弦、动人情思的艺术氛围,达成叙事风格与所观照生活情感的相应与一致。叙述语调沉稳平缓,遣词造句简约有力,笔触富于包孕性。"

李锐《厚土》所展示的,是他眼中的乡土中国,也是特殊年代的底层中国。民间不乏放纵的性,戏谑的挑逗,偷情、乱伦、通奸也时有发生。作家并未进行执着的批判,文化反思不及文化还原来得切近而生机勃勃。不见乡关何处的抒情,也不见创伤疗救的急切,出现在李锐笔端的,是一种无可奈何的随遇而安,躁动与沉寂纠结。作家不仅将侧重点偏移到了吕梁山民生活中沉重、黯淡、消极、麻木的一面,而且不满足于对生活情状的再现与描摹,而是将这些负面因素提升到了存在的高度上进行必要的审视表现。这就正如《看山》中所说:"山们还是一如既往地沉默着,木然着,永远不会和昨天有什么不同,也永远不会和明天有什么不同。"这样的一种艺术处理方式,明显提升了小说的思想艺术品味。

格非(1964—),原名刘勇,江苏丹徒人,当代著名小说家。同余华一样,格非的小说创作也可以划分为先锋写作和现实主义写作两个阶段。作为先锋作家,格非的主要作品有中短篇小说《追忆乌攸先生》、《迷舟》、《青黄》、《大年》、《褐色鸟群》以及长篇小说《欲望的旗帜》、《敌人》、《边缘》。回归现实主义写作后的主要作品有被称为"乌托邦"或"江南"三部曲的长篇小说《人面桃花》、《山河入梦》、《春尽江南》。

格非(1964—)

格非的代表作,是长篇小说《春尽江南》。小说中一个重要细节,就是主人公谭端午一直在手不释卷地阅读欧阳修的《新五代史》:"他终于读完了欧阳修的那本《新五代史》。这是一本衰世之书,义正而词严。钱穆说它'论赞不苟作'。赵瓯北在《廿二史札记》中推许说：'欧公寓春秋书法于纪传之中，虽《史记》亦不及。'陈寅恪则甚至说，欧阳修几乎是用一本书的力量，使时代的风尚重返淳正。""端午在阅读这本书的过程中，有两个地方让他时常感到触目惊心。书中提到人物的死亡，大多用'以忧卒'三个字一笔带过，虽然只是三个字，却不免让人对那个乱世中的芸芸众生的命运，生出无穷的遐想。再有，每当作者要为那个时代发点议论，总是以'呜呼'二字开始。'呜呼'一出，什么话都说完了。或者，他什么话都还没说，先要酝酿一下情绪，为那个时代长叹一声。"只要对中国历史稍有了解的人，都知道五代是中国历史上一个特殊的朝代频繁更迭的分裂时期，是中国历史上最为混乱的历史时期之一。这一细节，是借"五代"暗指当下污浊不洁、精神沦落、令人失望的社会现实。小说的强烈批判性，于此可见一斑。

小说以谭端午为中心，向外延展，涉及的人物不能算很多，可是铺展开，就是这个时代和社会的浓缩版。这些人物包括：律师，昔日诗友今日报社副总编，房地产老板，小学即将毕业的儿子等等。除了绿珠很像作者一厢情愿为男主人公找的红颜知己外，这些差不多就是一个中年男人及其家庭可能有的社会关系的全部。而他自己，则是上个世纪80年代在上海求学并成长起来的诗人，阴差阳错地回到故乡，最终成了地方志办公室的一员。用小说中的话说："在这个恶性竞争搞得每个人都灵魂出窍的时代里，端午当然有理由为自己置身于这个社会之外而感到自得。"可是，他又觉得"自己有点像《城堡》中的那个土地测量员"。也正因为这个工作环境，使他"感觉到一种死水微澜的浮靡之美，它也在一定程度上哺育并滋养着他的诗歌意境"。说到底，谭端午是疏离于当下时代的一个"多余人"形象。

韩少功（1953— ）

韩少功（1953— ），湖南长沙人，当代著名小说家。曾在湖南汨罗插队，知青作家。韩少功属于那种以理性思索见长的思想型作家，曾经发表文学论文《文学的根》，率先提倡"寻根文学"，对"寻根文学"的发展有不小的影响。主要作品有长篇小说《马桥词典》、《暗示》、《日夜书》，长篇散文《山南水北》，中短篇小说《爸爸爸》、《女女女》、《飞过蓝天》、《西望茅草地》、《归去来》、《诱惑》等。

长篇小说《马桥词典》，是韩少功的代表作。小说的发表,曾经在中国文坛引发一场轩然大波。小说之所以名为"马桥词典",是因为作家按照词典的形式,收录了一个虚构的湖南村庄马桥人的 115 个词条。作品最早发表于上海文艺出版社的《小说界》杂志 1996 年第 2 期,后由作家出版社出版单行本。小说曾获"上海市第四届中、长篇小说优秀大奖"中的长篇小说一等奖。但就在获得较大声誉的同时,《马桥词典》也被一些批评家所诟病。其中,最具代表性的两位批评家分别是张颐武和王干。1996 年 12 月 5 日,北京的《为您服务报》同时刊登了张颐武的《精神的匮乏》和王干的《看韩少功做广告》两篇文章,成为所谓"马桥事件"的导火索。两位批评家的共同之处,就是一致认为韩少功的《马桥词典》存在着抄袭塞尔维亚作家帕维奇的长篇小说《哈扎尔词典》的嫌疑。一场被称为"《马桥词典》事件"的文坛争论就此形成。张、王二人的指责不仅引起了韩少功本人的强烈不满,而且也遭到了很多作家批评家的反驳。一时间,文坛上真可谓是乱纷纷你方上阵我下马,支持韩少功者有之,呼应张、王二先生者亦有之。最后,愤怒的韩少功以一纸诉状把张、王二人以及刊发文章的报刊一起诉诸法律。海口市中级人民法院最终判定被告败诉。

客观而言,《马桥词典》内容严肃,笔法独特,不愧为一部优秀的长篇小说。作品以词典的形式搜集了中国南方一个小村寨里流行的方言。其中讲述了"文革"时期被下放到边远地区的"知青"在生活中的点点滴滴。小说没有采取传统的创作手法,而是巧妙地糅合了文化人类学、语言社会学、思想随笔、经典小说等诸种写作方式,用词典构造了马桥的文化和历史,使读者在享受到小说的巨大魅力时,领略到每个词语和词条后面的历史、贫困、奋斗和文明,看到了中国的"马桥",世界的中国。小说主体从历史走到当代,从精神走到物质,从丰富走到单调,无不向人们揭示出深邃的思想内涵。这是一次成功的创作实践,是中国当代文学的一个重要收获。

阿来(1959—),藏族,四川马尔康县人,当代著名小说家。在中国大陆,除了使用汉语写作的汉族作家之外,还有一批非常活跃的同样使用汉语写作的其他民族作家。从目前的基本创作态势来看,阿来应该是其中成就最为突出的一个。主要作品有长篇小说《尘埃落定》、《空山》、《格萨尔王》,中短篇小说《月光下的银匠》、《旧年的血迹》等。

阿来(1959—)

阿来的代表作,是长篇小说《空山》。如果说《尘埃落定》是封闭的结构、完整的故事,《空山——机村故事》则由于表现"一个村庄秘史"的重大主题,而采用共同的文化、共同的背景,不同的人和事构成一幅立体式的当代藏区乡村图景,即所谓"花瓣"式的结构方式。小说共由六个"花瓣"组成,它们分别是《随风飘散》、《天火》、《达瑟与达戈》、《荒芜》、《轻雷》与《空山》。卷一《随风飘散》是这部长篇小说的序曲,也统领着小说的整体叙述走向。格拉和兔子是《随风飘散》的主人公,他们更多地被赋予了某种象征意蕴。两人殊途同归的命定结局,正是"机村"由内而外趋向解体的诗意写照。兔子生下来就因先天不足而体弱多病,"死亡"的阴影始终伴随着这个孱弱的少年。他的死亡喻示了维系"机村"正常运转的脆弱生命肌体功能的丧失,而格拉"所有的意识消散"则表明了一个更为沉痛的事实,即机村人千百年来所固守的精神家园在强大的主流汉文化冲击下已然支离破碎,几近消亡了。一直到卷二《天火》当中,机村人才实实在在地感受到,这种异质文化并非他们所想象的那样简单,而是以近乎疯狂和残忍的方式,迅速冲毁了埋藏在机村人情感深处的信仰堤坝。

在《空山》的后几卷中,依然可以看到阿来对于文化冲突主题的延续与拓展。卷三《达瑟与达戈》中,伐木场的后勤科长为了从猴子身上赚取钱财,极力怂恿撺掇机村人射杀猴群。机村人虽心存顾虑,但最终还是没有挡住钞票的诱惑,一次次违背了与猴群之间的千年契约,肆无忌惮地屠杀起猴群来。卷四《荒芜》中,索波带领机村人费尽千辛万苦开垦出来的田地差点被伐木工人用来建立烈士陵园,以纪念为抢救木材而死去的工人。而当庄稼需要收割时,机村人却又忙着收集木头和松茸,卖给村外来的收购商人。卷五《轻雷》中,几乎所有的机村人都参与了盗伐盗卖木材的活动,就连拉加泽里这个即将要参加高考的尖子生也毅然放弃了学业,加入到了他们的行列中。从《达瑟与达戈》开始,阿来就不仅仅是在表现本土弱势文化与外来强势文化之间的对抗,而是更进一步地深入到了对藏民的内在精神世界的探究与表现之中。机村人从对异质文化的本能抵制、逐步认同到最后完全接受的过程,从更深层面上,揭示了边地原住民文化在异质文化侵袭下必然崩溃解体的悲剧性命运。

路遥(1949—1992),原名王卫国,陕西清涧县人,当代著名小说家。主要作品有长篇小说《平凡的世界》,中短篇小说《惊心动魄的一幕》、《人生》、《在困难的日子里》等。其中,《平凡的世界》和《人生》影响极大。1992年,一方面与身体的遗传疾病有关,另一方面也由于写作《平凡的世界》过度劳累,路遥英年早逝。

路遥的小说,多描写展示"城乡交叉地带"的生活。中篇小说《人生》,是其代表作。小说故事得以成立的一个重要前提,是中国由于严格户籍制度的限制而导致的城乡对立。小说集中展示的,正是高加林为了改变自身命运不断挣扎努力的过程。高加林形象

路遥(1949—1992)

具有一定的复杂性。他身上既有现代青年不断向命运挑战的自信坚毅品质,又恪守着辛勤、朴实的传统美德。他热爱生活,心性极高,有着远大的理想和抱负。他不愿意像他的父亲那样忍气吞声、安守本分,有着更高的精神追求。80年代的理想主义精神,在高加林身上有着突出的体现。但是,他的现实与他心中的理想总是相差极远,正是这样的反差导致了他复杂性格特征的生成。

高中毕业后,高加林回到村里当上了民办教师。很遗憾,好景不长,这一职位很快被大队书记高明楼的儿子顶替,他重新回到了土地。正当他失意无奈之际,善良美丽的农村姑娘刘巧珍闯进了他的生活。刘巧珍虽然没有文化,但是却真心真意地爱上了高加林这个"文化人"。实际上她所得到的爱从一开始就不平等:高加林在她的眼中是完美的,而她对于高加林来说只是一种精神上的慰藉而已。

一个偶然的机遇,高加林进入县城工作。县城生活一方面给了高加林大显身手的机会,另一方面又让他重新遇到了他的同学黄亚萍。与传统的刘巧珍相比,黄亚萍无疑是一位现代女性。她开朗活泼,却又任性专横,她对高加林的爱炽烈大胆又有一种征服欲。高加林的确与她有许多相似之处,他们有相同的知识背景,又有许多感兴趣的话题。当他俩口若悬河侃侃而谈时,高加林实际上已经陷入了艰难的选择困境之中。一边是善良温柔的传统女性刘巧珍,一边是开朗活泼的现代女性黄亚萍,现实逼迫高加林必须做出艰难的选择。经过一番内心的激烈斗争之后,高加林感情的天平还是倾向了黄亚萍,他选择了现代文明。但命运的诡异之处就在于,当高加林做出了艰难的选择之后不久,他就被迫离开了县城,离开了黄亚萍,重新回到乡村生活。而这个时候,刘巧珍却已经嫁给了别人。小说最后一个充满艺术感染力的场

景，是高加林匍匐在顺德爷爷脚下，手抓黄土，发出一声"我的亲人哪……"的呼喊。

张承志（1948— ）

张承志（1948—），回族，出生于北京，原籍山东济南，当代著名小说家、散文家。有过知青经历，曾经就读于北京大学。代表性作品有小说集《黑骏马》、《北方的河》、《黄泥小屋》，长篇小说《金牧场》、《心灵史》，散文集《荒芜英雄路》、《清洁的精神》等。张承志有着一种独立不羁、庄严深邃、冷峻热烈的审美品格。他以一种独白的方式表达着他的精神哲学，以一种自信坚定的姿态捍卫着一种神圣价值观，以一种熔铸诗歌、音乐、绘画、历史和哲学的复杂形态创造着"美文"。文学之于张承志，不是目的，不是终极，而是工具，是手段，是表达人生理想和精神追求的物态载体。他那种具有燃烧性和震撼力的新语言和新思想，显示了中国当代文学的独创性魅力。

张承志的代表作之一，是短篇小说《残月》。小说的主人公杨三老汉是一个普普通通的回民，一直生活在贫瘠的黄土高原上的西海固。"整个西海固，半个陇东，……都是这种粗砬砬的穷山恶水。"而这，就是杨三老汉的具体生存环境。面对着如此严酷的生存环境，作为个体的人如何才能够求得生存的意义和价值？从自己一贯的思想立场出发，张承志给出的答案只有两个字，即"念想"。"念想"者，精神信仰也！正如同作品所描写的，在极端艰难的生存处境中，杨三老汉正是凭借着自己的"念想"熬过了一个又一个漫漫长夜。不仅自己如此，他还想着要把这种"念想"推广给来自于国外的"洋女子"。当"洋女子"不解地向他询问，所谓的"念想"是不是"希望"之意时，他的回答是"说不清，这个念想，人可是能为了它舍命呐"。什么样的东西才能够让人舍命呢？对于拥有宗教信仰的回民来说，答案是显而易见的，那就是自身精神信仰的重要性。杨三老汉以其一生轨迹证明了这一点。

作者把杨三老汉的人生经历，通过回忆式的意识流动展开在他去寺院晚祷的路上。主人公的这段心路历程，尽管随着意识的跳跃而显得有些驳杂且没有条理，但贯穿于其中的，却始终有一个轻若游丝的"神秘的唤声"。人物的意识即使有片刻的游离，最终却还是要回到对宗教信仰的沉浸中去。在去晚祷的路上，杨三老汉完成了对他一生苦难和追求信仰的回顾。因此，这绝不仅仅是一条现实中通向晚祷的寺院的路，更是精神上一条通向信仰的路。存在主义先驱基尔凯郭尔曾说：人生道路就是走向上帝的道路。在这条通往上帝（也就是杨三老汉所信奉的胡大）的路上，理智也罢，知识也罢，到最后恐怕都得让位给信念，也即杨三老汉念念不忘的那个"念想"。很多时候，只有坚定的信仰，才可以把人从苦难中救赎出来，给人以抗拒无边苦难的存在勇气，才能把人引向一种生命的沉静境界，正如同杨三老汉一样。

刘震云（1958— ），河南延津人，当代著名小说家。有过行伍经历，后考入北京大学中文系。曾经被视为"新写实"一派的代表性作家。主要作品有长篇小说《故乡天下黄花》、《故乡相处流传》、《故乡面和花朵》、《一腔废话》、《我是刘跃进》、《手机》、《一句顶一万句》、《我不是潘金莲》，中短篇小说《塔埔》、《新兵连》、《单位》、《一地鸡毛》、《官场》、《官人》、《温故一九四二》等。

刘震云（1958—）

刘震云的代表作，是获第八届茅盾文学奖的长篇小说《一句顶一万句》。《一句顶一万句》的主要情节，围绕着发生于乡村世界中的种种言语活动而展开。刘震云自述："所以说人与人的关系是非常危险的，人与神的关系是非常保险的。在一个非常危险的人——人社会中，一个人怎么能找到另外一个人，一个话怎么能找到另外一个话，我觉得这样一个生活形态和话语形态，甚至比一个社会形态和历史形态要重要得多。"小说的故事情节并不复杂，上部"出延津记"写的是过去：孤独无助的吴摩西失去唯一能够"说得上话"的养女巧玲，为了寻找，走出延津；下部"回延津记"写的是现在：吴摩西养女的儿子牛爱国，同样为了摆脱孤独寻找"说得上话"的朋友章楚红，走向延津。一走一来，延宕百年。书中的出场人物，全部是生活在中国最底层的普通百姓。

在某种意义上说，能否创作出一部真正优秀的文学作品来，关键是要看作家有没有一种对于日常生活独到而深刻的领悟和发现。刘震云对于生活的最大发现，是他特别强调的人与人之间言语活动的重要性。正因为如此，《一句顶一万句》中所反复描写着的一个中心事件，就是人与人之间的话语沟通问题，或者说，也就是人与人之间说得着和说不着的问题。说不着的状况往往是绝大多数，要真正发现一点说得着的状况，难乎其难。说到底，小说上下半部的两位主人公杨百顺和牛爱国，虽然也可以说是一生阅人无数，但真正能够和他们说得着的，也不过只有巧玲与章楚红这样两个人而已。事实上，正因为说得着的情况极为罕见，所以刘震云才不由得发出了"一句顶一万句"的由衷感叹。这里的"一句"，指的正是人与人之间颇为难得的一种心灵精神层面上的沟通与契合状态。正是在这看似围绕日常言语活动展开的庸常人生中，凸显出了刘震云对国人生存境遇的形而上思考。

苏童（1963— ），原名童忠贵，祖籍江苏扬中，先锋作家的主要代表人物之一。主要作品有长篇小说《我的帝王生涯》、《城北地带》、《米》、《蛇为什么会飞》、《碧奴》、《河岸》、《黄雀记》，中短篇小说《一九三四年的逃亡》、《乘滑轮车远去》、《妻妾成群》、《罂粟之家》、《红粉》、《飞越我的枫杨树故乡》、《香草营》等。其中，尤以短篇小说数量颇多，影响较大。

苏童（1963— ）

苏童代表作，是中篇小说《妻妾成群》，这部小说曾经被张艺谋改编为电影《大红灯笼高高挂》。小说讲述颂莲由一个女学生变成大户陈家四姨太，渐渐融入陈家大院的争风吃醋，其间目睹陈家女人一个又一个的悲惨命运，最终连自己也变成了疯子。作者以极其沉重的笔调记叙了一个中国传统大院里的恩怨纠葛与明争暗斗。尽管苏童一向被看作先锋作家，但这篇《妻妾成群》却带有一些回归传统的迹象，甚至还有不少人把这篇小说推为"新写实"的代表作。这篇小说，标志着苏童叙事风格走向成熟。小说看上去古典味十足，其实运用了非常现代的叙事方法，特别强调语言感觉和叙事句法。

与五四时期的大多数"新青年"相反，颂莲这个"新女性"却走进一个旧家庭，几乎是自觉成为旧式婚姻的牺牲品。她行事的干练与坚决，成为她走向绝望之路的原动力。苏童赋予这个女性过多的女人味，她不仅谙熟女人之间的争风吃醋和勾心斗角，甚至干脆以"床上的机敏"博取陈佐千的欢心。但是，她清纯的气质和直率的品性，却终究改变不了一个小妾必然的悲剧命运。小说几乎没有关于陈佐千的详尽描写，这个热衷于纳妾的旧式男人，看上去有点像西门庆，他以对床笫的热情来掩盖已经颓败和虚空的生活。在整个故事中，他是一个至高无上而又苍白空洞的背景，以至于在张艺谋改编的影片中，陈佐千只剩下一个凝重而模糊的背影。通过颂莲形象，苏童不仅写出父权制社会中妇女的悲剧命运，而且写出了父权制历史必然崩溃的劫难。尽管那口井的象征意义有些勉强，然而，那种阴郁的背景无声无息吞噬鲜亮的生活希望无疑是种必然，陈旧的生活气数已尽。

《妻妾成群》表现出苏童他们这一代个性化的诡异历史观，即把"性"看作历史的根源和动力。由于"性"的紊乱，家族乃至历史破败的命运不可逃脱。陈佐千作为一种古旧文化的历史记忆，他试图从年轻女性身上获得生殖力（生命力），他全部努力的失败，喻示了古旧的中国历史已经彻底丧失了延续的可能性。苏童写出的，是一种历史颓败的情境，一种文化失败的历史命运。

王小波（1952—1997），北京人，当代著名小说家、散文家，一位带有鲜明自由主义思想色彩的体制外作家，1997年因心脏病猝发而英年早逝。尽管有过插队经历，但却并不被看作知青作家。主要作品有长篇小说《黄金时代》、《白银时代》、《青铜时代》、《黑铁时代》，短篇小说集《唐人故事》，散文随笔集《我的精神家园》、《沉默的大多数》等。

王小波的代表作，是长篇小说《黄金时代》。这是以"文革"为背景的系列作品构成的一部长篇小说。一方面，知识分子群体整体上无能为力；另一方面，极"左"政治泛滥横行。备受侮辱与歧视的中国

王小波（1952—1997）

知识分子，丧失了自我意志和个人尊严。王小波在《黄金时代》中所思考表现的，正是这样一种沉重的境况。在这部作品里面，那个名叫"王二"的男主人公，尽管身处一种恐怖和荒谬的环境之中，遭到各种不公正待遇，但他摆脱了传统文化人的悲愤心态，创造出一种具有黑色幽默意味的反抗、超越方式：既然不能证明自己无罪，那就想方设法证明自己不无罪。于是，他以性爱作为对抗外部世界的最后据点，将性爱表现得既放浪形骸又纯净无邪，不但不觉羞耻，反而还轰轰烈烈地进行到底，对陈规陋习和政治偏见展开了尖锐而又不乏幽默的挑战。一次次被斗、挨整，他都处之坦然，乐观为本，获得了精神境界上的全线胜利。作者用一种机智的光辉烛照当年那种无处不在的压抑，使人的精神世界从悲惨暗淡的历史阴影中超拔出来。

王小波在自家男孩中排行老二，或许正因如此，他喜欢把男主人公命名为王二。其中，不乏自嘲色彩。这种自嘲，正是作者智慧的表现。比如《革命时期的爱情》中，在团支部书记X海鹰与"落后青年"王二的改造与被改造的关系逆转中，不是X海鹰从政治思想上教育改变了王二，而是王二在被迫"掘地三尺"地交代自己的"错误思想"的过程中，不经意间对X海鹰进行了成功的性爱启蒙，用叙述和身体超越了权力和极"左"思潮，瓦解了两人的监管者与被监管者的关系。强弱易位，胜负相逆，形成了作品黑色幽默的"有趣"，在诸多关于"文革"的文学书写中显得别具一格，非常醒目。《黄金时代》中，这种充满悖谬意味的叙事策略非常普遍，几乎俯拾即是。通过这种特定叙事策略的运用，作家从根本上解构了那个不合理的荒谬时代。

阎连科（1958— ），河南嵩县人，当代著名小说家，有过行伍经历。主要作品有长篇小说《情感狱》、《最后一名女知青》、《日光流年》、《坚硬如水》、《为人民服务》、《受活》、《丁庄梦》、《风雅颂》、《四书》等，中短篇小说《年月日》、《黄金洞》、《耙耧山脉》、《耙耧天歌》、《夏日落》、《黑猪毛、白猪毛》、《革命浪漫主义》等。长篇散文《我和父辈》引人注目。

阎连科的代表作，是长篇小说《受活》。《受活》的主体故事发生在耙耧山区的受活庄。受活庄的历史可以追溯到明朝，传说是胡大海为了感谢落难时曾经施舍过自己的盲父、瘫子，特意为他们开辟了一个生活场所。这是一个由残疾人构成的偏远村落，这里土壤肥沃、风调雨顺，村民自始至终过着听天由命、其乐融融的日子。而红四军女战士茅枝战场负伤掉队流落至此后，这里的生活发生了天翻地覆的变化。通过茅枝婆的积极努力，三县不管的受活庄终于在农历己丑年五月末入了双槐县柏树子区的籍，并成立了互助组，又入了合作社，过上了"天堂"般的日子。然而，好景不长，接下来的铁灾、黑灾、红难、黑罪、红罪，不仅使受活庄富足祥和的生活氛围被彻底打破，甚而还面临着灭顶之虞。顶着全庄的压力，茅枝婆开始了贯穿自己一生的退社努力。

茅枝婆与受活庄的故事之外，另一个与受活庄命运休戚相关的人物，是双槐县的现任县长——柳鹰雀。置身于市场经济时代，他的奋斗目标就是要在短期内使双槐县脱贫，从而使自己早日成为和敬仰堂里那些有着卓越政绩的伟人一样的人。为了实现这一目标,他要在家乡建立列宁纪念堂,还要把列宁遗体迎来安放,以此带动全县旅游业及相关产业。为了筹措相关资金,他把受活庄里有一门绝技的残疾人组成"绝术团"到处巡回演出赚钱。柳鹰雀期冀以此实现中国乡民的天堂之梦。

经济的发展,是衡量一个社会现代化程度的重要标准之一。不过,真正意义上的现代化,并不只是经济的高速发展与物质的极大丰富,更重要的是人的全面现代化,是人的精神思想的现代化。就此而言,柳鹰雀不惜以损害侮辱受活人精神自尊的方式组织"绝术团"出演以筹措巨额购列款的行为,理应受到质疑。以凌辱伤害底层社会的方式求得经济上的高速发展,这一现代化模式实不足取。阎连科在《受活》中以对现代化的质疑与反思的方式,表现出了对底层社会的悲悯情怀。

毕飞宇(1964—),江苏兴化人,当代著名小说家。主要作品有长篇小说《平原》、《推拿》,中短篇小说《青衣》、《玉米》、《玉秀》、《玉秧》、《哺乳期的女人》、《家事》、《相爱的日子》、《地球上的王家庄》等。

毕飞宇的代表作,是长篇小说《平原》。这是一部讲述作家"文革"记忆的作品。故事发生在王家庄这个毕飞宇小说地标性的乡村世界,时间的具体设定是1976年。王家庄的小伙子端方高中毕业回乡务农,他是随母亲改嫁跟过来的拖油瓶,本来在村子里没有什么地位。端方凭借强健的体魄和高人一等的智慧,

毕飞宇(1964—)

用拳头和计谋逐一摆平对手,让人刮目相看,在小小的地盘里呼风唤雨,俨然是一帮年轻人的首领,但其实并无前途可言。不愿一辈子面朝黄土背朝天的他,苦闷中与三丫相好,青春期狂乱的欲望有了去处。不料这把火烧得太旺,让痴情又刚烈的三丫丢了性命。端方深受挫折,想去当兵离开农村,却又被支书吴蔓玲看上,地位的悬殊让两人误会丛生。吴蔓玲以知青的身份当上村支书,是以一个女人最宝贵的青春作代价。她喜欢端方,但她的地位却让她丧失了表达感情的可能性;至于端方,他即使明知吴蔓玲对自己有意,也没有胆量,更不可能用行动去接近她,接受她。他们被一种看不见的力量左右,既感觉到对方的存在却又越走越远。最后,是一条疯狗咬伤了吴蔓玲,

吴蔓玲感染了狂犬病，死之将至，她的真情才从迷乱中流露。她咬伤了端方，把所有的爱恨都用失去理智的疯狂来作一个了结。这一幕是震撼人心的，毕飞宇以此结尾，也使这部长篇小说有了更深的寓意。

　　吴蔓玲是《平原》中最具人性深度的一个形象。人性的倾斜与变异，与时代畸形政治对她的深层影响分不开。吴蔓玲的彻底被异化，是从她成为村支书之后才开始变本加厉的。成为党支书之后，由于工作格外积极卖力，她得到了上级洪主任"前途无量"的高度评价。但也正是这充满政治诱惑力的四个字，将吴蔓玲逐渐导引向了一种人性的异化之途。小说中有一处吴蔓玲照镜子的细节："吴蔓玲再也没有料到自己居然变成了这种样子，又土又丑不说，还又拉挂又邋遢。最要命的是她的站立姿势，分着腿，叉着腰，腆着肚子，简直就是一个蛮不讲理的小混混！讨债来了。是什么时候变成这种样子的？哪一天？"这段描写隐喻了政治力量的格外强大。这种政治力量不仅扭曲改变着吴蔓玲的内在精神世界，它甚至从根本上连吴蔓玲的外在生理特征也改变了。

　　方方（1955—　），原名汪芳，出生于江苏南京，祖籍江西彭泽，当代著名小说家。1987年发表中篇小说《风景》引起极大反响，并因此成为中国"新写实"派代表作家之一，著有长篇小说《乌泥湖年谱》、《水在时间之下》、《武昌城》以及中篇小说《涂自强的个人悲伤》、《桃花灿烂》等。

方方（1955—　）

　　方方的代表作之一，是中篇小说《涂自强的个人悲伤》。涂自强出生在山村里一个普通的清贫家庭。整个村子都穷。考上大学，村里人拿出一些零碎票子，凑足了他的路费和学费。至于生活费，那要他到学校以后自己去挣。感情很好的女同学采药，落榜后给涂自强留下一首诗，最后两句是：不必责怪命运，这只是我的个人悲伤。告别山村，从村长到乡邻，所有人的叮嘱都是：念大学，出息了，当大官，让村里过上好日子，哪怕只是修条路。涂自强一路步行前往武汉，路上给工地运过水泥，在餐馆打过工，洗过车，干了各种杂活，经历了各种陌生人的敬意和温暖，终于来到学校。大学四年，他在食堂打工，做家教，一分钟不敢虚度，一分钱不敢浪费。即将考研，因为修路挖了祖坟，父亲一气之下大病不起，终于不治。毕业后,涂自强租住在脏乱差的城中村,找不到合适的工作,被骗,欠薪,一分钱一分钱地算计,勉强支撑。后来老屋塌了,母亲伤了腿,出院后,跟随涂自强来到武汉。母亲去餐馆洗过碗,做过家政,看过仓库,扫过大街,同样为活下去受尽折磨。最终,涂自强积劳成疾,去医院检查已经肺癌晚期。他把母亲送去莲溪寺,自己在回老家的路上,永远离开了这个世界。

涂自强离开这个世界之后,赵同学曾经对他做出过这样的评价:"他从未松懈,却也从未得到。"实际的情形确也如此,涂自强不仅天资聪颖,而且也一直都在不懈努力,但这所有的努力最后却都变成了无奈的泡影。那么,涂自强的悲剧又该归因于谁呢?细细观察涂自强的人生,除了那个悄然失踪的学长老板之外,其他人不仅算不上坏人,反而总还会在涂自强处于困境时施予援手。既然寻找不到具体的造恶者,那么,我们就只能从不合理的社会现实中去寻找原因了。涂自强的个人悲剧,显然与当下时代的阶层固化存在着内在联系。倘若说在20世纪80年代,涂自强们尚且能够凭借个人努力改变自己命运,那么,到了当下这个阶层固化的门阀时代,涂自强们再怎么努力都难以改变自己的命运了。"徒然"自强者,无济于事。阶层固化堵死了涂自强们通过积极努力改写自身命运的通道。这一现实的形成,是不合理的社会体制带来的必然结果。

诗 歌 部 分

北岛(1949—),原名赵振开,祖籍浙江湖州,当代著名诗人。1978年同诗人芒克创办民间诗歌刊物《今天》;1990年旅居美国;2007年,他接受香港中文大学的聘请,定居香港。主要作品有诗集《陌生的海滩》、《太阳城札记》、《北岛诗选》等,中短篇小说《波动》、《幸福大街十三号》,散文集《失败之书》、《青灯》、《午夜之门》、《时间的玫瑰》、《城门开》等。北岛是朦胧诗派最具代表性的一位诗人。《回答》、《一切》、《红帆船》、《结局或开始》等诗作影响广泛。

北岛(1949—)

尽管北岛的诗歌创作一直延续到了他的海外时期，但提起北岛，读者马上会想到他在朦胧诗时期那些脍炙人口的诗篇。原因无他，盖在于北岛那个时期的诗作准确到位地捕捉并表现了时代精神。北岛的诗歌创作开始于"文革"后期，集中反映了从迷惘到觉醒的一代青年的心声。十年"文革"动乱的荒诞现实，造成了诗人一种独特的"冷抒情"方式——出奇的冷静和深刻的思辨性。他在冷静的观察中，发现了"那从蝇眼中分裂的世界"如何造成人的价值的全面崩溃、人性的扭曲和异化。他想"通过作品建立一个自己的世界，这是一个真诚而独特的世界，正直的世界，正义和人性的世界"。在这个世界中，北岛建立了自己的"理性法庭"，以理性和人性为准绳，重新确定人的价值，恢复人的本性；悼念烈士，审判刽子手；嘲讽怪异和异化的世界，反思历史和现实；呼唤人性的高贵，寻找"生命的湖"和"红帆船"。

"我不相信天是蓝的；／我不相信雷的回声；／我不相信梦是假的；／我不相信死无报应"（《回答》）；"我不想安慰你／在颤抖的枫叶上／写满关于春天的谎言"（《红帆船》）；"走向冬天／唱一支歌吧，／不祝福，也不祈祷，／我们决不回去，／装饰那些漆成绿色的叶子"（《走向冬天》）……这些诗作中的叙说者，拒绝接受安慰、怜悯和布施，突出地表现出了类似于鲁迅的"反抗绝望"的态度。北岛诗作中的情感表达，充分展现了当代历史转折时期觉醒者的内心冲突和理想主义精神。这种在强烈的批判、否定中，寻找个体与民族精神再生之路的英雄式的悲壮情感，因其表达的尖锐犀利，在"文革"后获得了中国人普遍的思想共鸣。北岛也正因此而成为一个时代的精神意志代言人。

北岛朦胧诗时期的诗歌，象征意向所指明确，形成了读者可以作清晰辨认的象征符号体系。他往往以诸如鸽子、五色花、星星、山谷、天空、浪花等，来暗示一种人性的，值得努力争取的理想生活；以黑夜、乌鸦、栅栏、网、深渊、残垣等，来比喻一种对人的理想生活造成负面影响的力量。

舒婷（1952— ）

舒婷（1952— ），原名龚佩瑜，祖籍福建省泉州市，当代著名诗人。有过下乡插队经历，70年代后期开始发表诗歌作品。主要著作有诗集《双桅船》、《会唱歌的鸢尾花》、《始祖鸟》，散文集《心烟》、《真水无香》等。舒婷是朦胧诗派的代表诗人之一，其诗作《致橡树》、《神女峰》、《这也是一切》、《祖国啊，我亲爱的祖国》、《惠安女子》等广有影响。

同为朦胧诗派的代表性诗人，如果说北岛的诗作一向以深邃的理性思索见长，那么，舒婷诗作的特点，就是从女性的心理出发，对于一种细腻感情的捕捉与表现。或许与自己的女性身份有关，舒婷在一些诗作中特别注重对于个体（尤其是女性）独立生存价值的艺术表现。这一方面，诗人最具影响力的作品，就是那首脍炙人口的《致橡树》。"我如果爱你——／绝不像攀援的凌霄花，／借你的高枝炫耀自己；我如果爱你——／绝不学痴情的鸟儿，／为绿荫重复单调的歌曲；／也不止像泉源，／常年送来清凉的慰藉；／也不止像险峰，／增加你的高度，衬托你的威仪。／甚至日光。／甚至春雨。／不，这些都还不够！／我必须是你近旁的一株木棉，／做为树的形象和你站在一起。"在这里，木棉与橡树分别是女性与男性的象征意象。诗人通过一系列比喻的充分运用，所刻意强调的，正是一种平等观念的重要，一种独立精神的可贵。尽管"我"爱"你"，但"我"却绝不能简单地成为"你"的附庸，"我"必须是一个独立的"我"，以一种平等的方式"做为树的形象和你站在一起"。诗歌意象的清新，情感捕捉的细腻真切，给读者的心灵世界造成了强烈的精神冲击，极易激荡起读者的情感共鸣。

正是从这样的一种女性生存经验出发，沿着一种性别视角，舒婷往往能够从习见的生活现象与惯常的审美趣味中，敏感地意识到漠视女性生存尊严的心理因素的存在，并予以强有力的艺术揭示。《神女峰》就是这样的一首诗作。诗歌一开始展现的场景是：船到神女峰前，游客们纷纷向神女的石像挥舞起各色手帕。人们对这一偶像狂热的崇敬，表现出在传统道德理念的强大磁场中，人们思维习惯和感情趋向的顽固惯性。与这些游客的表现形成鲜明对照的是，有一只手从众多的挥舞中忽然撤出：她收回挥舞的手臂，对于女性千年来被道德观念禁锢的可怕境况，开始陷入苦苦的思索。"心，真能变成石头吗"，一句强力的诘问，意味着女性独立思想意识的觉醒。只有在女性意识觉醒之后，方才能够出现这样的情形："沿着江岸／金光菊和女贞子的洪流／正煽动新的背叛／与其在悬崖上展览千年／不如在爱人肩头痛哭一晚"。正由于有过长期被压抑、被禁锢的历史，所以，这女性意识觉醒后的反叛才来得特别痛快淋漓。是啊，为什么不呢?！"与其在悬崖上展览千年／不如在爱人肩头痛哭一晚"！

顾城（1956—1993），祖籍上海，出生于北京，当代著名诗人。主要作品有诗集《白昼的月亮》、《舒婷、顾城抒情诗选》、《北方的孤独者之歌》、《铁

顾城（1956—1993）

铃》、《黑眼睛》、《北岛、顾城诗选》、《顾城诗集》、《顾城童话寓言诗选》、《顾城新诗自选集》等。1993年10月，顾城在新西兰激流岛杀死妻子谢烨后自杀。个体人格精神的不健全，是导致他由诗人蜕变为杀人犯的主要原因。顾城辞世后，有记述其情感经历的自传体小说《英儿》流布于世。《一代人》、《远和近》、《我是一个任性的孩子》、《弧线》等诗作，颇有影响。

作为朦胧诗派的一位代表性诗人，顾城被称为以一颗童心看世界的"童话诗人"。尽管写出过"黑夜给了我黑色的眼睛，／我却用它去寻找光明"这样具有强烈哲理思辨性的诗句，但从根本上说，与北岛的理性思考、与舒婷对于感情的捕捉表现相比较，顾城并非一位智者型诗人，而是长期把自己封闭在童话王国中的一位幻觉型诗人。"我是一个悲哀的孩子／始终没有长大／我从北方的草滩上／走出，沿着一条／发白的路，走进／布满齿轮的城市"。诗作《简历》，可以看作是非常传神的诗人自画像。

顾城认为："诗就是理想之树上，闪耀的雨滴"，他"要用心中的纯银，铸一把钥匙，去开启那天国的门"，去表现"纯净的美"。顾城之所以会形成如此诗观，与他对世界的基本理解有关：诗歌的力量足够强大。现实世界不可弥合的分裂，所有不和谐的痛苦，都将在诗歌中得到有效解决，以实现人的心灵的"绝对自由"。顾城诗中，作为这一理想世界的模本，以及用来建造这一世界的"材料"，是未经涉足的大自然，是孩子纯真的心灵和眼睛。可以说，顾城的艺术感知能力，对于诗意的捕捉，对于人的内在精神空间的关切，都是在乡村、在大自然中被"塑造成形"。顾城最后与世界之间的紧张对立，以至杀妻自杀的疯狂举动，都可以在这里得到某种解释。

诗作《远和近》中所包含的，就是顾城一种拒绝现实世界的隐约情绪："你／一会看我／一会看云／／我觉得／你看我时很远／看云时很近"。只要经历过"文革"的人，大都对这首诗有特别的感受。假若超越"文革"，这首诗就可以解读为是对现实世界的失望和拒绝。明明"你"就站在"我"的面前，物理距离很短，但"我"的感觉却是，"你""我"之间的精神距离非常遥远，甚至比天上的"云"都要遥远。倘说"你"是现实世界的隐喻，"云"是理想世界的象征，那么，顾城这首诗传达的，正是对现实世界的批判否定，对理想世界的向往追求。

江河（1949— ），原名于友泽，北京人。"文革"时期开始诗歌创作。1978年12月与芒克、北岛、严力等人在北京创办《今天》杂志。当代著名诗人，朦胧诗派代表诗人之一。主要作品有《星星变奏曲》、《祖国啊，祖国》、《纪念碑》、《遗嘱》、《葬礼》、《没有写完的诗》、《太阳和他的反光》等。

江河与北岛、舒婷、顾城、杨炼，合在一起被称为朦胧诗五大诗人。但他们的写作取向却不尽相同。北岛、舒婷、顾城的诗歌写作，更注重个人情感表达，和自我精神挖掘；常被并列在一起的江河与杨炼，却以"史诗"意识著称。洪子诚认为："这些为他们所称的'史诗'，有着强烈的社会意识。和当时的文学主潮一样，通过民族为生存所作的斗争，和民族文化传统的审察，来思考现实社会问题。以'自我'来归纳民族历史，既是感知角度，也是由这一视角所转化的抒情方式：'叙述者'与叙述的对象在诗中往往重合。纪念碑、大雁塔、土地、山川等，是他们经常用以象征民族历史的时间化的空间意象。由于坚信历史过程中存在痛苦而不屈的灵魂，因而在沉郁悲壮的抒情基调间，又洋溢着创造和变革的乐观。自由体的长诗、组诗，是他们常采用的诗体形式。叙述方式、意象的构成等，可以看到包括惠特曼、聂鲁达、艾青等的影响。"

江河（1949— ）

曾入选中学语文教材的《星星变奏曲》，是江河诗歌代表作之一。诗人选择"星星"这一意象表现自己的所思、所感、所悟，因为"星星"是最先点燃诗人灵感源的导火索，更重要的是，借用人们对星星的凝望，反衬出现实的黑暗和残酷。"如果大地每个角落都充满了光明／谁还需要星星，谁还会／在寒冷中寂寞地燃烧／寻求星星点点的希望"。不仅太阳失去了，连"瘦小的星"也被风吹落。在这个世界上，星星是"一首诗"，在"柔软得像一片湖"的晚上，朦胧着鸟语花香的"春天"，是"飘动的旗子"，是"火"。诗人对这一切愈是尽情讴歌，就愈显出理想与现实的反差，也让读者于温柔的静穆中体验了沉重咸涩的况味。谢冕评价："在浓重的失落感中萌发出来的追求与寻找，既给这些诗篇蒙上一片迷惘与感伤的情调，又浸透着不甘湮没与泯灭的内在力的冲击与奔突。"结构上，两节诗的外观构造几乎相同（内部结构稍有变化），这正如《诗经》中的某些一唱三叹的结构方式，意在营造一种浓郁的诗意氛围，来增强诗的内趋力和表达效果。

海子（1964—1989），原名查海生，安徽怀宁人，当代著名诗人。1989年3月26日在河北省山海关附近卧轨自杀。海子之死，就此成为80年代这样一个高扬着理想主义精神的时代彻底终结的醒目标志。虽然生命短暂，但海子却留下了抒情短诗近200首，长诗《土地》、《但是水，水》，诗剧《太阳》（未完成）以及一些诗学文章。其中，诸如《面朝大海，春暖花开》、《亚洲铜》、《麦地》、《五月的麦地》、《四姐妹》等都广有影响，流播甚广。

海子的抒情短诗具有鲜明的浪漫梦幻色彩，他成功地将自己童年与少年期间的乡村生活经验，凝结成一个质朴单纯的世界。诸如麦地、村庄、月亮、天空等等，都是海子诗作中经常出现的、带有原型意味的诗歌意象。其中所承载体现的，是海子真切的生存经验。《面朝大海，春暖花开》即是这样的一首抒情短诗。在作品开篇，诗人做出了一个决定："从明天起，做一个幸福的人"。什么是幸福的人？幸福是什么？那就是"喂马，劈柴，周游世界"，"关心粮食和蔬菜"，"和每一个亲人通信"，"给每条河每一座山取一个温暖的名字"，为"陌生人""祝福"，愿他"有一个灿烂的前程"，"有情人终成眷属"，"在尘世获得幸福"。这些简单的叙述，明亮，开阔，温暖，清新，充满着对日常生活、对自然、对整个世界的热爱和眷恋。幸福是那么简单，幸福就是认真地做并享受身边的事，幸福就是和亲人们沟通，和一切人分享，幸福也可以有一点孩童式的天真而顽皮的"野心"，比如"给每条河每一座山取一个温暖的名字"。

问题在于，诗人一开始的承诺是"从明天起，做一个幸福的人"，那么，昨天呢，今天呢？答案显然是否定的。昨天和今天的海子是不幸福的，至少不是他所描述的如上幸福的人。诗人的生活与他所描述的正相反，他无暇关心物质，他不会生活，他是孤独的……总之，他无法享受"尘世"的幸福，他想改变这一切，但是他做不到，他只能在另一个世界里。对海子来说，这几乎是命定的。"闪电"这个极其重要的意象，在西方诗歌传统中，往往具有天启与神谕的意义，是上天在关键时候给海子的一种强力暗示。尽管海子在

"闪电"之前也加了"幸福"二字,但此幸福却非彼幸福。海子承认别人的幸福,承认尘世的幸福,也祝福所有的人拥有这样的幸福,但是"我只愿面朝大海,春暖花开"。正是在此处,可以聆听到海子的内心低语。为什么在完成《面朝大海,春暖花开》后不久即弃世?这首诗中多少隐藏着进入海子精神世界的密码。

西川(1963—),原名刘军,祖籍山东,出生于江苏徐州,当代著名诗人。大学时代开始写诗,并投身当时全国性的诗歌运动,倡导诗歌写作中的知识分子精神。主要作品有诗集《虚构的家谱》、《大意如此》、《西川的诗》,诗文集《深浅》,散文集《水渍》等。代表性诗作有《夕光中的蝙蝠》、《在哈尔盖仰望星空》、《十二只天鹅》、《厄运》、《芳名》等。

西川(1963—)

《在哈尔盖仰望星空》,是西川80年代一次青藏高原之旅的产物。在哈尔盖这个小地方,如同蚕豆般的车站,西川仰望星空:"像今夜,在哈尔盖/在这个远离城市的荒凉的/地方,在这青藏高原上的/一个蚕豆般大小的火车站旁/我抬起头来眺望星空"。诗人之所以要仰望星空,是因为他在仰望之前,就已经被某种奇异的力量击中了:"有一种神秘你无法驾驭/你只能充当旁观者的角色/听凭那神秘的力量/从遥远的地方发出信号/射出光来,穿透你的心"。这是一种什么样的神秘,让诗人无法驾驭?是漆黑的夜晚,茫茫的高原?是藏北的神灵,冥冥的天象?他在《艺术自释》中曾这样说道:"请让我面对宗教,使诗与自然一起运转从而取得生命,它充满着自如的透明。请让我有所节制。向往调动语言中的一切因素,追求结构、声音、意象上的完美。"西川是那种意象密集、语言节制的诗人。他抒情,但不煽情。在他的骨子里,长期以来有一个神灵一直作祟他的神志,他认为这是宿命,和预言一样灵验。他在哈尔盖这个"蚕豆般大小的火车站旁",被宿命言中,被感应的光束穿透了心肺。

于是,诗人便抬头仰望。他看到了什么?"这时河汉无声,鸟翼稀薄/青草向群星疯狂地生长/马群忘记了飞翔/风吹着未来也吹着过去"。面对这种奇异的景象,诗人颤栗了:他看着星空,无声的河汉,稀薄的鸟翼,向星空疯长的青草,忘记了飞翔的马群。在如此浩阔的大自然面前,身为主体的我,渺小得可怕:"风吹着未来也吹着过去/我成为某个人,某间/点着油灯的陋室／而这陋室冰凉的屋顶／被群星的亿万只脚踩成祭坛"。面对大自然，面对浩瀚星空，怎能不满怀敬畏？诗人在谈到诗与自然时说："对于我，诗歌应当面对自然；人是自然的回声，以自然的伟大而伟大。"在宇宙面前，在大自然面前，在时间面前，一种强大的、不可驾驭的神秘力量，由内心生发。诗人只不过是被群星亿万只脚踩成的祭坛，只是一个领取圣餐的孩子而已。

于坚（1954— ），云南昆明人，当代著名诗人、散文家，曾经与韩东他们一起创办《他们》杂志。他坚持用口语写诗，坚持以诗歌的形式关注表现当前的"日常生活"。1986年发表成名作《尚义街六号》。主要作品有诗集《诗六十首》、《对一只乌鸦的命名》、《于坚的诗》，散文集《棕皮手记》等。诗作《避雨之树》、《感谢父亲》、《弗兰茨·卡夫卡》、《怀念之二》、《对一只乌鸦的命名》等，以及长诗《0档案》影响颇大。

于坚（1954— ）

20世纪80年代，于坚以一种先锋诗人的姿态活跃于中国诗坛。主要作品有《尚义街六号》、《作品某某号》系列、《横渡怒江》、《在旅途中不要错过机会》等。这一时期，属于于坚的诗艺探索期。拒绝隐喻，是于坚明确提出的一个创作口号。但具体写作实践与艺术主张之间，往往并不是一种同步关系。尽管于坚坚持自觉运用口语，但在口语背后，潜在的象征隐喻依然存在。比如《在旅途中不要错过机会》，即是如此。"……你和陌生人说说笑笑／知道了另一条河上的事情／或许你就一直躺在林子里／直到太阳落山 黑夜来临／或许你从此就折进某一条岔路／只因你感觉对头 心里高兴／你就是停下来 躺一阵 聊聊天／你发现活着竟是如此轻松／脚也不酸，肩也不疼／只是不要忙着低头赶路／错过了这片林子可就不同／错过了这个生人可就不同／你要一直顺着路走 才能回到家中／你要走很久很久 才能回到家中"。这首诗，表面看都是大白话，真正思索探究的却是"人不可能两次踏入同一条河流"的哲学命题。尤其是"只是不要忙着低头赶路／错过了这片林子可就不同／错过了这个生人可就不同"这几句，可以说是这首诗的"诗眼"所在。

进入20世纪90年代后，于坚的写作，开始转入他在《传统、隐喻及其他》一文中强调的"与心情无关，只与纸和笔有关"的写作状态。这一时期，于坚的主要作品有《对一只乌鸦的命名》、《坠落的声音》以及长诗《0档案》等。《对一只乌鸦的命名》开篇："从看不见的某处／乌鸦用脚趾踢开秋天的云块／潜入我的眼睛上垂着风和光的天空／乌鸦的符号 黑夜修女熬制的硫酸／嗞嗞地洞穿鸟群的床垫／堕落在我内心的树枝"。与 80 年代的诗作相比较，于坚诗歌变化明显，其中的象征隐喻色彩更加强烈。

散 文 部 分

巴金（1904—2005），原名李尧棠，字芾甘，四川成都人，现当代著名小说家、散文家，曾经长期担任中国作家协会主席。主要作品有长篇小说"激流"三部曲（《家》、《春》、《秋》）、"爱情"三部曲（《雾》、《雨》、《电》）、《寒夜》、《憩园》、《第四病室》等。"文革"后，晚年巴金以一部散文集《随想录》而享誉文学界。

巴金（1904—2005）

自 1978 年底开始，巴金应邀在香港《大公报》开设《随想录》专栏，从 1978 年 12 月 1 日写下第一篇《谈〈望乡〉》，到 1986 年 8 月 20 日写完最后一篇即第 150 篇《怀念胡风》（其间，曾经陆陆续续以每 30 篇为一集，共编为《随想录》、《探索集》、《真话集》、《病中集》以及《无题集》五种出版），历时整整八年。在年届八旬之际，巴金能够全心全意地专注于写作，完成这部长达 42 万字的散文大作，非常不易。"十年浩劫教会一些人习惯于沉默，但十年的血债又压得平时沉默的人发出连声的呐喊。我有一肚皮的话，也有一肚皮的火，还有在油锅里反复煎了十年的一身骨头。火不熄灭，话被烧成灰，在心头越集越多，我不把它倾吐出来，清除干净，就无法不做噩梦，就不能平静地度过我晚年的最后日子，甚至可以说我永远闭不了眼睛。"读一读这段话，就不难明白晚年巴金为何要执意于《随想录》的写作。说到底，这是他的人生交代，是巴金对自我心灵的一次无情拷问，是发自内心的真诚忏悔。也正因此，这部散文集才被文学界普遍誉为一部难能可贵的"讲真话的大书"。

在耄耋之年坚持完成《随想录》这样一部著作，巴金的精神出发点非常明确，那就是要从自己真切的人生体会入手，对"文革"浩劫做出深刻的个

人反省。巴金自陈:"拿起笔来,尽管我接触各种题目,议论各样事情,我的思想却始终在一个圈子里打转,那就是所谓十年浩劫的'文革'。……住了十载'牛棚',我就有责任揭穿那一场惊心动魄的大骗局,不让子孙后代再遭受灾难。"《随想录》中,作家真实地记录了"文革"给他和他的家人以及朋友带来的种种背离人道的身心摧残,如《怀念萧珊》、《怀念老舍同志》等篇,都具有强烈的艺术感染力;揭示出"文革"的恶性威力和影响,并未随着它的结束而真正消失,如《"毒草病"等》等。

余秋雨(1946—),浙江余姚人,当代著名学者、散文家。主要著作有论著《戏剧理论史稿》、《戏剧审美心理学》、《中国戏剧文化史述》、《艺术创造过程》等,散文集《文化苦旅》、《文明的碎片》、《山居笔记》、《霜冷长河》、《千年一叹》、《行者无疆》、《秋雨散文》等,以及长篇"回忆文学"《借我一生》。

余秋雨(1946—)

《文化苦旅》是余秋雨的第一部散文集,余秋雨也正是凭这部作品在文坛暴得大名。文学界逐渐形成了学者散文和大文化散文之说。学者散文的作者,大多是一些专门从事人文学科或社会科学研究的学者,在自己的专业研究之外,创作一些融会学者理性思考与个人感性表达的文章。《文化苦旅》是这方面的代表性著作。全书的主题是凭借山水风物以寻求文化灵魂和人生真谛,探索中国文化的历史命运和中国文人的人格构成。其中《道士塔》、《阳关雪》等,是通过一个个古老的物像,描述文明盛衰,历史的深邃苍凉之感见于笔端。《白发苏州》、《江南小镇》等却是以柔丽凄迷的小桥流水为背景,把清新婉约的江南文化和世态人情表现得形神俱佳。《风雨天一阁》、《青云谱随想》等直接把笔触指向文化人格和文化良知,展示出中国文人艰难的心路历程。此外,还有专门论析文化走向的文章《上海人》、《笔墨祭》,以及充满文化感慨的回忆散文《牌坊》、《庙宇》、《家住龙华》等。作者借助渊博的文学和史学功底,丰厚的文化感悟力和艺术表现力所写下的这些文章,不但揭示了中国文化的深厚内涵,而且也为当代散文领域提供了崭新范例。

余秋雨的散文,有较强的文化反思意识,或者在历史回溯中感叹文化与山水的兴衰，或者在对古代文化踪迹的探寻中，思考知识分子的使命与命运遭际。他并没有把散文写成简单的"文化"加"山水"，而是特别强调"人气"，即作家的文化思考和个人体验，他自己将之称为"个人与山水的周旋"。余秋雨的散文语言追求文雅，正如篇名"风雨天一阁"、"寂寞天柱山"、"一个王朝的背影"等。作家的行文常常直抒胸臆，但情感的表达有时候稍嫌外露，有过于夸张的弊端。同时，在谋篇结构上，也有雷同现象存在。

史铁生（1951—2010），原籍河北涿县，出生于北京，当代著名小说家、散文家。曾经在陕北插队，因双腿瘫痪于1972年回到北京。知青作家。后来又患肾病并发展到尿毒症，需要靠透析维持生命，自称"职业是生病，业余在写作"。主要作品有长篇小说《务虚笔记》、《我的丁一之旅》，中短篇小说《我的遥远的清平湾》、《插队的故事》、《詹牧师的报告文学》、《奶奶的星星》、《老屋小记》、《礼拜日》、《原罪》、《一个谜语的几种猜法》等，出版有散文集《一个人的记忆》、《灵魂的事》、《答自己问》、《我与地坛》、《病隙碎笔》、《扶轮问路》等。散文《我与地坛》影响巨大。

史铁生（1951—2010）

史铁生是一位少见的具有哲学维度和宗教向度的当代作家，是一位借助手中之笔感悟生死的作家。华语文学传媒大奖的授奖词，是对史铁生写作的一种准确概括："史铁生是当代中国最令人敬佩的作家之一。他的写作与他的生命完全连在了一起，在自己的'写作之夜'，史铁生用残缺的身体，说出了最为健全而丰满的思想。他体验到的是生命的苦难，表达出的却是存在的明朗和欢乐，他睿智的言辞，照亮的反而是我们日益幽暗的内心。他的《病隙碎笔》作为2002年度中国文学最为重要的收获，一如既往地思考着生与死、残缺与爱情、苦难与信仰、写作与艺术等重大问题，并解答了'我'如何在场、如何活出意义来这些普遍性的精神难题。当多数作家在消费主义时代里放弃面对人的基本状况时，史铁生却居住在自己的内心，仍旧苦苦追索人之为人的价值和光辉，仍旧坚定地向存在的荒凉地带进发，坚定地与未明事物作斗争，这种勇气和执着，深深地唤起了我们对自身所处境遇的警醒和关怀。"

史铁生的代表作，是散文《我与地坛》。这是一篇十分难得的值得人们反复吟读思考的精美散文。史铁生以朴素动人的语言，讲述了自己的人生经历和所思所想。作家的全部讲述围绕的核心，就是生命存在的问题，尤其是人究竟应该如何来理解看待生命中必然的苦难。这与史铁生自身所遭受的病痛折磨密切相关。正因为自己"活到最狂妄的年龄上忽地残废了双腿"，所以史铁生才对生命有了某种顿悟。命运使史铁生与别人倏然有别，在这篇散文中，作家通过对自我命运的静默思考，认识到：人生就是一种不可捉摸的命运的造就，包括生命中最不堪的残酷与伤痛也都是不能选择的必然。既然如此，人就只能领受命运的赐予。到最后，史铁生终于超越了个体生命的有限，把沉思带入到了对生命本体的认知。此时此刻，个人对苦难的承受已不再是偏狭的绝望，而升华为对人类整体存在的担当。

刘亮程（1962— ），出生于新疆古尔班通古特沙漠边缘的沙湾县，当代著名散文家、小说家。主要作品有长篇小说《虚土》、《凿空》，散文集《一个人的村庄》、《风中的院门》等。1999年10月，在国内文学界享有盛誉的《天涯》杂志的头题位置刊发了"刘亮程散文专辑"，并配发了李锐、李陀、方方、南帆、蒋子丹等著名评论家、作家的推荐文章，刘亮程随之便名满天下，被誉为"20世纪中国最后一位散文家"和"乡村哲学家"。

刘亮程（1962— ）

刘亮程的代表作，是散文集《一个人的村庄》。刘亮程不同于其他作家所写农村的重要特点是，他不是站在"体验生活"的旁观者身份来写，而是写他自己的村庄，他眼中的、心中的，生于斯长于斯，亦必将葬于斯的这一方土地。这就是《一个人的村庄》之命题和立意所在。封面上印有一行字："后工业化社会的乡村哲学"，这是读者进入刘亮程乡村散文的有效路径。后工业化社会与《一个人的村庄》中的那种落后的生产面貌和贫穷的生活面貌之间，存在着何等尖锐的对立与鲜明的反差！正是在这样的时代背景之下，《一个人的村庄》才显示出了其醒世的、不可漠视的人文价值，突出了人类命运、家园史诗与人的灵魂档案的意义。"忘记过去就意味着背叛。"对于已经五谷不分的"新新人类"来说，刘亮程这部散文集就是一本人性历史的"备忘录"。"我在草中睡着，我的身体成了众多小虫子的温暖穴巢。"在《与虫共眠》中，你会体会到村庄中人与虫子的那种感情。"一年一年地听着虫鸣，使我感到小虫子的永恒。而我,还在世上苦度着最后十几个春秋。面朝黄土,没有叫声。"这样的释怀,正是刘亮程"乡村哲学"之一种。至于写人的篇章,那就更深刻了。《寒风吹彻》写的是西部村庄的寒冷。"一野的寒风吹着我一个人,好像寒冷把其他一切都收拾掉了,现在全部地对付我。"刘亮程的散文中充满这类诗一样的语言,他是一位从诗转向散文的作家,因此,哲学思维与诗性智慧相交织,形成他散文中特有的深厚与诗美素质。在这篇作品中,写到他曾将一位老人领回家中,以炉火温暖了他。但第二天还是发现那位老人已冻死在路边的荒野中。"落在一个人一生中的雪,我们不能全部都看见。"读着这样沉痛的句子,不难体会刘亮程悯恤众生的人文情怀。

戏剧部分

高行健(1940—),原籍江苏泰州,出生于江西赣州,当代著名戏剧家、小说家,现为法国国籍,曾获得过2000年的诺贝尔文学奖。主要作品有长篇小说《灵山》、《一个人的圣经》,中短篇小说集《有只鸽子叫红唇儿》,戏剧《绝对信号》(与刘会远合作)、《车站》、《野人》、《彼岸》、《冥城》等。

高行健(1940—)

高行健的戏剧代表作,是带有探索性的无场次话剧《绝对信号》。剧中写待业青年黑子与少女蜜蜂相爱,却因没有经济来源而无法结婚。在黑子迷惘彷徨之际,一个车匪利用他对社会的不满心理,拉他一起密谋,试图合伙盗车。结果,他们爬上了由小号担任见习车长的一节守车。带有巧合意味的是,小号居然不仅是黑子的中学同学,而且也同样深深地爱着蜜蜂。关键处还在于,就在列车开出不久,蜜蜂也碰巧搭上了这节车厢。这样,在列车车厢十分有限的时空中,围绕着黑子、小号、蜜蜂之间的复杂情感纠结,以及老车长和车匪之间的较量,展开了紧张激烈的矛盾冲突。到最后,黑子经过了一番痛苦异常的心灵挣扎,猛然醒悟,开始与车匪搏斗,并与车匪双双倒下。小号随之在老车长的指示下亮起红灯(绝对信号),列车终于安全进站。

仅从剧情看,高行健所讲述的这个故事并没有多少新意:作品着力思考表现的，是黑子这样的年轻人从内心的失落中重新找到理想与信念，重新理解做人的义务与责任，其内在美好人性逐渐觉醒的心路历程，基本未脱出"社会问题剧"的艺术思维窠臼。值得肯定处，在于高行健打破了传统戏剧表现手法的局限，进行了现代主义戏剧技巧的大胆实验和尝试。其一，剧本虽以车匪胁迫黑子作案为情节线索，却侧重描写了人物的心理变化，刻画出生活境遇给青年人造成的苦闷以及他们在爱情、友谊、权利、职责等观念面前的思索。剧中人物内心活动十分复杂、激烈，既有自我审视又有互相的探索。为了深入揭示和外化人物的心理活动，作者运用回忆、想象等手法，让现实时空与心理时空相互交替、转换，并运用了"内心的话"的表现手法，在强调与运用戏剧艺术假定性上进行了有益的尝试。其二，剧本的长处还体现在一种主观化的时空结构方式的运用上。情节的展开不单依循传统戏剧的"现在进行时"的客观时序，而是既展示了正在车厢里发生的事件，又不断通过人物的回忆闪出过去的事件，或把人物的想象和内心深处的体验外化出来，实际上没有发生的事件也得以在舞台上展现。这些大胆的艺术形式实验，使《绝对信号》成为一部思想艺术价值突出的现代主义话剧作品。

孟京辉（1964— ），北京人，当代著名话剧导演。孟京辉是当前亚洲剧坛最具影响力的著名实验戏剧导演。他以独具个性的创造力，多元化的艺术风格，不仅开拓了中国当代戏剧的新局面，而且已经成为一种值得瞩目的文化现象。他执导的《思凡》、《一个无政府主义者的意外死亡》、《百年孤独》、《恋爱的犀牛》、《臭虫》、《关于爱情归宿的最新观念》、《琥珀》、《镜花水月》、《艳遇》等实验性话剧都引起了强烈的反响。

孟京辉（1964— ）

孟京辉的代表作《恋爱的犀牛》，讲述的是一个关于爱情的故事。动物园犀牛饲养员马路疯狂地爱上了他的女邻居明明。为了得到明明，马路想尽了各种办法，为了她做了能做的一切。但是明明依旧不爱马路，因为她的心一直被陈飞占据，而这个陈飞从来没爱过明明。最后，马路以爱情的名义绑架了明明，将他饲养的犀牛杀死。剧中的主角马路，是别人眼中的偏执狂，如他朋友所说，马路往往过分夸大一个女人和另一个女人之间的差别。在人人都懂得明智选择的今天，马路实属异类。究竟何为"明智"，编剧廖一梅做出过自己的解释:"所谓'明智',便是不去做不可能、不合逻辑和吃力不讨好的事。在有着无数可能、无数途径、无数选择的现代社会,人人都能找到自己的最佳位置,都能在情感和实利之间找到一个明智的平衡支点,避免落到一个自己痛苦,别人耻笑的境地。这是马路所不会的,也是我所不喜欢的。不单感情,所有的事都是如此。没有偏执就没有新的创举,就没有新的境界,就没有你想也想不到的新的开始。"

《恋爱的犀牛》中对爱情的执着催人泪下。爱情被诠释得淋漓尽致,就像剧中的一句台词:人是可以以二氧化碳为生的,只要有爱情。马路说:忘掉是一般人能做的唯一的事,但是我决定不忘掉她。马路给了明明一切,包括最宝贵的生命。剧中旁观者的想法和马路的做法截然不同,他们之间的强烈对比,映照出的正是现实与理想之间的巨大差距。"如果是中世纪,我可以去做一个骑士,把你的名字写上每一座被征服的城池／如果在荒漠中,我会流尽最后一滴鲜血去滋润你干裂的嘴唇／如果我是天文学家,有一颗星星会叫做明明／如果我是诗人,所有的声音都只为你歌唱／如果我是法官,你的好恶就是我最高的法则／如果我是神父,再没有比你更好的天堂／如果我是一个哨兵,你的每一个字都是我的口令／如果我是西楚霸王,我会带你临阵脱逃任由人们耻笑／如果我是杀人如麻的强盗,他们会乞求你来让我俯首帖耳／可我什么也不是,一个普通人,一个像我这样普通的人／我能为你做什么呢?"

第四节 台湾及海外文学部分

大陆文学之外,台湾文学的成绩也不容忽视。1949年之后,虽然也有政治色彩非常鲜明的反共文学存在,但真正具有文学意义的,却是那些超越现实政治的文学写作。小说领域,先后出现了现代主义与乡土写实两大多少带有一点文化对抗意味的写作潮流。前者的代表性作品有白先勇的《孽子》与《台北人》、七等生的《我爱黑眼珠》、王文兴的《家变》等。后者的代表作则包括陈映真的《将军族》、黄春明的《锣》、王祯和的《嫁妆一牛车》等。

台湾诗歌所走过的发展道路,约略相同于小说创作。先是出现了由纪弦、覃子豪、张默、痖弦、洛夫等诗人为主导的现代主义诗歌运动,接着便出现了由白荻、陈千武、杜国清、赵天仪、林亨泰等诗人为代表的乡土诗歌写作。前者的标志，分别是"蓝星诗社"与"创世纪"诗社的成立；后者的标志，则是"笠"诗社的成立。相对而言，余光中的诗歌写作不仅持续时间长，而且总体成就也很高。

台湾的散文写作，也同样可谓名家辈出、群星闪耀，杨牧、梁实秋、陈之藩、琦君等都引人注目。但从一种持续性的影响力来说，王鼎钧更具创作实力。

台湾戏剧创作方面，除却创作数量颇大的姚一苇，赖声川的《那一夜，我们说相声》影响较大。

台湾之外，当代文学这一时段，尤其是晚近一个时期，一批移居海外的华语作家的文学创作可谓风生水起，产生了广泛的影响。严歌苓、张翎、陈河、陈谦、袁劲梅等一些海外作家的文学创作，在新世纪以来中国文坛所占份额的日渐扩大，是无法否认的客观事实。无论是国内重要的文学期刊，抑或是重要的文学奖项，我们总是能够发现这些海外作家的身影存在。那么，海外作家为什么会在新世纪成为中国文学创作的一支重要力量呢？一方面，文学写作是一项更多地依赖于艺术天赋的事业，偏偏是在这个时候，在那些移居海外的中国人当中出现了一批拥有写作天赋的作家，实在没有多少道理可讲。但在另一方面，文化全球化态势的日益明显，中国文学融入世界文学大潮中的国际化趋势渐趋强劲，也都会在一定程度上影响到这样一种重要文学现象的形成。张翎的《金山》、《阵痛》、《余震》，陈河的《我是一只小小鸟》、《沙捞越战事》、《猹》，陈谦的《特蕾莎的流氓范》、《繁枝》、《莲露》，袁劲梅的《罗坎村》等，都产生过不小的社会影响。其中的佼佼者之一，显然是佳作迭出的严歌苓。

白先勇（1937— ），原籍江苏南京，出生于广西桂林，国民党高级将领白崇禧之子，当代台湾著名小说家。主要作品有长篇小说《孽子》，短篇小说《永远的尹雪艳》、《谪仙人》、《玉卿嫂》、《寂寞的十七岁》、《游园惊梦》、《金大班的最后一夜》等，先后结集有短篇小说集《寂寞的十七岁》、《台北人》、《纽约客》等。小说创作之外，白先勇对于昆曲可谓情有独钟，为了保护这份珍贵无比的文化遗产，白先勇做出了多方面的积极努力。

白先勇（1937— ）

海外汉学家夏志清对白先勇评价甚高："当代中国短篇小说家中的奇才，五四以来，艺术成就上能与他匹敌的，从鲁迅到张爱玲，五六人而已。"白先勇是台湾现代派中现实主义精神较强的作家。他的小说创作可分为前后两期。一般以1964年在美国发表的《芝加哥之死》为界线，在这篇小说之前所有在台湾创作的小说是前期作品，在这之后所有在美国创作的小说可称为后期作品。前期作品，受西方文学影响较重，较多个人色彩和幻想成份，思想上和艺术上尚未成熟。后期作品，继承中国民族文学传统较多，将传统熔入现代，作品的现实性和历史感较强，艺术上也日臻成熟。

白先勇的代表作，是短篇小说《永远的尹雪艳》。《永远的尹雪艳》是小说集《台北人》的首篇，作品通过对尹雪艳形象的生动刻画，有力地揭示出台湾上流社会纸醉金迷的腐朽生活。《台北人》这部集子中的作品均是白先勇移居美国后创作的，大都以国民党上层统治阶层的生活为背景，表现国民党政权退居台湾后，贵族、官僚、富商及其他各色人物的生活面貌和精神状态。由于作者出身于国民党上层统治阶级，对这一阶层的生活和人物有着真切的认识和体会，所以，写起此类题材来便显得入木三分。

"尹雪艳着实迷人。但谁也没能道出她真正迷人的地方。尹雪艳从来不爱擦胭抹粉，有时最多在嘴唇上点着些似有似无的蜜丝佛陀；尹雪艳也不爱穿红戴绿，天时炎热，一个夏天，她都浑身银白，净扮的了不得……"尹雪艳原是上海百乐门一个如花似玉的红舞女，"能够迷惑所有接触过的男人"，是十里洋场新贵们疯狂追逐的目标。来到台湾后，尹公馆很快成为上流社会"旧雨新知"的寻欢乐土和怀旧场所，"好像尹雪艳便是上海百乐门时代永恒的象征，京（老南京）沪（老上海）繁华的佐证一般"。那些失去官衔的遗老遗少，十几年前作废了的头衔，经过尹雪艳吴侬软语的称呼，心理上顿时就恢复了许多优越感。但从根本上说，尹雪艳却并没有给他们带来任何希望。她妖冶迷人，也冷艳逼人。眼看着牌桌上的厮杀，她自己也在无形中杀人。她像一颗"白煞星"："沾上的人，轻者家败，重者人亡"。当年，上海棉纱财阀王贵生为她遭了枪杀，金融界洪处长因其倾家荡产；如今，迷恋上她的台湾新暴发户徐壮图也遇刺身亡。台湾的上流社会，成为尹雪艳这类人寄生的社会基础，尹雪艳的"重煞"，又意味着这个贵族社会的必然归宿。

陈映真（1937— ），原名陈永善，笔名许南村，台北县莺歌镇人，台湾著名小说家。如果说白先勇是台湾具有突出现代主义倾向的作家，那么，陈

陈映真（1937— ）

映真就可以视作是具有现实主义倾向的乡土小说作家。其小说创作可分为三个阶段：早期小说从1959年到1965年，作品忧郁、伤感，充满苦闷色彩，代表作品如短篇小说《面摊》；其后则以理性的凝视代替感性的排拒，冷静而写实的分析代替了煽情、浪漫的发泄，代表作有《将军族》、《第一件差事》；20世纪70年代末以来，则主要探讨跨国企业对第三世界经济、文化的侵略，以鲜明的意象描画了第三世界民众的心灵污染、扭曲、颓废，甚或抗拒与挣扎，如《夜行货车》、《上班族的一日》等。

　　陈映真的代表作，是短篇小说《将军族》。这篇充满着人道主义情怀的短篇小说，通过台湾一对小人物由隔阂到真诚相爱，因相爱而从容赴死的殉情故事，揭示了小人物悲惨的生活处境和命运，对黑暗、丑陋、不公的现世表达抗议，赞美了小人物高贵的人格品行和纯真的情感。小说中的两位主人公分别是"小瘦丫头"和"三角脸"。"小瘦丫头"是一位台湾本土女子，"三角脸"则是来自于大陆的一位国民党退伍老兵。"小瘦丫头"的年龄大约十五六岁，因家贫被卖为娼而逃到康乐队，而她妹妹却因此又有被卖为娼的厄运在等待。要想有效避免这种可怕的命运，就必须有25000元还债才行。在此关键时刻，同样身在康乐队里的国民党退伍人员"三角脸"挺身而出，在了解这件事情的真相之后，把自己的全部退伍费近三万元钱，偷偷交给了"小瘦丫头"，自己无声无息地悄然离开。"小瘦丫头"虽然拿了钱回家，但最后仍然没能改变自己的悲剧命运，再次被卖为娼。四五年后，她赎出自己，加入乐队当指挥。出于某种复杂的心绪，她刻意要寻找"三角脸"。功夫不负有心人，两人终于在一个乡村的葬礼上久别重逢。但此时二人已历尽沧桑，都觉得此身已不再"干净"。愧疚之下，二人最终殉情而亡。

　　"小瘦丫头"不仅先后两次被卖为娼，而且还被残忍地弄瞎了左眼。她的悲惨遭遇，强有力地揭露和批判了台湾社会的黑暗、丑陋与残忍。"三角脸"为了拯救"小瘦丫头"和她妹妹，把全部退伍金都拿了出来，充分显示了一种崇高的品性。陈映真把小说题名为"将军族"，其意在于强调两位主人公虽然是看似微不足道的小人物，但他们却有着将军一样的高贵品行和纯真感情，应该赢得读者的理解与尊重。

余光中（1928— ），祖籍福建泉州，台湾著名诗人、散文家，"蓝星诗社"创办人之一。主要著作有诗集《舟子的悲歌》、《蓝色的羽毛》、《天国的夜市》、《钟乳石》、《万圣节》、《莲的联想》、《武陵少年》、《敲打乐》、《在冷战的年代》、《白玉苦瓜》、《天狼星》、《与永恒拔河》、《浪子回头》、《高楼对海》等近二十种，散文集《逍遥游》、《听听那冷雨》、《井然有序》等十余种。诗作《乡愁》、《天问》、《秦俑》等颇有影响。

余光中（1928— ）

余光中的诗歌创作，持续时间长久，艺术风格多变，先后经历了"格律诗"（1950—1957）、"现代派"（1958—1960）、"反西化之新古典主义"（1961—1964）和"融通圆熟"（1964年之后）等不同时期。从这一写作轨迹，可以看出余光中的诗歌创作，从接受白话诗中的新格律派影响，到从西方现代派诗歌中寻找艺术营养，再进一步转而到中国古典诗歌中发掘艺术资源，最终杂糅种种，形成了自己的艺术风格。

余光中的诗歌题材广泛，诸如历史回顾、"故事"重构、异国见闻、爱情书写、哲理沉思、怀人写景、诗友赠答种种，均可入他诗。代表作之一，就是那首著名的《乡愁》。《乡愁》从内在感情上继承了中国古典诗歌抒情传统，具有深厚的民族感。中国诗歌强调含蓄，强调借助意象来表现情与思。余光中借助中国古典诗歌艺术技巧，从广远的时空中提炼了四个可感的、与诗人人生四个阶段息息相关的意象："邮票"、"船票"、"坟墓"和"海峡"，并且巧妙地将乡愁这种抽象的情绪转化为四个意象。小时候与祖国母亲分隔两地是由于国家政策关系，那时只能通过书信的形式，用一枚小小的"邮票"承载自己厚重的乡愁。一枚小小的"邮票"成了两岸人民情感交流的枢纽，让读者联想到杜甫《春望》中所写下的名句"烽火连三月，家书抵万金"。一枚"邮票"，蕴含了两岸人民无尽的苦难与思念。到了中年，作者成家立室之后依然不能摆脱这种隔岸的牵挂。本应幸福、温馨而甜蜜的婚姻却变成了海上旅途的疲乏孤独。一张张旧"船票"饱含多少空虚的岁月与相聚的感动，一张张旧"船票"割断了无数鸳鸯梦。而最令诗人痛心疾首的，是自己朝思暮想要回去探望的老母亲，却在苦苦的等待和思念中烟消云散，被刺眼的黄泥掩埋在自己苦思的故土里。"坟墓"，成了生死之间永远无法逾越的长城。最后，余光中把自己的感情进一步升华托举到了家国民族的高度，以"海峡"

这个意象，把大陆和台湾紧紧地联系在一起，传达出的是一种沉郁顿挫的家国忧思。

王鼎钧（1925— ），曾用名方以直，山东临沂市人，台湾著名散文家。他的创作生涯长达大半个世纪，长期出入于散文、小说和戏剧之间，著作近40种，以散文产量最丰，成就最大，被誉为"一代中国人的眼睛"，"崛起的脊梁"。主要作品有《人生三书》（《开放的人生》、《人生试金石》、《我们现代人》）、《人生观察》、《长短调》、《世事与棋》、《情人眼》、《碎玻璃》、《灵感》等，回忆录四部曲《昨天的云》、《怒目少年》、《关山夺路》、《文学江湖》。

王鼎钧（1925— ）

王鼎钧的散文选材，可谓涉猎广泛。在丰富的题材领域（历史、家族、社会、人生）里，作家特别注重对于人性的思考和挖掘。这种思考和挖掘主要借助两种方式进行：一个是充满哲理感悟的直接议论，一个是以人物和故事为经纬编织出人性或善或恶的图谱。前者以《开放的人生》为代表，后者则在《碎玻璃》中表现突出。在艺术上，王鼎钧不但在散文的各种体式（小品、杂文、散文诗、叙事散文、抒情散文、哲理散文）上多有实践，而且常进行不同文类的嫁接，比如以小说手法写散文，将散文做诗化处理，等等，努力营造出特别的艺术效果。在语言风格上，王鼎钧的散文文字干爽，内劲深厚，在平实中包蕴智慧，在流畅中隐含跌宕，给读者印象殊为深刻。

王鼎钧的代表作，是散文短章《脚印》。作家从一个关于捡拾脚印的民间传说起笔："你该还记得那个传说：人死了，他的鬼魂要把生前留下的脚印一个一个都捡起来。为了做这件事，他的鬼魂要把生平经过的路再走一遍。车中、船中、桥上、路上、街头、巷尾，脚印永远不灭。纵然桥已坍了，船已沉了，路已翻修上柏油，河岸已变成水坝，一旦鬼魂重到，他的脚印自会一个一个浮上来。"由这样一个民间传说，王鼎钧联想到了现世的种种人生。其实，假若把脚印理解为人生轨迹的话，那么，王鼎钧所谓的捡拾脚印，就是对自我人生的不断反顾与总结了。唯其如此，作家才会从捡拾脚印中跳身而出："至于我，我要捡回来的不只是脚印。那些歌，在我们唱歌的地方，四处都有抛掷的音符，歌声冻在原处，等我去吹一口气，再响起来。那些泪，在我流过泪的地方,热泪化为铁浆,倒流入腔,凝成铁心钢肠,旧地重临,钢铁还原成浆还原成泪,老泪如陈年旧酿。人散落,泪散落,歌声散落,脚印散落,我一一仔细收拾,如同向夜光杯中仔细斟满葡萄美酒。"作家这里排列在一起的"人"、"泪"、"歌声"以及"脚印",都可以视作人生的种种象征。捡拾这些,就是对人生真切的领悟、思考与把握。因此,王鼎钧的笔触最后才会落到这样的人生哲理上:"也许,重要的事情应该在生前办理,死后太无凭,太渺茫难期。也许捡脚印的故事只是提醒游子在垂暮之年做一次回顾式的旅行,镜花水月,回首都有真在。"死后一切皆虚空,还是紧紧地把握住当下要紧!

严歌苓(1957—),出生于上海,现居美国,是一位很有影响力的海外华人作家。主要作品有长篇小说《一个女人的史诗》、《陆犯焉识》、《小姨多鹤》、《娘要嫁人》、《第九个寡妇》、《赴宴者》、《扶桑》、《穗子物语》、《天浴》、《寄居者》、《金陵十三钗》、《人寰》、《白蛇》、《补玉山居》等。

严歌苓(1957—)

严歌苓的代表作,是长篇小说《第九个寡妇》。小说的写作依据,是曾经长期流传在中原农村一个真实的传奇故事。在一个政治转换的关键时期,浑然不知政治为何物的女主人公王葡萄,始终恪守其最朴素的生存准则,将因为被错划为恶霸地主而判死刑的公爹孙怀清藏匿于红薯窖几十年。王葡萄是严歌苓贡献于当代中国文学的一个独创的艺术形象。小说情节沿着葡萄以童养媳身份掩护公爹尽孝,与作为寡妇以强烈情欲与不同男人偷欢之间的落差而逐渐展开,写出了人性的灿烂,体现了民间大地真正的能量和本原。宏大的历史叙事与个人的传奇经历相结合,深远的济世情怀与浓郁的生活气息相结合。王葡萄是严歌苓笔下最光彩照人的女性角色之一,强大而嚣张,坚忍而娇媚,其仁爱与包容超越了人世间一切利害之争。

葡萄是一种植物,一种果实,植根于大地,生长在干燥的环境中但却汁液饱满,表现出强烈的原始生命力。以葡萄来为自己的小说主人公命名,本身就反映出严歌苓一种深远的寄托。面对着这样一个真实的传奇故事,严歌苓说,世事可以沧桑变化,但那善良的人性却永远难以改变,这就是这个故事给我的最大震撼。正是因为有这种震撼,所以,严歌苓才把王葡萄塑造成为一位恪守民间人性伦理的人道主义情怀的体现者。"再咋阶级,我总得有个爹。"一句朴素的乡村话语中，道出的却是一种具有穿透力的人生真理。秉承着一种如此朴素的人生道理，别人用什么样的革命伦理、阶级觉悟对她进行开导都无济于事。王葡萄只是一根筋似的认准了自己的"理"：他（二大孙怀清）把谁家的孩子扔井里了？他睡了谁家的媳妇？抑或还是他给谁家锅里下了毒？既然都没有，那公爹孙怀清就无论如何不该遭杀头之罪。正是这种朴素的、民间的、人性的基本伦理，让王葡萄形象充满了人道主义的光辉。所以，严歌苓才特别强调："我们是一群不断在跟着社会潮流走，跟着各种各样的社会形态变化走的人，而实际上又是不断在被各种变化所异化的人，而就有王葡萄这样的人，或者说这样的女人，这样没有被异化的人存在。"这句话，一语道破了作家的写作动机。

第二章

"二战"后西方文学

第一节　法国文学

　　一部人类的文明发展史，总是充满着悖论的色彩。比如说战争这一事物，就既是人类文明演进的一种产物，同时却又具备着野蛮的性质。战争的发生，便意味着用暴力方式对文明本身造成一种巨大创伤。战争的暴力性质，既影响阻断着人类文明的进程，也对人性构成了无法避免的伤害。对发生于20世纪中叶那场席卷全球的第二次世界大战，我们便应作如是观。尽管战争本身持续的时间不过只有短暂的六年，但这场导致了5000万—7000万人死亡的战争，对于人类的文明体系形成的伤害却无论如何都不容低估。文学作为人类文明的一个高端组成部分，具有殊为敏感的性质。唯其敏感，所以才一方面更易遭受战争的影响，另一方面却也可以迅捷地以文学的方式对战争做出深度反思。对于"二战"之后迄今已然超过了半个多世纪的西方文学，就应该做这样一种理解。

　　早在19世纪末20世纪初，由于受到现代哲学思想的影响，西方文学就已经开始酝酿现代意义上的思想艺术转型。这种转型，意味着写作者更多地把自己的注意力从外部世界转向了人自身的内在世界，由对社会生活的关注表现，转向了对精神世界的挖掘探究。在关注重心转移的同时，艺术表现方式也发生了前所未有的变化。被研究者称为现代主义的写作范型，也就在这个时期得以基本确立。自此之后，这种现代主义的写作方式，就构成了20世纪西方文学的主流存在。两次世界大战先后爆发，加速了现代主义文学观念和写作方式的进一步深化。战争和屠杀，令人类陷入前所未有的精神危机之中，文明的质疑，人性的异化，历史的反省，成为作家普遍关注的社会痛点。尽管存在着总体意义上的西方文学，但由于不同国家社会历史状况不同，这些西方国家文学的发展状况也不尽相同。因此，对于"二战"后的西方文学，我们将按照不同的国家分而述之。

首先是法国文学。

之所以要从法国开始，是因为在法国出现了一种存在主义的哲学和文学思潮。作为一种产生于法国，但却影响到了整个西方乃至于世界的哲学、文学思潮，存在主义本就是"二战"的产物。战争结束之后，欧洲人的精神、灵魂，处处都是废墟与创伤，对于人类与个人的前途倍感渺茫，总体情绪一片低沉。当此之际，存在主义思潮应运而生。按照萨特的观点，存在主义之要义有三，一是存在先于本质，二是自由选择，三是世界荒谬，人生痛苦。存在主义以哲学思潮的方式最早出现于法国。当时，法国的存在主义分为三派，其一是萨特的无神论存在主义，其二是梅洛·庞蒂的人道主义存在主义，其三是马塞尔的基督教存在主义。然后，影响逐渐扩大，成为一种波及全世界的思想潮流。用卢卡奇的话说，叫做："存在主义已像大气压一样，到处存在，成为知识分子中占统治地位的精神潮流。"正因为存在主义发端于法国但却影响到"二战"后整个西方文学的哲学、文学思潮，构成了西方作家的基本精神底色，所以，我们的叙述由此开始。存在主义的内核，是存在主义哲学；存在主义的外形，是存在主义文学。一个哲学概念与一个文学流派同步共生，既合一而又有所不同。存在主义文学在法国的发展最为充分，出现了三位重要的代表作家，其中两位还曾经获得过诺贝尔文学奖。萨特的长篇小说《恶心》、短篇小说《墙》、戏剧作品《恭顺的妓女》，加缪的小说《局外人》、《鼠疫》，萨特终身伴侣波伏娃的长篇小说《女宾》、《人总是要死的》等，是法国存在主义文学的代表性作品。

存在主义思潮之后，紧接着登场亮相的，是对于传统小说美学具有极大颠覆性的"新小说派"。此前的法国小说，曾经形成过以文学大师巴尔扎克为代表的现实主义小说传统。"新小说派"所要反对的具体对象，就是如同巴尔扎克那样的写作方式。在这些传统小说的反叛者看来，类似于巴尔扎克那样虚构故事、安排情节、设计曲折，有计划地操纵摆布人物的命运，皆属于愚弄读者的行为。他们试图通过带有强烈实验性的创作实践，彻底颠覆巴尔扎克，建立新的小说美学规范。在实践中，"新小说派"确立的美学规范，其要义有三：一是特别注重对"物"的描写，以此替代"人"的主体地位；二是精心营造迷宫式的小说叙事结构;三是艺术描写过程中绘画效果的强烈渲染。"新小说派"的代表性作家作品,分别是罗布·格里耶的《窥视者》、《嫉妒》、《橡皮》,娜塔丽·萨洛特的《天象仪》、《黄金果》,米歇尔·布托尔的《变》、《路过米兰》,克洛德·西蒙的《弗兰德公路》、《农事诗》,杜拉斯的《塔吉尼亚的小马》、《琴声如诉》等。其中,克洛德·西蒙曾获诺贝尔文学奖。他的获奖,说明"新小说派"在更大的范围内得到了西方文学界的认可。

接下来出现的文学思潮,是同样影响巨大的"荒诞派戏剧"。"荒诞"一词,在哲学上指个人与其生存环境脱节。用加缪的话来说,就是:"一个能够用理性作解释的世界,不管有什么欠缺、毛病,仍然是人们熟悉的世界。但在一个忽然失去光明和幻想的宇宙中,人感到自己是一个局外人,没有家乡,没有回忆,像个无家可归的流浪汉。这种处境,就形成了荒诞的感觉。""荒诞派戏剧"这一名词,最早见于英国戏剧评论家马丁·艾思林1962年出版的《荒诞派戏剧》一书,它是作者对20世纪50年代在欧洲出现的诸如贝克特、尤奈斯库、阿达莫夫、热内、品特(英国作家)这类剧作家作品的概括。应该看到,荒诞派戏剧的哲学基础,依然是存在主义。从存在主义理念出发,这些作家否认人类存在的意义,认为人与人根本无法沟通,世界对人类是冷酷的、不可理解的。一句话,他们对人类社会失去了信心。而这,也正是"二战"后西方资本主义社会现实在意识形态上的一种必然反映。"荒诞派戏剧"的代表作,主要有贝克特的《等待戈多》,尤奈斯库的《秃头歌女》,热内的《女仆》,阿达莫夫的《徒有其表》等。

以上三大文学思潮之外,"二战"后法国其他一些值得注意的作家作品,尚有尤瑟纳尔的《炼金》,萨冈的《你好,忧愁》,莫迪亚诺的《暗店街》,纪德的《伪币制造者》,莫里亚克《爱的荒漠》,勒克莱奇奥的《诉讼笔录》等。其中,捷克裔法国作家昆德拉的影响颇为巨大。他以《生命中不能承受之轻》为代表的哲理小说在全球曾经风靡一时。

让-保罗·萨特(1905—1980),20世纪法国文学家、哲学家和政治评论家,法国无神论存在主义的主要代表人物,同时也是优秀的戏剧家、社会活动家。1964年拒绝接受瑞典皇家科学院授予的诺贝尔文学奖。他曾积极支持1968年5月的法国学生造反运动,在社会上影响巨大,1980年4月逝世,约六万人自动参加他的葬礼。作为法国战后存在主义的代表人物,萨特的主要哲学著作有《想象》、《存在与虚无》、《存在主义是一种人道主义》、《辩证理

让-保罗·萨特（Jean-Paul Sartre, 1905—1980）

性批判》、《方法论若干问题》。存在主义思想对萨特的文学创作产生了根本影响，他的文学作品主要有长篇小说《自由之路》、《恶心》，短篇小说集《墙》，戏剧作品《苍蝇》、《间隔》、《恭顺的妓女》、《肮脏的手》等。

因为自己本身就是一位富有思想建树的哲学家，所以，萨特的文学作品总是表现出鲜明的哲思倾向，以至于很多作品可以看作是存在主义思想的形象注脚。他的诸多文学作品中，能够溢出存在主义思想框限，形象大于思想的并不多见。短篇小说《墙》即是其中之一。《墙》本身的故事情节并不复杂。主人公伊比塔是西班牙人民军的战士，他和另外两个战友在西班牙内战中被捕。法西斯分子对他们极尽精神恐吓与肉体折磨，逼迫他们出卖另外一位战友格里。三位拒绝招供，被判死刑。小说对于三人临刑前夜的心理描写非常精彩。一个精神失常，一个镇静，伊比塔疲倦灰心，但却莫名兴奋。最后，两位战友被枪毙了，伊比塔临刑前再度被审。这时候的他，一方面仍然不肯招供，另一方面却又忽发奇想，试图戏弄一下敌人。于是，他编一假供，说格里正躲在墓地。敌人马上前去搜捕，伊比塔暗自好笑，因为他知道格里藏在自己的表兄家中，敌人此去只能扑空。没想到的是，本来藏在表兄家中的格里，怕连累别人，居然真的转移到了墓地。这样一来，敌人就抓了个正着。格里被处死，伊比塔得知真相后，吓得晕过去，醒来后狂笑不止。小说到此戛然而止。伊比塔本来想戏耍一下敌人，没想到到头来真正被戏耍的，却是他自己。命运的一种吊诡悖谬性质在这里凸显无疑。萨特的《墙》，很容易令人联想到古希腊的命运悲剧。小说关键在于结尾的出人意料。通过这一偶然性，小说表现的正是存在主义的一个重要命题：世界荒谬，人生痛苦。

加缪（1913—1960），法国作家，生于阿尔及利亚的蒙多维。加缪参加过反法西斯的抵抗运动，并一度加入法共，后退党。加缪1935年开始从事戏剧活动，戏剧在他一生的创作中占有重要地位。主要剧本有《误会》、《卡利古拉》、《戒严》、《正义》等。剧本之外，加缪还创作有许多小说。《局外人》和《鼠疫》是他非常重要的两部作品。他的哲学论文集《西西弗斯的神话》

在欧美产生过巨大影响。1957 年,"因为他的重要文学创作以明彻的认真态度阐明了我们这个时代人类良知的问题",加缪获得诺贝尔文学奖。1960 年,他在一次车祸中不幸身亡。

　　加缪的小说代表作是《局外人》。《局外人》的主人公莫尔索是阿尔及尔一家公司的法国职员,一个年轻的小伙子。小说通过自述形式,表现莫尔索对一切似乎都漠不关心,无动于衷。小说以"今天,妈妈死了,也许是昨天,我不知道"开始,以"我还希望处决我的那一天有很多

阿尔贝·加缪
(Albert Camus,1913—1960)

人来看,对我发出仇恨的喊叫声"结束。叙述语调冷静淡漠。小说分两个部分,第一部分叙述莫尔索回到乡下参加母亲的葬礼,以及到他莫名其妙地在海滩上杀人。这一部分按时间顺序叙述,像记流水帐,显得有些啰唆。莫尔索非常冷漠,简直只是个纯感官的动物,没有思考。莫尔索杀人仅仅是因为太阳,这看起来似乎很荒谬,可事实就是如此。第二部分是莫尔索被审讯的过程。这一部分主要叙述莫尔索在监狱里的生活。他逐渐习惯了失去自由的生存状态,依靠回忆打发日子。他想的东西很多,但是他对死并不感到恐惧和悲哀,他认为 30 岁死或 70 岁死关系并不大。他拒绝神甫为他祈祷,他因为不耐烦而终于爆发。"他人的死,对母亲的爱,与我何干?……他所说的上帝,他们选择的生活,他们选中的命运,又都与我何干?"死亡的前夜,莫尔索第一次向这个世界敞开了心扉,他觉得自己过去是幸福的,现在仍然是幸福的,他感受到了生之世界的荒谬,至死都是这个世界的"局外人"。

　　加缪的"局外人",能够让读者联想到 19 世纪的"多余的人"。"多余的人",是贵族、诗人,是少数;"局外人",是平民,是多数。"多余的人"尚有人格,没有被异化;"局外人"则根本没有人格,全部涣散。莫尔索对母亲的死,对葬礼、爱情、死刑、工作地点、刑场,统统都无所谓。这一切,都可以看作是对"存在就是荒谬"观念的形象演绎与艺术表现。

　　波伏娃(1908—1986),法国存在主义作家,女权运动的创始人之一,萨特的终身伴侣。波伏娃一生创作了许多作品,其中旨在思考女性命运问题的《第二性》,是她获得世界性成功的一部巨著,是有史以来讨论妇女的最健全、最理智、最充满智慧的一本书,被誉为女性的"圣经",成为西方现代女性必

西蒙娜·德·波伏娃
(Simone de Beauvoir, 1908—1986)

读之书。《第二性》之外,波伏娃其他主要作品有:《女客》、《他人的血》、《人总是要死的》、《名士风流》、《一个循规蹈矩的少女回忆》、《年富力强》、《时势的力量》、《了结一切》等。

《女宾》是波伏娃的长篇小说处女作,该书的自传性质为许多人津津乐道:故事中的三角关系是波伏娃、萨特以及奥尔加三人之间关系的一种真实写照。《女宾》首先是部爱情小说。是否能够稳定而和谐地维持两女一男的三角关系?这个挑战虽然可能失败,但却值得尝试。萨维埃尔,也就是小说题目中的女宾,正是那种"致命的女人",她在主人公弗朗索瓦丝眼里既迷人而又高傲自私。应该说,弗朗索瓦丝在开始阶段一直认为局面是可以牢牢掌握在自己手中的,但是随着她的男伴皮埃尔对萨维埃尔的兴趣越来越浓,她敏锐地感觉到了威胁在不断临近,皮埃尔离她越来越远。尽管作为知识分子的她,出于某种维持自尊的需要,竭力控制自己的情绪,但是嫉妒却变得越发强烈。萨维埃尔这边也是如此,她嫉妒弗朗索瓦丝拥有皮埃尔的爱,两个女人的嫉妒转化为仇恨,互相争斗,最终造成无法挽救的后果。

小说里,弗朗索瓦丝对皮埃尔是有强烈的占有欲的,一方面她希望给予后者幸福,另一方面也无法容忍后者完全自由。其实皮埃尔对萨维埃尔的感情也未尝不是为了给自己的控制力开具证明,所以当萨维埃尔与 Gerbert 走到一起的时候,皮埃尔也感到嫉妒甚至愤怒。萨维埃尔没有出现之前,弗朗索瓦丝和皮埃尔如双生花般互相依存。当皮埃尔逐渐脱离这一共同体,以个人的名义去追求萨维埃尔的时候,弗朗索瓦丝便感到了自我意识的破碎,她甚至要通过萨维埃尔才能到达皮埃尔的意识。这种陌生的状态使她感到恐惧,意识到在物是人非后,必须让一切返回到原来熟悉的轨道上来。萨维埃尔是个抹不去的他者,永远提醒着弗朗索瓦丝那些嫉妒、仇恨与背叛,永远压制着她的自我。如果爱情不是自私的,那就不是真正的爱情;如果自我意识不能排除异己,它也就永远无法确立。正如小说一开始引用的黑格尔的话,每一种意识总是要寻求另一种意识的消亡。一个必须杀死另一个。

或许与自己身为女性密切相关,波伏娃在《女宾》中对女性心理的剖析深刻而残酷,细腻却又不矫情。作家非常精准地捕捉到了这样一种三角关系中,女性心理状态微妙而复杂的变化,并且对此进行了可谓淋漓尽致的艺术表现。小说的思想艺术价值,就体现于此。

贝克特(1906—1989),如果从出生地看,他是爱尔兰作家;假若着眼于文学活动,着眼于身为"荒诞派"戏剧的代表性作家,那他就是法国作家。正是从后者出发,才把他归类为一位法国作家。贝克特的代表性文体是小说和戏剧。小说作品主要有长篇小说《莫菲》、《瓦特》、《马洛伊》三部曲(包括《马洛伊》、《马洛伊之死》、《无名的人》)、《如此情况》、《恶语来自偏见》,短篇小说集《贝拉夸的一生》、《第一次爱情》,中篇四部曲《初恋》、《被逐者》、《结局》、

塞缪尔·贝克特
(Samuel Beckett, 1906—1989)

《镇静剂》;戏剧作品主要有《等待戈多》、《剧终》、《哑剧Ⅰ》、《最后一局》、《最后一盘磁带》、《尸骸》、《哑剧Ⅱ》、《呵,美好的日子》、《歌词和乐谱》、《卡斯康多》、《喜剧》等。1969年,由于"具有新奇形式的小说和戏剧使现代人从精神贫困中得到振奋",贝克特荣获诺贝尔文学奖。

贝克特的代表作,是"荒诞派"戏剧最具影响力的剧作之一《等待戈多》。《等待戈多》是一出两幕剧。第一幕,两个身份不明的流浪汉戈戈和狄狄(弗拉季米尔和爱斯特拉冈),在黄昏小路旁的枯树下,等待戈多的到来。他们为消磨时间,语无伦次,东拉西扯地试着讲故事、找话题,做着各种无聊的动作。他们错把前来的主仆二人波卓和幸运儿当作了戈多。直到天快黑时,来了一个小孩,告诉他们戈多今天不来,明天准来。第二幕,次日黄昏,两人如昨天一样在等待戈多的到来。不同的是枯树长出了四五片叶子,再次登场的波卓变成了瞎子,幸运儿变成了哑巴。天黑时,那孩子又捎来口信,说戈多今天不来了,明天准来。两人大为绝望,想死没有死成,想走却又站着不动。剧作无论从剧情内容到表演形式,都体现出了与传统戏剧大相径庭的荒诞性。

贝克特主张:"只有没有情节,没有动作的艺术才算得上真正的艺术。"《等待戈多》即是如此。该剧从不同的平面突出了西方人的幻灭感,突出没有目的生活无休止的循环。第一、二幕在时间(都是黄昏)、地点(都是空荡荡

的四野）、内容（都是两人先出场，冗长的对话之后，是主仆二人出场，然后是男孩出场捎口信）几方面都相似。尤其是内容，到了最后又回到开始的地方。可以设想，如果该剧有第三幕、第四幕，也必然是重复前两幕的程式。所有这些，都在刻意表现人生存处境的单调刻板，以及人生所承受的没有尽头的煎熬。至于戈多到底是谁？这是一个类似于"一千个读者有一千个哈姆雷特"的问题，有不同的人生体验，便会有不同的理解。

阿兰·罗布·格里耶
（Alain Robbe-Grillet，1922—2008）

罗布·格里耶（1922—2008），法国"新小说"派的创始人，电影大师。主要作品有小说《橡皮》、《窥视者》、《嫉妒》、《纽约革命计划》、《在迷宫中》、《吉娜》、《重现的镜子》、《幽会的房子》，电影小说《去年在马里昂巴德》，电影《不朽的女人》、《欲念浮动》、《横跨欧洲的快车》、《漂亮的女俘》，文论《未来小说的道路》、《自然、人道主义、悲剧》等。

作为"新小说"派最重要的理论发言人，罗布·格里耶的小说观念非同一般，令人有惊世骇俗之感。他认为："世界既不是有意义的，也不是荒谬的，它存在着，如此而已。"按照他的看法，这个世界是由独立于人之外的事物构成的，而现代人处在物质世界的包围中，只能通过视觉看到它的外表，不应凭主观赋予它任何意义，因此他主张小说要把人与物区分开来，要着重物质世界的描写。他认为小说的主要任务不在于塑造人物形象，更不在于表达作者的思想感情、政治立场、道德观念等，而是在于写出"一个更实在的、更直观的世界"。因此，按照他的创作理论写出的作品，既没有明确的主题，也没有连贯的情节，人物也同样没有思想感情，而作者更不表现自己的倾向和感情，只注重客观冷静的描写，取消时空界限。从这样一种带有极端实验性的小说观念出发，罗布·格里耶作品中的描写十分细致，以至于会经常流于烦琐。

罗布·格里耶的代表作是长篇小说《橡皮》。《橡皮》的故事情节非常简单，描写的是一个政治经济学教授丹尼尔·杜邦遭到暗杀那一天所发生的事情。杜邦教授是一个对全国经济和政治都发挥着重大作用的集团的成员，一个恐怖组织计划把这些集团的重要人物统统杀死，以打击最高统治阶层的势力。然而，杜邦并没有被杀死，上级知道后派瓦拉斯到这个城市调查了解情况。瓦拉斯不知杜邦未死，为弄清真相埋伏在杜邦家中，没想到，杜邦来取文件时却被瓦拉斯误杀而死。尽管作家一直标榜所谓的"新小说"没有明确主题，但就《橡皮》而言，主题其实相当深刻，即命运的不可抗拒性。"橡皮"的功能即擦拭。"橡皮"先后三次出现。作者有意用后面的情节破坏前面的情节，每一次都是推翻前面的一切。作者把人看成是社会机器的一部分，随之运转，被裹挟着前进，无法改变任何东西，命运充满了不确定性。《橡皮》是一部充分实践了罗布·格里耶"新小说"观念的作品。

克洛德·西蒙（1913—2005），"新小说"派代表作家，出生于原法属殖民地马达加斯加岛。1985年，被授予诺贝尔文学奖，以表彰他"在对人类生存状况的描写中，把诗人、画家的丰富想象和对时间作用的深刻认识融为一体"。这一颁奖结果，令法国和世界文学界深感震惊和意外。因为评论界一向是把罗布·格里耶推崇为这一小说流派的首领，娜塔丽·萨洛特和米歇尔·布托位居第二、第三，西蒙位居第四。西蒙不仅热衷于文学创作，还热心当代社会问题，一生中共创作20多部小说。主要作品有《弗兰德公路》、《农事诗》、《风》、《大酒店》、《历史》、《盲人奥利翁》、《导体》等。

克洛德·西蒙
（Claude·Simon，1913—2005）

克洛德·西蒙的代表作，是长篇小说《弗兰德公路》。这部小说带有一定的自传性色彩。在第二次世界大战中，克洛德·西蒙曾应征入伍，参加过著名的梅茨战役，1940年5月被德军俘虏，同年10月逃出战俘集中营，回国后继续参加地下抵抗运动。"二战"中的人生经历，给西蒙以后的文学创作提供了丰富的素材和独特的感受。《弗兰德公路》的写作，与作家的这段战争经验密切相关。小说以1940年春法军在法国北部接近比利时的弗兰德地区被德军击溃后慌乱撤退为背景，主要描写3个骑兵及其队长痛苦的遭遇。小说以贵族出身的队长德·雷谢克与新入伍的远亲佐治的会晤开始，以德·雷谢克谜一般的死亡结束。所有这一切，由佐治战后与德·雷谢克的年轻妻子科里娜夜宿时所引发的回忆、想象所组成。

《弗兰德公路》通过主人公佐治战后与战时神秘死亡的骑兵队长德·雷谢

克的妻子在旅店夜间幽会时断断续续的回忆，用斑斓浓重的色彩、千变万化的巴洛克文体、重复回旋的笔法绘成的色块，创造一种类似现代派绘画的效果，以贴切地表现作者对人类境遇的感受及其瞬间的情绪喷发。小说没有传统意义上的人物，也没有传统意义上的情节，更没有传统意义上的叙事结构。作者力求以绘画的空间感来取代传统小说的时间性，运用意识流的主观时空和巴洛克式的螺旋结构，把现实、回忆、感受、想象等都融为一体，使小说和绘画一样具有共时性和多样性，从而反映出这个万花筒般的大千世界。作者还在这部小说中引进了影视艺术的种种表现手法，其中包括画面的精确描绘，画面的跳跃与组接，充满动感的视感变幻、切入、切出和化入、化出等等。一方面体现了"新小说"派特点，另一方面也形成了自己的个性化风格。

玛格丽特·杜拉斯
（Marguerite Duras，1914—1996）

杜拉斯（1914—1996），法国作家、剧作家、电影编导。1914年出生于印度支那嘉定市（即后来越南的西贡／胡志明市）。她的成名作是1950年发表的自传体小说《抵挡太平洋的堤坝》。主要作品有《广岛之恋》、《情人》、《无耻之徒》、《琴声如诉》、《长别离》、《直布罗陀海峡的水手》、《塔吉尼亚的小马》等。曾获龚古尔文学奖、法兰西学院戏剧大奖等奖项。

杜拉斯的代表作，是根据其年轻时候的一段情感经历创作的带有鲜明自传色彩的长篇小说《情人》。小说采用第一人称的叙事方式讲述了一段感人至深的爱情故事。"我"在西贡国立寄宿学校外面的一所专门为法国人办的学校读书，要时常乘坐汽车和渡船往返于学校和家之间。15岁那年的一天，在湄公河一条从母亲的学校去某地度假的渡船上，一位比"我"大12岁的华裔男子对我一见钟情，主动用他的黑色大轿车送我回学校。这位青年是个中国人，他家境殷实，父亲是控制着殖民地广大居民不动产的金融集团成员之一。这以后，二人常在城南的一座单间公寓里私会。不久，在这间单身公寓里，我奉献了"我"的童贞，尽管"我"还是个尚未成熟的孩子。他疯狂地爱着"我"。而对"我"来说，更想要的是他的钱。"我"需要他的钱为卧病在床的母亲治病，需要他的钱供荒淫无耻的大哥寻欢作乐，需要他的钱改变这穷困潦倒的家。这位黄皮肤的情人带着我们全家人,去高级餐馆,去逛夜总会,满足我们可悲的虚荣和自尊。但这段感情终究还是一段感伤绝望的爱情。"我"不能战胜肤色和民族的偏见,不得不离开印度支那,回巴黎定居。他也挣脱不了几千年封建礼教的羁绊,不得不遵从父母之命,与一位素未谋面的中国姑娘结了婚。许多年过去了,"我"结婚、生育、离婚,并开始写作,他和他太太来到巴黎给我打了电话。他说他和从前一样,还爱着"我",他不能够停止对"我"的爱,他将爱"我"一直到死。

《情人》的艺术魅力,一方面体现为对于一种绝望爱情的真切书写,另一方面体现为富有诗意与弹性的小说语言。如"我已经老了,有一天,在一处公共场所的大厅里,有一个男人向我走来。他主动介绍自己,他对我说:'我认识你,永远记得你。那时候,你还很年轻,人人都说你美,现在,我是特为来告诉你,对我来说,我觉得现在你比年轻的时候更美,那时你是年轻女人,与你那时的面貌相比,我更爱你现在备受摧残的面容。'"再如"这个形象,我是时常想到的,这个形象,只有我一个能看到,这个形象,我却从来不曾说起。"

昆德拉(1929—),捷克裔法国作家,出生于捷克布尔诺市。1967年,他的第一部长篇小说《玩笑》在捷克出版,获得巨大成功。在捷克期间,昆德拉曾经参加过著名的"布拉格之春"。1975年,昆德拉移居法国,并于1981年加入法国国籍。主要作品有长篇小说《生命中不能承受之轻》、《笑忘录》、《为了告别的聚会》、《不朽》、《生活在别处》、"遗忘"三部曲(《慢》、《身份》、《无知》),文论《小说的艺术》、《被叛卖的遗嘱》等。

米兰·昆德拉
(Milan Kundera, 1929—)

昆德拉的代表作,是长篇小说《生命中不能承受之轻》。男主人公托马斯是一个外科医生,因为婚姻失败,既渴望女人又畏惧女人,因此发展出一套外遇守则来应付他众多的情妇。有一天他爱上一个餐厅的女侍特丽莎,他对她的爱违反了他制定的原则,甚至娶她为妻,但是托马斯灵肉分离的想法却丝毫没有改变,依然游移在众多情妇之间。这对全心爱他的特丽莎而言,自然是一种伤害。特丽莎经常在极度不安的梦魇中醒来，经常猜忌与怀有恐怖想象。此时捷克政治动乱不安，两人决定去苏黎世生活。但是面对陌生环境，面对丈夫仍然与情妇私通，特丽莎决心离开，回到祖国。最终托马斯回去找她，此后两人没有再分离。他们意识到在一起是快乐的，是折磨与悲凉里的快乐，彼此是生命中甜美的负担。后来二人死于一场车祸。

萨宾娜是一个画家，曾经是托马斯的情妇之一，也是特丽莎妒忌的对象。萨宾娜一生不断选择背叛，选择让自己的人生没有责任而轻盈地生活。她讨厌忠诚与任何讨好大众的媚俗行为，但是这样的背叛却让她感到自己一直生存在虚无当中。弗兰兹是被萨宾娜背叛的情夫之一，他因为她而放弃自己坚持的婚姻与忠诚，但是由于萨宾娜的背弃，让弗兰兹发现自己过去对于婚姻的执着是可笑的，纯属多余的假想，他的妻子只是自己对于母亲理想的一种投射。离婚后，自由自立的单身生活为他的生命带来新的契机，并且清醒意识到萨宾娜只是他对革命与冒险生活的追随。后来他与他的学生相恋，在实际参与一场虚伪的游行活动后，意识到自己真正的幸福是留在他的学生旁边。一场突然抢劫中，弗兰兹因为想展现自己的勇气而蛮力抵抗，却遭到重击，在妻子的陪伴下，死于病榻。

昆德拉在这部小说中，围绕以上几个人物的不同经历，通过他们对生命的选择而将小说引入哲学层面，对诸如回归、媚俗、遗忘、时间偶然性与必然性等多个范畴进行了思考。这种思考，使作品成为一部哲理小说。与传统的小说不同，它不再通过故事情节本身吸引读者，而是把读者引入哲理思考之中，通过生活中具体的事件引起读者形而上的深层思考。正因为昆德拉能够很好地将小说艺术与现代西方哲学结合起来，故而才成为当今世界文坛上最引人注目的作家之一。

第二节　苏联（俄）文学

尽管作为一个国家的苏联早已不复存在，但在"二战"后的西方文学史上，苏联文学的存在却无论如何都不容忽略。从基本社会形态与政治意识形态的角度来看，"二战"最直接的后果之一，就是造成了社会主义与资本主义两大阵营之间的对峙与对抗。一方面是以苏联为首的包括东欧各国以及中国等国家在内的社会主义阵营，另一方面则是以美国为首的包括英、法、德（西德）、意、日等以及东欧之外的大部分欧洲国家、美洲国家在内的资本主义阵营。两大阵营的冷战，一直持续到1991年苏联解体为止。由于社会体制和政治意识形态影响，苏联文学形态有别于一般意义上的西方文学，成为西方文学中的另类。

具体来说，苏联文学可以分为两大截然不同的发展流脉。一是与官方政治意识形态保持高度一致的文学创作，此类创作恪守社会主义现实主义创作原则。代表作家作品有法捷耶夫的《青年近卫军》、巴甫连科的《幸福》、柯托切夫的《茹尔宾一家》与《叶尔绍夫兄弟》、西蒙诺夫的《生者与死者》、邦达列夫的《热的雪》、瓦西里耶夫的《这里的黎明静悄悄》、特瓦尔多夫斯基的长诗《山外青山天外天》等。需要特别提及的作家分别是艾特玛托夫、阿斯塔菲耶夫、爱伦堡以及曾经获得过诺奖的肖洛霍夫。这些作家虽然在政治上并未表现出鲜明的与官方意识形态对立的倾向，但他们的作品却别有深意，具有突出的思想艺术探索价值。艾特玛托夫《白轮船》与《断头台》中的道德焦虑与生态思考，阿斯塔菲耶夫《鱼王》散文化叙述中对于人与自然关系的深度探究，爱伦堡《解冻》对于社会矛盾的揭示与思索，肖洛霍夫《一个人的遭遇》对于普通人悲剧命运的人道主义关切，都令人印象深刻。

另一种则是与官方政治意识形态持对抗态度的所谓"持不同政见者"的文学创作。这一方面值得注意的作家作品，主要包括帕斯捷尔纳克的《日瓦戈医生》、索尔仁尼琴的《癌病房》与《古格拉群岛》、阿赫玛托娃的《安魂曲》、布罗茨基的《黑马》以及布尔加科夫的《大师与玛格丽特》等。尽管这些旨在揭示当时苏联国内真实生活情状的文学创作受到过不公正的批判，作家遭受过苦难的折磨，但在时过境迁之后，反倒是这些作品成为"二战"后苏联文学中最有思想艺术价值的一部分。值得特别一提的是布尔加科夫的《大师与玛格丽特》。这是苏联文学中少有的一部带有魔幻怪诞色彩的小说，在作者逝世25年后才得以公开发表。作家通过一种巧妙的叙述转换，把现实与幻想结合成为一个有机的艺术整体，被誉为"讽刺文学、幻想文学和严谨的现实主义文学的高峰"。

肖洛霍夫（1905—1984），苏联作家，被认为是社会主义现实主义的代表性作家。肖洛霍夫的笔始终与顿河哥萨克的命运相连。他的作品反映了处于历史转折时期的哥萨克人民的生活变迁，塑造了许多个性鲜明的哥萨克形象，并开创了独特的悲剧史诗的艺术风格。1965年,肖洛霍夫因其"在描写俄国人民生活各历史阶段的顿河史诗中所表现出来的艺术力量和正直品格"而获得诺贝尔文学奖。主要作品有《静静的顿河》、《新垦地》(旧译《被开垦的处女地》)、《一个人的遭遇》等。

　　肖洛霍夫的代表作之一,是短篇小说《一个人的遭遇》。小说创作于1956年,发表于苏联党报《真理报》。这部小说的发表,被看成是苏联50年代中后期"解冻文学"的信号。从此,苏联出现大批反思社会黑暗、反对官僚主义的作品。小说描写在伟大的卫国战争后第一个春天,冰雪融化,道路泥泞。叙述者"我"坐在河滩的篱笆上,等待渡船。这时有一大一小两个流浪汉走过来。大人叫索科洛夫,小孩叫凡尼亚。搭讪几句之后,这个极其普通的男人讲述了自己的不幸命运。他出生于1900年,曾经参加过红军。在1922年的大饥荒中,他的亲人都饿死了。后来他当了钳工。和伊林娜结婚以后,他开始有了幸福,妻子是在孤儿院长大的姑娘,温柔体贴。十年间,他们有了一子两女,盖了一座房子。但是德国法西斯却在此时入侵苏联,战争开始第三天,索科洛夫就上了前线。他永远忘不了告别妻子的一幕:自己硬生生地把哭哭啼啼的伊林娜从身边推开。在前线,他负过两次伤,一次战斗中,他的军车被击中,他成了战俘,被送往德国集中营服苦役,备受折磨。一天,他说了一句抱怨的话,被告密。最终,他的勇敢救了他,因为他是司机,被指派给德军的一个战地工程师开车,他冒着生命危险把这个德军工程师带回苏联。回家探亲时,他才知道,他的妻子和女儿早已被德军炸死。他又回到部队,得知儿子不仅已经参军,而且表现很好,还成了军官。但是,就在攻克柏林的战斗中,他的儿子也牺牲了。战后,这位功臣重操旧业,给集体农庄开车,收养了一个无人照看的战争孤儿。但是,因为一次开车撞了农庄的一头牛,他被开除了公职。于是,他只好带着收养的孤儿到处流浪。

　　《一个人的遭遇》首先在题材上有所突破,它通过主人公讲述卫国战争的故事,但却不表现苏军的英勇胜利,而是表现失利;不表现英雄抗敌,而是表现战俘受难。小说第一次比较真实地揭露了苏联充满了艰辛、不幸和眼泪的真实生活。小说第一次描述了为祖国作出巨大牺牲的苏联普通人的生活。在卫国战争的小说里,不是写领袖和将军的英勇,就是写普通战士的英勇。

米哈依尔·肖洛霍夫
(Mikhail Aleksandrovich Sholokhov, 1905—1984)

但肖洛霍夫却把普通人写得很真实，没有人为的拔高。做到这一点，确实难能可贵。

帕斯捷尔纳克（1890—1960），苏联作家、诗人。主要作品有诗集《云雾中的双子星座》、《生活是我的姐妹》、《在街垒之上》、《主题与变调》等。因长篇小说《日瓦戈医生》于1958年获诺贝尔文学奖。获奖原因是"在现代抒情诗和伟大的俄罗斯叙事文学领域中所取得的杰出成就"。但很快地，迫于外在的政治压力，帕斯捷尔纳克只好拒绝领奖："鉴于我所从属的社会对我被授奖所做的解释，我必须拒绝领奖，请勿因我的自愿拒绝而不快。"1960年5月30日，他在莫斯科郊外彼列杰尔金诺寓所中逝世。直到他辞世27年之后，苏联才宣布为他恢复名誉。

鲍利斯·列奥尼多维奇·帕斯捷尔纳克（Boris Leonidovich Pasternak，1890—1960）

帕斯捷尔纳克的代表作，是长篇小说《日瓦戈医生》。日瓦戈是西伯利亚富商的儿子，自小被父亲遗弃。10岁时丧母成了孤儿。舅父把他寄养在莫斯科格罗梅科教授家。日瓦戈大学医科毕业后当了外科医生，并同教授的女儿东尼娅结婚。第一次世界大战爆发后，日瓦戈应征入伍，在前线野战医院工作。十月革命胜利后日瓦戈从前线回到莫斯科。尽管他发自内心欢呼苏维埃政权的诞生，但革命后的莫斯科供应极端困难，日瓦戈一家濒临饿死的边缘，他本人又染上了伤寒症。1918年4月，日瓦戈一家动身到东尼娅外祖父的领地瓦雷金诺村去。那里虽然能维持生活，但日瓦戈却感到心情沉闷。他既不能行医，也无法写作。他在图书馆里遇见女友拉拉。拉拉的丈夫巴沙·安季波夫，此时已参加了红军，改名为斯特列利尼科夫，成了红军高级指挥员。日瓦戈与拉拉虽然近在咫尺却忍受着相思之苦，不同她见面。日瓦戈告诉拉拉，斯特列利尼科夫是旧军官出身，不会得到布尔什维克的信任。他们一旦不需要党外军事专家的时候，就会把他抛弃。不久，日瓦戈被游击队劫去当医生。他在游击队里待了一年多之后逃回尤里亚金市。他的岳父和妻子东尼娅已返回莫斯科，从那儿又流亡到国外。随着红军的胜利，党外军事专家斯特列利尼科夫成为镇压对象，并已逃跑。拉拉和日瓦戈也随时都有被捕的危险。这时，曾经欺骗过拉拉的科马罗夫斯基律师来到瓦雷金诺。两人谈话以后，日瓦戈便故意欺骗拉拉，说随后会跟随他们而去。科马罗夫斯基就这样带走了拉拉和她的女儿卡坚卡，日瓦戈却留了下来。等到斯特列利尼科夫来寻找妻子时，拉拉已经离开。斯特列利尼科夫自知走投无路，思想绝望，开枪自杀。瓦雷金诺最终只剩下日瓦戈一人。为了活命，他徒步走回莫斯科，在莫斯科又遇见弟弟。弟弟把日瓦戈安置在一家医院里当医生。此后，日瓦戈与玛琳娜结为夫妻，生了两个女儿。在与好友戈尔东和杜多罗夫的一次长谈后，日瓦戈离家出走，坐电车时，因心脏病发作而猝死在路上。

在谈到《日瓦戈医生》时，帕斯捷尔纳克曾说："写这部小说是试图偿还债务。当我慢慢写作时，还债的感觉一直充满我的心房。多少年来我只写抒情诗或从事翻译，在这之后我认为有责任用小说讲述我们的时代……"《日瓦戈医生》通过主人公差不多40年复杂生活历程的真切叙写，确实成为那个时代一份难得的文学证词。

亚历山大·伊萨耶维奇·索尔仁尼琴（Aleksandr Isayevich Solzhenitsyn, 1918—2008）

索尔仁尼琴（1918—2008），苏联作家。1962年11月，经赫鲁晓夫亲自批准，索尔仁尼琴的处女作中篇小说《伊凡·杰尼索维奇的一天》在《新世界》上刊出。这部苏联文学中第一部描写斯大林时代劳改营生活的作品，立即引起国内外的强烈反响。1967年5月，第四次苏联作家代表大会前夕，索尔仁尼琴给苏联第四次作家代表大会的代表们散发对本国书刊检查制度的"公开信"，抗议苏联的报刊检查制度，要求"取消对文艺创作的一切公开和秘密的检查制度"，遭到当局指责。大会通过了谴责他是苏联作家的叛徒的决议。1968年，索尔仁尼琴写成暴露莫斯科附近一个政治犯特别收容所的长篇小说《第一圈》及叙述苏联集中营历史和现状的长篇小说《癌症楼》，均未获准出版。1968年《癌症楼》和《第一圈》在西欧发表。1969年他被开除出苏联作家协会。1970年，"因为他在追求俄罗斯文学不可或缺的传统时所具有的道义力量"，索尔仁尼琴获诺贝尔文学奖。此后，他又相继创作了长篇小说《古格拉群岛》、《牛犊顶橡树》、《红轮》等。

索尔仁尼琴的代表作，是长篇小说《癌症楼》。小说主人公科斯托格洛托夫带有索尔仁尼琴自己的影子。作家从流放地到塔什干治病的坎坷经历和所见所闻，构成了《癌症楼》这部小说的基本素材来源。小说充满着象征隐喻的意味。"癌症楼也叫做13号洋楼"。科斯托格洛托夫曾经先后经过二十几年的军队、劳改营、流放地的生活，之后，身患癌症，直至奄奄一息时才好不容易住进了癌症楼。接受放射治疗后，他的病情渐渐好转。但是，下一个疗程所采用的"激素疗法"却将会使他失去性能力。在多年劳改、流放、沉冤蒙难的日子中，他已淡忘了女人，当他来到"癌症楼"治疗的时候，性意识在他身上猛醒，强烈的情欲，本能的欲望，成为生命力的一种标志……

索尔仁尼琴真切细致地描写了科斯托格洛托夫及其同病房里其他各个病人的不同命运和经历，表面上写的是人生的坎坷，但实际上是社会悲剧的写照。大批知识分子和忠心耿耿的干部被捕、流放、劳改的事实，迫使作家不得不陷入痛楚的沉思，思考产生这些悲剧的缘由。《癌症楼》通过战地、俘虏营、劳改流放地、病房等广阔的生活画面，描绘人们性格的形成和人性的扭曲；以性欲生与灭的抗争作为隐喻，讴歌美好人性和爱情常青。作为一位历史反思能力非常突出的作家，索尔仁尼琴以其犀利尖锐的艺术笔触，对一代知识分子的苦难命运及其精神世界进行了深刻剖析与全面展示。

阿赫玛托娃（1889—1966），苏联诗人。中学时代开始写诗。1910年大学毕业后，阿赫玛托娃与著名诗人古米廖夫结婚。1911年，她在彼得堡阿克梅派诗派的杂志《阿波罗》上首次发表组诗，并逐渐成为该诗派的代表人物之一。早期诗集有《黄昏》、《念珠》、《白色的云朵》等。此后，陆续创作出版诗集《车前草》、《耶稣纪元》。长诗《没有主人公的叙事诗》、《安魂曲》影响巨大。如果说普希金是俄罗斯诗歌的"太阳"，那么，阿赫玛托娃就是俄罗斯诗歌的"月亮"。这样一种比喻性说法的流行，充分说明阿

阿赫玛托娃·安娜·安德烈耶夫娜（Анна Андреевна. Ахматова1889—1966）

赫玛托娃在俄罗斯乃至于世界文学史上占有特别重要的地位。

阿赫玛托娃的代表作，是长诗《安魂曲》。这一首由14首小诗组成的抒

情长诗,是女诗人一生中最重要的作品之一,同时也是苏联诗歌史上不可多得的杰作。顾名思义,这首长诗的写作初衷,是在未曾平反的岁月里,为了悼念那些在30年代肃反扩大化中冤屈而死的无辜者,其深邃的思想意义非常突出。诗篇的悲剧美学力量何以能够如此深入人心?从根本上说,诗歌毕竟是一种特别强调创造性的精神劳动,从矿石到光芒四射的艺术结晶,还需要有一个精到而复杂、高超而不平凡的冶炼过程。阿赫玛托娃本人在诗篇中尽管会以一名受迫害妇女和一名爱子受难的母亲的身份出现,但作为抒情主人公,她的特出之处,却在于往往会自我超越为一位生存苦难的自觉承担者,极端处,她甚至会把自己比附为儿子受难的圣母。她会援引圣经里的诗句:"不要为我流泪,母亲,在我装入灵柩的时候"。她写入殓的过程,连参加葬礼的人都无法忍受这巨大的悲痛:"自始至终,谁也没敢看一眼朝母亲默默站立的地方。"女诗人尽管没有正面描绘母亲哀戚的容貌,但读者心里却马上就会出现米开朗基罗那座基督受难时横躺在圣母膝头上的雕像。女诗人开宗明义,她是以时代见证者的身份来记录这场悲剧的。她特别强调"我不仅是为我一个人祈祷,而是为了所有与我站在一起的人们",她那"痛苦到极点的嘴巴","喊出了亿万人民的心声","在我人民蒙受不幸的地方,我与我的人民同在"。从诗篇的题铭、代序,一直到尾声,诗人女囚的身份、受难母亲的身份、人民代言人的身份交替出现、渐次上升,最终统筹为圣母的形象。假若没有这一持之有据的以圣母自况的身份,这首《安魂曲》的悲悼气氛,就不可能如此广阔,如此尖锐深沉地刺痛读者的心灵。

钦吉斯·艾特玛托夫

(Чингиз Торекулович Айтматов, 1928—2008)

艾特玛托夫(1928—2008),尽管艾特玛托夫在苏联解体后变成了一位吉尔吉斯斯坦作家,但由于他的主要文学成就都是在苏联时期取得的,而且主要运用的语言也是俄语,所以,还是把他看作苏联作家更合适。他的作品往往洋溢着浓郁的生活气息和浪漫主义激情,具有鲜明的民族风格和强烈抒情色彩,提出了尖锐的道德和社会问题。主要作品有长篇小说《一日长于百年》、《断头台》,中篇小说《查密莉雅》、《白轮船》、《草原和青山的故事》、《永别了,古利萨雷》、《花狗崖》等。

艾特玛托夫的代表作是长篇小说《断头台》。

作家以三条故事线索结构全篇,艺术地描写了精神世界中的阿夫季、现实世界中的鲍斯顿、动物世界中的阿克巴拉和塔什柴纳尔野狼夫妇的悲剧性的毁灭。小说的主人公阿夫季原是神学院学生,因主张"必须随着时间的推移,随着人类历史的发展,来发展神的范畴"而被神学院开除。但他却始终怀着热切的愿望,希望能找到人类的道德完善之路。为了拯救贩毒分子的灵魂,他亲自混入贩毒团伙,劝说他们弃恶从善,结果在惨遭毒打后被推下火车,险些送掉性命。后来,他参加了狩猎小组,目睹了人类大肆屠杀草原羚羊的惨状。他要求停止屠杀,结果被视为异端,后终因势单力孤而被人吊死在十字架形的盐木树上。小说的另两条线索,分别是野狼夫妇和先进生产者鲍斯顿。野狼阿克巴拉夫妇第一次带着它们的孩子出猎,就不幸碰上了人类的狩猎队伍在莫云库梅草原大规模围猎羚羊。在这次事件中,它们失去了自己的孩子和赖以生存的"家园",远走他乡。而在伊塞克湖滨,它们新建的家园再次遭到破坏——再次繁殖的四只小狼,也被贪心的农民巴扎尔拜偷走。野狼夫妇尾随巴扎尔拜来到了先进工作者鲍斯顿家附近。它们没有找到小狼,于是向人发起了攻击。鲍斯顿终于无法忍受,开枪打死了公狼。绝望的母狼,叼走了鲍斯顿的孩子。鲍斯顿开枪打死了母狼的同时,孩子也不幸惨死在他的枪下。悲痛欲绝的鲍斯顿在打死了这件事的罪魁祸首巴扎尔拜之后,去投案自首。

作为作家小说创作上的巅峰之作,《断头台》讲述了人与狼之间的悲剧性故事,触及了当时社会生活中所存在的吸毒、犯罪等丑陋现象,首次提出人类发展与自然环境的相互关系,表达了善与恶在人类发展过程中的尖锐矛盾与残酷斗争。小说发表后曾经引起激烈争议。对于这种争议,译者在译后记中有过透辟分析:"《断头台》是一部相当复杂的作品。由于小说涉及敏感的宗教问题,由于贯穿全书的有关善与恶等的哲理性思考,由于作者惯用的象征、寓意手法,更由于评论者不同的文艺观,因此《断头台》的引起争论是很自然的。"

布罗茨基(1940—1996),1955年开始写诗,多数发表在由一些青年作家和艺术家所办的刊物《句法》上,并通过诗朗诵和手抄本形式流传于社会。卓异的诗才很快使他崭露头角,被称作"街头诗人",并受到阿赫玛托娃和其他一些文化界人士的赏识。1963年发表的著名长诗《悼约翰·邓》是他早期创作的代表作。1964年,布罗茨基被法庭以"社会寄生虫"罪判处5年徒

约瑟夫·布罗茨基
Joseph Brodsky, 1940—1996

刑,送往边远的劳改营服苦役。从 1965 年起,布罗茨基的诗选陆续在西方社会出版,主要诗集有《韵文与诗》、《山丘和其他》、《诗集》、《悼约翰·邓及其他》、《荒野中的停留》。1972 年,布罗茨基被苏联驱逐出境。不久,他接受美国密执安大学的邀请,担任驻校诗人,开始了他在美国的教书、写作生涯。1987 年,由于他的作品"超越时空限制,无论在文学上及敏感问题方面,都充分显示出他广阔的思想和浓郁的诗意",被授予诺贝尔文学奖。

布罗茨基的代表作之一,是短诗《黑马》。《黑马》不乏深刻的象征意味,却不是那类"以形象指代思想"的简单化的象征诗歌。在这里,形象自身有着独异的生命,而构成它的方法也是自足和坚实的。如果我们一味忽略形象本身而只关注、索解其"象征"内涵,则不免辜负了这首杰作在形式上的贡献。一个夜晚,难耐黑暗和寒冷的人们燃起了一堆篝火。此时,一匹黑马来到他们身边,诗人顿时感到一阵奇异的激动涌上心间。那真正逼退黑暗的不是短暂的火光,而是比黑暗更黑的马儿。这匹黑马无疑是"黑"的,但"它无法与黑暗融为一体"。它的"黑"不是弥漫的、向外的,而是内凝的、有着巨大压强的。它的毛色凝定不变,黑得极为高傲、独立、清醒;它的眼睛"射出黑色的光芒",乃成为黑暗的离心部分。诗人曲尽形容,以能指的洪流描述了"如此漆黑,黑到了顶点"的马匹,它坚卓独立,"呼吸着黑色的空气",直到也使"我的体内漆黑一团"。黑马之黑"令人胆战",更令人清醒。"它为何在我们中间停留?""为何把压坏的树枝弄得瑟瑟发响?""为何从眼中射出黑色的光芒?"诗人说,那是由于它的孤独,它的命运伙伴——骑手的缺席所致:"它那没有鞍子的脊背上/却是另外一种黑暗。"因此,它在无言地召唤着那些能够并敢于深入黑暗核心的骑手,在茫茫的黑暗中寻索,在幽冥的征途上保持内心的方向感。"它在我们中间寻找骑手",寻找能与黑暗对称和对抗的意志力。全诗语象集中而强烈,围绕一个完整的语义单元反复隐喻,层层叠加。直到穷尽语象的全部意味,在结尾处,诗人才返身"扛住"了能指的洪流,清晰地迸溅出钢錾与钢雕再次撞击后闪烁的火花。

第三节 美国文学

"二战"后美国引人注目的文学思潮分别是"垮掉的一代"、"黑色幽默"以及"自白派"。"一战"结束后，曾出现过以海明威为代表的"迷惘的一代"。"垮掉的一代"的出现，可以说是对"迷惘的一代"的一种遥远回应。该流派的作家具有鲜明的反叛性特征。"垮掉的一代"在思想倾向上表现出两大特点：第一，以虚无主义目光看待一切，致使他们的人生观彻底"垮掉"，对政治、社会、理想、前途、人民的命运、人类的未来统统漠不关心；第二，他们用感官主义的方式理解、把握世界，导致中产阶级生活方式的彻底"垮掉"，他们热衷于酗酒、吸毒、群居和漫游的放荡生活。这一流派的代表性作家作品是金斯伯格的诗歌《嚎叫》，凯鲁亚克的长篇小说《在路上》，威廉·巴勒斯《裸体的午餐》等。

对于"黑色幽默"，《大英百科全书》的解释是："一种绝望的幽默，力图引出人们的笑声，作为人类对生活中明显的无意义和荒谬的一种反响。"黑色幽默是以喜剧形式表现悲剧内容的文学方法。"黑色"代表死亡，是可怕滑稽的现实，"幽默"是有意志的个体对这种现实的嘲讽态度。幽默加上黑色，便成了绝望的幽默。这一派作家在写作中注重调动一切能够调动的艺术手法，将周围的世界和自我的滑稽、丑恶、畸形、阴暗等放大、扭曲，使其变得更加荒诞不经，从而达到一种批判嘲讽不合理存在的目的。这一派别的代表作分别是海勒的《第二十二条军规》，品钦的《万有引力之虹》，约翰·巴思的《烟草经纪人》，以及冯尼格特的《第五号屠场》等。倘若追根溯源，那位天才的俄裔美籍作家纳博科夫，也可归入这一文学思潮之中。他的《普宁》、《微暗的火》均可做此种理解。

"自白派"，是"二战"后美国影响最大的一个诗歌流派，强调在写作时坦然暴露内心深处隐藏的一切，即使是自私、肮脏、丑恶、卑鄙的东西也都暴露无遗，具有鲜明的非理性主义色彩。这一派别的代表性诗作主要有洛威尔的《生活研究》，贝里曼的《梦歌》，普拉斯的《巨人及其他诗歌》等。

除以上文学流派，"二战"后，美国比较重要的作家作品，还有诺曼·梅勒的《裸者与死者》、塞林格的《麦田里的守望者》、索尔贝娄的《赫索格》

与《雨王汉德森》、辛格《卢布林的魔术师》、莫里森的《所罗门之歌》、厄普代克的"兔子"四部曲等。雷德蒙·卡佛的短篇小说也口碑甚好,其短篇小说集包括《当我们谈论爱情时我们在谈论什么》、《大教堂》等。

海明威(1899—1961),美国小说家。海明威出生于美国伊利诺伊州芝加哥市郊区的奥克帕克,晚年在爱达荷州凯彻姆的家中自杀身亡。海明威主要作品有《老人与海》、《太阳照样升起》、《永别了,武器》、《丧钟为谁而鸣》等,凭借《老人与海》获得1953年普利策奖及1954年诺贝尔文学奖。海明威被誉为美利坚民族的精神丰碑,并且是"新闻体"小说的创始人,一向以"文坛硬汉"著称。海明威写作风格简洁明快,对美国文学及20世纪世界文学发展都有着深远影响。

欧内斯特·米勒·海明威(Ernest Miller mingway, 1899—1961)

海明威的代表作之一,是中篇小说《老人与海》。故事的主人公老渔夫桑提亚哥是个倒霉的人,接连84天没有能够捕到鱼,别的渔夫都把他看成失败者。但到了第85天,老渔夫却意外地发现了一条足足有1500磅重的大马哈鱼。明知对方力量比他强大许多,但老渔夫还是决心战斗到底。他对大鱼说:"我跟你奉陪到底!"经过一番艰苦卓绝的努力,桑提亚哥最终战胜了大马哈鱼,获得了这场人鱼对峙的最后胜利。然而,来自于命运的残酷考验却并没有到此为止。由于大马哈鱼又大又长,他只好将鱼绑在船的一边回航。没想到,大鱼的血腥味却引来了鲨鱼一次又一次的袭击。这样,老渔夫的对手,就由大马哈鱼变成了鲨鱼。在与鲨鱼的争斗过程中,他动用了所能够采用的一切手段。鱼叉被鲨鱼带走了,他把小刀绑在桨上乱扎。刀子折断了,他用短棍。短棍也丢了,他便用舵把来打。等老渔夫终于回到港口时,大马哈鱼的鱼肉已经都被鲨鱼咬去了,他费尽千辛万苦拖回来的,只是那条大鱼的骨架。

《老人与海》这部小说有着真实的故事原型。第一次世界大战结束后,海明威移居古巴,认识了老渔民格雷戈里奥·富恩特斯。1936年,富恩特斯出海很远捕到了一条大鱼,但由于这条鱼太大,在海上拖了很长时间,结果在归程中被鲨鱼袭击,回来时只剩下了一副骨架。海明威曾经在《老爷》杂志上发表了一篇通讯《在蓝色的海洋上》报道这件事。1950年圣诞节后不久,海明威产生了极强的创作冲动,开始动笔创作《老人与海》。到1951年2月

23 日就完成了初稿，前后仅用了八周时间。

《老人与海》是一部充满着强烈象征寓意的中篇小说。这是一场人与自然搏斗的惊心动魄的悲剧。桑提亚哥每取得一点胜利都要付出惨重代价，最后遭到无可挽救的失败。但是，从另外一种意义上来说，他又是一个胜利者。因为他不屈服于命运，无论面对怎样艰苦卓绝的环境，他都凭着自己的勇气、毅力和智慧进行了奋勇的抗争。大马哈鱼虽然没有保住，但他却捍卫了"人的灵魂的尊严"，显示了"一个人的能耐可以到达什么程度"。这样一个"硬汉子"形象，正是典型的海明威式的小说人物。

索尔·贝娄（1915—2005），美国作家。主要作品有长篇小说《晃来晃去的人》、《受害者》、《奥吉·玛琪历险记》、《只争朝夕》、《雨王汉德逊》、《赫索格》、《赛姆勒先生的行星》、《洪堡的礼物》等。索尔·贝娄是一位学者型作家，创作上继承了欧洲现实主义文学的某些传统，同时运用现代主义观念和手法，强调表现充满矛盾和欲望的反英雄。1976 年索尔·贝娄荣获诺贝尔文学奖，获奖理由是，他的作品"融合了对人的理解和对当代文化的精妙分析"。

索尔·贝娄
(Saul Bellow, 1915—2005)

索尔·贝娄的代表作，是长篇小说《赫索格》。赫索格是一位学识渊博的大学历史教授，他一向崇拜理性，关心人类文明和人的尊严，然而在个人生活的道路上却障碍重重，阴霾密布。他最初与戴茜——一个纯朴的女大学生生活在一起，离婚后，娶了风流任性的玛德琳为妻。她先是唆使赫索格离开大学到乡下去潜心写作，后又改变主意，执意要搬回大城市。自己回城不算，还逼着赫索格一定要给她们的邻居，也是赫索格的好友瓦伦丁也找个工作，一同搬到城里。经赫索格多方奔走，玛德琳的这些愿望都实现了，可她的脾气却越来越坏，赫索格为此常去请教他们的精神分析医生瓦伦丁。大家都认为玛德琳有些精神失常，其实她与瓦伦丁早有私情，一起迁到芝加哥来只不过是为了过从方便而已。在一切准备就绪之后，玛德琳便高调宣布要与赫索格分手。从此，赫索格就失去了职务、房子、财产和女儿，陷入精神委顿的状态。一直到半年之后，赫索格才弄明白导致家庭变故的原因在于玛德琳与瓦伦丁之间的私情。这一消息对赫索格形成了致命的打击，精神顿时处于崩溃边缘。从此他行为变得怪诞,整天紧张地思考,不停地给人写信,给知心朋友、骨肉亲戚、报刊杂志、知名人士、总统部长,认识的、不认识的,活着的、死了的,甚至上帝和自己,一连写了上百封信,但一封也未寄出。此后,赫索格尽管也与小说中的另一位女性雷梦娜有过一定程度的感情交往,但终归心灰意冷:"我不会再把自己交到任何人手里了"。

《赫索格》真实表现了中产阶级知识分子在现代社会中的苦闷与迷惘,以及一种人道主义的精神危机。像赫索格那样的现代知识分子,既高居于芸芸众生之上,又受到来自不同阶层的意识冲击;他们既对资产阶级的生活堕落表示极大的厌倦,在生活享受和物质追求上又离不开这个阶级所拥有的一切。因此,他们焦虑地反省生活中失败的教训,试图找到一条虽然生活在现实中,但又不附和时代的疯狂,虽然与现实妥协,但又能保持个人尊严的中间道路。正因为如此,国外的一些研究者才会把赫索格称为"精神过敏的奥德修斯"。

弗拉基米尔·纳博科夫
(Vladimir Nabokov,1899—1977)

纳博科夫(1899—1977),俄裔美籍小说家、文体家、诗人、文学评论家、翻译家。被公认为 20 世纪最杰出的小说家和文体家之一。纳博科夫出生于圣彼得堡。布尔什维克革命期间,纳博科夫随全家于 1919 年流亡德国。他曾经在剑桥三一学院攻读法国和俄罗斯文学,在柏林和巴黎度过了 18 年的文学生涯。1940 年,纳博科夫移居美国。主要作品有《庶出的标志》、《洛丽塔》、《普宁》、《微暗的火》、《说吧,记忆》、《阿达》、《透明》、《劳拉的原型》等。

纳博科夫否认自己的创作有政治或道德的目的。对他来说,文学创作是运用语言对现实的超越,因为"艺术的创造蕴含着比生活现实更多的真实"。他认为,艺术最了不起的境界应具有异常的复杂性和迷惑性,所以,他的作品致力于用语言制造扑朔迷离的时空迷宫,制造个人的有别于"早已界定"的生活与现实,显示出一种华美、玄奥、新奇的艺术风格。此外,纳博科夫在昆虫学方面的兴趣和研究,也使他的作品对事物的观察与描述显示出一种细致入微和精巧特色。

纳博科夫最有影响力的作品之一,是曾经一度被视为"色情小说"的长篇小说《洛丽塔》。小说描述了一位从法国移民美国的中年男子亨伯特,在一种"恋童癖"情结的控制下,疯狂地迷恋上女房东年仅12岁的女儿洛丽塔,称呼她为"小妖精"。洛丽塔恣意挑逗亨伯特,使亨伯特无法自拔。为了亲近这位早熟、热情的小女孩,亨伯特娶女房东为妻,成为洛丽塔的继父,他利用零用钱、美丽的衣饰等小女孩喜欢的东西来控制洛丽塔。女房东发现丈夫与女儿的不伦之恋,一时气疯往外跑,被车子撞死。亨伯特将洛丽塔从夏令营接出来一起旅行,两人一路上极尽缠绵。但洛丽塔在和继父旅行的过程中,被剧作家奎尔蒂带走了。奎尔蒂早在洛丽塔十岁时候就见过她。那时候,洛丽塔就已经喜欢上他了。但是,奎尔蒂却是个变态狂,强迫洛丽塔在他面前和别人拍色情电影。洛丽塔表示拒绝,他就把洛丽塔赶走了。几年之后,亨伯特忽然收到洛丽塔的来信,向他索要金钱援助。亨伯特满足了洛丽塔的要求,但她却拒绝再续前缘。亨伯特伤心欲绝,最后因枪杀奎尔蒂而被捕入狱,并因血栓病死于狱中。17岁的洛丽塔,则因难产而死。

和纳博科夫笔下的许多人物一样,亨伯特是一个化了装的极端个人主义的艺术家。他内心敏感,富于想象,甚至近乎偏执。他在小说中曾引用一位诗人的话说:"人性中的道德感是一种义务,而我们则必须赋予灵魂以美感。"当然,在《洛丽塔》中,这种所谓的"美感"既有艺术华丽的诗意,也充满了堕落者邪恶的罪感。作为他的欲望对象,洛丽塔只不过是亨伯特意识的产物,是他异想天开地企图从外部的现实和时间中抢夺出来的一个幻想而已。

海勒(1923—1999),美国小说家。1942年在美国空军服役,曾任空军中尉。第二次世界大战结束后,先后在美国纽约大学、哥伦比亚大学和英国牛津大学学习。1950年后任杂志编辑、大学教师。主要作品有长篇小说《第二十二条军规》、《出了毛病》、《像高尔德一样好》、《天晓得》、《如此美景》、《终了时刻》等。

海勒的代表作,是从"二战"的具体表现而渐次延伸至普遍社会思考的长篇小说《第二十二条军规》。小说描写第二次世界大战时美国一支空军中队内部的专横、残暴、贪婪和人们受到迫害的具体情形,反映了现代社会各种权势之间围绕各种利欲展开的争夺。尤索林是一个正直、爱国的军人,因作战勇敢,升为上尉。但时间不长,他就

约瑟夫·海勒
(Joseph Heller, 1923—1999)

发现，周围的那些长官为了自己争权发财，不惜牺牲士兵的生命。这些军人在权、名、利的争夺中拼命，最后的优胜者，往往是那些自私、狡猾、狠心的家伙。然而，充满吊诡意味的是，由这样的一批人组成的官僚体制，却往往会用所谓"正义、爱国、为公众服务"的字眼来美化自己。目睹这一切不合理的状况之后，尤索林决定退出这场战争。要想退出战争，就须得遵循"第二十二条军规"才成。根据"第二十二条军规"：一方面，疯子可以停止飞行，只要自己提出要求就行；但在另一方面，如果本人感到作战有危险，提出停止飞行，就证明不是疯子，还得飞行。如此一种军规，不仅置人于进退两难的境地之中，而且一旦卷进这种循环，就别想轻易跳身而出。作品通过超现实的描写，从存在主义哲学出发，描绘出了一幅喻指人类世界疯狂、混乱的图画，对这个世界的荒谬报以嘲笑和无可奈何的态度。

海勒开辟了欧美讽刺小说的新写法，以夸张手法将现实漫画化，并把幽默、荒诞、无可奈何的讽刺综合在一起，影响了一批作家，成为20世纪60年代黑色幽默文学流派的代表人物。由于小说巨大的影响力，"第二十二条军规"作为"无法摆脱的困境"的代名词，已为美国人在日常口语中广泛运用。在海勒的世界里，"第二十二条军规"作为一个代名词，象征着一种具有超自然的、能操纵人类命运的神秘力量。这里既有现代官僚机器的异己力量，也包含了某些神秘因素的存在，即作家所感到的那种不可捉摸、无力把握的异己力量。具有无上权力和随意性的"第二十二条军规"，并不存在而又无所不在，是一种有组织的混乱和制度化疯狂的象征。在现实生活中，我们也都会时常遭遇大大小小的"第二十二条军规"，其实也就是形形色色的制度陷阱。

杰罗姆·大卫·塞林格
(Jerome David Salinger, 1919—2010)

塞林格（1919—2010），美国作家。主要作品有长篇小说《麦田里的守望者》，中篇小说集《弗兰尼与卓埃》、《木匠们，把屋梁升高》，短篇小说集《九故事》。

塞林格擅长塑造早熟、出众的各类青少年形象，其代表作是影响极大的长篇小说《麦田里的守望者》。主人公霍尔顿是个中学生，出生于富裕的中产阶级家庭。他虽只有16岁，但比常人高出一头。身为学生却不愿读书，他对学校里的一切全都腻烦透了。小说开始时，又一个学期结束了，他因4门功课不及格被校方开除。他深夜离开学校，回到纽约城，但却不敢贸然回家，当天深夜住进了一家小旅馆。在小旅馆，无聊之极的霍尔顿委托电梯工毛里斯招来妓女鬼混。第二天是星期天，霍尔顿上街游荡一番，在倍感女友萨丽的虚情假意之后，因为担心自己也许会身患肺炎死去，永远见不着妹妹菲苾了，决定冒险回家和她诀别。霍尔顿偷偷回到家里，幸好父母都出去玩了。他叫醒菲苾，向她诉说了自己的苦闷和理想。他对妹妹说，他将来要当一名"麦田里的守望者"。父母回来后，又惊又怕的霍尔顿急忙溜出家门，到一个老师家中借宿，睡到半夜，因发觉这个老师可能有同性恋倾向而偷偷逃到车站过夜。霍尔顿既不想再回家，也不想再念书，便决定去西部谋生，做一个又聋又哑的人。妹妹知道消息后，拖着一只装满自己衣服的大箱子，坚持一定要跟哥哥去西部。劝说无效，霍尔顿只好放弃西部之行，带她去动物园和公园玩了一阵。菲苾骑上旋转木马，十分高兴。这时下起了大雨，霍尔顿淋着雨坐在长椅上，看菲苾一圈圈转个不停，心里快乐极了，霍尔顿终于决定不再出走。

小说在艺术上颇具特色，心理描写细致入微，可以说开当代美国文学心理现实主义的先河。塞林格以犀利无比的洞察力解剖青少年的复杂心理，透过现象观察精神实质，栩栩如生地描绘了霍尔顿精神世界的各个方面，既揭示了他受环境影响颓废、没落的一面，也写出了他内心中纯朴、敏感、善良的一面，在相当程度上真切反映了青春变化期青少年的特点。小说在西方社会乃至世界青少年读者之中产生了巨大反响。

凯鲁亚克（1922—1969），美国作家，"垮掉的一代"的代表人物。他的主要作品有自传体小说《在路上》、《达摩流浪者》、《荒凉天使》、《孤独旅者》等。他以离经叛道、惊世骇俗的生活方式与文学主张，震撼了20世纪五六十年代美国主流文化的价值观与社会观。凯鲁亚克在小说中创造了一种全新的自动写作手法——"狂野散文"，他的"生活实录"小说往往带有一种漫无情节的随意性和挑衅性，颠覆了传统的写作风格。文学写作之外，其疏狂漫游、沉思顿悟的人生更是成为"垮掉的一代"的一种理想。

杰克·凯鲁亚克
（Jack Kerouac，1922—1969）

凯鲁亚克的代表作，是长篇小说《在路上》。从1951年4月2日到22

日，20天的时间里，凯鲁亚克用一部打字机，在一卷120英尺长的打印纸上，完成了《在路上》的初稿。全书共分五部分。第一部分：1947年，萨尔同迪安在纽约相识，第一次开始从东到西横越美国大陆的旅行。此部分记述他一路上的经历。其中，萨尔同墨西哥姑娘特丽之间的浪漫爱情以分离而告终，读来最是动人。这一部分中，迪安的故事不时穿插介入，"我"与伙伴的谈话已让读者感受到此人在"垮掉"伙伴中的特殊地位，暗示了其后一连串事件的发展。第二部分：萨尔回到纽约姑妈家中。1948年圣诞节，迪安开着破车带着女友玛丽露突然来访。然后，他们一伙人再次抵达西部后又返回纽约。第三部分：1949年，萨尔再次到达丹佛，同迪安的友情渐至高潮。他对迪安以"自我"为中心的疯狂行为及其同几个女人的关系也有了更为透彻的了解。之后，他们一同横越大陆回到西部。第四部分：记述迪安和萨尔前往"旅途终点"墨西哥的一段"伟大旅程"。第五部分：迪安把萨尔留在墨西哥，然后萨尔独自返回纽约，回忆同迪安的最后一次见面，以一长段感伤怀旧的话结束故事。萨尔作为小说的第一人称叙述者，实际上就是凯鲁亚克本人，迪安即尼尔·卡萨迪，老布尔·李即威廉·巴勒斯，卡罗·马克斯即艾伦·金斯堡。当然，这也并不是说《在路上》可以当成作者的自传来读，完全同真实人物一一对应。其实，在迪安等其他一些人物身上，也同样可以找到作者本人的投影。

《在路上》是凯鲁亚克的自传性代表作，小说主人公萨尔为了追求个性，与迪安、玛丽卢等几个年轻男女沿途搭车或开车，几次横越美国大陆，最终到了墨西哥。一路上他们狂喝滥饮，吸大麻，玩女人，高谈东方禅宗，走累了就挡道拦车，夜宿村落，从纽约游荡到旧金山，最后作鸟兽散。《在路上》1957年甫一问世即令舆论哗然，毁誉参半。但不可否认的是，此书影响了整整一代美国人的生活方式，被公认为20世纪60年代嬉皮士运动的经典。

阿瑟·米勒（1915—2005），美国剧作家，美国最杰出的戏剧大师之一，被誉为"美国戏剧的良心"。主要作品有《都是我的儿子》、《推销员之死》、《萨勒姆女巫》、《桥头眺望》、《美国时钟》等。阿瑟·米勒一生获奖无数，曾经先后获得包括普利策奖、纽约戏剧批评家奖、奥利维尔最佳剧作奖在内的各种奖项。

《推销员之死》是阿瑟·米勒的代表作。剧作开始，年逾花甲的推销员威利·洛曼，拎着两只沉重的、装样品的箱子回到家。他极度疲倦，仿佛已经走到了生命的尽头。只有老伴林达了解他、体贴他，尽一切努力来维护他的尊严，希望能给他一些生活下去的勇气和信心。然而，这一切努力都无济于事。壮年时代的威利，非常精明强干，两个儿子比夫和哈皮，是他的骄傲。比夫的学习成绩不及格，也没有引起威利的足够重视，因为他确认比夫将来完全可以当一名体育明星。事与愿违的是，比夫多次离家出走，宁愿去当农业工人，也不愿留在充满竞争与欺诈的大城市里。在沉重的压力下，威利的精神恍惚不定。为了拯救

阿瑟·米勒
（Arthur Miller，1915—2005）

威利，林达恳请两个儿子要怜爱父亲，甚至把威利要自杀的企图告诉了他们。这时，小儿子哈皮想出一个让比夫向朋友借钱的办法，由洛曼兄弟自家独立经营，以期成就一番事业。这个令人振奋的设想，使全家人产生了新的希望。为了预祝未来理想的实现，父子们约定在餐馆中聚会。然而，到他们见面时，双方带来的居然都是不幸的消息：比夫没有借到钱，威利也被公司开除了。这种状况，使父子间又发生了激烈的争吵。最终，威利自杀身亡。他的自杀，只是为了死后的保险赔偿能够给家人带来福利。

《推销员之死》是米勒最知名的作品。剧本深刻揭示出美国的社会生活法则是"失败者没有活下去的权利"。威利没有取得成功，因此只能走向毁灭。威利一向认为他应当有所成就，但他却对社会和自身都缺乏必要的了解。他渴望得到已被文明社会剥夺了的人生欢乐，但却只能眼睁睁地看着希望最后破灭。他希望能够把自己未能实现的梦转交给下一代，却徒然给儿子增加精神负担。因为他不仅没有给他们指出成功的途径，反而造成了一系列误导。结果，儿子变成了毫无希望可言的花花公子。作品通过这两代人的失败，对于人人都能成功的"美国神话"提出了强有力的质疑。剧作在结构安排、时空处理、人物形象刻画和内心复杂情感的描写上都取得了很高的成就，曾经创下在纽约剧院连演742场的纪录。

诺曼·梅勒（1923—2007），美国作家，有"海明威第二"之称。他上过前线，当过导演，参加过纽约市长竞选。他毕生将写作视为一项英雄般的事业，不仅苛求自己与同时代的同行竞争，也把自己视为托尔斯泰和陀思妥耶夫斯基式的人物。他的作品之多，创作期之长，让其他作家惊叹，1948年

诺曼·梅勒
(Norman Mailer, 1923—2007)

即以《裸者与死者》而暴得大名。1968年和1979年凭借《夜幕下的大军》和《刽子手之歌》两度获得普利策奖。

在众多的以第二次世界大战为主题的小说中，诺曼·梅勒的《裸者与死者》是出类拔萃的一部。小说的深度在于它不是简单地记叙了一场旷日持久的攻坚战，而是以战争为背景来反映更为深广的社会和历史主题，并且对于人性的复杂进行了深入的剖析与展示。小说的故事背景，是第二次世界大战中的太平洋战场。故事被安排在一个虚构的热带小岛上，通过两条平行的线索来展开复杂的情节。前一条线索提供了生动有趣的战争情节，后一条线索则深化了作品的主题，使作品的内涵变得更加丰富深刻。诺曼·梅勒以其富有艺术感染力的笔触，让读者看到美国军队内部官兵之间的关系，看到美国社会的一个缩影。因此，《裸者与死者》就溢出了战争文学的范畴，可以看作是一部带有强烈象征意义的作品。书名中的"裸者"，寓意"无遮无掩"、"毫无保障"，也可以理解为"人性已经暴露到赤裸裸的地步"。

《裸者与死者》属于美国文学创作主流的现实主义和社会批判小说，同时又有着浓烈的自然主义色彩。诺曼·梅勒通过不无恐怖色彩的军队生活的描写，集中反映了社会生活对美国人普遍的精神威胁和压迫。作家以军队的森严等级象征战后美国社会等级，以战争的荒唐代表整个社会存在的不合理性。通过卡明斯和赫恩两位人物形象的尖锐对立，作家对于战争的历史和哲学含义，对于整个人生和社会的存在及意义都进行了深入的发掘与思考。最后，赫恩被摧垮，意味着权力打倒理智，兽性战胜人性。这一结局，表明了作家对未来一种足够悲观的看法。梅勒就是要通过这种方式来告诉美国公众，必须警惕法西斯主义在这个国家的复苏和蔓延，除非人们有足够的力量扼止它，否则必将带来不堪设想的后果。这种有深度的主题显然冲破了以往战争小说的基本框限，这或许正是《裸者与死者》格外受到公众欢迎的原因所在。小说的创作手法也相当成功。语言是士兵们熟悉的粗犷的"战壕语言"，令人印象深刻。艺术上作者采用类似于多斯·帕索斯那样的"时间机器"的手法，自然的插入和倒叙，使作品的层次显得丰富鲜明，结构严谨有序，形成了一种强烈的艺术整体感。

第四节　英国文学

这一时期的英国文学,唯一带有思潮色彩的文学流派是"愤怒的青年",是20世纪50年代一批表现出强烈愤世嫉俗情绪的英国作家的文学创作。这些人对于当时英国社会的种种现象感到不满,愤而进行批判。代表性作家作品包括约翰·韦恩的小说《每况愈下》、金斯利·艾米斯的小说《幸运儿吉姆》,以及青年剧作家约翰·奥斯本的剧本《愤怒的回顾》等。其他未能以流派形式出现的作家,如戈尔丁的《蝇王》以内省和探讨人性恶为基本特征;以《法国中尉的女人》知名的约翰·福尔斯,是典型的后现代实验主义小说家;以《金色笔记》蜚声文坛的多丽丝·莱辛,是著名的女性主义小说家;品特的荒诞性戏剧,麦克尤恩带有强烈精神分析意味的小说,移民作家奈保尔跨文化的生命体验,也都别具一格,特色鲜明。此外,曾经写出过《福楼拜的鹦鹉》的朱利安·巴恩斯,也以其叙述技巧上的积极探索而引人注目。

戈尔丁(1911—1993),英国小说家、诗人。他的小说富含寓意,广泛地融入了古典文学、神话、基督教文化以及象征主义。他的第一本小说《蝇王》突出了他一直不停探讨的主题:人类天生的野蛮与文明的理性的斗争。这部小说也奠定了他的世界声誉。《蝇王》之外,戈尔丁的主要作品还有长篇小说《继承者》、《品契·马丁》、《自由堕落》、《塔尖》、《金字塔》、《看得见的黑暗》、《航程祭典》、《纸人》、《近方位》、《巧语》等。

威廉·戈尔丁
(William Golding, 1911—1993)

戈尔丁特别擅长用他特有的沉思与冷静,挖掘表现人类千百年来从未停止过的互相残杀的根源。由于他的小说"具有清晰的现实主义叙述技巧以及虚构故事的多样性与普遍性,阐述了今日世界人类的状况",1983年获得诺贝尔文学奖,获奖主要是因《蝇王》在创作上取得的巨大成就。

《蝇王》的故事其实很简单,未来的一场战争毁掉了人类的和平。有一群孩子乘着飞机路过海上时发生了坠机事件，被困在了一个荒岛上。在没有大人的情况下，孩子们开始了岛上的生活。12岁的拉尔夫是英国海军司令的儿子，因为他出面把分散在岛上各处的孩子组织起来，所以就在全体会议上当选为领袖。起初孩子们在与世隔绝的小岛上和睦相处，倒也其乐融融，但随着"野兽"的出现，小岛上的安宁与和谐顿时被打破。孩子们很快分成了两派：一派以拉尔夫为代表，坚持在岛上建立文明的社会秩序，比如要求大小便在指定地点，遇事开会并举手发言，海滩上始终燃起一堆火作为求援信号等；另一派则是以唱诗班领队杰克为代表，他们对这些文明的、民主的做法嗤之以鼻，而崇尚人性中的原恶，以及破坏、毁灭的本能。杰克自命不凡，对拉尔夫当选领袖十分不满。本来还有获救的希望，但却因杰克他们一味地围着落满苍蝇的野猪头狂欢，任凭救命的篝火熄灭，从而失去了得救的宝贵机会。可怕之处在于，越到后来，后一种倾向就越占据上风。在远离了人类文明及其规范制约之后，人性恶得到了空前的释放，使他们渐渐步入"罪恶"的深渊。为了夺取领袖地位，两派之间发生了尖锐激烈的争斗冲突。结果，拉尔夫最要好的朋友猪崽仔，在混战中坠崖死去，西蒙被乱棍打死，拉尔夫自己也陷入重围。男孩们自相残杀，整个小岛陷于恐怖之中。紧急关头，一艘英国军舰发现了岛上的大火，及时赶来，拉尔夫方才得以幸免于难。

《蝇王》最突出的艺术特点，就是现实主义的描绘叙述和象征体系的巧妙结合。小说比较典型地代表了"二战"之后人们从那场旷古灾难中引发的关于人性的深入思考，旨在呼吁正视"人自身的残酷和贪婪的可悲事实"，医治"人对自我本性的惊人的无知"，从而建立起足够的对于人性恶的防范意识。

乔治·奥威尔
(George Orwell, 1903—1950)

奥威尔（1903—1950），英国记者、小说家、散文家和评论家。奥威尔短暂的一生，颠沛流离，疾病缠身，郁郁不得志，一直被视为危险的异端。在他为数不多的作品中，《动物庄园》与《一九八四》都影响巨大。他以先知般冷峻的笔调勾画出人类阴暗的未来，令读者心中震颤。他将悲喜剧融为一体，使作品具有极大的张力，被称为"一代人的冷峻良知"。

奥威尔的代表作是《一九八四》。这部政治寓言小说创作于1948年。1984年的世界被三个超级大国所瓜分,它们分别是大洋国、欧亚国和东亚国。三个国家之间不仅战争不断,而且国家内部的社会结构也被彻底打破,都在实行高度的集权统治,都在以改变历史、改变语言(如"新语"——Newspeak)、打破家庭等极端手段来钳制人们的思想和本能,以具有监视功能的"电幕"(telescreen)来控制人们的行为,以对领袖的个人崇拜和对国内外敌人的仇恨来维持社会的运转。故事中主人公所在的国家大洋国只有一个政党——英格兰社会主义,按照新语,简称英社(IngSoc)。整个社会也根据与党的关系不同而被切割为核心党员、外围党员和无产者三个阶层。政府机构分为四个部门,其中和平部负责战争,友爱部负责镇压,真理部负责宣传和教育,富裕部负责剥削。按照新语,这些部门又分别简称为和部、爱部、真部、富部。在大洋国"真理部"从事窜改历史工作的外围党员温斯顿,因为在工作中逐渐对其所处的社会和领袖"老大哥"(Big Brother)产生怀疑,并且还和另一位外围党员裘利亚之间产生感情,因而成为思想犯。但在经历了专门负责内部清洗的"友爱部"一番认真有效的思想改造之后,最终成为一位"思想纯洁者"。

在《一九八四》这部象征寓言意味强烈的作品中,奥威尔描绘了一个极权主义达到顶峰的可怕社会。在这个社会中,思想自由是一种死罪,独立自主的个人被消灭干净,每一个人的思想都受到严密的控制,掌握权力的人们以追逐权力为终极目标并对权力顶礼膜拜。《一九八四》出版之后,奥威尔在给朋友的信中,曾经提到过他撰写这本书的初衷:"我并不相信我在书中所描述的社会必定会到来,但是,我相信某些与其相似的事情可能会发生。还相信,极权主义思想已经在每一个地方的知识分子心中扎下了根,我试图从这些极权主义思想出发,通过逻辑推理,引出其发展下去的必然结果。"现在,奥威尔所想象的1984年已经成为遥远的过去。20世纪世界历史的发展,在很大程度上验证了奥威尔预言的惊人准确。

多丽丝·莱辛(1919—   ),当代英国最重要的作家之一,被誉为继伍尔芙之后最伟大的女性作家,曾获得多个世界级文学奖项,并多次获诺贝尔文学奖提名。2007年终获诺贝尔文学奖,获奖理由是"女性经验的史诗作者,以其怀疑的态度、激情和远见,清楚地剖析了一个分裂的文化"。多丽丝·莱辛的主要作品有长篇小说《野草在歌唱》、《暴力的孩子》、《金色笔记》、《堕入地狱简况》、《黑暗前的夏天》、《最甜的梦》、《爱情,又来了》等。

多丽丝·莱辛的代表作,是长篇小说《金色笔记》。小说没有传统意义上

多丽丝·莱辛
(Doris Lessing, 1919—)

的"故事情节",复述其"故事梗概"是一件非常困难的事情。在这部作品里,莱辛打破了她以往所采用的按时序叙事的写作方法,从几个不同的角度和侧面来表现女主人公安娜·弗里曼·吴尔夫的生活状况。全书以名为"自由女性"的第三人称为基本叙述框架。该故事共分为五个小节,主要讲述安娜及其女友莫莉的生活和事业,每两节之间夹有一连串的"笔记集",其内容分别取自安娜的四个笔记本(即黑色、红色、黄色和蓝色四本),如此反复四次,在最后一节"自由女性"之前还插入了一个独立的"金色笔记"部分。

多丽丝·莱辛把五本笔记穿插在整部小说的故事情节之中,以此来展示20世纪中期整个世界的风貌。其中黑色笔记描写主人公作为作家在非洲的经历,涉及殖民主义和种族主义问题;红色笔记写她的政治生活,记录她对斯大林主义由憧憬到幻灭的思想过程;黄色笔记是作家根据自己的爱情生活所创作的一个故事,题为《第三者的影子》;蓝色笔记是她的日记,记录了主人公的精神轨迹。四本笔记成为一个不安宁灵魂的四道反光。而最后的金色笔记,是作者对人生的哲理性总结。在这种貌似无序的结构中,多丽丝·莱辛所充分展示出的,正是那个混乱迷惘而多变的时代中,一个失重的灵魂的探索和生存。全书呈一种刻意安排的万花筒式。面对多丽丝·莱辛充满叙事实验色彩的艺术努力,读者既可以依照原书顺序进行阅读,也可以打破原有排列,把作品重新加以组合。比如,读者可以把所有的"自由女性"或"黑色笔记"等片断章节集中起来加以阅读。如此一来,所获得的阅读感受便会有所不同。总之,小说的多重结构是与多重主题相对应的,这种结构方式也表现了现代西方人矛盾重重的精神世界。

品特(1930—2008),英国剧作家及剧场导演,他的著作包括舞台剧、广播、电视及电影作品。2005年,他被授予诺贝尔文学奖,获奖理由是"他的戏剧发现了在日常废话掩盖下的惊心动魄之处,并强行打开了压抑者关闭的房间"。主要作品有《房屋》、《送菜升降机》、《生日晚会》、《看管人》、《侏儒》、《搜集证据》、《茶会》、《归家》、《昔日》、《虚无乡》、《情人》等。

品特的戏剧代表作之一,是三幕剧《看管人》。剧中只有3个人物:29

岁的米克，是个成功的小商人；30多岁的阿斯顿，是米克的哥哥，因接受电击疗法而变得迟钝，无法工作；戴维斯是个流浪的老头儿，穷困潦倒，沾染了不少坏习气，又懒，脾气又坏，又软弱，又爱骗人。第一幕开始，阿斯顿把戴维斯带到房子里。第二天早晨，阿斯顿抱怨他晚上说梦话，他却诬说是隔壁的黑人。阿斯顿出门，要他照管房子，对于这种信任，他感到惊奇，不敢相信。阿斯顿把钥匙交给他出去之后，他东翻西看，正当他提起一只箱子想打开它时，米克出现。米克抓住他的手臂，把他按倒在地板上。米克注视着他，表情冷淡地说道："这是什么把戏？"第一幕结束。

哈罗德·品特
(Harold Pinter, 1930—2008)

第二幕以米克和戴维斯的对话展开。米克抱怨他哥哥太懒，主动提出让戴维斯看管房子。其实米克并非真想让戴维斯做看管人，而是引诱他充分揭示"自我"。戴维斯自身的弱点使他对米克说了不少阿斯顿的坏话。第二幕有阿斯顿大段的回忆，讲述他的生活经历。他先是回忆接受电疗之前的情况，接着又回忆了接受电击疗法的过程。由于他没有完全照医生的要求去做，他的思维变迟钝了："我不能把我的思想集中起来。"

第三幕，戴维斯利用阿斯顿的自白，忘恩负义，梦想自己可以成为房子的管家。当阿斯顿说他们合不来，要他另找地方时，他却俨然以主人自居，逼阿斯顿出走。这时米克进来了，态度骤变，大发雷霆。戴维斯面临被赶走的处境，乞求阿斯顿让他留下，但最终还是被轰走了，从而失去了最后改变生活的机会。全剧就此结束。

品特的作品与法国荒诞派有许多相似之处，如表现人失去"自我"，在一个荒诞不经的世界里茫然不知所措，以及人与人之间的隔绝，等等。但是，品特也有自己的特点：其作品背景是"二战"后英国人的日常生活；人物是资本主义社会常见的人物，如失业者、小职员、资本家以及形形色色的下层人物；他的作品常常把世界不可知的观点推到其逻辑的极端，环境缥缈不定，事件隐约不清，影影绰绰，似是而非。所有这些，在《看管人》中都有所体现。

麦克尤恩（1948— ），英国文坛当前最具影响力的作家之一。主要作

伊恩·麦克尤恩
(Ian McEwan, 1948—)

品有长篇小说《阿姆斯特丹》、《赎罪》、《星期六》、《在瑟切尔海滩上》,短篇小说集《最初的爱情,最后的仪式》等。曾经先后获得过布克奖、耶路撒冷奖等有影响的奖项。

麦克尤恩的代表作,是长篇小说《赎罪》。小说中,13岁的布里奥妮·塔利斯拥有十分丰富的想象力,颇有作家天分。管家的独子罗比,在塔利斯先生的资助下,不仅已经与布里奥妮的姐姐塞西莉娅一道从剑桥大学毕业,而且他俩还情投意合。一个炎热夏日,罗比为了帮塞西莉娅的忙,不小心把塞西莉娅的花瓶打烂,有一块不幸掉入池塘之中。塞西莉娅为了拣掉落的花瓶碎片,当着罗比的面,脱去衣服,跳进池塘。所有这一切,都被布里奥妮尽收眼底。恰巧就在这个晚上,来塔利斯先生家小住的布里奥妮的表姐不幸遭人强暴。布里奥妮武断地认定罗比就是罪犯,并出庭作证指控罗比。罗比因此而被捕入狱。一直坚信罗比无罪的塞西莉娅,却不惜与家人断绝关系,也要执着地与他相爱。五年后,罗比出狱,当时正是"二战"期间,他参加到保卫祖国的战斗中。塞西莉亚随后应征入伍,布里奥妮也成为一名军队医务人员。经历世事之后的布里奥妮,终于感到万分愧疚,主动走向罗比与塞西莉娅,为自己当年的所作所为深深道歉。但是,无情的战争却先后夺去了罗比和塞西莉娅的生命,留下布里奥妮活在深深的自责中,无法完成自己的赎罪行为。

不难发现,为了弥补自己曾经犯下的罪,布里奥妮一直在以一种"自我惩罚"的方式工作,她"想做个有用之人,做些实实在在的事情"。而这一切错误,却并非源自布里奥妮天真的自我想象,因为罗比也曾是布里奥妮少女时代喜欢过的对象。只是当布里奥妮看到罗比与塞西莉娅缠绕在一起时,这一切感情便戛然而止了。吊诡之处在于,真正的强奸者——保罗·马歇尔,竟然在事后阴差阳错地娶了受害者罗拉为妻。他们的婚礼,使罗比永远背负罪名。而布里奥妮真正亲眼所见的事实,也同样无法向人前扮演恩爱夫妻的罗拉与保罗·马歇尔中的任何一方求证。就这样,隐藏在小说字句后的道德压力便浮出水面:一方面,作为无辜者存在的相爱男女忍受着残酷的考验;另一方面,温文尔雅的道貌岸然者,却是令人发指的强奸犯。与"性"密切相关的误会,不仅改变了故事里主要人物的命运,甚至篡改了"清白无辜"

奈保尔（1932— ），移民作家。出生于中美洲的特立尼达和多巴哥的一个印度婆罗门家庭。1950年获奖学金赴英国牛津大学留学。毕业后为自由撰稿人，曾为BBC做"西印度之声"广播员并为《新政治家》杂志做书评。1955年在英国结婚并定居。主要作品有小说《河湾》、《比斯沃斯先生的房子》、《抵达之谜》、《灵异推拿师》、《米格尔大街》等，长篇纪实"印度三部曲"（包括《幽暗国度：记忆与现实交错的印度之旅》、《印度：受伤的文明》、《印度：百万叛变的今天》）等。

维·苏·奈保尔（Vidiadhar Surajprasad Naipaul, 1932— ）

奈保尔的代表作，是长篇小说《比斯沃斯先生的房子》。奈保尔自己曾经坦言，这部小说的主人公比斯沃斯先生的原型就是自己的父亲："他是个深沉的人。他一生创巨痛深，决非外人所能道出。"小说细致入微地记叙了出生在西印度群岛的比斯沃斯先生渴求拥有一所房子的人生悲喜剧。他是特立尼达一处甘蔗种植园里印度劳工的后代，生有六指，一出生被认为是尅父的"不祥之物"。他的两个哥哥十来岁就开始做童工。他本人则从来不知道吃饱饭的滋味。如此一种贫穷状况，再加上幼年丧父，孤儿寡母被邻居欺侮，一家人不得已背井离乡。比斯沃斯在贫穷和肮脏中挣扎长大，娶妻后因没有自己的房产，只得寄住妻子娘家，仍然是寄人篱下的生活，少不得要听闲话、受闲气。他发奋努力，当了新闻记者，并终于买下了一栋简陋的旧房。对于他来说，房子不仅是遮风避雨安身立命的"家"，更是事业成功和人格尊严的象征。

西方评论常说奈保尔的写作主题，是去国者的困境和"外来者"的疏离感。作为生长在西印度殖民地的印度族孩子，法语文化环境里接受英语教育的青年，定居于英国的西印度作家，常常漫游在众多第三世界国家的西方化了的知识分子，一种无可摆脱的"外来者"的疏离感始终缠绕着他。然而，阅读《比斯沃斯先生的房子》，真正打动我们的，却并非某些西方学者所热衷

西格弗里德·伦茨（Siegfried Lenz, 1926— ）

流中的人》、《面包与运动》等。

伦茨的代表作，是蜚声德语文学界的长篇小说《德语课》。小说取材于德国著名画家埃米尔·汉森在纳粹统治时期被禁止作画这一真实事件。故事发生在1945年。小说主人公西吉因"盗窃"艺术品而被关进了少年教养院，被罚写一篇名为"尽职的快乐"的作文。这一事件，促使他陷入回忆，想起了诸多往事。其父耶普森曾经是一名警察，1943年奉命监视画家南森，禁止他继续作画。耶普森忠实地执行上级命令，但西吉却背着父亲保护艺术品，把父亲撕碎的南森画作想方设法恢复成原状，藏在一个废旧磨房的"密室"里。不久，警方因故前来抓捕南森。画家趁警方不注意时，偷偷地把自己的一幅画作塞给了西吉。战争即将结束，耶普森在院子里纵火试图烧毁各种文件材料，英军赶来，抓走了耶普森。西吉从火堆旁抢出一卷纸，这卷纸就是父亲从南森那里强行没收来的画稿。三个月后，耶普森被释放后仍回到小镇继续担任原职。尽管时代早已发生翻天覆地的变化，但他仍然要执行原来的上级命令，还是要把南森的画稿烧掉。一天，西吉的"密室"突然起火。这一突发事件，使西吉更觉得这些艺术品处于危险之中，需要自己去加以救护。到最后，西吉的这种心理发展到了病态的地步，以致于居然在南森的画展上去"盗窃"艺术品。被关进少年教养院的西吉，坚持认为自己是在代替父亲接受命运的惩罚。西吉这篇名为"尽职的快乐"的作文写了厚厚的几大本，教养院对此表示满意，准备释放他。但他的精神世界却深深地陷入了困惑迷茫之中，彷徨不知所从。

对于一位有强烈社会和历史责任感的德国作家来说，以文学创作的方式反思曾经的纳粹历史，是一种必然的选择。在《德语课》中，伦茨巧妙地通过西吉被罚写作文的情节来展开叙事。西吉的父亲恰巧是一个警察。于是，他在作文中就叙述了他父亲盲目执行纳粹的命令，对一个在战争中救过自己性命的画家进行迫害的罪恶行径。小说以具有艺术力度的叙述手法，剖析和批判了长期被作为"德意志品质"来加以宣扬的所谓"忠于职守"思想，促使读者在阿伦特"平庸的恶"的思想意义上，对"二战"、对纳粹历史进行深入透辟的精神反思。

赫塔·米勒（1953— ），德国女作家和诗人，出生于罗马尼亚西部蒂

的人的普遍而抽象的孤独、"失根"的生存境遇，而是殖民地外裔劳工艰难生活的那些鲜活细节。的确，当我们读到瘦骨伶仃、发育不良、周身皮肤伤破永不愈合的小比斯沃斯"从来不觉得肚子饿"，读到他9岁和11岁的哥哥"高高兴兴地和种植园方合作，联手破坏不准雇佣童工的法律"时，我们都会被这种悲惨的生活境遇所震动。还有那些浸透着印度文化的生活细节，如，小比斯沃斯如何在水边嬉戏丢失邻家牛犊不敢回家，终于导致父亲丧命；再有，比斯沃斯以一生血汗和无法偿清的借款换来的宝贝房子：那摇摇欲坠的楼梯，那破破烂烂的家什，奈保尔都可以细细道来。年仅46岁却已患不治之症、被解职后每天"收入"只有三份报纸的比斯沃斯先生，最终只能无奈地在自己"家"里死去。就这样，奈保尔自觉地忠实于生活的真切细节和语言，把被长久掩埋在记忆中的被侮辱与被损害的人们的血泪历史展示给世人。

第五节 德国文学

或许与德国特定的历史角色有关，"二战"后的德国文学，多以对历史罪责的追问与反思为创作焦点。无论是格拉斯的《铁皮鼓》，还是伦茨的《德语课》，都属于这一方面的佼佼者。有过极权下生活体验的赫塔·米勒，则在《呼吸钟摆》中把自己的批判矛头对准了现代的极权体制。此外，以《莱尼和他们》、《丧失了名誉的卡塔琳娜·勃罗姆》著称的伯尔，早期作品多审视纳粹主义的恐怖统治，表现战争和政治力量给普通民众带来的毫无意义的苦难；后期作品则猛烈抨击经济繁荣下的道德沦丧，批评社会和宗教机构的专横与虚伪。

君特·格拉斯（1927— ），德国当代最重要的作家之一。格拉斯的童年和青少年时代，正值纳粹统治时期。他参加过希特勒少年团和青年团，未及中学毕业又被卷进战争，充当了法西斯的炮灰。1945年4月，17岁的格拉斯在前线受伤，不久又在战地医院成了盟军的俘虏。格拉斯的主要作品有长篇小说"但泽三部曲"（包括《铁皮鼓》、《猫与鼠》、《狗岁月》）、《比目鱼》、《母鼠》、《旷野》等。1999年，格拉斯凭借《铁皮鼓》获得诺贝尔文学奖。

格拉斯的代表作，是长篇小说《铁皮鼓》。小说描写三岁的奥斯卡无意中发现母亲和表舅布朗斯基偷情，又目睹纳粹势力的猖獗，便决定不再长个儿，宁愿成为侏儒。从此，在他的视角里，社会和周围的人就都是怪异和疯狂的。他整天敲打一只铁皮鼓，以发泄对畸形社会和人世间的愤慨。父亲或老师一旦惹了他，他就会大声尖叫，震得窗玻璃和老师的镜片稀里哗啦地变成碎片。他还一再以这种方式来"扰乱"社会秩序，给纳粹分子的集会造成麻烦。尽管他个子不高，但却智力超常，聪明过人。面对他那简直无处不在的敏锐洞察力，母亲羞愧万分，忧郁去世。父亲成了纳粹军官，表舅在战乱中毙命。邻居女孩玛丽亚来照顾他，两人发生了性爱，但怀孕后她却嫁给了奥斯卡的父亲，随后生下了库尔特。奥斯卡随侏儒杂技团赴前线慰问德军，三年后回到家中，苏军攻占了柏林，父亲吞下纳粹党徽身亡。埋葬父亲时，奥斯卡无意间丢失了铁皮鼓，与此同时，他事实上的亲生儿子库尔特，用石子击中了他的后脑勺，使他倒在坟坑中而流血不止。这样一些意外的发生，彻底改变了奥斯卡的生存状况。他不仅从此开始长个儿，而且依靠尖叫就能使玻璃破碎的特异功能也随之永远消失了。

君特·威廉·格拉斯
（Günter Wilhelm Grass，1927— ）

《铁皮鼓》是一部采用了第一人称叙事的自述体小说，通篇皆由主人公奥斯卡自述人生经历。小说的主要素材则是作者格拉斯本人的经历与见闻。作为一位拥有非凡创造力的作家，格拉斯不仅有着犀利的目光和非凡的记忆力，而且也善于捕捉有特色的事物或场景。格拉斯把形形色色真实的人物、真实的事件、真实的场景编织进一张虚构的网里，真真假假，虚虚实实。通过一位个子虽然长不高但却拥有特殊禀赋的侏儒奥斯卡这一不无荒诞色彩的人物形象的构想与刻画，格拉斯不仅对于自己曾经亲身经历过的那段残酷的战争历史进行了非常深入的反思，而且真切地挖掘揭示了复杂人性的奥妙所在。

伦茨（1926— ），德国当代享有世界声誉的作家，也是德国继承现实主义传统的代表作家。伦茨在政治上主张改革，赞同社会民主党纲领，在艺术上主张艺术为道德服务，反对作家置身于社会现实之外，初期创作受海明威等人的影响。主要作品有小说《空中群鹰》、《德语课》、《与影子决斗》、《激米什县小镇尼特基多夫。1987 年，与丈夫、小说家理查德·瓦格纳迁往西德，现常居柏林，持德国国籍。或许与她亲身感受过来自于极权制度的压迫有关，她的作品往往政治性很强。2009 年被授予诺贝尔文学奖，获奖理由是："米勒的作品兼具诗歌的凝练和散文的率直，描写了一无所有、无所寄托者的境况"。2010 年凤凰出版传媒集团协同江苏人民出版社出版了一套共 10 本的赫塔·米勒文集：《心兽》、《今天我不愿面对自己》、《狐狸那时已是猎人》、《呼吸秋千》、《人是世上的大野鸡》、《低地》、《一颗热土豆是一张温馨的床》、《镜中恶魔》、《国王鞠躬，国王杀人》、《托着摩卡杯的苍白男人》。

赫塔·米勒
(Herta Müller, 1953—)

赫塔·米勒的代表作，是长篇小说《呼吸钟摆》。这是一部有生活原型的纪实性长篇小说。作家对于极权专制的批判性反思，在小说中被表现得淋漓尽致。在一个专制社会中，时刻都有可能发生逮捕、酷刑和谋杀。这种恐怖的阴影，就像某种气味一样地弥漫于人们日常生活所呼吸的空气当中。作为这段历史的一位见证人，赫塔·米勒以一种独特的方式将这种窒息的恐怖感在她的作品中表达了出来。1945 年，所有 17—45 岁的罗马尼亚籍德国人，都被送到了苏联的劳改营之中。其中包括年仅 17 岁的罗马尼亚裔诗人奥斯卡·帕斯提奥（Oskar Pastior），以及赫塔·米勒的母亲。作家这部纪实性长篇小说的写作，就建立在这样一个真实历史事件之上。奥斯卡·帕斯提奥准备与赫塔·米勒共同完成这部长篇小说的创作，可惜诗人在 2006 年意外去世，赫塔·米勒只好独力完成作品的写作。

《呼吸钟摆》所塑造展示的，是一个没有爱、没有希望、没有信仰的极端孤独的世界。作品中没有出现"上帝"或者是"仇恨"这样的字眼。这种俘虏和关押的无意义，日复一日僵化成人们的麻木和视而不见。读者在其中能够读到的只有"虱子，黑夜中苍蝇的轰鸣，以及饥饿天使对每一个俘虏的守护，这是一个只有皮和骨头而没有血肉的时代，这个时代的恶魔给我们的晚餐送来的是杂草和土豆皮"这样的句子。《呼吸钟摆》是一部关于精神匮乏的纪实文学，这是一种持久甚至永恒的精神饥饿。在劳改营的专制恐怖统治之下，赫塔·米勒挣扎着将自己的独立思想表达出来，为葆有人的尊严而做出持久的努力。正是这种努力，使她的作品超越感性体验，成为对专制社会的强烈控诉。

第六节 意大利文学

这一时期的意大利，最重要的作家是具有艺术原创性的卡尔维诺。回看"二战"后的西方文学，卡尔维诺、纳博科夫与博尔赫斯这三位作家的命运遭际颇堪玩味。其一，三位作家都具有突出的艺术原创性；其二，都享有极高的世界性荣誉；其三，都未能被诺奖光顾。然而，这只能视作诺奖的不幸，丝毫不影响他们的文学史地位。卡氏之外，莫拉维亚的《冷漠的人们》，达里奥·福的《一个无政府主义者的意外死亡》，思想艺术上也都各有千秋。

伊塔洛·卡尔维诺
（Italo Calvino，1923—1985）

卡尔维诺（1923—1985），意大利作家。他的奇特和充满想象的寓言作品，使他成为20世纪具有足够世界影响力的意大利小说家之一。主要作品有《分成两半的子爵》、《树上的男爵》、《不存在的骑士》、《意大利童话故事》、《宇宙奇趣》、《寒冬夜行人》、《看不见的城市》、《命运交义的古堡》、《帕洛马尔》、《未来千年文学备忘录》等。

卡尔维诺的代表作之一，是长篇小说《寒冬夜行人》。小说以《寒冬夜行人》一书的出版发行为开头：男读者满怀欣喜地购来该书，急不可待地打开书本看起来，但看到32页以后，发现该书装订有误，无法看下去了，于是找到书店，要求更换。书店老板解释说，他已接到出版社通知，卡尔维诺的《寒冬夜行人》在装订时与波兰作家巴扎克巴尔的《在马尔堡市郊外》弄混了，答应更换。同时，男读者在书店里还遇到了一位女读者，柳德米拉，她也是来要求更换装订错了的《寒冬夜行人》的。于是在男读者阅读为寻找《寒冬夜行人》而得到的十篇毫无联系的小说开头的故事上，又叠加上了男读者与女读者交往和恋爱的故事，小说便以这两个故事为线索平行地展开。

十篇小说的开头，包括《寒冬夜行人》、波兰小说《在马尔堡市郊外》、辛梅里亚小说《从陡壁悬崖上探出身躯》、钦布里小说《不怕寒风，不顾眩晕》等。

男女读者之间的爱情故事亦贯穿始终：男女读者继续阅读更换来的小说《在马尔堡市郊外》，由于印刷错误，没等他们读完第一章又读不下去了。他们发现，他们读的不是卡尔维诺的新小说，也不是波兰小说，而是一本辛梅里亚的小说。于是他们决定到大学里去找人请教。大学老师没能解决他们的问题，他们又找到出版社寻求答案。男读者在和出版社编辑的谈话中发现，这一次次挫折都是由一个叫马拉纳的译者造成的：马拉纳曾与柳德米拉相好。因为柳德米拉爱看小说，他就觉得小说作者是他的情敌，使他与柳德米拉之间的关系发生危机。怎么才能击败这个情敌呢？由于他认为文学作品就是虚假、伪造、模仿和拼凑，就开始模仿、拼凑和伪造各国的小说，期望通过这些手段使小说作者的形象模糊不清。这样柳德米拉读书时，他便不会感到柳德米拉遗忘了他。那么，这个阴险的译者马拉纳现在待在什么地方呢？男读者从各方面了解到，他可能隐藏在南美洲什么地方，于是决定去那里寻找他。男读者费尽周折，仍未找到期望找到的小说译者，只好返回家乡。最后，男读者来到家乡的图书馆里，在与其他读者的闲谈中才终于理解，古时候的小说结尾只有两种：男女主人公受尽磨难，要么结为夫妻，要么双双死去。于是男读者决定和女读者结婚。他们的故事遂以他们的结合而告终。

《寒冬夜行人》的艺术结构独特而新颖。在这篇关于小说的小说中，卡尔维诺不仅涉及了小说的形式、内容、语言和作用，而且涉及了作者的创作态度和读者对小说的要求，甚至分析了小说印刷和装订中可能出现的种种问题。可以说，这部小说本身就是关于小说的"百科全书"。

莫拉维亚（1907—1990），20世纪意大利著名小说家。如同他的同胞卡尔维诺一样，莫拉维亚作为一位极有影响力的小说家，也没有获得过诺贝尔文学奖。1929年发表小说《冷漠的人们》，展示法西斯统治下资产阶级空虚、堕落的精神状态，初获声誉。20年代末30年代初，他因同墨索里尼政权不合作，多次被迫出国。他的小说如《未曾实现的抱负》、《阿谷斯蒂诺》、《罗马女人》、《违抗》、《随波逐流的人》等，大多描写资产阶级的庸俗自私，表现他们从试图对现实"违抗"，到屈服于环境压力，以至于"随波逐流"的过程。这些作品基本上采取客观主义描写，注重心理分析，色调比较灰暗。其间还有《假面舞会》、《瘟疫

阿尔贝托·莫拉维亚
（Alberto Moravia, 1907—1990）

集》、《罗马故事》、《罗马故事新编》等短篇小说集,真实地表现了普通人的希望与痛苦。长篇小说《乔恰拉》是献给抵抗运动的作品,《愁闷》、《注意》、《我和它》、《内在生活》等则都反映了资产阶级的颓废苦闷和悲观厌世。

莫拉维亚的代表作之一,是长篇小说《冷漠的人们》。小说出版时,他才22岁。主人公米凯莱是一个典型的资产阶级青年,一直生活在痛苦的怀疑和精神折磨之中。他隐约觉得,家中并非一切都顺当,母亲和姐姐卡尔拉似乎有什么在隐瞒着他,他们家的座上客莱奥的行动也显得十分诡谲神秘。时间长了,他才渐渐明白,莱奥是母亲多年的情夫,他利用这个关系,以狡黠的方式榨干了这个体面家庭的钱财,现在反倒以施主的面貌出现,开始打卡尔拉的主意。卡尔拉尽管并不喜欢莱奥,但却经受不住经济窘迫和莱奥卑鄙追逐的双重压力,终于妥协。米凯莱一方面目睹这庸俗虚伪的现实,另一方面又受到一个轻浮女人丽莎的逗弄,饱尝令人窒息的痛苦。在某一瞬间,憎恨的感情突然迸发,他持枪冲进莱奥的房间,试图一枪结果了他,但枪击并没有成功。激情消失后,他对周围污秽现实的痛恨也随之烟消云散。冷漠和无动于衷再次占有了他。如同母亲和姐姐一样,他也成了冷漠的人。

莫拉维亚以洗尽铅华的凝练笔触,细致描绘了一个资产者家庭在平平淡淡的三天里发生的一切。他采用心理分析的手法,刻画了资产者被私利主宰道德、被冷漠扼杀热情,深深陷于庸俗、空虚、堕落之中的精神状态。文字含蓄隐晦,不动声色。敏感的读者,不难从中看出作家对资产者灵魂的有力鞭挞。莫拉维亚深刻地揭示:正是这些人的虚伪自私和抛弃理想的冷漠态度,成为繁殖法西斯主义的精神土壤。

达里奥·福
(DarioFo,1926—)

达里奥·福(1926—),意大利剧作家、戏剧导演。他的父亲是一个铁路技师。达里奥·福从小喜爱故乡世代相传的民间说唱艺术,是个"说唱迷"。在他幼小的心灵里,很早就播下了艺术的种子。他共有七十余部喜剧作品广为流传,并于1997年荣获该年度诺贝尔文学奖,获奖理由是"因为他继承了中世纪喜剧演员的精神,贬斥权威,维护被压迫者的尊严"。达里奥·福是一个很有争议的剧作家。因为鲜明的普罗倾向,很多剧作家、文学评论家、新纳粹分子以及梵蒂冈当局都从纯文学的角度对他予以猛烈抨击。达里奥·福的主要作品有《一针见血》、《一个无政府主义者的意外死亡》、《喇叭、小号和口哨》、《伊丽莎白塔》、《疯子》等。

达里奥·福的剧作大多是对国内外重大事件和百姓敏感问题迅速作出反应而匆匆创作的。他曾强调指出："我们对重大政治事件立即作出反应，宁愿演一个不成熟的戏，在演出中完善它，也比长期等待要好。"他的代表作《一个无政府主义者的意外死亡》，就是这样一部带有鲜明急就章色彩的戏剧作品。1968年，意大利和西欧爆发了大规模的学生反叛运动，一系列爆炸事件的发生，使局势更加恶化，社会动荡。1969年，米兰火车站发生了一起炸弹爆炸案，警方逮捕了一名犯罪嫌疑人。这个名叫皮内利的无政府主义者，被指控为凶手。没想到，他在受审讯期间，突然从拘留所楼上摔到下面的大街上死亡。达里奥·福及时抓住这一事件，敏锐地作出反应，冲破重重阻挠，进行深入调查。最后，他在左翼记者、律师的帮助下，搜集到大量第一手资料和照片，并以这一真实事件为素材，创作完成《一个无政府主义者的意外死亡》，于1969年正式公演。

剧作描写一名"疯子"在警察局偶然地接触到一个无政府主义者"意外死亡"的卷宗。他随机应变，顺藤摸瓜，进行调查。为了彻底弄清楚事件真相，他乔装成最高法院的代表复审此案，终于洞悉了此案的全部内情。所谓"意外死亡"云云，实际上是警方对被拘捕的无政府主义者严刑逼供，将其活活打死，又把他从窗口扔到街上，随即向媒体宣称他畏罪自杀。达里奥·福以极大的创作勇气，尖锐犀利地揭露了司法和警察当局故意制造这起"意外死亡"事件，抨击了右翼势力颠倒是非、捏造事实，试图嫁祸于人，诬陷进步人士的卑鄙阴谋。由于这部作品与当时最敏感的政治热点直接相关，是从现实社会生活中汲取灵感，采撷素材，加工而成，因而形成了足够强烈的现实冲击力。这部剧作正式上演，不仅在意大利，而且在世界各地都产生了强烈的轰动效应。导演孟京辉曾经将其改编，在中国上演，影响颇大。

第七节 拉美文学

"二战"后，具有异军崛起意味的是拉美魔幻现实主义。把自身的民族文学传统，特别是古老的印第安人的文学传统，与西方文学的艺术精华，特别是现代主义的艺术表现方式有机地融合在一起，自觉地运用幻觉、魔幻、神秘、梦境、怪诞等手法反映和描绘现实生活，使现实的再现与幻觉的描写交错纠结在一起，这就是魔幻现实主义的诞生。魔幻现实主义的先声，是曾在1966年获得过诺奖的危地马拉作家阿斯图里亚斯所著的《总统先生》。而真正标志着这一思潮走向成熟的，是墨西哥作家胡安·鲁尔福的中篇小说《佩德罗·帕拉莫》。使魔幻现实主义真正产生世界性影响的，是哥伦比亚作家马尔克斯。马尔克斯凭借风靡全球的《百年孤独》荣膺1982年度的诺奖，遂使魔幻现实主义迅速成为世界文学关注的焦点。前些年获得诺奖的秘鲁作家略萨，以"结构现实主义"闻名，但也被普遍认为是魔幻现实主义的代表作家之一。以上这些作家之外，拉美具有世界性影响的作家还有被称为"作家中的作家"的短篇小说大师博尔赫斯，以及堪称伟大诗人的聂鲁达。

加夫列尔·马尔克斯
（Gabriel García Márquez，1927—2014）

马尔克斯（1927—2014），哥伦比亚作家、记者和社会活动家，拉丁美洲魔幻现实主义文学的代表人物，20世纪最有影响力的作家之一，1982年诺贝尔文学奖得主。作为一个天才的、赢得广泛赞誉的小说家，马尔克斯将现实主义与幻想结合起来，创造了一部风云变幻的哥伦比亚和整个南美大陆的神话般的历史。主要作品有《百年孤独》、《霍乱时期的爱情》、《迷宫中的将军》、《一桩事先张扬的谋杀案》、《家长的没落》、《枯枝败叶》、《没有人给他写信的上校》等。

马尔克斯的代表作，是长篇小说《百年孤独》。在《百年孤独》发表之前，马尔克斯在拉丁美洲文坛之外并不广为人知。《百年孤独》一面世即震惊拉丁美洲文坛及整个西班牙语世界，并很快被翻译为多种语言。马尔克斯也一跃成为蜚声文坛的世界级作家。《百年孤独》的故事发生在虚构的马孔多镇（马尔克斯称威廉·福克纳为导师，显然深受其影响），描述了布恩蒂亚家族百年七代的兴衰、荣辱、爱恨、祸福，和文化与人性中根深蒂固的孤独。其内容涉及社会和家庭生活的方方面面，可以说是拉丁美洲历史文化的浓缩投影。《百年孤独》风格独特，既气势恢宏又奇幻诡丽。粗犷处寥寥数笔勾勒出数十年内战的血腥冷酷；细腻处描写热恋中情欲煎熬如慕如诉；奇诡处人间鬼界、过去未来变幻莫测。轻灵厚重，兼而有之，被公认为魔幻现实主义最具代表性的作品，也是20世纪现代文学中不容错过的经典。

马尔克斯对于时间的处理方式给读者留下了深刻印象，一是书名中出现了"百年"这样一个时间概念，还有就是小说标志性的开头方式："许多年之后，面对行刑队，奥雷连诺·布恩蒂亚上校将会回想起，他父亲带他去见识冰块的那个遥远的下午。"短短的一句话，实际上容纳了未来、过去和现在三个时间层面，而作家显然隐匿在"现在"的叙事角度。紧接着，作家笔锋一转，把读者引回到马孔多的初创时期。这样的时间结构，在小说中一再重复出现，一环接一环，环环相扣，不断地给读者造成新的悬念。

小说中，凝重的历史内涵、犀利的批判眼光、深刻的民族文化反省、庞大的神话隐喻体系，是由一种让人耳目一新的神秘语言贯串始终的。有的研究者断定这部小说出自8岁儿童之口，马尔克斯本人对此说颇感欣慰，予以认可。如此直观简约的语言，确实能够有效地代表新的视角，以及落后民族（人类儿童）的自我意识。当事人的苦笑取代了旁观者的眼泪，"愚者"自我表达的切肤之痛，取代了"智者"貌似公允的批判与分析，更能收到唤起被愚弄者群体深刻反省的客观效果。

马尔克斯的《百年孤独》对于中国新时期小说创作产生了难以估量的巨大影响。以马尔克斯为杰出代表的拉美魔幻现实主义的有效介入，推动了中国当代小说的现代化进程。

略萨（1936—　），拥有秘鲁与西班牙双重国籍的作家及诗人。诡谲瑰奇的小说技法与丰富多样而深刻的内容，为他带来"结构现实主义大师"的称号。主要作品有《城市与狗》、《绿房子》、《酒吧长谈》、《潘上尉与劳军女郎》、《胡利娅姨妈与作家》、《世界末日之战》、《狂人玛依塔》、《公羊的节日》、《天堂的另外那个街角》、《坏女孩的恶作剧》等。2010年获得诺贝尔文学奖，表彰他"对权力结构的制图般的描绘和对个人反抗的精致描写"。

马里奥·巴尔加斯·略萨
（Mario Vargas Llosa，1936—　）

略萨的文学创作宗旨是对现实政治的强势介入。大部分作品有着共同的"反独裁"主题。"极右"（比如《城市与狗》和《酒吧长谈》）和"极左"

（比如《狂人玛伊塔》）都是他批判的对象。小说需要介入政治，略萨坚信这是让小说变得尖锐而有力的重要武器之一。作为"结构现实主义"流派的掌舵人，略萨始终坚持"文学要抗议，要控诉，要批判"的文学主张，甚至敢于把艾柯、米兰·昆德拉与约翰·厄普代克这些大名鼎鼎的当代作家贬得一文不值。不过，略萨最痛恨的是独裁统治、官僚腐败、贫富差距悬殊、阶级压迫、种族歧视、军警特务横行等。因此，他的揭露和批判有着很强的针对性。同时，他的小说在表现形式上不断创新，绝不雷同。

略萨的代表作之一是长篇小说《酒吧长谈》。《酒吧长谈》全书共分四个部分，每部又分若干章，有的章还分为若干场景。第一部可以说是小说之"纲"，介绍人物，提出线索，集中描写在圣地亚哥的大学生活中所发生的事。第二部主要是讲述通过阿玛莉娅的眼睛所看到的卡约·贝尔穆德斯的各种丑行和罪恶活动。第三部描述了圣地亚哥在报社中的记者生涯，缨斯的被害、军人谋反和阿列基帕事件。第四部是安布罗修向妓女凯姐陈述自己同费尔民·萨瓦拉之间的关系，他在普卡尔帕的经历和圣地亚哥的婚姻，悬念解开，全书结束。作品的整个结构，由"对话波"组成，是一种波状的"涟漪"组合。其中第一部第一章中圣地亚哥和安布罗修的谈话（历时四小时，涉及奥德利亚统治八年中所发生的各种事件，原文用现在时态写成）是全书的中心，由此中心蔓延开去，一个涟漪接着一个涟漪，每个涟漪都是情节的一个部分，都是由一组对话或若干组对话，甚至多达18组对话（如第三部第四章）构成。在绝大部分"对话波"中，各组对话都常常插入第一部第一章中的圣—安谈话，紧扣圣地亚哥在谈话中的回想，其作用在于不时地提醒读者，所有这些组的对话都是由圣—安谈话这一中心不断派生出来的。通过"结构现实主义"方式，小说清晰而全面地反映了1948—1956年奥德利亚将军独裁时期的秘鲁社会现象。

博尔赫斯（1899—1986），阿根廷小说家、诗人、散文家兼翻译家，尤以充满精致玄奥意味的短篇小说写作而知名于世，被誉为"作家中的考古学家"、"作家中的作家"。博尔赫斯生于布宜诺斯艾利斯一个有英国血统的律师家庭，在日内瓦上中学，在剑桥读大学，掌握英、法、德等多国文字。主要作品有短篇小说集《小径分岔的花园》、《杜撰录》、《阿莱夫》、《布罗迪报告》、《沙之书》，诗歌散文集《诗人》、《为六弦琴而作》、《影子的颂歌》、《另一个，同一个》、《老虎的金黄》、《深沉的玫瑰》，评论集《探讨别集》、

《布宜诺斯艾利斯的语言》、《序言集成》等。

博尔赫斯的代表作之一，是短篇小说《沙之书》。博尔赫斯小说反复出现的主题，往往是隐藏在虚构故事中的时间和永恒、存在的荒谬、个性的丧失、人对自身价值的探究以及对于绝对真理的无望追求。他喜欢通过幻想方式，运用象征手法来思考表达此类主题。小说中经常会出现诸如迷宫、镜子、圆等意象。具体到《沙之书》，那本虚构的"沙之书"——《圣书》既没有起点，也没有终点，象征着的正是一种"无穷无尽"，从而揭示出人类面对无限，便会进入某种无所适从难以摆脱的困境。

豪尔赫·路易斯·博尔赫斯
（Jorge Luis Borges，1899—1986）

虚构是博尔赫斯小说的灵魂，他的小说往往会形成一个"虚构的迷宫"。作者经常采用貌似真实的虚构手法叙述故事。《沙之书》中，叙述者、人物以及买书卖书的交易，都跟生活中发生的一样真实。随着主题的凸显，叙述者、人物以及事件都变得不再重要，从真实开始转向虚构。说到底，这也只是一种叙述方式。它们的任务只是带出小说的主题，为主题的出现提供某种合理存在的依据。

小说采用第一人称"我"的限制性叙事方式。开篇特别强调小说叙述内容的真实可靠："如今人们讲虚构的故事时总是声明它千真万确；不过我的故事一点不假。"作家以否定他人讲故事的真实性来显示自己叙述的真实，恰恰是想充分表明自己故事虚构的合理性。这种貌似真实的虚构所体现出来的合理性，为作者的象征主题提供了合理的依托，并且让小说主题表达获得了富有艺术趣味的开端。这是博尔赫斯惯常的叙述手法。真正的问题在于，无限之书在我们的生活中存在吗？不过，读完小说后却不会有人质疑它的存在与否。

聂鲁达（1904—1973），智利当代诗人。少年时代就喜爱写诗，16岁入圣地亚哥智利教育学院学习法语。1928年进入外交界任驻外领事、大使等职。1945年被选为国会议员，并获智利国家文学奖，同年加入智利共产党。后因国内政局变化，流亡国外。曾当选世界和平理事会理事，获斯大林国际和平奖金。1952年回国，1957年任智利作家协会主席。主要作品有《二十首情诗

巴勃罗·聂鲁达
(Pablo Neruda, 1904—1973)

和一支绝望的歌》和《诗歌总集》。1971年被授予诺贝尔文学奖，获奖理由是"因为他的诗歌具有自然力般的作用，复苏了一个大陆的命运和梦想"。

《二十首情诗和一首绝望的歌》是聂鲁达的代表作品之一，也是作者流传最广的一部诗集，截至1961年，仅西班牙语版的销售量就突破100万册。聂鲁达不仅在赞美爱情，而且是在赞美性，赞美生命本身。"女人的身体，白色的山丘，白色的大腿，／你委身于我的姿态就像这世界。／我粗犷的农人的身体挖掘着你，／并且让儿子自大地深处跃出。"这第一首《女人的身体》，就突出了整本诗集的特色。如此直露的表达，似乎不应以"情诗"为题。相比较而言，它更像是一首唯美而真切的肉体颂歌。当时就有人以为聂鲁达不是在赞美爱情，而是在赞美性。事实上，原来拟就的书名也许会更加贴切一些——《一个男人和一个女人的诗》。当然，命运注定它要以更富诗意和节奏感的书名面对读者，因为它的确又不只是一本关于性的诗集，而是一本糅合了性与爱，关乎生命存在本身的歌吟——这才是它真正的艺术魅力所在。

《二十首情诗和一首绝望的歌》如题目本身所蕴含的意义，是诗人两次爱情的结局体验：既抒发了对那位特木科姑娘（马里索尔）的眷恋，也表现了对那位圣地亚哥姑娘（马丽松布拉）的倾慕。在过去与现在、黑暗与光明、失去与占有之间，在诗人和所爱的女人之间，爱情的忧郁穿袭心灵。生与死，喜或悲，就如同暗影终究追随光，聂鲁达写尽了爱情的苦，也写尽了爱情的悲凉。爱情太短，而遗忘太长。最哀伤的是一个人深夜里无人能懂的泣血，飘荡在空旷的人世，与孤独纠缠。跟随诗人的思绪漫游，若有所思而又难以名状。尽管他强烈地感受到了爱情的不幸，但还是要通过童话般的凄美诗句来告诉世人：在漫漫的人生征途中，请珍惜当爱情来临时这美妙的瞬间吧！情诗，都是写给那些心中有爱的人看的，因为有爱，才会动情。诗人虽然绝望，但对自然、对人生仍存有眷恋之意。来吧！诗人呼唤，放下心中的叹息，不要为曾经的寂寞而空自蹉跎，尽量放松自己的身心，享受生活带给我们的各种滋味，享受能抓住的现在，将生命之杯中掺和在一起的琼浆与胆汁喝个干净。

第八节　日本文学

日本尽管从地理上说是亚洲国家，但从文化渊源上说，自打福泽渝吉明确提出"脱亚入欧"以来，日本文化与文学的欧化倾向就日益明显了。也正因此，日本文学的特色，自然也就成为东方文化底色与西方现代文学思想和技术的有机结合。无论是川端康成的《雪国》、《伊豆的舞女》，还是大江健三郎的《万延元年的足球队》，以及三岛由纪夫的《丰饶之海》，抑或是村上春树的《挪威的森林》与《1Q84》，均可作如是观。

川端康成（1899—1972），日本新感觉派作家。幼年父母双亡，其后姐姐和祖父母又陆续病故，他被称为"参加葬礼的名人"。一连串的亲人亡故，对川端康成产生了重要影响。他一生漂泊无着，心情苦闷忧郁，逐渐形成了感伤与孤独的性格。这种内心的痛苦与悲哀，后来成为川端康成文学中阴影很深的底色。其小说作品富有抒情性，追求人生升华的美，深受佛教思想和虚无主义影响。早期多以下层女性作为小说主人公，写她们的纯洁和不幸。后期一些作品写

川端康成（1899—1972）

了近亲之间、甚至老人的变态情爱心理。艺术手法纯熟，浑然天成。代表作有《伊豆的舞女》、《雪国》、《古都》、《千只鹤》等。1968年被授予诺贝尔文学奖，获奖理由是"以非凡的锐敏表现了日本人的精神实质"。1972年4月16日在工作室自杀身亡。

川端康成的代表作之一，是中篇小说《雪国》。主人公岛村虽然研究欧洲舞蹈，但基本上是个坐食祖产、无所事事的纨绔子弟。他从东京来到多雪的上越温泉旅馆，结识了在那里出卖声色的艺妓驹子。驹子年轻貌美，不但能弹一手好三弦，还努力写日记。他们之间，虽说是买卖关系，但驹子对岛村确实表现出了比较真挚的感情。而岛村则认为二人无非是露水姻缘，人生的一切均属徒劳。驹子对岛村表示理解，嘱他"一年来一次就成，带夫人来也欢迎，这样可以持久"。岛村一共来雪国三次，都同驹子在一起。驹子对他既

伺候饮食，又陪同游玩。尽管这一切都按艺妓制度计时收费，但岛村在追求驹子的美貌，驹子则赏识岛村的大度和学识，两人之间一定程度上流露了爱慕之情，最后挥手而别。

　　岛村第二次来雪国时，在火车上看到一位年轻姑娘，精心照料一位患病的男青年。姑娘名叫叶子，青年名叫行男。当时，已是黄昏时分，车窗外夜幕降临在皑皑雪原之上。在这个富有诗情的衬景上，叶子的明眸不时在闪映，望去十分美丽动人。岛村凝视，不禁神驰。后来，岛村得知叶子原来是驹子三弦师傅家的人，行男则是三弦师傅之子。岛村风闻三弦师傅活着的时候，曾有意叫驹子和行男订婚，驹子也是为给行男治病才去当了艺妓的。但驹子却对此表示否认。实际上，驹子对行男谈不上什么感情，甚至当岛村二次离开雪国，驹子送到车站，叶子跑来报告行男咽气，哀求驹子前去看看时，驹子也未予理睬。岛村虽然欣赏叶子年轻貌美，但在第二次来雪国后的几次接触中，并未对她有爱的表示。直到在他离开雪国之前，剧场失火，叶子从二楼坠落死去。驹子和叶子的人生同样缺乏光亮，抑或这两个美丽的女子本来就是同一个人，彼此互为镜像。那些终究不可能的风花雪月，就这样消逝于荒芜的雪国。而雪国，原本就是不存在的虚无之境。爱的徒劳，美的幻灭，令人感伤。

大江健三郎（1935— ）

　　大江健三郎（1935— ），日本小说家。主要作品有小说《性的人》、《个人的体验》、《万延元年的足球队》、《燃烧的绿树》、《同时代的游戏》等。1994年大江健三郎获诺贝尔文学奖，理由是他以"诗的力量创造了一个想象的世界，并在这个想象的世界中将生命和神话凝聚在一起，刻画了当代人的困惑和不安"，认为大江健三郎"深受以但丁、巴尔扎克、艾略特和萨特为代表的西方文化的影响"，"开拓了战后日本小说的新领域，并以撞击的手法，勾勒出当代人生百味"。

　　大江健三郎的代表作，是长篇小说《万延元年的足球队》。小说描写居住在东京的根所蜜三郎（这一人物身上，晃动着大江健三郎自己的影子）是位27岁的青年，依靠翻译为生。他的妻子生了个白痴儿子后，怕再生傻孩子，不愿与他同房。不久，她罹患酒精中毒症。蜜三郎的弟弟鹰四，在反对日美安保条约的斗争中受挫后，去了美国。鹰四在美国感到沉沦不安，为了寻根又回到日本，同蜜三郎一起回到山区老家，想把仓库卖给朝鲜人的超级市场，并寻找万延元年农民起义的首领、爷爷的弟弟、二祖父的下落。农民起义时，爷爷是村长，二祖父因同他进行对抗，被他杀害了。鹰四为了掌握村里的青年人，用卖仓库的钱组织了一支足球队。蜜三郎看出鹰四有难言之苦，并且身上有暴力犯罪烙印。鹰四计划组织抢掠失败。他在彻底坦白了自己曾使白痴妹妹怀孕被逼自杀的事情之后，用猎枪自杀身亡。在目睹并经历了这一切之后，蜜三郎同妻子商定不仅要把白痴儿子接回来，而且还要收养鹰四的孩子。

大江健三郎运用丰富的艺术想象力，通过讲述小说主人公鹰四出走、还乡，在覆盖着茂密森林的山谷离群索居，效仿一百年前曾祖父领导农民暴动的办法，组织了一支足球队，鼓动进行一场"现代暴动"的故事，巧妙地将现实与虚构、现在与过去、城市与山村、东方文化与西方文化交织在一起，将畸形儿、暴动、通奸、乱伦和自杀交织在一起，描画出一幅幅离奇多彩的画面，以探索人类如何才能够真正走出那片象征恐怖和不安的"森林"。诺贝尔文学奖评委会认为这部长篇小说"集知识、热情、野心、态度于一炉，深刻地发掘了乱世之中人与人的关系"。

三岛由纪夫（1925—1970），日本小说家、剧作家，日本战后的文学大师之一。他不仅在日本文坛拥有高度声誉，在西方世界也有崇高的评价，甚至有人还把他誉为"日本的海明威"，曾两度入围诺贝尔文学奖，也是著作被翻译成外国语版最多的日本当代作家。后因为极端的激进政治目的而切腹自杀谏世。三岛由纪夫的文学活动，大致以60年代为界，分为前后两期。前期唯美主义色彩较浓，后期则表现出一种可怕的艺术倾斜和颠倒倾向。主要作品有《虚假的告白》、《爱的饥渴》、《潮骚》、《志贺寺上人之恋》、《金阁寺》、《忧国》、《丰饶之海》等。

三岛由纪夫（1925—1970）

三岛由纪夫的代表作，是长篇小说《潮骚》。小说讲述了三重县鸟羽市的歌岛（今神岛）一位穷苦渔夫久保新治，出海打鱼归来，在岸边发现一个陌生的女孩，在落日余晖中显得分外光彩照人，后来得知她是歌岛富商宫田照吉寄养在外地的女儿宫田初江。富家子弟川本安夫，自恃名门望族出身，对初江动情，并到处传播流言。灯塔主任夫人是千代子的母亲，年轻守寡，生活无聊，为岛上女孩讲授礼仪课，初江也报名参加。有一天，初江在上课时迷路，幸遇新治指点迷津。两人的意外相逢，创造了彼此敞开心扉的机会。几天后，新治刚拿到的薪水不慎遗失，恰巧初江捡到后送到他家，知道他去了海边，又折回海边寻找。两人在海边相遇，在黑暗处拥抱接吻，互诉衷曲，并相约下次见面。一个大雨滂沱的日子，新治来到哨所点燃篝火取暖，朦胧中看到初江全身赤裸烘烤淋湿的衣裙。初江动情同新治戏谑，但没有发生关系。回家路上，他们依偎亲昵。这一切，都被千代子看在眼中，告诉了川本安夫。后来这些流言蜚语传入照吉耳中，他怒不可遏，严禁初江外出，二人被隔绝起来。新治的母亲看到儿子内心痛苦，便到宫田家求婚，结果自然是碰壁而归。后来，千代子的母亲灯塔主任夫人去宫田家说情，这次出人意料，照吉主动表示同意这桩亲事，并且对新治赞不绝口。他说："男人需要的是魄力，门第和财产倒是次要的。"就这样，久保新治跟初江终于有情人成了眷属。

小说主要展示贫苦青年渔民久保新治和财势雄厚的船主独生女宫田初江相爱，两人几经挫折、终成眷属的曲折历程。初江敢于冲破世俗偏见，鄙视门第财产，执着追求爱情，热烈憧憬美好的未来。尽管她和新治从性格到家庭环境有着很大差异，但他们那种纯朴而又善良的内心世界却是相通的。照吉故意制造障碍来培养女儿的爱情，表明青年只有经风雨、见世面，尝过人间辛酸，才能获得真正的爱情。歌岛就像世外桃源，静谧而清澈，两位年轻人的爱情纯洁坚贞，令人神往。

村上春树（1949— ），日本小说家。29岁开始写作，第一部作品《且听风吟》即获得日本群像新人奖，1987年第五部长篇小说《挪威的森林》在日本畅销400万册，形成"村上现象"。村上春树的写作风格深受欧美作家轻盈基调影响，少有日本战后的阴郁沉重气息。主要作品有长篇小说《且听风吟》、《海边的卡夫卡》、《寻羊冒险记》、《舞！舞！舞！》、《1Q84》等。曾获耶路撒冷文学奖等奖项。

村上春树（1949— ）

村上春树的代表作，是长篇小说《挪威的森林》。

小说一开始，男主人公渡边就以第一人称展开关于他自己同两个女孩之间爱情纠葛的真切叙述。渡边的第一个恋人直子，原本是他高中时要好同学木月的女友。后来，木月自杀。一年后，渡边同直子不期而遇并开始交往。此时的直子已变得娴静腼腆，美丽的眸子里不时掠过一丝难以捕捉的阴翳。两人只是日复一日地在落叶飘零的东京街头漫无目标地或前或后或并肩行走不止。一直到直子20岁生日的晚上，两人之间才发生了性关系。不料，第二天直子便不知去向。几个月后，直子来信说她已经住进一家远在深山里的精神疗养院。差不多就在同时，渡边在学校附近一家小餐馆里结识了绿子。后来，渡边去精神疗养院探望直子，发现直子开始带有成熟女性的丰腴与娇美。探望时，渡边还认识了和直子同一宿舍的玲子，渡边在离开前表示自己将会永远等待直子。绿子的父亲去世后，渡边开始与低年级的绿子交往。绿子的性格同内向的直子截然相反，"简直就像迎着春天的晨光蹦跳到世界上来的一头小鹿"。这期间，渡边内心处于极度苦闷状态。一方面，他念念不忘直子，另一方面，又难以抗拒绿子大胆的表白和迷人的活力。不久，从精神疗养院传来直子自杀的噩耗，渡边失魂落魄地四处徒步旅行，最后，在玲子的鼓励下，开始探寻此后的人生道路。

小说的故事情节并不复杂，人物背景也十分简单。主人公喜爱的爵士乐曲不断出现，总是直接引用某个作家笔下的话语来表达情绪。当渡边和直子一同在街头漫无目的地行走，在熙熙攘攘的陌生人群中茫然不知所措时，一种成长的创痛便会隐隐浮现。身旁汹涌而过的车流和喧闹的市声带着城市的气息，周遭全然陌生的人群构成了空旷又拥挤的环境，都市人焦灼空虚的内心世界、迷乱脆弱的生存状态，在作者举重若轻的叙述中，得到了完美诠释。

第九节　其他国家与地区文学

除以上这些国家和地区，还有一些国家与地区的作家，也值得关注。其中，库切强烈的道德焦虑，帕慕克的文化忧思，耶利内克的极端女权思想，托马斯·特朗斯特罗姆的艺术探索，都能给读者以有益的思想艺术启示。

库切（1940——　），南非白人小说家、文学评论家、翻译家，大学教授，

约翰·马克斯韦尔·库切
(John Maxwell Coetzee, 1940—)

是第一位两度获得英语布克奖的作家。2003年获得诺贝尔文学奖，获奖理由是"精准地刻画了众多假面具下的人性本质"。2002年移居澳大利亚，主要作品有长篇小说《耻》、《等待野蛮人》、《幽暗之地》、《青春》、《迈克尔·K的生活和时代》、《冒犯》、《伊丽莎白·科斯特洛：八堂课》、《耶稣的童年》等。

库切的代表作，是长篇小说《耻》。《耻》可以说是一部足够场景化的小说。主人公是南非的一位白人大学教授，经历过两次离异的52岁独身男人戴维·卢里。虽然身为大学教授，但他成天想的却是如何才能满足自己的肉欲，怎样与年轻女性做爱。好不容易从妓女中找到了一个可以长期固定的性伴索拉娅，却因意外得知这位妓女的家世背景而一吹两散。生性耐不得寂寞的教授，便只好利用手中的权力向自己的女学生下手，与一个年仅20岁的漂亮女生发生了关系。没想到，上过几次床后，卢里教授居然遭到了女孩男友的报复。女孩男友联合女孩的家长，向学校当局告发了他。卢里教授因此丑闻而丢掉了工作，蒙受了耻辱。无奈之际，他只好去投奔经营农场的女儿露西。但厄运并未到此为止，刚刚适应农场生活的卢里教授，却又遭遇女儿被三个黑人强暴并怀孕的不幸。而这一切，竟然是女儿的黑人帮工、一直觊觎她土地的邻居指使的结果。为了得到人身安全上的庇护，不肯离开农场的女儿露西，不无屈辱地同意做黑人邻居的小老婆。而卢里教授自己，也在写作一部歌剧的计划落空之后，找了一个平庸的农妇做爱，在农场里干着低贱的工作。

《耻》是一本具有相当可读性，且从内容到寓意都具有丰富层次的长篇小说。主人公卢里教授在种族、性、中年、亲情组成的生活漩涡中载浮载沉。小说之所以会命名为"耻"，其实包含有三层意味：其一为"道德之耻"（卢里的数桩风流韵事，尤其是与女学生丑闻中的道德人性堕落），其二为"个人之耻"（女儿露西的惨遭强暴抢劫），其三为"历史之耻"（身为殖民者或其后代的白人，最终"沦落"到要以名誉和身体为代价，在当地黑人的庇护下生存）。小说真切地反映了南非的现实社会矛盾和往日的种族冲突，触及了激情放纵与伦理道德规约之间的对立，显示了库切强烈的道德精神焦虑情结。

帕慕克（1952— ），土耳其作家，被认为是当代欧洲最核心的三位文学家之一，当代欧洲最杰出的小说家之一，是享誉国际的土耳其文坛巨擘。帕慕克是一位对于"文化认同"或"身份认同"有着深入思考的作家。正因为置身于土耳其这样一个东西方文化激烈碰撞的国度之中，帕慕克才会对"文化认同"或"身份认同"问题产生感同身受的真切体验，并把这种体验有机地融入文学作品之中。帕慕克已被译为中文的作品，诸如长篇小说《我的名字叫红》、《白色城堡》、《黑书》、《雪》、《新人生》，以及那部名为《伊斯坦布尔》的自传，贯穿其中的一条基本思想线索，就是关于东西方文化关系的深入思考与表达。2006年，帕慕克被授予诺贝尔文学奖，获奖理由为："在追求他故乡忧郁的灵魂时发现了文明之间的冲突和交错的新象征"。

费利特·奥尔罕·帕慕克
(Ferit Orhan Pamuk, 1952—)

帕慕克的代表作之一，是他自己非常钟爱的长篇小说《雪》。《雪》是帕慕克的第七本小说，故事发生在1992年的四天四夜里。小说主人公卡是一个流亡德国的土耳其诗人。因母亲去世，他远道返回故乡伊斯坦布尔，参加母亲的葬礼，顺便接受了一家报纸的委托，到和原苏联加盟共和国亚美尼亚接壤的一座边境城市卡尔斯，采访市政选举和伊斯兰少女自杀事件。其间，卡不仅遇到政治纠葛、宗教和民族纷争，以及伊斯兰恐怖分子这样一些离奇经历，而且还偶遇美丽的大学女同学伊佩克，并与之发生了一段爱情故事。卡到达卡尔斯的时候，恰逢暴风雪封闭了道路。抓住这个与外界隔绝的机会，当地的军队，在一位信奉布莱希特表演体系的演员苏奈的统领下，发动了地方性政变，大肆搜捕宗教分子。因为在即将举行的市府选举中，宗教分子很可能会胜出。布莱希特是20世纪50年代东德剧作家，强调宣传、鼓动和艺术相结合。现在，布莱希特式的宣传、鼓动在卡尔斯直接变为现实。这自然应该看作是帕慕克的一种"黑色幽默"，他借此讽刺搞政治也不过如同在演戏而已。事实是，宗教分子、库尔德民族主义者、共产党人和凯末尔主义者等各种政治力量，都积极投入了随政变而来的明争暗斗，卡自己也无奈地陷足其中。整部长篇小说融阴谋、侦探、爱情于一炉，既有侦探小说的诡秘和离奇，爱情小说的动人和缠绵，同时也有着严肃文学高超的艺术品位。

艾尔弗雷德·耶利内克
（Elfriede Jelinek，1946— ）

耶利内克（1946— ），奥地利女作家，是当今中欧公认的最重要文学家之一，曾获得过不来梅文学奖、柏林戏剧奖、莱辛批评家奖等诸多奖项。2004年诺贝尔文学奖得主，获奖理由是"因为她的小说和戏剧具有音乐般的韵律，她的作品以非凡的充满激情的语言揭示了社会上的陈腐现象及其禁锢力的荒诞不经"。主要作品有小说《做情人的女人们》、《美妙的年代》、《钢琴教师》、《情欲》，戏剧《沉默》、《死亡和姑娘II》、《告别》等。小说《钢琴教师》被改变成电影后影响极大，曾经获得过戛纳电影节金棕榈大奖。

耶利内克的作品总是从自己独特的性别视角出发，回顾历史，寻找并发现自我，表现女性的人格和个性。她反对男权统治，认为男性话语禁锢了女性的发展，女性在两性关系中总是处于受压抑、被损害的地位。她的作品就是要揭露这种表面繁荣和美好之下所掩盖的人性丑陋一面，揭露在被压抑、被禁锢状态下人性的变态和扭曲。这使她经常成为媒体关注的人物，一再引起极大反响。她时而因为作品中太直接表现阶级分析和唯物论观点而被看作过于激进，时而因作品中的两性关系描写被指责为有伤风化。她被媒体称为激进的女权主义者，却又不被另外一些女权主义人士认同。

耶利内克的代表作，是带有明显自传性的长篇小说《钢琴教师》。小说讲述了艾丽卡在母亲极端变态的钳制下，心灵如何被扭曲和情爱如何被变异的痛苦精神历程。作品充分地描写了如同共生体一样不正常的母女关系。艾丽卡虽然在年龄上已届而立之年，但仍然时刻处于母亲的监视之下，不能越雷池一步，甚至连晚上睡觉也必须与母亲同床。就这样，艾丽卡的青春期变成了"禁猎期"，专制严厉的母亲禁止她和外人随便交往，不能穿时装，即使想穿一双高跟鞋也不行。她的内心世界，因遭受长期的压抑而发生了明显的扭曲变形。艾丽卡的学生克雷默尔的出现，开始打破母女之间死一般沉寂刻板的幽闭生活。克雷默尔不无狂热地追求自己的女钢琴教师，到最后发现自己陷入了一个可怕的情爱陷阱之中。一方面，是母亲固执而变态地从他手中抢夺艾丽卡；另一方面，是艾丽卡自己在对待情欲问题上表现出受虐狂的疯狂举动。克雷默尔终于选择了逃离。艾丽卡因为被禁锢太久，没有摆脱专制病态母爱的影响，最终把锋利的尖刀刺向了自己的心脏。

托马斯·特朗斯特罗姆（1931— ），瑞典诗人，同时是一位心理学家和翻译家。1954年发表诗集《17首诗》，轰动诗坛。至今共发表诗歌200余首。曾多次获诺贝尔文学奖提名，并终于在2011年获得诺贝尔文学奖，获奖理由是"他以凝练、简洁的形象，以全新视角带我们接触现实"。特朗斯特罗姆善于从日常生活入手，把有机物和科学结合到诗中，把激烈的情感寄于平静的文字里，被誉为当代欧洲诗坛最杰出的象征主义和超现实主义大师。1990年患脑溢血致半身瘫痪后，他仍坚持写作纯诗。主要作品有诗集《路上的秘密》、《完成一半的天堂》、《钟声与辙迹》、《在黑暗中观看》、《路径》、《真理障碍物》、《狂野的市场》、《给生者与死者》、《悲哀的威尼斯平底船》等。

托马斯·特朗斯特罗姆
(Tomas Transtromer, 1931—)

特朗斯特罗姆被誉为"欧洲诗坛最杰出的象征主义和超现实主义大诗人"，那是因为"诗人把自己耳闻目睹的一切——风、雨、日、月、天、地、人，通过个人文学与哲学的推动力及社会体验，熔铸成一个个独立的整体——诗歌"。阅读特朗斯特罗姆的诗歌，以下两点感受最为突出。首先，诗人必须一开始就确定自己的音调，确立美学上的最高标准，深思熟虑，风格鲜明。在一次访谈中，特朗斯特罗姆谈到，诗的特点就是"凝练，言简而意繁"。他认为诗是某种来自内心的东西，与梦是手足；诗的本质就是对事物的感受，不是认识，而是幻想；诗最重要的任务，是塑造精神生活，揭示神秘。早在17岁时，特朗斯特罗姆就写下名诗《果戈理》，至今，众多中国诗人还记得那神奇精确的意象："夹克破旧，像一群饿狼／脸，像一块大理石碎片。／……此刻，落日像狐狸悄悄走过这片土地，／瞬息点燃荒草。"其次，丰富修养，保持沉静，写得少些。特朗斯特罗姆迄今只写过200多首短诗，中文全集译本也只是薄薄的不到300页。但是，他的诗歌却被翻译成近50种文字，研究他的文字更是其作品的千倍以上，无人能动摇其大师地位。这种严谨的写作方式，再一次证明，对于文学创作而言，数量多寡并不具有决定性意义，关键还在于作品本身的思想艺术含金量，还在于你是否能够以个性化表现方式，成功地传达出对于生命存在的独特思考与领悟。"诗人必须敢于割爱、消减。如果必要，可放弃雄辩，做一个诗的禁欲主义者。"特朗斯特罗姆如是说，如是做。

下编 艺术

第一章

中国当代艺术

第一节 中国当代艺术概述

一、发展脉络

中国当代文艺理论的起点是毛泽东《在延安文艺座谈会上的讲话》。中国当代艺术发展大致上可以分为两个阶段：第一阶段从1942年5月延安文艺座谈会召开到1976年"文化大革命"结束，第二个阶段是1979年10月全国第四次文代会召开到2011年11月全国第九次文代会的召开。前者遵循主流意识形态下的认识论艺术范式，后者遵循市场经济条件下的本体论艺术范式。

1942年《在延安文艺座谈会上的讲话》中，毛泽东指出："作为观念形态的文艺作品，都是一定的社会生活在人类头脑中的反映的产物。革命的文艺，则是人民生活在革命作家头脑中的反映的产物。"1956年4月25日，毛泽东在中共中央政治局扩大会议上作了《论十大关系》的讲话，提出"百花齐放，百家争鸣"的双百方针。"提倡在文学艺术工作和科学研究工作中有独立思考的自由，有辩论的自由，有创作和批评的自由。"这使这个时期的艺术思想得到一定程度的解放。但是随着1957年的"反右运动"不断扩大化，艺术思想再次回到为政治服务的基本规范上。歌功颂德的作品占据主流，表现思想个性和艺术个性之作，难得一见。

"文革"期间，江青要求文艺创作必须遵守"主题先行"和"三突出"原则，即文艺作品要突出主要人物，在主要人物中突出英雄人物，在英雄人物中突出主要英雄人物。"三突出"理论的首次正式提出，来自于对《智取威虎山》改编创作经验的总结。"三突出"在"文革"后期的样板戏创作中运用得更加圆熟，发挥也更加自如。这一原则与"主题先行"理论一脉相承，违反艺术创作规律和审美特质，使艺术家个性缺失。所有这些理论倡导都严重制约了艺术家的艺术创新和思想自由，这个时期的作品，普遍塑造了"高、大、全"的艺术形象，艺术审美单一，且大都被政治所扭曲。这些"革命文艺"正是在不断制造对立并清除对立的过程中向前发展的。极"左"思潮，给文艺界、美学界和文艺理论界带来了巨大浩劫。

1978年十一届三中全会的召开，标志着中国社会进入解放思想、改革开放的新时期。艺术创作同样走出一元化时代，开始了崭新的历史阶段。1979年全国第四次文代会上，邓小平正式提出废止"文艺为政治服务"的口号，代之以"文艺为人民服务，为社会主义服务"的口号，艺术发展开始走出为政治服务的单一模式。1979年，中国美术馆内正在展出《建国三十周年全国美展》，馆外公园的铁栅栏上，却挂满了奇怪的油画、水墨画、木刻和木雕。这些怪东西吸引了不少路过或打算进馆看展览的观众。这就是星星美展的第一次展览。"星星美展"展出的作品，一改"高大全"的"文革"之风，开始强调"真实"和"人性"，表现手段大胆自由，把那个时期人们心灵上受压抑而伤痛的感觉，通过现代主义绘画语言形式转化出来。第四次文代会到80年代中期，在艺术史上是写实主义的反叛和写实主义的校正时期。"文革"之后的当代艺术主要由两种不同的学院主义潮流组成：一是以探讨"抽象美"为主导的绘画潮流；二是以"伤痕"、"乡土"为代表的批判现实主义绘画潮流。

20世纪80年代中后期，大量西方现代哲学和文学经典陆续译介出版。艺术家们广泛接触到弗洛伊德、尼采、叔本华、加缪等很多现代派哲学和文学译著。他们的作品呈现出超现实主义的形而上特点。艺术家纷纷参与到变革中国文化的热潮之中。思想界重倡启蒙，要求以西方自由主义的基本理念启发中国民众，确立知识阶层的独立精神和主体意识。艺术本体问题逐渐得到更多人重视。随着各种西方社会思潮、文艺思潮的不断引入，形成了所谓的"后现代实践转向"，大众传媒迅速传播的"文化热"，以及关于"大众文化"、"审美文化"和"日常生活审美化"的争论。童庆炳、钱中文等人的审美意识形态论成为新时期艺术本质论上对政治意识形态论的反思和再认识。马克思的和西方马克思主义者的艺术生产论得到重新认识，何国瑞的"艺术生产论"、王岳川的"艺术本体论"等理论形态开始形成。

中国当代艺术思潮和社会思潮之间有着密切的相关性。尤其是"85思潮"的影响可谓深远。"85思潮"在艺术上主要将矛头针对专制时期的"文革"传统,目的是想让长期制约艺术创作的政治意思、社会伦理、道德规范完全排除在艺术创作之外。此时的艺术家基本是借用西方现代艺术的观念与手法来达到他们的目的。"85思潮"给中国美术界带来了新的生机、新的气象与新的文化景观,冲击了旧传统、旧观念、旧格局、旧方法,形成了"北方艺术群体"、"厦门达达"、"江苏红色旅"、"浙江池社"、"湖北部落部落"等艺术团体。同时出现了一批具有前卫意识的学术报刊,如《美术思潮》、《美术报》、《画家》等。"85思潮"是一次反传统的运动,这一运动对中国当代美术,以至电影、音乐的影响是不可估量的。"85思潮"的余音渐退,艺术家们不再关注大众文化的视点,转而关注自身,关注自己身边的个人,同时回归到写实主义的绘画手法,以描绘生活中无聊、偶然的片段为切入点,不求拯救文化,只求拯救自我。这样的艺术理想,逐渐成为艺术家的精神支柱。

随着科技发展,市场经济深化,大众传媒迅速普及,中国当代艺术审美和艺术发展受到消费文化和大众文化的影响,呈现出通俗化、多样化、时尚化、商品化、娱乐化、消费化和日常化特点。大众文化从20世纪70年代末以港台流行歌曲、武侠和言情通俗小说为代表在中国大陆不断扩大传播范围;经过80年代的解放思想、改革开放,不断扩大影响;到了90年代就成为与主流文化和精英文化分庭抗礼的文化形态。精英文化、"纯艺术"遭遇边缘化。服装美学、人体美学、广告美学、影视美学等热点的形成,都与艺术生活化有着直接关系。90年代末至今,研究者称之为美术馆时代。中国当代艺术成为重要商品。由于各种官方展览,如上海双年展、广州三年展、北京双年展的举办,以及威尼斯双年展中国馆的出现,各级官方美术馆逐渐成为中国当代艺术的主要竞技场地。"实验艺术"在艺术形式和展示方式上彻底国际化、多样化,但其前卫性也就此终结。

二、当代特质

中国当代艺术是由多种流派和风格构成的。20世纪80年代以来,以绘画为主导的前卫艺术已经被简化为玩世现实主义和政治波普,而这种单一的绘画形式在冷战结束后成为国际收藏界追捧的对象。经历了80年代末期的短暂政治风波后,90年代的中国社会从封闭走向开放,由一元走向多元,当代艺术也在不断拓展新的表现领域和表现手法，表现出有别于传统艺术样式的不同形态。

世界性：经过改革开放30年，中国艺术已呈现了一种包括当代艺术、传统艺术、政治宣传艺术及商业艺术等多样化的文化生态，即使在当代艺术领域内，也形成了多元与实验的艺术潮流。中国的当代艺术以80年代的思想解放、90年代的国际化和新世纪10年的中国经济崛起下的文化创新为成长背景。在语言上，当代艺术通过借鉴西方的现代主义到后现代主义的语言形式，打破了新中国成立前30年以政治宣传艺术为主的一元化局面，使改革30年的艺术呈现多样化的形式。当代艺术的价值，并不仅仅在于表达情感，或者满足审美需要，还在于人类对于艺术本身的探索，以及无限期待。中国当代艺术的世界性，主要表现在艺术观念、艺术理论、艺术手段的吸收借鉴，吸收西方的先锋派观念和多媒体形式，使艺术语言不仅是西方的传统写实主义和原苏联的现实主义，而是扩展到绘画、雕塑之外等非传统形式的语言，比如装置艺术、行为艺术、身体艺术、新媒体、观念艺术等，都带有浓郁的西方社会文化意味。当代艺术由此进入一个多元和实验的新时代：在语言形式上，绘画、雕塑、装置、行为艺术、新媒体等实验形式并存；在艺术观念上，对中国传统形式的改造、针对社会转型的现实批判、卡通艺术、抽象艺术、革命和现代史的思考、个人世界的自我想象、商业形象的反讽等多元精神形态并存。1989年前后，中国前卫艺术中最活跃的一部分艺术家和批评家离开中国移居海外，在巴黎、纽约、东京等城市重新开始他们的工作。90年代，一些"新潮美术"的参与者相继移居国外继续其艺术活动，逐渐引起了国外展览机构和策展人的关注。90年代后期，中国当代艺术持续不断地受邀在西方不同的场所展示，威尼斯双年展、卡塞尔文献展等一些西方权威性的展览机构中，中国当代艺术以装置、波普、玩世现实主义等艺术形态出现，并介入了西方当代艺术的主流圈。随后，中国艺术家频繁参加重大国际展览，中国当代艺术不断走出国门，走向世界。

本土性：任何艺术家都离不开培育他成长的本民族文化传统。中国元素最早呈现在20世纪90年代初期的政治波普艺术中。中国的政治波普是最早得到国际展览和藏家青睐的潮流，代表人物是王广义。蔡国强运用中国传统元素，创作了《威尼斯收租院》，并凭借此在第48届威尼斯双年展中赢得了该次大展的最高奖。他的火焰艺术，采用的是中国"四大发明"中的火药，也是结合中国本土元素而生成的独创性符号。蔡国强设计的上海APEC大型景观焰火表演，还有奥运焰火中的大脚印和五环，都给观者留下了极为深刻的印象。中国当代艺术家们努力在自身文化传统里寻找契机，寻找艺术的突破口，而对传统艺术形式的挪用，也成为当代艺术家们越来越多采用的方式。在国际当代艺术领域，徐冰与蔡国强、谷文达、黄永砅一起，并称中国当代艺术的"海外四大金刚"。他最经典的作品，是将汉字的各部首重新排列组合"天书"，并因此震撼了全世界。汉字是中国特有的文字符号，也是中国传统文化中的典型元素。但是徐冰作品中的汉字又不是真正意义上的汉字，而是经过他艺术加工生造出来的、仅仅是代表汉字的一种符号。

创造性：当代艺术跨越了品种、语言的界限，对其他媒体的运用则打破了艺术品种的线性发展，造就了多媒体艺术。当代艺术发展到现阶段，在空间上不同于之前，不仅包括纯粹的艺术本体问题，而且涉及多媒体、产品、制作等领域，关系到大众文化与社会语境，与文学、影视、时尚处于相同的传播平台。在视觉文化领域，艺术家将原本没有关联的元素结合在一起，碰撞出奇思妙想，将动画、音乐、设计，甚至把时尚、生物和其他科技渗透到艺术当中，如观念艺术、生物艺术等。中国的概念（观念）艺术是从20世纪90年代开始发展的，其中包括行为艺术、录像艺术、装置艺术等。中国从事观念艺术的艺术家很多，马六明是代表人物之一。汪建伟是中国目前最活跃、最具有国际影响力的多媒体艺术家之一，他曾多次参加国内、国际的大型展览活动。《征兆》是汪建伟新创作的大型剧场艺术作品，以一个寓言性的剧场背景，展开对艺术生产、社会环境、心理身体等多重艺术问题的探讨。作品运用影像、图片、剧场、雕塑、表演等多项艺术媒体，全景式地展示当下中国人错综复杂的文化、社会、心理、身体、伦理和空间状态。观念摄影在中国艺术界有很多的提法，如先锋摄影、新摄影、前卫摄影、实验摄影、概念摄影等。王庆松的观念摄影作品不是通过抓拍的方式去记录一种真实，而是通过摆拍的方式去呈现一种模仿的真实，一种虚拟的、营造的真实。中国的波普艺术形成于20世纪90年代以后，王广义是中国波普艺术的最早实验者，是中国波普艺术的典型代表人物之一。李山的"南瓜计划"实质上是生物艺术，在创作过程中始终保持南瓜的生命力，通过生物手段改变南瓜的形态和颜色，让一个南瓜有多种颜色，每个南瓜的形态都不同。在艺术与科技的跨学科合作方面，陆军的数字水墨惟妙惟肖，先进的艺术微喷技术完美地再现了往水里洒墨汁的立体景象，还涉及了非传统摄影技术。正是此类卓越的艺术把人们的心灵从日常的生存潮流中提升出来，带入沉思状态。中国当代艺术的发展,绝非仅仅是停留在材料和形式的表层面,更重要的是中国的文化观念和社会意识的融入。

三、两大著名艺术园区

798

在北京东北角,有一个以20世纪50年代建成的工厂命名的艺术区,这就是798艺术区。它位于北京朝阳区酒仙桥街道大山子地区,故又称大山子艺术区。从2001年开始,来自北京周边和北京以外的艺术家开始集聚798厂。他们充分利用原有厂房的风格(德国包豪斯建筑风格),稍作装修和修饰,打造成为富有特色的艺术展示和创作空间。现已有近200家涉及文化艺术的机构进入此区域。在进入798艺术区的机构中,主要包含创作展示和交流类、设计类两大类,此外,还有传播发行和书店及餐饮酒吧一类的跟艺术创作沾边的一些小门类。艺术家和文化机构进驻后,成规模地租用和改造空置厂房,逐渐发展成为画廊、艺术中心、艺术家工作室、设计公司等各种空间的聚合,形成了具有国际化色彩的"SOHO式艺术聚落"和"LOFT生活方式",引起了相当程度的关注。经由当代艺术、建筑空间、文化产业与历史文脉及城市生活环境的有机结合,798已经演化为一个文化概念,对各类专业人士及普通大众产生了强烈的吸引力,并在城市文化和生存空间的观念上产生了不小的影响。

以798厂为主的厂区的建筑风格简练朴实,讲求功能。随着北京都市化进程和城市面积的扩张,大山子地区成为城区的一部分,原有的工业外迁,大批艺术家、文化人随之入驻。这批入驻者中,包括设计、出版、展示、演出、艺术家工作室等文化行业,也包括精品家居、时装、酒吧、餐饮、蛋糕等服务性行业。在对原有的历史文化遗留进行保护的前提下,他们将原有的工业厂房进行了重新定义、设计和改造,带来的是对于建筑和生活方式的创造性的理解。这些空置厂房经他们改造后本身成为新的建筑作品,在历史文脉与发展范式之间,实用与审美之间,与厂区的旧有建筑展开了生动的对话。而这批入驻者的生存方式本身就是经济改革的产物,他们展示了个人理念与社会经济结构之间新的关系——在乌托邦与现实、记忆与未来之间。798是新时期的青年文化经过积淀转向成熟的载体。这里形成的文化是地方资源的国际化,是个人理想的社会化。新的798意味着先锋意识与传统情调共存,实验色彩与社会责任并重,精神追求与经济筹划双赢,精英与大众的互动。出现在798的这一现象，牵涉到都市发展、生产和消费模式等广泛的层面。

宋庄

北京东部的通州，有一个叫宋庄的小镇。这里本来只是一个普通的农村小镇，近年来以小堡村为核心，带动周围大兴庄、喇嘛庄、任庄、白庙村、北寺村、疃里、六合、小杨村等几个村落，形成了中国文化创意产业聚集区。目前，有上千名艺术家居住在这里，形成了世界最大的一个当代艺术大本营——宋庄艺术家群落。现在的宋庄被人们叫做"艺术村"或"画家村"。

宋庄艺术村的最初形成，与圆明园画家村有着千丝万缕、不可分割的联系。1993—1994年之间，圆明园画家村成为一个国内外记者、画商、艺术爱好者趋之若鹜的热闹去处，这给自由艺术家们带来了各种机会，同时也给许多画家带来了无法安静创作的困扰。于是，1994年初春，画家方力钧、刘炜、张惠平、岳敏君、王音和批评家栗宪庭等人就来到了宋庄。选择宋庄的原因是这里远离城市的喧嚣，又没有彻底脱离作为文化中心的北京。同时，这里的院落十分宽敞，多为传统的四合院格局，青砖灰瓦、花格窗子，透着纯朴和传统之美。远处的潮白河流、近处的碧绿农田都给人以开阔、舒畅、静谧的感觉，因此，这里十分适合居住以及安静地画画。半年后，圆明园其他一些艺术家杨少斌、王强、刘枫桦、马子恒、张民强、姚俊杰、王秋人等也闻讯来到小堡村买了房子。他们是最早转移到宋庄的艺术家。1995年秋，圆明园画家村被解散，以圆明园艺术家为主的艺术人群，开始向宋庄集体大迁徙，因此，小堡开始陆陆续续迎来从圆明园撤出的艺术家，较早的有鹿林、王庆松等人。一两年后，杨卫、陈牧、王炎、胡向东等人也从其他地方陆续地搬来宋庄定居。作为自由艺术家们新的聚集地，宋庄再一次成为海内外关注的焦点。一些老一辈艺术家，比如黄永玉等也相继来到宋庄落户，与年轻的前卫艺术家们一样过着清淡自在的艺术生活。

第二节　当代中国电影

电影，作为大众喜闻乐见的艺术形式之一，是一种依托现代科技成果，通过在荧屏范围内的时空中创造视听形象，从而反映现实或虚拟生活、表达个人或社会思想情感的现代综合艺术。电影剧本的文本性质、文学属性、思想内涵以及影片所体现的视听效果、科技因素等，使其足以在容纳文字、文学、音乐、舞蹈、戏剧表演、摄影、绘画、雕塑、建筑等多种艺术的同时，从时间、空间角度更加直观地再现现实生活、虚拟想象和表达思想感情。

从最初的黑白无声片到如今的 3D 大片，电影自 1895 年在法国诞生以来已历百余年，似乎比文学的发展更加迅猛，很快成为主流艺术形式之一。尤其是进入 21 世纪之后，在先进科技的推动之下，电影以其强烈的视听效果和文化特色强烈冲击着各项传统艺术。

中国电影自诞生以来，各个时期都留下了优秀的代表作，并烙有深刻的历史时代和文学发展烙印。随着"二战"的结束和新中国的成立，中国电影逐渐恢复繁荣，旨在揭露社会本质、反映社会现实的《八千里路云和月》、《一江春水向东流》、《万家灯火》、《松花江上》、《小城之春》等优秀影片陆续上映。新中国成立后，更是有《南征北战》、《智取华山》、《渡江侦察记》、《鸡毛信》、《红旗谱》、《董存瑞》、《祝福》、《万水千山》、《青春之歌》、《林家铺子》、《白毛女》、《钢铁战士》、《上饶集中营》、《新儿女英雄传》等一大批现实主义和浪漫主义相结合的优秀作品陆续投拍。这一类反映革命现实和历史反思的影片形成了"十七年"电影的主流。1977 年中国电影走出低潮进入再探索时期，反映社会历史、针砭时弊的《小花》、《人到中年》、《开国大典》、《大决战》、《焦裕禄》等影片陆续搬上荧屏，形成了第二次高潮，中国电影进入当代发展时期。20 世纪 90 年代进入市场化阶段之后，更是涌现出一大批新生力量，无论是内地，还是香港、台湾地区，电影类型也由单一走向多元。在商业性质越来越成为国际化大潮的背景之下，小成本的表现人文关怀或某种特定情调、小群体人文的电影也以其或清新或亲切或触动人心的特质走进人们视野，观众的电影世界更加丰富多彩。

内 地 部 分

"二战"结束之后，代表着中国早期电影真正起步的第二代导演继续活跃在电影舞台之上。他们主要活动在三四十年代的有声电影时代，部分导演一直到五六十甚至七八十年代，善于表现较为深刻的社会问题。影片从单纯的娱乐走向反映社会现实，语言进一步丰富。代表人物有蔡楚生、沈西苓、石挥、史东山、费穆、陈怀皑、程步高、吴永刚、应云卫、陈鲤庭、沈浮、汤晓丹、张骏祥、孙瑜、郑君里、袁牧之、桑弧等。代表作有吴永刚的《神女》、蔡楚生的《渔光曲》以及与郑君里合拍的《一江春水向东流》、费穆《城市之夜》、孙瑜的《大路》、朱石麟的《慈母曲》、史东山的《女人》以及沈西苓和袁牧之的《桃李劫》等。

蔡楚生（1906—1968），有"中国电影之父"之誉，所拍电影讲究现实主义、民族化，旨在揭示近代中国的社会矛盾，控诉旧中国社会以及统治阶级的腐败，倾吐人民大众心声，呼唤光明和美好生活。他导演的影片艺术特色鲜明，故事情节曲折动人，人物刻画细腻入微，思想内涵深刻丰富，深受广大群众喜爱。代表作是《渔光曲》和《一江春水向东流》（与郑君里合导），分别创造了三四十年代国产影片最高上座纪录。

蔡楚生（1906—1968）

《渔光曲》首映于1934年，是中国第一部在国际电影节上获奖的故事片。影片以凄婉的笔调将社会底层人民的生活艺术化地展现在世人面前，情节动人，表现手法质朴却富有感染力。影片在故事性和抒情性的结合、画面造型的美感追求以及对诗意境界的营造上，都有成功的探索和创新。贯穿全片的主题歌《渔光曲》真挚动人，声情并茂。

《一江春水向东流》则是中国电影史上第一部具有史诗架构的影片，1947年上映，把抗战前后近十年间的复杂社会生活浓缩到一个家庭的悲欢变迁之中，将国家命运和家庭命运融为一体，真实而艺术地还原出抗战前后中国人民生活的真实画卷，人物众多，制作精良，不仅在艺术上取得了极高的成就，而且在商业上也获得巨大丰收。导演以浓厚的民族情怀对日本帝国主义进行血淋淋的控诉，在描绘时代大潮的同时注意小人物感情的表达，无疑引起了观众的强大共鸣。难能可贵的是，在宣扬抗战的同时，影片并没有回避某些中国人的劣根性，在民族危亡关头不乏自顾升平的景象，这种对国人麻木的揭示使影片带有深刻的反思力量。

费穆（1906—1951），第二代导演中另一位代表性人物，其导演艺术特色则主要表现在人物塑造上，善于刻画人物性格，以生动的细节描绘人物的心

费穆（1906—1951）

理活动，并调动各种艺术因素为塑造人物服务。镜头凝练，构图优美，叙事抒情，节奏缓慢，清丽淡雅。

费穆积极参与民族救亡，1936年1月与欧阳予倩、蔡楚生等成立上海电影界救国会，试图"动员整个电影界的力量，摄制鼓吹民族解放的影片"。同年11月完成摄制的电影《狼山喋血记》正是这个理念的结晶。影片以寓言的形式抨击不抵抗主义，表达出人民群众强烈的抗日意志和坚定的爱国精神。抗战爆发后，类似的电影作品还有《北战场精忠录》、《孔夫子》、《世界儿女》等。太平洋战争爆发后，费穆因拒绝与敌伪合作而转向戏剧，抗战胜利后才重返电影舞台并执导了由梅兰芳主演的中国第一部彩色影片《生死恨》。

开启中国诗化电影先河的《小城之春》是费穆代表作，因在电影叙事上的超前性，使其即使在当下看来，仍拥有着难以超越的前卫和自由。电影拍摄于1948年，讲述抗战胜利后一个普通家庭的情感波澜，故事叙述不是大波大澜而是寄寓在一种淡雅、优美、精致的讲述方式之中，使人性真实与艺术美感达到了和谐统一，开创了中国电影史上心理写实主义诗化电影的先河。影片中所体现的新与旧、道德与情欲、死气沉沉与生命活力之间的对抗无疑是那个特殊时代的真实注脚，具有深刻的时代反思意义。2001年，第五代导演之一的田壮壮重拍《小城之春》，片头字幕上书：献给中国电影的先驱者。

第二代导演的写实特色和浓厚的戏剧意识，使中国电影的表演艺术由萌芽进入起步阶段。在此基础之上，代表着新中国十七年电影发展方向的第三代导演，基本在新中国成立后走上影坛。第三代导演主要活跃于五六十年代，创作红色电影，作品政治性极强，革命现实主义与浪漫主义相结合。代表人物有：成荫、谢铁骊、水华、崔嵬、凌子风、苏里、谢晋、汤晓丹、王炎、郭维、李俊、于彦夫、鲁韧、王苹、林农等。优秀作品有成荫的《红灯记》、《红色娘子军》、《南征北战》，水华的《白毛女》，崔嵬的《青春之歌》、《小兵张嘎》，石挥的《鸡毛信》，李俊、李昂的《闪闪的红星》，凌子风的《红旗谱》、《金银滩》、《中华儿女》，鲁韧的《李双双》，谢铁骊的《早春二月》，苏里的《平原游击队》、《我们村里的年轻人》、《刘三姐》，赵心水的《冰山上的来客》，唐英奇、徐达、吴健海的《地雷战》，赵明的《铁道游击队》、谢添的《洪湖赤卫队》、任旭东的《地道战》、刘沛然的《林海雪原》、谢晋的《高山下的花环》、《红色娘子军》、《清凉寺钟声》、《芙蓉镇》等。

成荫（1917—1984）从战争年代走来，长期部队生活的经历，使他对于战争深有体悟，在中国电影史上以革命战争题材和革命历史题材的影片著称。

在抗战期间，成荫就导演过话剧《雷雨》、《悭吝人》等，其电影作品以史诗性、政治性为主要特点。1949年他凭借《钢铁战士》成名并荣获第六届卡罗维·伐利国际电影节和平奖；1951年与汤晓丹合作拍摄新中国第一部军事题材故事片《南征北战》，大获好评。

成荫（1917—1984）

1970年，成荫的舞台艺术片《红灯记》根据中国京剧团的现场演出拍摄，讲述抗战时期中国共产党地下工作者李玉和一家三代与日寇斗争的英勇故事，在中国艺术舞台上，真正达到了让全国观众耳熟能详。1981年执导的《西安事变》，以其质朴的纪实风格，展现了西安事变这一历史事件及其广阔的历史背景，展现了成荫驾驭复杂题材影片的深厚导演功力，使其斩获金鸡奖最佳导演奖以及文化部优秀影片奖。另导有电影《东影保育院》、《回到自己队伍来》、《上海姑娘》、《万水千山》、《未完成的旅程》、《春城无处不飞花》、《停战以后》、《浪涛滚滚》、《女飞行员》、《拔哥的故事》等，皆为观众所喜爱的作品。

水华（1916—1996），原名张水华，新中国电影开拓者之一，北京电影制片厂著名导演。1949年开始导演生涯，1950年与王滨联合导演《白毛女》。电影取材于晋察冀边区白毛仙姑的民间传说故事，讲述主人公喜儿因饱受社会和时代的压迫而少白头的悲苦经历，融合个人悲喜与时代变迁，在当时的解放区产生了深远影响，并一举荣获卡罗维·伐利国际电影节荣誉奖和文化部1949—1955年优秀影片一等奖。水华后来拍摄的一系列影片如《林家铺子》、《革命家庭》、《在烈火中永生》、《伤逝》等也多次获奖，广受好评。

水华（1916—1996）

《林家铺子》1995年正式上映，改编自茅盾同名小说，由夏衍编剧。影片在成功以广阔的社会图景展现出大革命前后社会人生的同时，氤氲着中国古典美学的神韵，堪称水华电影艺术成熟的代表作。《伤逝》则改编自鲁迅同名短篇小说，成功地忠实表达出原著神髓，以沉郁而凝重的基调讲述涓生和子君在半殖民地半封建社会背景之下的爱情和人生悲剧。

水华的电影，带有强烈的个人印记，往往内容深刻、剧情严谨、场景朴实、细节丰富、感情细腻而含蓄，充满着浓郁的生活气息、强烈的革命激情和深厚的民族特色。另外的作品《土地》、《革命家庭》、《西沙儿女》等，皆带有明显的水华式特色。

苏里（1919—2005）

苏里（1919—2005），原名夏传尧，东北电影制片厂著名导演。1955年与武兆堤合作导演的《平原游击队》，讲述1943年我国华北抗日根据地的游击队反抗日本侵略军扫荡的故事，塑造了游击队长李向阳和日本军官松井两个极具特色的经典人物。1959年执导的《我们村里的年轻人》则是中国电影史上反映新中国农村生活的经典之作，在充分保有原著朴素、幽默、热情特点的基础上，充分采用民间乐曲和地方曲风、方言等特色，使影片带有轻喜剧的格调，很好地展开一幅社会主义新农村欣欣向荣，村民朝气蓬勃的画面。

经典之作《刘三姐》，拍摄于1960年。电影取材于广西民间传说，讲述了聪明、美丽、善良的广西壮族姑娘刘三姐用山歌赞美生活，揭露统治阶级剥削和压迫的故事。值得一提的是，影片以朴实生动、富有生活气息和地方特色的山歌来刻画人物性格，抒发情感，推动情节发展，使影片在紧迫的斗争情节之中带有独特的音乐气质。悠扬的歌声与优美的桂林山水完美结合，使影片独具魅力，红遍大江南北，并包揽第二届百花奖多项大奖。

其他作品有《红孩子》、《哥哥和妹妹》、《青春的脚步》等。

谢晋（1923—2008），当今国际影坛上最有名望的中国导演之一。1948年以助导《哑妻》开始导演生涯，以其50多年的工作和30多部优秀影片在中国影坛上创造出独特的"谢晋现象"。

谢晋执导的影片多与政治历史息息相关，追求美育醒世作用，充满人道主义精神，常因针砭时弊而饱受非议。成名作《女篮五号》是中国第一部彩色体育故事片。早期重要作品《红色娘子军》取材于第二次国内革命战争时期海南红色娘子军的斗争故事，歌颂旧社会妇女反抗压迫、坚强不屈的斗争精神，构思缜密、技巧娴熟，并刻画了倔强勇敢的吴琼花、英勇无畏的洪常青等经典人物，富有艺术感染力。1984年拍摄的《高山下的花环》被誉为中越边境冲突故事片中"最有深度、最具逼真感染力度的翘楚之作"。1987年拍摄《芙蓉镇》，取材作家古华同名小说，反映新中国成立以来政治运动中小人物的悲欢离合，展现历史现实，讴歌美好人性，获奖无数。

谢晋（1923—2008）

2000年，77岁高龄的谢晋拍摄了他人生中最后一部作品《女足九号》，讲述90年代初，中国某女足队伍聚散和拼搏的感人故事，为其电影人生画下完美句点。其他优秀作品有：《大李，小李和老李》、《舞台姐妹》、《青春》、《啊！摇篮》、《天云山传奇》、《牧马人》、《秋瑾》、《最后的贵族》、《清凉寺的钟声》、《老人与狗》、《大上海屋檐下》、《女儿谷》、《鸦片战争》等。很多人惯性地将谢晋的电影与政治联系在一起，认为他的影片绝对符合主导意识形态对中国现当代历史和现实的权威解释，但这种联系是主观和简单化的。谢晋电影在关注历史政治的同时，更多倾注情感的是他坚持不懈的人性关怀。

第四代导演，多于20世纪60年代毕业于北京电影学院、上海电影学院或同期自学成材，在几近不惑之年的1978年后开始创作，实力稳健，视野开放，具有强烈的社会责任感和历史使命感，认为中国电影需打破戏剧式结构，追求质朴、自然的风格和开放式结构，注重主题的表达和人物的刻画。作品具有极强的政治性和散文诗意化、浪漫化特征，强调历史、文化延续性，提倡纪实性，关心国计民生，主要表现题材在对历史的不断反思中渐渐定位为农村。代表人物有谢飞、丁荫楠、郑洞天、张暖忻、黄蜀芹、吴贻弓、吴天明、黄健中、滕文骥、王好为、胡柄榴、李前宽、陆小雅、于本正、颜学恕、杨延晋、王君正、张子恩、宋崇、丛连文等。代表作品有吴贻弓的《巴山夜雨》、《城南旧事》，黄健中的《如意》、《过年》、《良家妇女》，张铮的《小花》，滕文骥的《北京深秋的故事》、《都市里的村庄》，吴天明的《变脸》、《老井》，吴永刚的《壮志凌云》等。

吴贻弓（1938— ），1960年毕业于北京电影学院导演系，1979年开始独立执导，被誉为第四代导演的领军人物。成名作《巴山夜雨》围绕一艘长江客轮上的旅客对同一事件的不同反应，展现了"四人帮"横行时期人民斗争的缩影，细致清晰地描绘出普通人民之间的真挚情感，以及他们的坚定信念与美好理想，情理交融，极富艺术感染力。1982年拍摄的《城南旧事》则讲述跟随父母从台湾搬到北京的小女孩林英子在城南小胡同中的生活故事。京华古都的人文和景色，如夕阳美景、故人逝去，在年少纯真、不谙事理的英子眼中一一展现，怀旧而伤感，哀愁淡而相思浓。与影片相融相应的主题曲《送别》（李叔同作），曲调优美，意境悠远，余音绕梁。

吴贻弓（1938— ）

另有影片《海之魂》、《姐姐》、《少爷的磨难》、《我们的小花猫》、《大木匠》、《流亡大学》、《月随人归》、《阙里人家》等。作为一名成功的电影导演和电影事业家，吴贻弓不仅在导演艺术上独具特色，堪称传统美学与现代电影语言的完美结合，还在艰苦的条件下一手创办了中国国内第一个国际电影节——上海国际电影节，完成了几代中国电影人的梦想。

滕文骥（1944— ），第四代导演，北京电影制片厂一级导演。创作更多贴近百姓生活，反映普通人的生活和情感，情感真挚，朴实自然，展现出一种别有的风味。

1979年滕文骥与吴天明合作导演处女作《生活的颤音》。影片以音乐片的形式表现青年人对理想和爱情的追求，在荣获文化部优秀影片奖和青年优秀创作奖的同时，也拉开了滕文骥创作的大幕。在此之后，滕文骥相继导演了不少优秀作品，其中1989年拍摄

滕文骥（1944— ）

的《黄河谣》也是一部优秀的音乐片。影片用富含西北特色的民歌和乐器展示了我国广阔大西北土地上人民的生活和感情，无论在艺术性还是思想性上都堪称佳作。继《黄河谣》之后，滕文骥又相继执导了一批影响广泛的影片，如《曼荼罗》、《在那遥远的地方》、《海滩》、《棋王》、《征服者》、《香香闹

油坊》、《春天的狂想》等。

《在那遥远的地方》拍摄于1992年，由陈红、张洪量等主演，讲述青年音乐家黄钟与女友江雪刻骨铭心的爱情故事。黄钟与江雪因爱私奔，逃往大西北。逃亡过程充满奇迹和惊险，又分外浪漫和温馨。影片的最后，历经万劫失散后终于再次见面的黄钟和江雪在哈萨克草原上举行了民族风俗婚礼。羸弱的江雪在黄钟怀抱中死去，黄钟轻轻唱起的那首感人至深的民歌，正是王洛宾的经典传世名曲《在那遥远的地方》。

此外，其子滕华涛是第六代新锐青年导演，导演了2011年票房"黑马"影片《失恋33天》，可谓子承父业。

第四代导演与第三代、第五代导演共同创造了中国电影的第二个黄金时代，并在其中起到承上启下的作用。

在中国当今电影圈拥有最广泛范围影响力的第五代导演，主要成员大多是恢复高考制度后北京电影学院招收的第一批学生，少年时代经历社会大动荡后重返校园，拥有系统的电影专业知识并受西方哲学、美学思潮影响。艺术手法新锐，选材、叙事、人物刻画、镜头运用、画面处理等力求标新立异。作品主观性、象征性、寓意性强烈，试图通过影片对国家和民族的命运进行解读，关注乡土，充满忧患意识。代表人物有：陈凯歌、张艺谋、冯小刚、吴子牛、李少红、田壮壮、黄建新、冯小宁、何平、宁瀛、陈国星、赛夫、麦丽斯、陈家林、胡玫、周晓文、刘苗苗等。优秀作品有：陈凯歌的《霸王别姬》，冯小刚的《不见不散》、《大腕》、《非诚勿扰》，冯小宁的《红河谷》，霍建起的《那人，那山，那狗》，田壮壮的《盗马贼》、《德拉姆》，张建亚的《三毛从军记》，张艺谋的《红高粱》、《大红灯笼高高挂》，周晓文的《二嫫》等。

1993年，改编自香港著名女作家李碧华同名小说的电影《霸王别姬》足以代表陈凯歌（1952—　）电影的最精华，也足以使其位居世界电影大家之列。陈凯歌大多数电影风格沉重而犀利、平和而激越。他执导的影片优美与崇高兼具，富有高度的人文精神、文化韵味和哲理思辨色彩，在反思人类生存状态的同时剖析历史和传统对人的影响，展现人性的复杂，针砭人性弱点，并充满对更美好人类生存状态的探寻和向往，将中国电影的标准提升到一个新的高度。

陈凯歌早期作品《黄土地》、《孩子王》、《边走边唱》等都表现了对民族生存方式、文化传承的批判、反思和新探索。至今为人所津津乐道和无限回味的《霸王别姬》亦是如此。影片在半个多世纪的中国历史大背景下讲述两个伶人的悲喜人生,制作宏大而华丽,具有深厚的史诗性,对于人性的拷问也上升到新的高度。不得不提的是,张国荣以精湛细致的演技塑造了敏感、忧伤、痴情、扭曲的程蝶衣,为电影增添了浓重的感染力,令人在唏嘘不已的同时大受震撼。其他作品有《强行起飞》、《大阅兵》、《风月》、《荆轲刺秦王》、《和你在一起》、《蝶舞天涯》、《温柔地杀我》、《无极》、《梅兰芳》、《赵氏孤儿》、《搜索》等。

陈凯歌(1952—)

作为中国贺岁片之父的冯小刚(1958—),是中国内地最具票房号召力的导演之一。他自称"市民导演",擅长以普通观众为受众的京味风格商业喜剧片——不仅展现都市小老百姓的生活,也关注其内心意愿和精神状态,以游戏化的戏谑和反讽对沉重现实生活进行调侃,代为呼号,笑中含泪,庄谐相生,值得破涕。

冯小刚(1958—)

冯小刚1994年执导处女作《永失我爱》,后又连续推出贺岁电影《甲方乙方》、《不见不散》、《没完没了》、《大腕》、《手机》、《非诚勿扰》等,为1995年以后持续低迷的中国电影市场注入了新的活力,票房不俗。此一系列影片皆以轻松为谐谑,幽默打趣的同时寓含讽刺,使观众在捧腹大笑的同时又往往回味之下笑中带泪。2000年拍摄的《一声叹息》以婚外恋为题材,细腻而真实地表现了中年男子对爱情的渴望和对婚姻的无奈,引起了许多观众的共鸣。2010年上映的《唐山大地震》则成功地以一个家庭的悲欢离合勾起人们对那一段惨痛灾难的回忆和悼念。其他作品有:《北京人在纽约》、《冤家父子》、《关中刀客》、《天下无贼》、《夜宴》《集结号》、《温故1942》等。

提到中国第五代导演,怎么也少不了张艺谋(1950—)。张艺谋作为中国最具影响力导演之一,电影风格独树一帜,善于创新。早期电影多具有中国传统民间文化和地域特色,细节逼真却不乏浪漫色彩,在反映民族文化、反思社会历史现实等方面做出杰出贡献。《菊豆》、《大红灯笼高高挂》、《秋菊打官司》、《活着》、《一个都不能少》、《我的父亲母亲》等作品都体现了其早期电影的艺术追求和审美理想。

1987年执导第一部电影《红高粱》,由原著作家莫言担当编剧,被誉为"中国新时期电影创作的新篇章"。电影1987年甫一上映便在国内外获得广泛赞誉。整部影片在一种神话般神秘的色彩中热颂着人性与蓬勃旺盛的生命力,极富艺术张力,是中国第一部走出国门并荣获国际A级电影节大奖的电影。

张艺谋(1950—)

2002年张艺谋拍摄武侠巨制《英雄》,成功开启中国电影大片时代,拉开了中国商业大片的帷幕并在全球获得不俗票房。尔后陆续拍摄了《十面埋伏》、《满城尽带黄金甲》等商业片,秉持其电影美学的初衷,在商业化大潮的冲击之下仍坚持保有中国传统文化色彩,对于中国电影健康的商业化道路来说,不啻为一种有益尝试。其他作品有:《摇啊摇,摇到外婆桥》、《有话好好说》、《幸福时光》、《千里走单骑》、《三枪拍案惊奇》、《山楂树之恋》、《金陵十三钗》等。

曾在张艺谋《红高粱》中成功塑造"我爷爷"经典形象的姜文(1963—),身兼演员、编剧、导演多重身份。作为演员,演技精湛。1984年毕业于中央戏剧学院,1987年凭借《芙蓉镇》获得大众电影百花奖最佳男演员奖,1988年主演的《红高粱》荣获柏林国际电影节金熊奖。作为编剧和导演,作品不多却部部经典,并带有浓厚的个人特色。

1994年姜文自编自导第一部影片《阳光灿烂的日子》,改编自王朔的《动物凶猛》,讲述"文革"时

姜文(1963—)

期一群生活在北京部队大院里的孩子青春迷惘与成长的故事。镜头在杂乱无章的叙述之中又自有冥冥线索贯穿,迷茫中带着青春年少独有的清醒和生命活力。无论从题材、内容还是电影表达上,都属同类型电影之中的全新另类

之作，标志着中国电影跨入新时代，被美国《时代》周刊评选为1995年度十大佳片国际第一名。

2007年拍摄的《太阳照常升起》，依旧由姜文自编自导另加自演，电影分为疯、恋、枪、梦四个部分：疯是结局，恋是原因，枪是手段，而最后的梦却是一切开始的地方。影片以其跳跃的节奏和故事情节、绚烂多彩的色调和狂欢大叫、魔幻而荒谬悬疑的戏谑和美轮美奂的史诗性而成为不可磨灭的经典。

姜文另有经典之作《鬼子来了》、《让子弹飞》，在悬疑性和史诗性的基础上，多些黑色幽默，也在其影片风格之内。其中《让子弹飞》被CNN赞誉为"拥有能让观众牢牢钉在椅子上的魅力"。电影改编自马识途长篇小说集《夜谭十记》中《盗官记》一节，集传奇、喜剧、西部三大要素，讲述北洋军阀时期，中国南部乱世枭雄的故事。

冯小宁（1954— ）

在第五代导演中堪称电影全才的冯小宁（1954— ），所有作品几乎集编剧、导演、摄影、特技、剪接、制片于一身。

冯小宁作品类型非常多变：早期的《大气层消失》关注环境，警示灾难并带有科幻性质；《战争子午线》持反战态度，带有作家电影味道；后期的"战争三部曲"《红河谷》、《黄河绝恋》和《紫日》表现残酷战争中的美好感情，场面壮观，感情细腻，传奇与悲壮同在；《举起手来》系列则走喜剧路线，以荒诞、反讽的力量在频出的笑料中展现战争的残酷性。

其中《紫日》视角新颖，讲述了被战争紧紧连在一起的三个不同国籍的人的命运。更多用镜头与观众交流，张弛有力：一种是紧迫残酷的战争镜头，无情的炮轰和生命的脆弱，机枪的扫射和战斗机的轰炸以及瞬间吞没草地和人命的大火；另一种镜头却充满着诗意和浪漫，一望无际、挺拔错落的的树林，广阔无垠的原野，波光粼粼的河流……最诗情画意的要数影片最后那紫色的落日，它既是真实又是富含象征意味的，冷酷却又温暖。

第五代导演的共同努力，使中国银幕上出现了真正意义上的现代电影。从作为第五代导演发轫之作的张军钊拍摄于1983年的《一个和八个》，和以

1984年陈凯歌的《黄土地》为标志的崛起之作,到堪称"第一声吼叫"的张建亚、谢小晶、田壮壮共同执导的《红象》,第五代导演在电影创作上兢兢业业,不断创新。到20世纪初,这代导演在电影探索道路上所投拍的商业电影如张艺谋的《英雄》、《十面埋伏》,陈凯歌的《无极》等,虽然票房取得一定成功,但渐渐显露出失去原本社会底层人文关怀特色的苗头。然而,第五代导演的创作热情与努力并不因此消减。作为有益的尝试,吸取过往经验与教训,进入21世纪,第五代导演仍在电影道路上不断前行,在很大程度上仍是中国电影的主力军。

新晋的第六代导演,一般是指20世纪80年代中、后期进入北京电影学院导演系,并于90年代后开始执导影片的一批年轻的导演。由于从年龄、思想内容、作品风格到电影美学等存在一定差异,故而划分比较模糊,也有人将其与"新生代导演"划为一谈。处在新旧观念交替的尴尬阶段致使这一代导演的作品要么极度追求影像本身,类似形式主义;要么偏执于草根或边缘人物的写实,直面现实;要么表现不可言说的社会禁忌,爆点十足;要么取材自身真实经历、情感体验,带有浓厚自传色彩……异中有同的是个性十足,充满人文关怀,或许叛逆却带有真实反思,反映人性并呼唤美好人生。在影像上强调真实的光线和音效,大量运用长镜头,务求写实。代表人物及其作品有:张元的《妈妈》、《北京杂种》、《看上去很美》,王小帅的《青红》、《十七岁的单车》,路学长的《长大成人》,章明的《巫山云雨》,管虎的《头发乱了》,何建军的《邮差》,娄烨的《春风沉醉的夜晚》、《苏州河》,鄢颇的《阿司匹林》,张扬的《爱情麻辣烫》、《洗澡》,贾樟柯的《三峡好人》、《小武》,王全安的《月蚀》、《图雅的婚事》,路学长的《卡拉是条狗》,陆川的《南京!南京!》、《可可西里》、《寻枪》,宁浩的《疯狂的石头》、《绿草地》等。

王小帅(1966—),1989年毕业于北京电影学院导演系。其电影多取材某一时期特定的记忆,构图优美精准,旨在揭露现实,表情达意。

1993年王小帅拍摄处女作《冬春的日子》,以优美的音影、狂热哀伤的复杂情怀、富有小资情调的黑白处理和深含人生韵味的话语表达囊括国内外各项大奖。2000年拍摄《十七岁的单车》,关注小人物在大都市中的奋斗经历,事关小市民与残酷青春,荣获51届柏林电影节银熊奖。2005年的作品

《青红》关注80年代下乡知青子女命运，淳朴而真挚，荣获戛纳电影节评委会大奖。其他作品有《大游戏》、《极度寒冷》、《扁担·姑娘》、《梦幻田园》、《二弟》、《左右》、《日照重庆》等。2012年自传式新作《我11》讲述11岁小男孩进入青春期后身心的一系列变化，以一起杀人事件为导火索和穿引线，紧凑、悬疑而又带有青春的懵懂活力，在社会上引起了一股怀旧热潮。

王小帅（1966— ）

王小帅作为中国独立电影导演，强调电影在艺术与文化方面的责任与功能，电影在带有知识分子色彩的同时，绝不脱离普通大众的现实生活。作品多以文艺片为主，可惜的是大多数作品未能在国内公映。

张扬，北京电影制片厂导演，导演张华勋之子。张华勋曾作为著名电影导演崔嵬的助手，参与过《小兵张嘎》、《风雨里程》等影片拍摄，并独立导演过《神秘的大佛》、《武林志》、《白衣侠女》、《铸剑》等武术片。

张扬注重艺术性，关注百姓平凡生活中的温情和无奈。1997年拍摄的处女作《爱情麻辣烫》用琐碎而平凡的五个小故事串联起当代都市普通人的爱情生活图景。1999年的《洗澡》由姜武、濮存昕、何冰、朱旭主演，以浓厚的京味和怀旧基调讲述了老刘一家两代人对在澡堂子里洗澡的不同态度，反映了时代变迁下新旧文化和思想的碰撞。故事平凡而温情，为导演在西班牙圣塞巴斯蒂安国际电影节上摘取了"最佳导演银贝壳奖"。其他作品有：《太阳花》、《昨天》、《向日葵》、《落叶归根》、《无人驾驶》等。

张扬

2012年5月上映的张扬新作《飞越老人院》延续了张扬一贯的风格，以"追梦"为主题，带着"青春"、"励志"、"疯狂"的标签。大都过了古稀之年的老艺术家们在影片中倾情出演，使人生中各种磨难、不幸和美好都变得朦胧而遥远，他们排练、演出、逃亡、互相扶持，狠狠地青春了一把，感人至深。其中，导演的父亲饰演了老孙一角。

独立电影导演贾樟柯（1970— ），毕业于北京电影学院文学系，自称是来自中国基层的民间导演。影片富有现实主义色彩，追求影像对现实表象的穿透力，多表现当代生活中的苦闷、躁动和独特的生活图景，也关注人文和普通情感。从最初的短片《小山回家》到成名作《小武》，再到后来的《三峡好人》，贾樟柯以其沉静而内敛的镜头，温暖而冷静地讲述着中国现当代历史与现实中的那些错落与美好。

1999年上映的《小武》显示了导演独特的视角和电影美学。影片讲述了90年代小县城中自称靠手艺吃饭的小偷小武的青春和无奈，刻画精准，感情细腻。充满真实细节的长镜头和构图精致模糊的蒙太奇手法都令影片大放异彩。2006年的《三峡好人》则以其浓厚的人文关怀讲述了三峡大坝上两对追寻爱情与生命真谛的夫妇各自复婚和分手的故事，美好而哀愁。时代变迁，旧景不再，人心不古，只有时间缓缓流淌，朴实的故事中也自有深意。其他作品有：《站台》、《狗的状况》、《任逍遥》、《公共场所》、《世界》、《东》、《无用》、《我们的十年》、《河上的爱情》、《二十四城记》、《黑色早餐》、《在清朝》等。

贾樟柯在电影艺术上追求"对现实表象的穿透力"，他曾直言批评当代中国电影缺乏对真实生命的关注：第四代执着于伦理道德，第五代迷恋于历史寓言，第六代在都市摇滚里陶醉。虽被划分在第六代导演的大营之中，贾樟柯本人对此并不承认，体现出这一代导演的独立性。

贾樟柯（1970— ）

作为一个完美主义者，路学长（1964—2014）对剧本要求特别严苛。其电影风格一贯以"愤怒"著称，但自幼学习绘画的经历也令其电影带有某种古典油画式浪漫唯美气息。

路学长1995年的处女作《长大成人》和1999年的《非常夏日》风格相似，都在质朴的画面中饱含着对人生以及成长的思考，无论残酷还是温馨，都充满着人文气息，并带有导演个人生活的影子。他擅长将真挚动人的情感隐藏在朴实无华的画面背后，这种表达方式在其第三部故事长片《卡拉是条狗》中仍有延

路学长（1964—2014）

续,只不过主人公由前两部的青年人换成了中年人,符合导演本身年龄和心态的变化。

《卡拉是条狗》情节简单,内容指向有着严重心理缺失的普通小市民老二为了拯救自己同样普通的杂种狗卡拉的一系列故事,取材现实生活中看似平淡无奇的小片段,却能成功引发人们的思索。卡拉在别人眼中平凡到不能再平凡,却是老二生命中为数不多的心理慰藉。现代社会的人心冷漠和交际隔膜跃然眼前。其他作品有:《两个人的房间》、《租期》、《回到拉萨》等。

2014年2月20日下午,年仅49岁的路学长突发疾病,英年早逝,令人不禁扼腕叹息。

中国新生代导演中的佼佼者陆川(1971—),凭借2002年的处女作《寻枪》在影坛崭露头角,其电影作品多强调故事本身而非画面,写实而犀利。

《寻枪》以悬疑、惊悚等为元素,讲述了警察马山曲折的寻枪故事,旨在表现普通人的生存困境和精神世界。2004年的《可可西里》由真实故事改编而来,优美而残酷,讲述为了保护藏羚羊和生态环境,在可可西里上演的一场人与绝境抗争的故事。影片关注人类生存和坏境保护,基调悲壮而崇高,为导演赢得了国际荣誉。2009年的《南京!南京!》更是以其

陆川(1971—)

题材的特殊性在社会上引起巨大关注和争议,将陆川的导演事业推向一个新高峰。2012年陆川拍摄新作《王的盛宴》,保持了其一贯的犀利大胆,被誉为中国古装片近十年最颠覆性的作品。影片通过对鸿门宴的再现探讨思维对人的束缚和人性的本质,以史鉴今,借史明理,在现今历史题材影视片大兴而良莠不齐的情况之下,无疑是一剂强心针。

拍摄于2006年的小成本喜剧电影《疯狂的石头》,是新生代"鬼才导演"宁浩(1977—)对商业喜剧类型片新探索的成功之作。影片一经上映便广受好评,成功引起中国大众对小成本电影的关注的同时,也使宁浩成功晋升为大众喜爱的新锐导演——在此之前的宁浩,还只是一个仅拍过几部DV作品的年轻人。

《疯狂的石头》讲述国际大盗麦克与以道哥为首的小偷三人帮为了偷盗一

块在厕所里发现的价值不菲的翡翠而发生的故事。情节荒诞曲折而巧妙完整，叙事流畅熟练并富有浓郁的生活气息。层出不穷的幽默桥段使故事在荒诞不羁中始终带着轻松快乐的意味，无论在艺术性还是票房上都取得了巨大成功。

宁浩后来的作品《疯狂的赛车》、《无人区》、《绿草地》、《香火》、《黄金大劫案》、《奇迹世界》等，大都延续了一贯的叙事风格。其中，《绿草地》讲述一个发生在内蒙古靠近中苏边境的牧民部落里的几个蒙古孩子捡到一只中国国球——乒乓球后，决心把国球还给国家的故事。全片使用蒙古语，并且全部启用业余演员，影片因此达到的自然与纯粹令人不禁赞叹。这也体现出《疯狂的石头》之类商业娱乐化电影标签下，宁浩作为导演的多元化和各种可能性。

宁浩（1977— ）

贴近生活的题材和关怀大众的创作理念，使第六代导演的作品少了些主流意识话语和市场妥协。他们的创作更多关注最真实的现实人生，体现出这一代人特有的勇气和见地，也因更加贴近现实人生而广受大众欢迎。如果把第五代导演的作品比喻为浓烈时代的余韵，那么第六代导演的作品就堪称活生生的当下了。

香 港 部 分

香港电影有着与生俱来的商业性质。电影工业的发达、思想形态的开放性和逐渐完善的明星制度，使香港电影成为华语电影的先驱，很大程度上代表着华语电影的主流。其殖民历史导致的西方特色融会本身根深蒂固的中国文化传统，更令其特色鲜明、独树一帜。"二战"后，香港电影随着内地、新加坡、马来西亚等电影力量的过渡，加之香港原有的美、日、欧电影文化影响，逐渐恢复并渐趋成熟。这一时期国、粤语片大量投拍，包括戏剧片《帝女花》、《紫钗记》、《李后主》，文艺片《危楼春晓》、《天长地久》、《可怜天下父母心》，古装武侠片如《如来神掌》系列，喜闹剧如"两傻系列"等；

国语片更有《江山美人》、《不了情》等优秀作品。改编自金庸及梁羽生武侠作品的新派武侠片更大量投拍并广为观众喜爱，如胡鹏的《射雕英雄传》、胡金铨的《龙门客栈》以及张彻的《独臂刀》等。狄龙、姜大卫、傅声、王羽等大量武打明星出现，李小龙更是成为国际级的大明星，其主演的一系列功夫片《龙虎门》、《唐山大兄》、《精武门》、《猛龙过江》等更是家喻户晓，广受欢迎。功夫片的热潮过后，反映社会现状的电影抬头，《七十二家房客》等电影出现，为之后的市井化新电影类型作了开端。独树一帜的喜剧片成为这个时代香港电影的代名词，如许冠文、许冠杰两兄弟的《鬼马双星》、《半斤八两》、《卖身契》，以及后来的一系列功夫喜剧，如袁和平的《蛇形刁手》、《醉拳》等，捧红了成龙、洪金宝等大批武打明星。70年代末，香港电影新浪潮兴起，代表作有许鞍华的《疯劫》、徐克的《第一类型危险》、章国明的《点指兵兵》、方育平的《父子情》、谭家明的《烈火青春》等。然而新浪潮电影叫好不叫座，80年代后转入商业性质，出现一系列脍炙人口的喜剧片、动作片，如《最佳拍档》、《龙虎风云》、《富贵逼人》、《皇家师姐》、《龙少爷》、《A计划》、《警察故事》、《鬼打鬼》、《僵尸先生》以及《英雄本色》系列。80年代中期开始，香港喜剧电影大量出现并形成高峰。徐克、尔冬升、吴宇森、张之亮、严浩、林岭东、许鞍华、成龙等导演开始亮相并取得不俗成绩。然而类型单向化使80年代末期电影市道滑落。90年代，武侠动作片继续风行，《赌神》、《古惑仔》系列开始出现，文艺片也大有抬头之势，如张婉婷的《秋天的童话》、王家卫的《旺角卡门》、关锦鹏的《胭脂扣》、陈嘉上的《小男人周记》等。周星驰喜剧如《逃学威龙》、《唐伯虎点秋香》、《食神》等更是深得民心，堪称经典。周星驰、陈果、王家卫、杜琪峰、韦家辉、刘伟强、关锦鹏、陈可辛等不断有新作品亮相。如今，步入新时期的香港电影在90年代基础上，喜剧片、警匪片、动作片等各种类型电影进一步发展，拍出不少叫座影片。值得庆幸的是，在商业大片引导大势的情况下，也不乏幽默深刻、文艺清新或富有生活气息的佳作，如张婉婷的《岁月神偷》、许鞍华的《桃姐》、《天水围的日与夜》等。

有"香港电影一代枭雄"之称的张彻（1924—2002），别名张易扬，是第21届香港电影金像奖终身成就奖得主。

张彻主要活跃于20世纪六七十年代，一生执导影片多达99部，开创了香港武侠电影的辉煌，对后世武侠电影美学影响深厚。张彻的影片讲究阳刚之气，多暴力血腥镜头，旨在表现江湖英雄惺惺相惜、忠肝义胆、不惧生死的豪侠气质。但片中英雄多空怀赤诚却往往郁不得志，故而快意恩仇的豪迈之中又带有陌路悲歌的苍凉。

在张彻的作品之中，《独臂刀》是香港最早的功夫电影，开创古装刀剑片高潮；《报仇》开拳脚功夫片风气；《马永贞》更是影响了一个时代。到台湾之后拍摄的《少林五祖》开"南少林"电影风气，《洪拳小子》则创立"小子片"的电影类型。其他作品还有：《五虎将》、《蔡李佛小子》、《江湖汉子》、《碧血剑》、《上海滩十三太保》、《侠客行》、《生死门》、《群英会》、《方世玉与洪熙官》、《大刺客》、《大盗歌王》、《射雕英雄传》、《断肠剑》、《神雕侠侣》等，皆为武侠片经典中的经典之作，对中国武侠电影影响巨大且深远。

张彻（1924—2002）

另一位对武侠电影影响巨大的导演要数港台电影史上最早闻名世界的电影巨匠胡金铨（1932—1997），他被世界公认为武侠电影宗师之一。

对武侠的迷恋和对中国传统文化的倾慕使胡金铨愿意为艺术性不顾票房，其后期的作品《空山灵雨》等电影即因格调过高而票房惨败。胡金铨于1964年执导《大地儿女》成名后陆续拍摄了《大醉侠》、《龙门客栈》、《侠女》等新派武侠片，以其对中国传统儒释道文化、古典文艺的独特感悟，在其独特的武侠世界中展现出独属中国武侠的精神深度和文化内涵，"武中有文，侠中有禅"，一改武侠片注重通俗趣味、感官刺激的弊病，为中国武侠电影开辟了新的篇章。

胡金铨（1932—1997）

精益求精的胡金铨一生留下的作品不多，其他作品《玉堂春》、《迎春阁之风波》、《无冕皇后》、《终身大事》、《天下第一》、《大轮回之第一世》、《笑傲江湖》、《山中传奇》、《画皮之阴阳法王》等几乎部部经典，令以后的武侠片直承其影响而难出其右。徐克的《新龙门客栈》、《笑傲江湖》、《七剑》，谭家明的《名剑》，许鞍华的《书剑恩仇录》，甚至周星驰的《功夫》等影片中，都可以看到胡金铨武侠的影子。而胡金铨的经典竹林戏也成为

"新酒"在张艺谋、李安等人的电影中重散醇香。

拍摄于1991年的《画皮之阴阳法王》是胡金铨的最后一部作品。他历经数年筹拍的《华工血泪史》原定于1997年夏天开机,原定由周润发主演,可惜在年初便因心脏导管气球扩张手术不幸离世,享年65岁。评论家张建德在总结胡金铨成就时说:后世会记得他是在理论实践上提出戏曲风味电影的中国导演,成功地将电影技巧与传统戏曲艺术融会贯通于电影之中,在这一方面他仍然是无人能及的。

徐克(1951—),生于越南西贡市,1997年回港后开始从事导演和监制等工作。1978年拍摄的电视剧《金刀情侠》,改编自古龙小说,使其一举成名,并成功引起电影监制的注意,成为进入电影导演行业的转折点。

徐克(1951—)

进入电影导演行列之后的徐克,于1979年拍摄了他的第一部古装剧情片《蝶变》,从当时充斥市场的类型功夫片中脱颖而出,虽初出茅庐不算徐克的成熟之作,却获得电影界同仁广泛好评,被视为香港电影新浪潮代表作之一。

徐克电影类型丰富,1994年拍摄的《梁祝》由吴奇隆和杨采妮主演,从剧情到配乐都感人肺腑。但导演所擅长的还是武侠片,拍摄了大量脍炙人口的佳作。1979年以《蝶变》崭露头角后陆续凭《倩女幽魂》、《笑傲江湖》、《黄飞鸿》等片蜚声海内外,开创了香港武侠电影新时代。他的电影"偏险怪奇",富有现代性,武功招式不再局限于简单的真功夫,更多运用特技和剪辑将招式神化、幻化,想象力丰富,观赏性极强的同时又融合了平稳和古典的艺术性,古典武侠的意境犹在且优美,并塑造了一系列经典的电影形象,如王祖贤饰演的聂小倩等。其他作品有《新蜀山剑侠传》、《东方不败》、《新龙门客栈》、《青蛇》、《梁祝》、《七剑》、《狄仁杰之通天帝国》、《龙门飞甲》等。

吴宇森(1946—)最初跟随张彻拍片,后来在自己的"喜剧十年"中拍摄了不少小成本喜剧电影。1986年在徐克的帮助下成功执导《英雄本色》,由狄龙、周润发、张国荣等主演,开启了香港20世纪80年代英雄片热潮,为导演迎来巨大声誉并奠定其"暴力美学"的电影风格。但在暴力的表象之下，亦用"白鸽"、"教堂"等意象表现美好。

吴宇森后来转入好莱坞发展。在这一时期他陆续拍摄了《变脸》、《碟中谍2》等优秀影片，大获成功，成为继李小龙、成龙之后进入好莱坞的第三位华人明星。其中《变脸》由好莱坞巨星尼古拉斯·凯奇和约翰·特拉沃塔主演，讲述FBI探员西恩与恐怖杀手凯斯特之间斗智斗勇的惊险故事，囊括亲情、智慧、善恶、责任等众多因素，在绝美的冷暴力中感人至深。

吴宇森（1946— ）

2008、2009年，吴宇森拍摄古装历史大片《赤壁Ⅰ》、《赤壁Ⅱ决战天下》，云集了梁朝伟、金城武、张丰毅、张震、胡军、赵薇、林志玲等巨星，票房不俗。其他值得一看的作品还有《铁汉柔情》、《帝女花》、《英雄无泪》、《义胆群英》、《喋血双雄》、《纵横四海》、《喋血街头》、《辣手神探》、《夺面双雄》、《风语者》、《夺宝群英》、《最后的吸血鬼》、《剑雨》、《生死恋》、《飞虎群英》等。

杜琪峰（1955— ）是香港新时代警匪电影开创者之一，也是香港当今最活跃并最具影响力的导演之一。杜琪峰所拍警匪片打破传统电影中单以惊险场面博得眼球的方式，更关注小人物命运并展现其独特情感体验和精神世界。人物形象饱满，打破传统警匪善恶分明的刻板塑造，充满人性化色彩，在对暴力和死亡的忠实刻画之外展现更深层次的人生思考，诸如现实的无奈和人生的无常。此类作品有《毒战》、《盲探》、《黑社会》、《枪火》、《PTU》、《全职杀手》、《暗战》、《城市特警》等。

杜琪峰（1955— ）

此外，杜琪峰也拍摄了不少质量上乘的喜剧片、文艺片和商业片，喜剧皆令人捧腹，文艺又常感人肺腑，如《赤脚小子》、《审死官》、《八星报喜》、《开心鬼撞鬼》、《阿郎的故事》、《百年好合》、《向左走，向右走》、《孤男寡女》、《瘦身男女》、《钟无艳》、《龙凤斗》、《天若有情》等。其中《阿郎的故事》由周润发、张艾嘉主演，讲述落魄赛车手阿郎终于赢回老婆波波、儿子波仔的爱却葬身车赛的悲情故事，感人肺腑。上映于2003年的《向左右，向右走》则改编自几米同名漫画，由金城武、梁咏琪主演，成功展现出漫画中所带有的诗意。电影以缘分为主题，讲述都市男女缘散缘聚的爱情故事，浪漫而唯美。

拍摄出大批经典文艺电影的王家卫（1958— ），作品则多表现香港人的生活和精神气质，镜头恍惚，意味模糊，色调冷艳，影像表达高度抽象的同时又能够真切地还原现实场景和情感，富有后现代意味。

1988年拍摄处女作《旺角卡门》，好评如潮。1997年执导的电影《春光乍泄》令其获得戛纳国际电影节最佳导演奖。其他作品有《阿飞正传》、《东邪西毒》、《重庆森林》、《堕落天使》、《花样年华》、《2046》、《爱神》、《蓝莓之夜》、《一代宗师》等。

王家卫（1958— ）

上映于1990年的《阿飞正传》，由张国荣、张曼玉、刘嘉玲主演，是香港文艺片的经典作品之一，也是王家卫一举登上文艺片顶峰的代表之作。影片以60年代初期为背景，折射90年代人们疲惫的灵魂，真实地反映了那个时代香港年轻人的内心世界和生活状态。上映于2000年的《花样年华》，由梁朝伟、张曼玉主演，影片几乎没有一丝冗余，一个眼神、一举手一投足之间就是整个故事和人生。影片不重剧情而凭借情绪带动故事发展，成功在氤氲的氛围里悠悠讲述出一个关于迁徙的婚外恋爱情故事，成为一个时代的记忆。

精致的细节和细腻的感情加之唯美恍惚的音像、缓慢的长镜头，使王家卫的电影有一种独特的美感，似乎平静自然，又自带有一种风华韵味，以及对导演所处时代和城市的独特理解，人称"王家卫式"电影美学。

香港著名艺术片导演关锦鹏（1957— ）的影片大多婉约细腻，叙事新颖，多采用时空交错的方式组织情节，在解构中表现对历史现实的思考。

拍摄于1988年的《胭脂扣》是关锦鹏的代表之作，由张国荣、梅艳芳主演。影片以时空交错的方式在幻想与现实的变换中讲述妓女如花与纨绔子弟十二少的感情纠葛，堪称香港新电影的经典之作。1991年执导的《阮玲玉》利用同样的艺术手法，在历史和现实

关锦鹏（1957— ）

两个不同平台上，成功展现了阮玲玉的悲苦人生。

另因导演同性恋的身份,其影片多涉及同性恋题材,其中不乏优秀之作。如2001年的《蓝宇》,以中国大陆十几年的发展为背景,讲述了两个男人之间的感情纠葛,主演刘烨凭此成为金马影帝。其他作品有《红玫瑰白玫瑰》、《愈快乐愈堕落》、《人在纽约》、《女人心》、《长恨歌》、《有时跳舞》、《他的国》、《牡丹亭》、《放浪记》等。

关锦鹏其人以及作品,开启了一个将个体情感表达的方式引入电影的华语电影新时代。他的电影,无论是对女性人物的塑造还是在对"同志"这样一个特定群体的塑造和思想表达上,都用最"关锦鹏"式的表达展现出"个体的、人与人之间的情感",是为最真切之情感。

摄影出身的刘伟强(1960—)1990年走上导演道路,拍摄过《龙虎风云》、《重庆森林》、《旺角卡门》等经典影片。刘伟强尤其擅长拍摄漫画改编的电影,1996开始拍摄《古惑仔》系列电影,进入一线导演行列,并掀起香港江湖片热潮。此后拍摄了《中华英雄》和《风云》等系列同样堪称经典,并开创香港武侠电影数码特技新纪元。

刘伟强(1960—)

2002年,刘伟强开始与麦兆辉合作执导《无间道》,电影注重细腻的内心剖析,无论在内容还是形式上都不同于以往的警匪片,由商业化转向文艺性,使其导演事业迈进巅峰时期。2006年,拍摄《雏菊》和《伤城》,文艺气息更加浓重,节奏舒缓,画面抒情,感情细腻而真挚。其他作品有:《头文字D》、《精武风云之陈真》、《决战紫禁之巅》、《庙街故事》、《朋党》、《拳神》、《卫斯理之蓝血人》等。

有华语电影"喜剧之王"之称的周星驰(1962—),因主演电影极具"无厘头"的个人特色而成为一种独特的文化现象,也以演员身份为观众所喜爱和熟知。相对而言,周星驰演艺事业的巨大成功在某种程度上减弱了大众对其导演身份的关注,但这并不代表周星驰作为导演会比作为演员逊色。

作为在中华大地上最有影响力的香港喜剧演员,周星驰塑造的经典形象不胜枚举,如《状元苏乞儿》

周星驰(1962—)

中的苏乞儿，《大话西游》系列中的至尊宝，《喜剧之王》中醉心戏剧表演的尹天仇等。

作为导演，2001年，周星驰首次独立执导《少林足球》，成功融合功夫与足球两个元素。之后，成功走上导演道路的周星驰又陆续执导多部经典影片，如《破坏之王》、《国产凌凌漆》、《大内密探零零发》、《食神》、《喜剧之王》、《功夫》、《长江七号》、《西游降魔篇》等，延续了周星驰一贯的无厘头喜剧风格和他所钟爱的功夫元素，笑中带泪，饱含深意，无论在艺术性还是商业性上都获得了巨大成功，实现了其从喜剧演员到导演的成功转型。

值得一提的是，由于周星驰广泛的影响力，许多与其相关的鲜明元素逐渐融入大众的日常生活之中，在华语地区形成了次文化现象，如大话西游风、丑女如花、蟑螂小强等。

尔冬升（1957— ）年轻时因外形俊朗，曾在邵氏主演过二十多部电影，著名的有谢晓峰（古龙《三少爷的剑》）、阿飞（古龙《多情剑客无情剑》）、张无忌（金庸《倚天屠龙记》）等，成为香港红极一时的武侠巨星。

尔冬升（1957— ）

1992年，尔冬升与陈望华成立电影公司"无限映画"，投身制片与导演行业，并逐渐成为香港著名的全能型电影人。尔冬升的电影作品多平铺直叙，感情真挚直白，并以写实的手法揭露社会现实。1986年拍摄的处女作《癫佬正传》反映精神病患者的社会问题，在展现现实残酷性和争议性方面不遗余力。1993年拍摄《新不了情》，讲述歌女青青与建筑师汤鹏南之间凄美动人的爱情故事，代表着其作为导演的成功转型。尔后拍摄了一系列反映现实的文艺范影片，如讲述女小巴司机在艰苦的生活中寻找真爱的唯美故事《忘不了》，描述青少年早恋问题的《早熟》以及爱情轻喜剧《千杯不醉》等。文艺的同时也不乏犀利尖锐之作，如《旺角黑夜》、《门徒》、《新宿事件》、《枪王之王》等，其中《门徒》旨在告诫人们远离毒品、珍爱生命，具有深刻的社会意义。其他作品有《人民英雄》、《再见王老五》、《烈火战车》、《色情男女》、《真心话》、《大魔术师》、《带着梦想漂》等。

作为演员的尔冬升演绎过不少经典的武侠人物，但他认为武侠世界相比现实世界而言是虚幻且不切实际的。因而，在他导演的作品里，没有一部武侠片，无论是文艺片还是社会写实片，更多以关注现实世界生活为主。

许鞍华（1947— ）身兼编剧、导演、监制数职，是香港为数不多的女导演中相当有个性、有担当且有巨大影响力的一位。

1979年，电影《疯劫》的拍摄，不仅标志着许鞍华导演之路的开始，也是掀开香港新浪潮序幕的重要标志之一。此后，许鞍华的电影之路打开。她的影片类型丰富，技巧娴熟，既有改编自张爱玲文学经典的《半生缘》、《倾城之恋》，有关注女性命运的《女人四十》、《阿金》、《姨妈的后现代生活》，有表现社会政治运动的《投奔怒海》、《千言万语》，有豪气冲天的武侠片《书剑恩仇录》、《江南书剑情》，也有表现社会底层小人物平淡生活的《天水围的日与夜》、《桃姐》，甚至还有惊悚片《幽灵人间》等。其中，1995年上映的《女人四十》很好地体现着许鞍华的电影艺术和价值取向。影片围绕着一个40岁主妇的日常生活展开，影片从头到尾没有大起大落的剧情起伏，有的只是娓娓道来的讲述，展示着人生的细碎无奈与亲情的聚散悲欢的同时，主妇的坚强与隐忍就在这种淡淡的生活描画中以其真实可感打动万千观众的心。拍摄于2010年的《桃姐》，由叶德娴、刘德华主演，以平淡的温情讲述了大家少爷与家佣桃姐之间的主仆深情，和2008年的以社区生活为背景的《天水围的日与夜》一样，秉承了许鞍华一贯的导演艺术。

许鞍华（1947— ）

另外，许鞍华还拍有《千言万语》、《男人四十》、《客途秋恨》、《胡越的故事》、《今夜星光灿烂》、《上海假期》、《玉观音》、《天水围的夜与雾》、《得闲炒饭》等电影，几乎部部经典。

香港著名导演、监制陈可辛（1962— ），是迄今为止唯一包揽过香港电影金像奖、台湾电影金马奖和中国电影金鸡奖最佳导演奖的电影人。他导演和监制的电影，被誉为"陈可辛制造"，亦为票房和奖项的保证。

1991年，陈可辛凭借处女作《双城故事》步入导演行列，作品多走文艺路线。其中，代表作品《甜蜜

陈可辛（1962— ）

蜜》是20世纪末期最成功的爱情文艺片之一,由张曼玉、黎明主演,讲述20世纪末香港移民潮背景之下小人物的艰苦命运和爱情故事,并以邓丽君歌曲《甜蜜蜜》贯穿始终,成功抓住两岸三地中国观众的情感走向。影片一举荣获九项金像大奖,被《时代》杂志誉为当年十佳电影之一。此外,陈可辛监制的电影也多数票房不俗,如《春田花花同学会》、《门徒》、《十月围城》等,在票房上都大获全胜。

2013年,陈可辛导演《中国合伙人》,主演黄晓明、邓超、佟大为,影片讲述三个年轻人通过创业一步步实现梦想的励志故事,掀起社会上一阵"中国梦"热潮。其他作品有歌舞片《如果·爱》、战争片《投名状》以及同性恋题材的《金枝玉叶》等。2014年6月9日,由陈可辛执导,赵薇、黄渤、佟大为等人主演的《亲爱的》新片杀青发布会在北京举行。此部新片打出温馨牌,赵薇首度饰演一位先后失去两个孩子的农村妈妈,在片中以素颜和方言示人,真实感人。

一部《大话西游》颠覆我们传统的西游观,不仅使唐僧成了啰唆的代名词,还给传统西游中几乎摒弃了儿女情长的孙悟空来了一段刻骨铭心的爱情经历。提到《大话西游》中的经典形象,除了唐僧、至尊宝、紫霞、青霞、白晶晶、春十三娘等,饰演菩提老祖的刘镇伟(1952—)更是令人印象深刻。跟希区柯克一样,刘镇伟喜欢在自己的电影作品中客串一把并以此为乐。

刘镇伟(1952—)

作为香港著名编剧、导演、监制的刘镇伟,1987年执导首部作品《猛鬼差馆》走上电影导演舞台,之后陆续执导了多部商业片,擅长充满调侃、解构意味的喜剧电影。

刘镇伟最经典的代表作品要数《大话西游》,影片分为《月光宝盒》、《仙履奇缘》两部,1995年在香港上映时票房惨败,给他很大的打击,后来他毅然离开香港定居加拿大不难说有这个因素的影响。但之后《大话西游》却戏剧性地扭转乾坤,在大陆掀起了声势浩大的"大话西游"热。《大话西游》成为经典中的经典,更奠定了周星驰后现代主义喜剧大师的地位,这也是刘镇伟始料未及的。

刘镇伟的其他作品也多是同样类型的喜剧风格，如早些年的《金装大酒店》、《赌圣》、《东成西就》以及后来的《天下无双》、《情癫大圣》、《越光宝盒》、《天仙奇缘》、《出水芙蓉》等。其中《东成西就》实为王家卫《东邪西毒》搞笑版，采用原班人马，张国荣、林青霞、梁朝伟、张学友、梁家辉、王祖贤、刘嘉玲、叶玉卿、张曼玉、钟镇涛、鲍起静，大牌云集，演员阵容之强大堪称搞笑贺岁片之首。电影剧情紧凑，笑料百出，是一场抛开小说和武侠的彻底解构，也延续着刘镇伟一贯的电影风格。

毕业于香港中文大学的"鬼才"导演王晶（1955— ），尤其擅长编剧。自从业以来，王晶所参与编剧、监制和执导的电影多达160多部，堪称香港电影史上的"数量之王"。

同刘镇伟一样，王晶的电影以无厘头风格的喜剧为主，也是香港"无厘头"电影的大功臣之一。1981年，王晶执导处女作《千王斗千霸》，由汪禹、谢贤、陈观泰、黄杏秀等主演，影片集赌博千术、动作、喜剧、枪战等于一体，剧情紧张又轻松搞笑。此后执导

王晶（1955— ）

的经典作品有《最佳损友》、《天若有情之追梦人》、《鹿鼎记》、《倚天屠龙记之魔教教主》、《逃学威龙之龙过鸡年》、《洪熙官》、《九品芝麻官之白面包青天》、《百变星君》、《大内密探灵灵狗》、《旺角监狱》、《美丽密令》、《未来警察》、《财神客栈》、《嫁个100分男人》等。

王晶早期的作品，如《千王之王》系列赌片和《花心大少》等以追女为题材的电影，极大地符合了当时观众的口味，使王晶尝到票房的甜头。因此，在他后来的影片之中，类似的题材有增无减，如《赌侠》、《千王之王》、《精装追女仔》、《我老婆是赌圣》等都是此类题材的经典电影，都为王晶带来了可观的票房。

正所谓"夫妻同心，其利断金"，电影界从来不乏父子兵，而夫妻齐上阵则是更加珍贵的画面。在香港电影界就有这么一对夫妻档，妻子张婉婷（1950— ）和丈夫罗启锐（1953— ）都是香港著名编剧、导演。二人性

张婉婷（1950— ）
罗启锐（1953— ）

格相反相成，张婉婷的大刀阔斧、强势倔强和罗启锐的细致文艺、从容淡然使他们在电影制作上成为无人可代替的黄金搭档。

罗氏夫妇二人影片取材广泛，多以浓厚而朴实的香港本土情愫，表达对爱情、亲情、友情的态度，口碑不俗。代表作有"移民三部曲"《非法移民》、《秋天的童话》、《八两金》，以及《玻璃之城》、《岁月神偷》等作品。其中《非法移民》于1985年上映，导演张婉婷以实录的戏剧手法，真实地描绘出中国青年张君秋偷渡到美国唐人街的生活故事，有血有泪，也有爱与理想，真实可感。1987年由周润发和钟楚红主演的《秋天的童话》，是张婉婷"移民三部曲"中的第二部，影片以细腻委婉的风格讲述着在美国纽约居住的华人——美丽而骄纵的年轻姑娘张琪和唐人街的工人船头尺之间的一段爱情故事，堪称中国式爱情的经典之作。"移民三部曲"最后一部《八两金》上映于1989年，由张艾嘉和洪金宝主演，影片讲述纽约华人回大陆乡下探亲的温馨故事，充满风土人情。

从"移民三部曲"中，我们不难看出罗氏夫妇对电影艺术的追求，罗启锐的细腻加上张婉婷的执着和坚忍，共同铸就了他们电影的委婉悠长。

2010年，由罗启锐任导演，罗启锐、张婉婷夫妇联合编剧的《岁月神偷》上映。影片凭借怀旧的故事、唯美的意境、动人的音乐以及各位演员精湛的演技，在第29届香港电影金像奖上囊括了最佳男主角、最佳新演员、最佳编剧、最佳电影歌曲奖等多项大奖。

台 湾 电 影

台湾电影同香港电影一样，在与大陆文化传统一脉相承的基础之上具有鲜明的本土特色。然而经济社会的发展、思想文化的碰撞和政治政策的改变等因素使台湾电影多年来沉浮不定，从武侠片到乡土片，从写实主义到琼瑶言情片，从"新电影"、"后新电影"的写意文艺片到近来小试牛刀的商业纪录片，台湾电影工作者从未放弃对电影复兴的不懈追求。这些工作者，除了已扬名国际影坛的侯孝贤、杨德昌、李安之外，蔡明亮、陈国富、徐小明、王小棣、易智言、陈玉勋、林正盛、张作骥等也多有佳作。

台湾电影起步稍晚于大陆和香港，1925年开始才有了独立创作，"二战"之后拍摄了大量闽南语影片。20世纪60年代后，香港导演李翰祥、胡金铨、张彻等来台发展，更为台湾电影注入了新的活力，黄梅调、琼瑶剧、新派武侠等电影在这一时期得以发展。70年代中期之后，在《女兵日记》、《八百壮士》、《望春风》等政宣片充斥影坛的情况之下，也不乏《汪洋中的一条船》、《一个女工的故事》、《小城故事》、《早安台北》、《在水一方》等或乡土写实或写意文艺的影片以及以《一个问题学生》、《台北甜心》、《毕业班》等为代表的学生类型电影。尔后80年代的"新电影"和90年代随之而来的"后新电影"使台湾电影偏向艺术性。这一时期的导演多注重个人表达，忽视商业性，电影题材开始打破禁忌，表现近现代社会历史现实或重现个人记忆。"新电影"以《儿子的大玩偶》、《光阴的故事》、《在那河畔青草青》、《小毕的故事》为开端，艺术性大大增强。杨德昌、侯孝贤、万仁、柯一正、陈坤厚、王童、蔡明亮、易智言、林正盛、李康生等导演拍摄了一批注重个人表达、忽视商业性质的优秀文艺写意电影，如《风柜来的人》、《油麻菜籽》、《童年往事》、《我这样过了一生》、《青梅竹马》、《恋恋风尘》、《稻草人》、《桂花巷》、《悲情城市》、《香蕉天堂》、《童党万岁》、《牯岭街少年杀人事件》、《麻将》、《南国，再见南国》等。进入21世纪，台湾电影虽仍面临复兴挑战却不乏佳作，佳片有《卧虎藏龙》、《天边一朵云》、《蓝色大门》、《美丽时光》等，2008年《海角七号》的热卖更是催生了台湾电影新的复兴热潮。其后《不能没有你》、《艋舺》、《九降风》、《听说》、《那些年，我们一起追的女孩》、《赛德克·巴莱》、《星空》等电影，转视线至一般大众，取得了一定的票房成绩，同时使一批新锐导演如钮承泽、林书宇、陈正道、魏德圣、九把刀等在影坛立足。

杨德昌（1947—2007），台湾最具影响力的导演之一，2007年获得金马奖终身成就奖。主要作品有《青梅竹马》、《恐怖分子》、《牯岭街少年杀人事件》、《独立时代》、《麻将》、《一一》等。

杨德昌的影片多具有西方现代性特色，注重理性，冷静内省，富有社会意识和话题争议性。电影题材多表现台北都市生活和城市文化，揭露人性最卑微阴冷的底层。

1982年与陶德辰、柯一正、张毅合拍的《光阴的故事》被誉为台湾"新电影"开山之作。《光阴的故事》由四个导演分别执导四个独立的故事：《小龙头》、《指望》、《跳蛙》、《报上名来》，由这四个故事构成光阴中的人生，含义深刻。其中，杨德昌负责导演的故事《指望》，讲述13岁少女甜美而忧伤的单恋故事，细腻的忧伤中糅合着淡淡的温情和成长的痕迹，堪称全片技巧最成熟、艺术造诣最高超的一段。

杨德昌（1947—2007）

1991年的《牯岭街少年杀人事件》改编自导演学生时代校友的真实杀人事件，电影长达4小时但长而不冗，结构复杂，叙述含蓄深邃、精确冷静，开放式的结局更添思绪。年少的美好、悲歌、懵懂和躁动、血腥、暴力，件件事关20世纪60年代台湾社会灰暗苍白的社会现状，使影片在回忆青春的同时带有祭奠的凝重色彩，由个体上升到群体，意味深长。

2007年，杨德昌因大肠癌病逝于美国洛杉矶的家中，享年59岁。他的去世被视为"台湾独立电影时代的终结"，可见杨德昌在台湾当代电影史上的重要性。

侯孝贤（1949— ），台湾著名导演，其影片感情饱满而丰富，多数充满中国古典特色，富有乡土性。主要作品有《风柜来的人》、《童年往事》、《悲情城市》、《戏梦人生》、《恋恋风尘》、《尼罗河的女儿》、《好男好女》、《南国再见，南国》、《海上花》、《千禧曼波》、《咖啡时光》、《最好的时光》等。

侯孝贤（1949— ）

《恋恋风尘》讲述了青梅竹马的阿云和阿远因生活而渐行渐远的故事，影片极富文学性，取景雾中离别的海港、空旷的台北车站、悠然的田间乡里，基调淡然而安静，诗意且质朴。尤其是最后，退伍返乡的阿远一边听着阿公唠叨过往之事，一边看着淡淡的云影在山头飘过，美好而忧伤。

侯孝贤的电影擅长运用画外音、长镜头以及固定机位，使人物直接在镜头中讲述故事，真实自然。但写实中更添隐晦，那些平凡无妄的故事和人物所体现出的思想隐喻则饱含人生哲学和人文情怀。他的电影创作中，那种台湾即兴式的街头、淳朴真实的乡间实景、电影人物的直接诉说以及画外音、长镜头、空间景深营造的情绪张力和诗意氛围，都成为侯孝贤电影的重要标志。

王童，台湾著名导演、美工师。作品多具浓厚淳朴的乡土情怀，展现台湾本土历史。其执导的《稻草人》、《香蕉天堂》和《无言的山丘》，构成台湾近代史三部曲。其他作品有《假如我是真的》、《策马入林》、《红柿子》等。

《稻草人》借鉴外国电影《逃亡二十五小时》和《上帝也疯狂》的讽刺幽默戏剧形式，讲述了"二战"时期日军占领下台湾农村的痛苦生活，在戏谑、荒诞的叙述中表现战争，深含惨烈和悲伤，幽默中流淌着血泪。

王童

《香蕉天堂》于1989年上映，讲述怀着吃香蕉的美好愿望的憨厚农民子弟门栓随军撤到台湾后，因被怀疑是共产党间谍而引发的一系列故事。故事以大陆来台老兵的视角进行叙述，看似诙谐，却带着深刻的无奈和浓浓的乡愁。

《无言的山丘》则上映于1992年12月，讲述的也是一场逃亡的故事，逃亡的主角忆旧是憨厚老实的佃农子弟。影片通过两兄弟的逃亡串联起一系列生活在底层的小人物的人生，以点扩展到面，很好地描绘出台湾早期淘金者的生活图景。影片中，导演以黑暗沉闷的色调表现矿洞里死气沉沉，同时又用明净的色调来展现台湾美丽的乡土风景，在展现令人绝望的生活的同时，却又时时怀抱对美好生活的希望。

享誉国际影坛的李安（1954—　）是迄今唯一获得奥斯卡最佳外语片奖的华人导演。李安的电影在东方与西方、古典与现代之间游刃有余，既拍出了极具东方色彩的《推手》、《喜宴》、《饮食男女》、《卧虎藏龙》等影片，也有不少符合莱坞电影制作模式的电影，如《理智与情感》、《绿巨人》、《断背山》、《少年派的奇幻漂流》等。

2000年上映的《卧虎藏龙》改编自王度庐同名小说，由周润发、杨紫琼、章子怡、张震主演。影片不同于一般表现江湖豪侠快意恩仇的武侠片，反而在

李安（1954—　）

江湖背景下表现中国古典式情怀，通过李慕白、俞秀莲因道德而压抑的爱情和玉娇龙、罗小虎轰轰烈烈、肆意妄为的爱情的鲜明对比和浓烈的悲剧氛围，实现人文反思。

2012年上映的影片《少年派的奇幻漂流》改编自扬·马特尔同名小说，讲述少年派和一只孟加拉虎在海上漂泊227天的历程。影片上映后引起巨大轰动，其精致逼真的3D效果和富含隐喻的人、事、物，宏大的配乐等，使其在第85届奥斯卡电影节中揽获最佳导演、最佳摄影、最佳视觉效果和最佳原创音乐4项大奖。

以《青少年哪吒》广为人知的蔡明亮（1957— ），生于马来西亚，1977年因求学到台湾。1994年，蔡明亮凭借《爱情万岁》大获成功并奠定其影坛地位。1996年拍摄的《河流》荣获柏林影展评审团银熊奖和国际影评人费比西奖等国际奖项。1998年的《洞》则荣获戛纳影展国际影评人费比西奖、芝加哥影展最佳影片金雨果奖以及新加坡影展最佳影片、最佳导演、最佳女主角奖等各项大奖。另有作品《天边一朵云》、《行者》、《脸》、《不散》、《天桥不见了》、《你那边儿点》等。

蔡明亮（1957— ）

《青少年哪吒》是蔡明亮编而优则导的电影处女作，故事主角是一个被巫师认为是哪吒转世的男孩李康生。李康生性格内向，不爱念书，经常和以偷窃为生的另两个男孩阿泽和阿斌混在一起。影片便以三个青少年的生活经历展开，展现出游离于家和社会边缘的台湾青少年的真实孤独感。

蔡明亮的电影多以充满抽象象征意味的符号式表达反映当代都市生活中看似真实却颇为荒谬的情境，对人性、孤独与社会交际的现实无力感多有深刻思考和隐喻式表达。其作品对同性恋在社会和人性方面挣扎的表现，对于台湾电影同性恋题材而言可谓开端。

朱延平，台湾20世纪80、90年代最重要的喜剧电影导演之一。作品多以商业喜剧为主，富有台湾本土俚俗趣味，因风格与香港著名喜剧导演王晶相似而得"台湾王晶"之名。执导影片多达百余部，可谓高产，曾凭一人之力垄断半个台湾影坛票房十多年。但因其作品多重复和涉嫌抄袭等原因，也不乏粗制滥造之作，故而在业界褒贬不一。作品有《蜡笔小小生》、《笑林小子》、《笑林小子Ⅱ之新乌龙院》、《祖孙情》、《少林小子之无敌反斗星》、《新天生一对》、《刺陵》、《大笑江湖》等。

90年代，朱延平挖掘到童星释小龙、郝邵文，以《新乌龙院》再度创下台湾电影票房奇迹。《新乌龙院》是台湾票房最高的电影之一，影片笑点密集、通俗有趣，令观众忍不住捧腹大笑，也使释小龙、郝邵文成为几代人心目中最受欢迎的童星。

朱延平

近年来，因剧情的老套，朱延平电影票房基本不甚乐观，更有几部被观众戏谑为"票房毒药"，如《刺陵》。2010年和2011年，朱延平分别执导《大笑江湖》和《新天生一对》，票房和电影水平又有所回升，令人欣喜。

第三节　当代中国绘画

绘画作为人类文明史上最为古老的艺术之一，不仅种类繁多，其艺术形式、表现手段、风格流派等在不同国家、时代之间也存在着显著区别，世界各民族都创造过缤纷多彩的绘画作品。从画种来分，绘画可分为中国画、油画、版画、水彩画、水粉画、素描、速写等。我国传统上将素描、油画、水粉、水彩等归为"西画"。一般认为，从古埃及、波斯、印度和中国等东方文明古国发展起来的东方绘画，与从古希腊、古罗马绘画发展起来的以欧洲为中心的西方绘画，是世界上最重要的两大绘画体系。而中国画和油画，则分别是东、西方两大绘画体系的典型代表画种。

1911年辛亥革命以后，随着中国政治、经济、社会、思想文化领域的民主革命运动和西方文化观念、艺术形式的冲击，传统的中国美术也在清末发展的基础上随着时代的变迁相应发展，无论是在观念、价值取向还是题材、门类、技巧上都有了很大的改变。美术家们提出了"走向十字街头"、"民众的艺术"和"大众化"等口号，使中国画从狭窄的贵族文人画走向表现一般平民日常生活的绘画，如吴友如以描绘市井风俗、时事新闻为主的石印画报，陈师曾描绘北京小市民的《北京风俗图》，蒋兆和表现抗战人民流离失所的

《流民图》等。同时，中国画家也开始留学西方，接触到西方绘画观念和技巧并师取其长处，在传统绘画的基础上对于中国美术的现代化做出了巨大贡献，如徐悲鸿、林风眠、李可染等人的融合型中国画、油画等作品。

抗日战争和内战时期，无论是在抗日根据地、沦陷区、国统区还是解放区，中国美术主要以绘画为手段，在反映现实、抗战救亡、反饥饿、反内战以及表现爱国情怀方面更加深刻，紧密联系革命现实。这一时期的连环画、木刻画、年画、漫画等，都走出了为艺术而艺术的高阁，现实意义是其他时代难以企及的。画作也大多摆脱民国时期对西方绘画的单纯借鉴和模仿，更多吸收中国传统绘画和民间美术的有益因素，涌现出古元、彦涵、力群、胡一川、王式廓、罗工柳、黄新波、张乐平、杨可扬、朱宣咸、廖冰兄、华君武等卓有成就的画家。总体而言，写实主义绘画渐渐成为主流，绘画艺术与现实的联系越来越紧密。这种新的发展趋势，直接推动了后来中国美术的发展方向，意义重大。

"二战"结束和新中国成立以后，中国进入新的历史发展时期，社会安定，经济复苏，人民生活逐渐好转，艺术发展进入新的平稳发展阶段。50—60年代，由解放区革命美术传统、苏联社会主义现实主义理论与徐悲鸿学派所倡导的写实主义美术教育相结合而形成的现实主义美术，极富新中国特色，成为新中国成立之后很长一段时期内美术发展的主流。而以"为工农兵服务"、"百花齐放、推陈出新"为主导的艺术方针也使美术家们开始更普遍地描绘社会现实生活，刻画工农兵，歌颂革命和改革英雄人物，赞美新中国、新社会、新生活，为政治和人民服务的绘画大大发展。油画、版画、漫画等自不必说，连传统的人物、山水、花鸟画也多联系现实生活，强调时代性和现实意义，进入"新中国画"阶段。这一时期，一批阅历丰富、艺术臻于成熟的美术家们，如黄宾虹、齐白石、黄君璧、林风眠、潘天寿、董希文、傅抱石、华君武、罗工柳、李可染、关山月、秦仲文、吴作人等，大都进入艺术成熟或高峰期，创作了许多优秀作品。新人画家也陆续登上舞台，如石鲁、潘鹤、黄胄、李斛、方增先、杨之光、刘文西、程十发、王盛烈、周思聪等，大多富有创造力，敢于革新。在战争年代几乎停顿的美术门类如建筑、纪念性雕塑、工艺美术、壁画等，也都得到了不同程度的发展。战争时期已有发展的连环画、年画、宣传画、各类版画等，在数量和质量方面都有很大飞跃。而美术院校的建立也使中国美术教育进一步发展，为尔后的美术发展提供了坚实基础。

"文革"时期，绘画过于强调时代和政治要求，中国美术的发展几乎陷于停顿，虽然也有不少作品出现，但同"反右"时期政治性压倒一切的绘画一样，这一时期的中国美术，无论是在国画、油画，还是年画、版画、连环画等方面，都出现了一定程度的畸形和扭曲，成为单纯政治宣传的工具，在形成和艺术性上仍值得探究。这一时期的中国绘画主要有三种类型：一是政治狂热类，紧跟中央"文革"战斗部署进行创作，以神化领袖、丑化"敌人"为主要内容，主要出现在各种大字报、小报和宣扬毛泽东思想的册页当中；二是中央策划类，在中央或地方权力策划之下创作，旨在歌颂"无产阶级司令部"和"文革"的伟大功绩，代表画家是北京的"改画组"，有朱乃正等人；第三类则是地下创作类，是少数画家在地下或半地下状态的创作，其中既有靠拢主流艺术与游离在时代政治之外自娱自乐的画作（如吴大羽、黄秋园这一时期的作品），也有刻意抽象隐晦、富有象征意味的画作（如石鲁、沙耆的部分作品）。

"文革"过后，中国进入改革开放的新时代，西方现代艺术大量涌入中国。画家们渐渐在反思历史和总结经验的基础上，在新的时代发展中重新思考美术与现实的关系。中国绘画开始回归现实，陆续出现伤痕美术、乡土写实美术、新潮美术等类别，或反思历史时代、揭露现实，或描绘现实生活，或参照西方现代美术表现现代性，在内容、技巧上进一步发展，并涌现出一大批敢于创造的中青年画家，如霍春阳、边平山、王镛、赵蓓欣、朱新建、汪为新、一然等。其中伤痕美术是对"文化大革命"的浩劫进行真实回顾和揭示的美术类型，从"十七年"以及"文革"时期画作主要表现的革命历史现实以及理想主义、英雄主义等，转向以悲情现实主义与平民主义描绘普通人的现实生活和命运，无论在内容、审美还是绘画技巧上，都是对之前美术的突破。代表画家画作有刘宇廉、陈宜明、李斌的连环画《伤痕》、《枫》、《张志新》，张红年的油画《发人深思》、《那时我们正年轻》、《在命运的列车上》，高小华的《为什么》、《赶火车》，程丛林的《1968年×月×日雪》等。随后的乡土写实美术，旨在真实描绘农村和边远地区生活，在美术形式、技巧上进行了种种探讨。代表画家画作有陈丹青的《西藏组图》、罗中立的《父亲》、张冬峰的《父老乡亲》等。1985年开始的新潮美术，以西方现代艺术为参照，以现代主义为特征，探求美术的社会文化价值和现代意义。作品风格形式多样，内涵朦胧，富有批判性和哲学性，具有强烈的人文主义色彩，给中国美术的多元化和国际参与化添了浓墨重彩的一笔。画家多以群体形式出现，出现了诸如"北方艺术群体"、"厦门达达"、"江苏红色旅"、"浙江池社"、"湖北部落部落"等绘画群体。代表美术家则有黄永砯、王广义、高名潞、徐冰、舒群、张晓刚、毛旭辉等。经历了一系列运动和思潮的当代中国美术随着中外交流的更加频繁，城市雕塑、工业设计、现代环境艺术、装置艺术等以前没有或未曾充分发展的艺术门类也迅速发展起来。美术院校、美术馆、画廊等的兴盛以及美术理论的研究，也呈现出新的当代性局面，中青年画家开始成为艺术创作的主体。绘画内容除了表现社会现实问题、讴歌自然、抒情表意之外，在西方现代美术观念的影响之下，产生了诸如抽象型、写意型等现代类型美术作品，中国美术进入新的繁荣时期。

90年代初，新生代年轻艺术家开始走上创作道路，画坛上出现泼皮和玩世现实主义、超级写实主义、政治波普、艳俗绘画、卡通漫画等新生代绘画，对于西方的学习不再如同80年代一样单纯照搬，而是更立足于中国社会的真实发展基础，在思想主题、价值观念、审美意蕴以及表现形式上都发生了深刻的变化。这一时期开始，中国美术的发展更加丰富多彩，商业性和市场化水平也越来越高。中国美术在某种程度上走了"后新生代"时期，在传统延续下来的美术不断发展的同时，出现了诸如实验水墨画、"新古典风"、"新文人画"、"新学院派"、"中国流"等，在一定程度上带有传统回归的色彩。同时，受世界范围内现代、后现代艺术的影响，中国艺术界在欧普、波普、坏境艺术、偶发艺术、行为艺术、新壁画艺术如涂鸦，以及活动雕塑、城市雕塑、城市规划、建筑设计、室内设计、家居设计等装置艺术方面的发展也进入新的繁荣时期。但值得注意的是，90年代之后的中国美术整体现状并不容乐观，新一代年轻画家在求新求变的同时，很难避免商业化所带来的创作上的虚无，传统民间艺术诸如剪纸、年画、刺绣、玩具、木雕等的发展有待重视。鉴于中国美术明显而繁多的门类，我们将挑选绘画中具有代表性的几个类别进行进一步的介绍。

作为中国美术重要组成部分的绘画，在现当代的发展主要表现在两个方面：一是国画发生演变；二是油画等西方绘画进入中国并迅猛发展。这使现当代美术界逐渐形成两大群体：传统型和融合型。这两大群体的界线虽然不是那么鲜明，当今绘画的分门别类也大多不以此为重点，但这一群体意义上的划分却涵盖着中国现当代画坛中涌现出的各种作品。因此，我们主要从国画、油画两个重要类别来简述中国当代绘画图景。

国 画 部 分

中国画，简称国画，古称丹青，顾名思义，是中国特有的画种。画分三科：人物、山水、花鸟。技分工笔、写意。作画时以毛笔蘸水、墨、彩于绢或纸上。在绘画技法上，讲求形式美，构图不受时空、焦点透视的限制，多采用散点透视法，构图灵活，视野辽阔。国画强调"以形写神，形神兼备"，富有诗意，《随园诗话》即有语云："画家有读画之说，余谓画无可读者，读其诗也。"在内容和艺术上，集中反映中华民族的民族意识和审美情趣，强调意境，以形写神，形神兼备，气韵生动。

早在20世纪20—30年代，中国画家已经开始对中国画在新时代背景之下的革新和发展展开了激烈论争。著名论断有康有为的"合中西而为画学新纪元"、徐悲鸿的"西方画之可采入者融之"、刘海粟的"发展东方固有美术，研究西方艺术精英"、林风眠的"调和中西艺术"等等。其中，传统型画家作画仍坚持中国传统绘画模式，基本不受西方绘画影响：在创作上讲究笔墨的铺排、空间形式的表达以及诗书画印的配合；表现上则以笔墨为主，讲究"骨法用笔"，以期笔精墨妙；在意境上，不论工笔还是写意，都讲求神韵、追求意境。代表人物有吴昌硕、齐白石、张大千、傅抱石、黄宾虹、潘天寿等。融合型中国画是指融合中西绘画之长的中国画。这方面的代表人物多是曾留学欧美或日本，学过西方绘画又熟悉中国传统绘画的画家们。他们在继承传统技法的同时融会西画技巧，"引西入中"，试图在更广阔的空间中对中国绘画艺术语言、形式和创作规律进行探索，寻找新的时代背景之下中国艺术新的时代样式。他们借鉴各种外国艺术流派的特点，如印象派、野兽派、立体主义、抽象表现主义等，力求在传统中国画的基础上，融合西画对光影、虚实、体积的研究成果，具有实验性质，大大丰富了中国画的技法和表现空间，特别是人物画，达到了相当的艺术高度。代表人物有徐悲鸿、李可染、刘海粟、潘玉良、陈之佛、李铁夫、蒋兆和、林风眠、吴冠中等，以高剑父、高奇峰和陈树人为创始人的岭南画派也多属此类。其中徐悲鸿将西方绘画技法中的写实手法融入传统笔墨之中，大大丰富了中国传统绘画的表现性；以高剑父、高奇峰为代表的岭南画派画家，提倡折合中外、融会古今，并将日本画法与中国传统的撞水、撞粉、没骨等手法相融合，创造出具有时代感、雄劲奔放的新风格；林风眠在调和中西画法的基础上，汲取民间绘画的质朴刚健特色，形成其画作特有的新颖形式和深邃意境；陈之佛将中外装饰艺术中的色彩融入工笔花鸟画的创作之中，造型生动精准，色彩清丽典雅，画风清新冷逸，为传统工笔花鸟画增添了新的活力；吴冠中则运用西方现代绘画的形式和观念等，通过传统中国画的工具材料来表现诗情画意……无论是传统型还是融合型，均取得了不俗成绩。

50年代初，在为社会主义服务的绘画几乎垄断画坛的背景之下，中国艺术界掀起"国画改造运动"，重点在于辨别中国画中的精华和糟粕。对于论辩的结果，谁胜谁负并不重要，重要的是这次论辩使50年代之后的绘画艺术呈现出了新的气息。20世纪80年代末90年代初，更是出现了以边平山等为代表的新文人画等类别。近代以来比较著名的画派有海上画派、岭南画派、相对画派、长安画派、巴蜀画派以及以张大千为代表的大风堂画派等。

从基本种类来说，除了传统三科所包含的人物、山水、花鸟画之外，国画大致有水墨画、院体画、工笔画、文人画等分类，不一而足。其中人物画以人物形象为主体，把对人物形象、性格的表现寓于环境、气氛、身段和动态的渲染之中，讲求气韵生动、形神兼备。代表画家有蒋兆和、刘大为、何家英、周思聪、杜滋龄、赵曼、梁占岩、隋强、仇占国、任惠中、石齐、李振凯、张东林、成忠臣、刘文西、方增先等。山水画以山川自然景观为主要描写对象，"山为德、水为性"，寄托着中国人最深厚的情思，并集中体现着中国画的意境、格调、色调和气韵，传统上按画法风格分为青绿山水、金碧山水、水墨山水、浅绛山水、小青绿山水、没骨山水等。代表画家有黄宾虹、吴湖帆、刘海粟、潘天寿、张大千、傅抱石、赵少昂、赵望云、李可染、陆俨少、黎雄才、谢稚柳、梁树年、关山月、杨善深、黄秋园、张仃、石鲁等。花鸟画则以花卉、花鸟、鱼虫等为描绘对象，画法有"工笔"、"写意"、"兼工带写"三种。其中工笔用浓、淡墨勾勒形象之后再深浅分层次着色，写意手法简练概括，兼工带写则介于二者之间。代表画家有齐白石、朱屺瞻、陈之佛、李苦禅、唐云、喻继高、冯大中、江宏伟等。

齐白石（1864—1957），近现代中国画大师，擅画人物、山水、花鸟，与吴昌硕共享"南吴北齐"之誉。他在艺术上主张"妙在似与不似之间"，创作了大量富有革新精神的大写意花鸟画，以其纯朴的民间艺术风格与传统的文人画风相融合，达到了中国现代花鸟画的最高峰。人物画、山水画也别具一格，笔墨雄浑，色彩明快，造型简练生动，意境淳厚朴实，雅俗共赏而不落寞曰。齐白石反对不切实际的空想,经常注意花鸟虫鱼的细部特征,详加揣摩后下笔有神,这一点尤其体现在画虾上。

齐白石代表作有《蛙声十里出山泉》、《墨虾》《牧牛图》等。其中《蛙声十里出山泉》画中有山泉,泉中见蝌蚪。取之名曰"蛙声十里处山泉",山泉可见,十里可想,独不见蛙,更枉蛙声,然见蝌蚪则如见青蛙。这种独特的留白没有留在纸张上,而是留在了纸张之外或山石之后、泉水深处的想象之中。观画则如听泉响蛙叫,可谓韵神意深,盎然成趣,构思绝妙。

齐白石(1864—1957)

此外,作为齐白石最具代表性的艺术符号之一,他画的虾已入化境,擅以简括的笔墨表现游弋的群虾,活泼、机警而富有生命力。线条有虚有实,简略得宜,似柔实刚,似断实连,直中有曲,乱中有序。纸上之虾似在水中嬉戏游动,触须也似动非动,活灵活现,跃然纸上。主要弟子有李苦禅、李可染、王雪涛、王铸九、许麟庐、陈大羽、刘永泰、孙复文、李立、娄师白、张德文、王漱石、董长青等,对后世影响极大。

黄宾虹(1865—1955),中国近现代杰出画家,以学识渊博著称,擅长山水、花卉。其画在意不在貌,主张追求"内美",认为国画的最高境界是"有笔墨",对中国画传统笔墨技巧的发展和意境的提升都做出了重要贡献。

黄宾虹的山水画用笔凝重洗练、遒劲有力,用墨层层积染而空灵,淡墨大水显华滋。画风苍浑淋漓、意境浑厚深邃,"黑、密、厚、重,然虚实有致"。他的画虽黑,却黑中变化分明,层次丰富。重视章法,

黄宾虹(1865—1955)

虚实、繁简、疏密统一,行笔谨严处多有奇峭之趣。画家成名相对较晚,早年受"新安画派"影响,干笔淡墨、疏淡清逸,人称"白宾虹"。

50岁以后黄宾虹的画风逐渐趋于写实,80岁后真正形成其被称为"黑宾虹"的成熟画风,并注重"笔"的语言表述功能。主要画作有《山居烟雨》、《溪山垂钓》、《雁宕纪游》、《新安江舟中作》、《富春江图轴》、《峨眉龙门峡》、《松雪诗意图》、《花卉四屏条》、《设色山水图》、《深山夜画》等。所

作《山水轴》以重墨细笔勾勒树木茅屋，再用墨层渐次积累，山川浑厚，草木华滋。画于87岁的《为居素作山水图》则刚柔相济，清妍秀润，意趣生动自然。此幅画作主要以渴笔钩皴，画面层次丰富但井然有序，用笔流畅，枯润相间，染色不多，轻快明丽而虚实有致，是其艺术达到炉火纯青地步的代表佳作。

朱屺瞻（1982—1996），我国著名寿星画家，画坛一代宗师，一生喜爱梅花，自号"梅花草堂主人"。

朱屺瞻自幼习画，曾两次赴日学习油画。受西方绘画影响，画作色彩明亮，富有节奏感、力量感和层次感。50年代后主攻中国画，擅长山水、花卉、蔬果等，擅画兰、梅、竹、石。画风老辣，融会中西，善于创新。笔墨雄劲而富有变化，布局深厚，讲究笔力，"线有力，点出神"。

朱屺瞻（1982—1996）

朱屺瞻的作品有时先涂大块色再勾线条，有时先勾线条后加色块，有时混合用之。画作多清新拙朴而舒缓有致，或气势磅礴，意境高远，自成一体。代表画作有《可人图》、《青松红梅》、《葡萄》、《露气远山晴》、《墨竹》、《花卉》、《雨姿晴态总成奇》等。其中《可人图》所画山石干湿并用、浓淡相宜，葫芦藤叶粗乱而富有韵致，葫芦本身则稚拙天真、生涩有力。画集主要有《朱屺瞻画集》、《癖斯居画谈》、《朱屺瞻画选》等。另外，朱老与齐白石关系密切，齐白石为其刻印多达70多方，作画题跋、赠扇面等数十幅。弟子有潘玉良、邢少兰、倪衍诚、尹光华等。

刘海粟（1896—1994），现代杰出画家、美术教育家、书法家。早年曾学习油画，后作国画，在泼墨泼彩国画上造诣颇深。他的画作线条有钢筋铁骨之力，气魄过人。从1976年至90年代是其泼墨泼彩画创作的旺盛期，作品多色彩绚丽，气格雄浑。

刘海粟（1896—1994）

1912年，刘海粟在上海创办现代中国第一所美术学校——上海国画美术院，招收了徐悲鸿、王济远等高材生，并首创男女同校，增用人体模特，倡导旅行写生，在当时引起巨大轰动，具有开创性。

刘海粟挚爱黄山，一生70多年十上黄山，最重要的作品也多以黄山为题材，速写、素描、油画、国画无所不包，蔚为壮观。其中国画以泼墨、泼彩黄山图为主，注重主观精神绘写与气韵表达，以"骨法用笔"的中锋线条构建骨骼，笔墨酣畅，气势夺人，代表了他真正成熟的艺术风格。代表作品有《黄山云海奇观》、《披狐皮的女孩》、《九溪十八涧》、《卢森堡之雪》、《前门》、《长城》、《天坛》、《雍和宫》、《北海》、《古柏》、《黑虎松》、《黄山白龙桥》、《黄山图》、《黄山狮子峰》、《山茶锦鸡》、《黄山云海奇观》、《褪却红衣学淡装》、《重彩荷花图》、《荷花鸳鸯图》、《粗枝大叶图》、《天海滴翠》、《黄山一线天奇峰》、《立雪台晚翠》等。

潘天寿（1897—1971），现代著名画家、教育家。比齐白石、黄宾虹稍晚，广采历代绘画名家之长，融会贯通，自成一家。

潘天寿作画重意境、气韵、格调，以其内蕴深厚的笔墨对于中国传统绘画的发展做出重要贡献。擅画花鸟、山水，亦画人物，长于指画，尤擅鹰、八哥、蔬果及松、梅等。落笔大胆，点染细心，墨韵"浓、重、焦、淡"相渗叠，线条中显示出用笔的凝练与沉健。构图或清新苍秀，或气势磅礴，或奇险中求平和，画面灵动且富趣韵。

潘天寿（1897—1971）

潘天寿画作多作横大画，如《记写雁荡山花》，采用双钩重彩画山花幽草，大笔浓墨画岩石，在粗细、刚柔、黑白、虚实等方面形成强烈对比，形成以花卉与山水相结合的独特形式。另外指画作品数量颇多，气魄大，讲究骨力，如指墨荷花《晴霞》、《朱荷》、《新放》等画作均以泼墨指染，以掌抹作叶，以指尖勾线，气韵生动，非笔力所能达。其他作品有《映日》、《露气》、《雨后千山铁铸成》、《雁荡山花图》等。

李苦禅（1899—1983），原名英杰，改名英，字励公，中国现代画坛大写意巨匠、美术教育家、书法家。李苦禅出身贫寒，同学见他困苦，赠他"苦禅"二字。"苦"取自佛门四谛第一字，"禅"则代表他擅长的大写意画。1923年拜齐白石为师，画艺大进。

李苦禅（1899—1983）

李苦禅常以松、竹、梅、兰、菊、石、荷花、八哥、鸬鹚、雄鹰等入画，擅画花鸟，尤擅画鹰。在艺术上吸取石涛、八大山人、扬州画派、吴昌硕、齐白石等前辈技法，笔墨雄阔淋漓，线条苍劲朴拙、凝练简约、骨力兼备，形象洗练鲜明、富有意趣，画风雄浑质朴、气势磅礴。晚年常作巨幅通屏，笔力苍劲，磅礴壮大，而风格在雄健苍劲的基础上更加返璞归真，"笔简意繁"。作品在深厚的西化技法功底之上，融入广博的东方文化和审美意蕴，渗透古法而又独辟蹊径，对中国写意花鸟画的发展具有重要贡献，堪称当代中国画一代宗师。在教学上亦提倡中西绘画的融合，将西方雕刻、绘画方法和精神融入国画教学。代表作品有《盛荷》、《群鹰图》、《兰竹》、《晴雪图》、《水禽图》、《盛夏图》、《松鹰图》、《芙蓉》、《秋节风味》、《鱼鹰》、《游禽》、《喜鹊》、《墨鸡》、《墨竹图》、《劲节图》、《哺幼图》等。

张大千（1899—1983）

张大千（1899—1983），著名国画家、书法家，20世纪中国画坛最具传奇色彩的泼墨画大师，"当今最负盛名之国画大师"，"大风堂画派"创始人之一。原名张正则，1919年禅定寺逸琳法师为其取法号"大千"，别号"大千居士"。

张大千绘画、书法、篆刻、诗词无所不通，并在亚、欧、美各洲举办过大量画展，蜚声国际。绘画创作工写结合，"包众体之长，兼南北二宗之富丽"，集文人画、作家画、宫廷画和民间艺术为一体。绘画风格经历"师古"、"师自然"、"师心"三阶段：40岁前"以古人为师"，研习古人书画，以临古仿古居多，仿古画作可以乱真，许多仿作的艺术价值较之真品有过之而无不及；40—60岁之间以自然为师，画风或清新或瑰丽；60岁后以心为师，在传统笔墨基础上，受西方现代绘画抽象表现主义的启发，独创泼彩画法，重彩、水墨融为一体，风格苍深渊穆、笔简墨淡，开创了新的艺术风格。

张大千比较著名的作品主要有《爱痕湖》、《长江万里图》、《四屏大荷花》、《八屏西园雅集》、《石涛山水》、《梅清山水》、《巨然茂林叠嶂图》、

《湖畔风景》、《金笺峨嵋记青山中花》、《可以横绝峨嵋巅》、《青城天下幽》、《阆浦遥山系列》、《摩耶精舍外双溪》、《金碧泼彩红荷花图》、《台北外双溪摩耶精舍》、《人家在仙堂》、《春云晓霭》、《水殿幽香荷花图》、《水墨红荷图》、《嘉耦图》、《夏日山居》、《天女散花》、《瑞士雪山》、《红拂女》等。一生弟子众多，比较著名的有曹大铁、何海霞、胡爽庵、俞致贞、刘力上、胡若思、慕凌飞、糜耕云、梁树年、汪德祖、吴青霞、厉国香、龙国屏、黄独峰、王康乐、胡力、王永年等人，其中以曹大铁、何海霞绘画水平为最高。

傅抱石（1904—1965），现代画家，新金陵画派代表人物之一。原名长生、瑞麟，号抱石斋主人。1933年留学日本，入东京帝国美术学院学习西画、日本画，同时对中国绘画史进行专业和系统的研究。

傅抱石的绘画多取材于中国古典文学，三个重要来源分别是屈原、石涛和唐诗，根据古人立意或汲取灵感进行艺术再创造。艺术创作以山水画成就最大，

傅抱石（1904—1965）

中年独创"抱石皴"，笔致放逸，晚年多作大幅，气魄雄健，时代感强烈。善用浓墨、渲染，形成画作水、墨、彩一体的效果，蓊郁淋漓，气势磅礴。人物画受顾恺之、陈洪绶影响较大，将山水画技法融入人物绘画当中，多作仕女、文人、高士，画意高古深邃，线条劲健，形象洗练传神，自成一格。主要作品有《江山如此多娇》、《观瀑图》、《待细把江山图画》、《屈原》、《湘夫人》、《画云台山图卷》、《石涛上人像》、《大涤草堂图》、《丽人行》、《韶山》、《韶山耸翠》、《慈悦晚钟》、《石壁浪泉》、《巴山夜雨》、《待细把江山图画》、《琵琶行》、《长干行》、《唐人诗意》、《夏山图》、《屈子行吟图》、《井冈山》、《冬云》、《咏梅》、《登庐山》等。另著有《国画源流述概》、《中国古代绘画之研究》、《中国绘画变迁史纲》、《中国绘画理论》、《中国古代山水画史的研究》、《山水人物技法》等。

蒋兆和（1904—1986），著名人物画大师、美术教育家徐悲鸿写实主义绘画体系重要人物，"相对画派"代表画家，被誉为"人民大众的歌者"，堪称20世纪中国现代水墨人物画一代宗师。

蒋兆和（1904—1986）

蒋兆和画作在中国传统绘画基础上融合西画技法，集传统水墨技巧与西方绘画的造型技法等于一体，创造性地拓展了中国传统水墨人物画的绘画技巧和表现方法。画作多取材现实人生，跳脱出狭窄的文人情怀，使传统的以表现文人士大夫审美情趣为主的人物画转为表现人生、历史现实、人民大众等，充满人文关怀。造型精致谨慎，所表现的人物性格、内心深刻细致，极大地丰富了中国水墨人物画的表现力，使中国现代水墨人物画跃入世界现实主义绘画行列，在中国绘画史上占有极其重要的地位。

蒋兆和著名代表作品《流民图》作于抗战时期的敌占区，以真实细腻的笔触反映民族悲剧，表现日本侵略战争给中华民族带来的深重灾难，充满血泪。画作全以毛笔、水墨画出，塑造了100多个战争中流离失所、朝不保夕的社会底层劳苦大众形象，形象描绘具体而深刻，画面宏大悲壮，笔力浑厚，充满着对战争的控诉以及对和平的呼唤，堪称那个时代现实主义人物画的代表作。其他作品有《卖小吃的老人》、《朱门酒肉臭》、《阿Q像》、《乞归》、《流浪的小子》、《卖子图》、《小子卖苦茶》、《一篮春色卖人间》、《鸭绿江边》、《给爷爷读报》、《把学习成绩告诉志愿军叔叔》、《小孩与鸽》、《杜甫》、《曹操》、《李白》、《苏东坡》、《文天祥》、《李清照》、《杜甫行吟图》、《茅以升》等。弟子有王明明、纪清远、卢沉、马振声、马泉、姚有多、范曾等。

李可染（1907—1989）

李可染（1907—1989），杰出国画大师、书法家，原名李永顺，与陆俨少并称"南陆北李"。李可染自幼习画，13岁时即学山水，后师从齐白石，用笔趋于凝练，并从黄宾虹处学得积墨法。审美观以厚重为核心，画风谨严。40年代的山水作品清疏简淡，1954年后以造化为师，多次外出写生，形成了以"黑、满、崛、涩"为内涵的水墨特色，笔墨结构由线性转为团块，以墨为主，线条游刃有余、挥洒自如，笔墨浑化，画作带有浓重悲沉的黑色基调，气质沉厚，独树一帜。

访问德国之后的李可染更将西画明暗处理等技法以及注重感性真实和对象个性的特色融入传统中国画之中，艺术更臻成熟，是对传统山水画的突破，至晚年用笔独到老辣。尤擅画牛，画有大量牧牛图，笔墨拙朴有趣。主要画作有《万山红遍》、《一叶知秋》、《清漓胜境图》、《雨中漓江图轴》、《爱晚亭》、《鲁迅故乡绍兴城》、《昆仑山色》、《阳朔》、《山顶梯田》、《井冈山》、《雨中漓江》、《清漓帆影图》、《泼墨山水》、《牧童归去夕阳红》、《烟江夕照》、《雨势骤然晴》、《执扇仕女》、《荷净纳凉》、《放鹤亭》、《蕉林鸣琴》、《浔阳琵琶》、《宋人诗意》、《暮归》、《温柔乡里不惊寒》、《钟馗》、《柳溪渔艇图》、《醉翁图》、《黄山云海》、《春雨江南图》、《苍岩双瀑图》、《峡江轻舟图》、《密树自生烟》、《高岩水边人家》、《暮雨初收夕阳中》、《苦吟图轴》、《榕荫渡牛图轴》、《犟牛图轴》、《人在万木葱茏中》等。另著有《李可染画论》、《李可染论艺术》等。

关山月（1912—2000），原名关泽霈，是中国当代著名国画艺术家、美术教育家，岭南画派第二代代表人物。早年拜师高剑父，在艺术上坚持岭南画派的革新主张，"笔墨当随时代"，"折衷中西，融汇古今"，致力于传统技法的继承、创新和发展，坚持深入生活进行写生创作，追求画面的时代感和生活气息。人物、花鸟、山水皆长，尤擅山水。他的山水画立意高远，境界恢宏。喜画梅并以画梅著称，多为巨幅，枝干如铁，繁花似火，风格雄浑厚重，清丽秀逸。

关山月（1912—2000）

作为20世界后半叶中国画坛的主流画家之一，关山月的绘画发展与中国美术发展基本同步：第一阶段从30年代末到40年代末，在继承中国写意画中水墨技法与古代壁画中人物画方法的同时引用西化写实手法，画作有《拾薪》、《玫瑰》、《嘉陵江码头》、《岷江之秋》等；第二阶段从50年代到70年代，这一时期作品多描绘广大人民社会主义建设的现实生活，充满浓厚的生活气息、地区特色和时代感，如《快马加鞭未下鞍》、《春到雁门》、《俏不争春》等；第三阶段从80年代一直到逝世，这一阶段中国传统笔墨、意境等在作品中比例增大，用笔更加奔放恣肆、简练凝括、蕴藉丰富，如《山泉水清》、《巨榕红棉赞》、《乡土情》、《荔枝图》等。其他代表作品有《江山如此多娇》、《绿色长城》、《长河颂》、《报春图》等。

油画部分

作为外来画种,油画传入中国时间并不长。清末维新变法之后,许多青年学子如李铁夫、冯钢百、李毅士、李叔同、徐悲鸿、刘海粟、颜文樑、潘玉良、庞薰琹、常书鸿、吴大羽、唐一禾、陈抱一、关良、王悦之、卫天霖、许幸之、倪贻德、丁衍庸等先后赴英、法、日等国学习西洋油画,归国后为中国带来了全新的绘画技巧和理念。时代的变迁尤其是之后的国难当头使油画家们以画作为武器,在战火纷飞中坚持创作,画出一大批控诉战争、揭露侵略、反映战时人民生活的优秀画作,如王式廓的《台儿庄大血战》、吴作人的《负水女》、董希文的《哈萨克牧羊女》等。

新中国成立以后,油画创作从内容到形式都有了深刻的变化,开始为工农兵服务,深入人民大众生活,表现新时代。新中国成立后很长一段时期之内,通俗而写实的绘画手法和带有理想主义特色的新生活题材几乎一统天下,绘画作品多表现革命历史,反映社会主义劳动和新中国的建设。代表作品如王式廓的《参军》、罗工柳的《地道战》、艾中信的《过雪山》、董希文的《开国大典》、胡一川的《开镣》、莫朴的《入党宣誓》等。50年代,在"全盘苏化"的局面之下,诞生了一批对单一国画体系有所创新和突破的"民族化"油画作品,如李化吉的《文成公主》、袁运生的《水乡》等。60年代初,文艺政策的调整使油画创作从极"左"思潮破坏中得以短暂恢复,几年之内人才辈出,堪称新中国成立以来前30年油画艺术的高峰。这一时期的作品多带有英雄主义精神,高亢激越,汪洋恣肆。代表作有罗工柳的《毛主席在井冈山》、艾中信《东渡黄河》、侯一民的《刘少奇与安源矿工》、詹建俊的《狼牙山五壮士》、柳青的《三千里江山》等。

"文革"时期,油画同样未免劫难,不少油画家的作品被洗劫一空,损失惨重。以高、大、全式革命历史领袖为主要表现对象的油画在某种程度上成为"造神"工具,大量刊印,充满个人崇拜的狂热,绘画题材在单一程度上无以复加。

进入改革开放新时期之后,中国油画创作自然进入新的发展阶段。油画家在对"文革"时期绘画的反思基础上开始对民族、个人命运进行深入探索,油画重新恢复多样发展,题材也开始转入反映现实人生,更加写实而富有当代意识。代表佳作有罗中立的《父亲》、陈丹青的《西藏组画》、闻立鹏的

《大地的女儿》、詹建俊的《回望》、胡悌麟和贾涤非的《杨靖宇将军》、苏笑柏的《大娘家》、俞晓夫的《我轻轻的敲门》等。吴冠中、韦启美、罗尔纯、妥木斯、曹达立等仍有佳作，在对生活的独特感受和富有个性色彩的表现方法上做出有益探索。而罗中立的《父亲》和陈丹青的《西藏组画》的出现，则从创作思想上标志着一个崭新油画发展时期的开始。大批青年画家亦开始投入创作，广泛吸收西方现代绘画的观念和技法，如冷军、忻东旺、于云飞等，以崭新的眼光显示出对绘画形式和个性的关注，中国油画自此展现出更加多样化的发展特色。

徐悲鸿（1895—1953），原名徐寿康，中国现代画家、现代美术教育奠基者，主张立足现代写实主义改良传统中国画。1919年，徐悲鸿赴法国留学，研究西方美术并在法国、意大利、德国、苏联等国举办中国美术展和个人画展。抗日战争爆发后举办义卖画展，支援抗日。

徐悲鸿（1895—1953）

新中国成立后，徐悲鸿在担任行政工作的同时笔耕不辍，以满腔的热情描绘新中国的建设和发展。长于国画、油画，尤擅素描，擅长人物、走兽、花鸟。素描、油画讲求光线、造型、对象的解剖结构以及对骨骼的准确把握，并渗入中国画的笔墨韵味；国画则彩墨浑成。其奔马更是享誉世界，几乎成为现代中国画的象征和标志。

以徐悲鸿为主导的徐悲鸿学派对中国画的革新，吸收西画中的明暗处理方法，将西画技法和谐地融化在深厚的传统笔墨和造型意象之中，大大拓展了中国画描绘人与自然的取材范围和绘画技巧，形成融形似与墨趣为一体的浑融风格，增强了中国画的表现力和丰富性，对于中国现当代绘画影响巨大而深远。主要作品有《愚公移山图》、《八骏图》、《负伤之狮》、《田横五百士》、《奔马图》、《群马》、《珍妮小姐画像》、《九方皋》、《负伤之狮》、《徯我后》、《巴人汲水》、《巴之贫妇》、《漓江春雨》、《天回山》等。

林风眠（1900—1991），中国现代画家、艺术教育家，中国美术学院创始人，也是"中西融合"最早的倡导者和最为主要的代表人。

林风眠自幼喜爱绘画，19岁赴法进修西洋画，擅长仕女、裸女、戏曲人物、渔村风情以及各类静物画包括瓶花、盆花、玻璃器皿、杯盘、水果等。

林风眠（1900—1991）

林风眠的绘画融西方绘画技巧、形式与东方神韵为一体，丰富精致，富有心理性，早期颇有清新灵动画作，后风格转向沉郁浪漫，充满诗意般的孤寂和沉吟般的呐喊。终生致力于融合中西绘画传统，创出了自己独特的艺术风格。

受蔡元培美育思想的影响，林风眠倡导新艺术运动并锐意革新艺术教育，认为要引进西方现代主义技法和精神来促进中国美术的发展。先后主持三次西化艺术运动，虽均以失败告终，但对中国绘画西化进程具有一定程度的推动作用。"文化大革命"开始时不得已将自己毕生所画的1000余幅国画浸入浴盆捣成纸浆，然后从马桶冲掉，部分油画投入火炉烧掉。晚年客居香港，深居简出，凭记忆重画"文革"期间被毁作品，直到去世。代表作品有《春晴》、《江畔》、《仕女》、《山水》、《静物》、《山水》、《宫女与花瓶图》、《柏林咖啡室》、《渔村暴风雨之后》、《古舞》、《生之欲》、《饮马秋水》、《民间》、《人道》、《痛苦》、《悲哀》等。另出版有《中国绘画新论》、《林风眠画集》等。

吴作人（1908—1997）

吴作人（1908—1997），现代著名画家、美术教育家、书法家。他师从徐悲鸿，是继徐悲鸿之后中国美术的又一领军人物。1930年，吴作人赴欧洲学习西画，其间创作了数量可观的优秀油画作品。

吴作人早年多画素描、油画，晚年专攻国画，境界开阔，寓意深远，学贯中西，造诣深厚，并着意求新。他的油画，充分继承了西方油画艺术在造型和色彩方面的特长；中国画则富有诗意，笔墨挥洒飘逸，融西方绘画写实主义特征和中国传统诗书画乐于一体，追求自然美、形式美、意境美以及气质美，反映民族特色和时代现实，独具特色。以"法由我变，艺为人生"为主要艺术观，遵循"师造化，夺天工"的创作道路，为中国水墨画开拓了新的风貌和境界，无论是绘画实践还是美术理论上对中国现当代美术史都做出了杰出贡献。

吴作人主要画作有《齐白石像》、《三门峡》、《牧驼图》、《纤夫》、《流亡者》、《沐》、《人瘦猪肥》、《播种者》、《嘉陵江石门》、《老农》、《梯田》、

《擦灯罩的工人》、《空袭下的母亲》、《不可毁灭的生命》、《玉门油矿》、《祭青海》、《玉树》、《青海市场》、《惊马》、《兰州郊外》、《雨中草原》、《套马》、《少女像》、《农民画家》、《扁担萝筐》、《海》、《沙漠变绿洲》、《太湖》、《渔》、《仙客来》、《知白守黑》、《熊猫》、《象》、《武夷山下》、《丰碑》、《藏原牦牛》、《金鱼》、《戈壁行》等。出版画册有《吴作人速写集》、《吴作人水墨画集》、《吴作人画选》等。

王式廓（1911—1973），中国当代著名画家、美术教育家。早年学习油画、水彩，兼学中国传统绘画。1936年赴日学习，1937年归国后积极参加抗日救亡运动，并创作了大量巨幅抗日宣传画，如《保卫家乡》、《大刀向鬼子们的头上砍去》、《台儿庄大捷》等。

王式廓（1911—1973）

1938年后，王式廓前往延安，在从事美术教育工作的同时坚持创作，这一时期的代表作木刻《开荒》、油画《平型关战斗》、素描《安塞县女县长》等皆为反映现实的力作，绘画艺术走向成熟。新中国成立后坚持创作，优秀画作有油画《参军》、《井冈山会师》、《发明者的夜晚》、《毛主席和我们在一起》，以及大型素描《血衣》等，人物刻画细致入微，皆富有时代精神和现实意义。

创作于1973年的《血衣》是王式廓的绝笔之作。当年5月22日下午，王式廓在画一老一少农民头像时，因劳累过度晕倒在画架旁，经诊断为脑溢血，抢救无效后与世长辞，享年62岁。此外，他在各个历史时期中均有为数不少的人物肖像画，在国内外享有很高声誉。出版有《王式廓素描集》、《王式廓画集》等。

董希文（1914—1973）是20世纪中国杰出油画家，也是国家文物局规定的"作品一律不得出境"的六位大师之一。董希文的创作融中西绘画艺术为一体，观察细致，勇于创新，注重艺术表现力的同时深入生活，画作反映现实并富有感染力。

1939年，董希文赴越南河内美专深造，回国后赴西北敦煌艺术研究院并研究敦煌壁画近三年，将人物刻画不依靠明暗法塑造形体而讲求质感等色彩

董希文（1914—1973）

装饰和人物造型等方面的成果运用于油画创作之中，丰富了油画的中国化发展。最喜北魏画风，此类代表作《哈萨克牧羊女》吸收北魏艺术中线、形表现的奔放刚健，以冷色线和平涂淡色块为主，风格淡雅俊逸、富丽柔和，极具装饰美。

1952年，董希文以高昂的艺术热情和精湛的绘画技巧独立创作出著名革命历史油画《开国大典》，出色地表现了新中国成立这一重大历史事件。色彩上以碧蓝、大红、金黄为基调，并用蓝、棕、绿加以调和，用色大胆而又协调统一，具有鲜明的民族特色和民族气魄，掀起一阵油画中国风，对中国油画的民族化进程影响深远。其他主要作品有《苗女赶场》、《北平解放》、《解放区生产自救》、《春到西藏》、《百万雄师下江南》、《红军不怕远征难》、《红军过草地》、《千年的土地翻了身》等，另出版有《长征路线写生集》、《董希文画辑》、《董希文画集》等画册。在十年浩劫中，董希文身心俱受到极大摧残，1973年去世，年仅58岁。

吴冠中（1919—2010）

吴冠中（1919—2010）是我国著名美术教育家、散文家，20世纪中国绘画代表画家之一，毕生致力于油画的民族化和中国画的现代化，艺术特色鲜明。

1936年，吴冠中进入杭州艺术专科学校学习中西绘画，师从李超士、常书鸿、潘天寿、吴大羽等，并自己研究林风眠的绘画，获益良多。1946年留学法国进修油画，1950年秋归国后从事美术教育工作。此后至70年代一直致力于风景油画创作，试图将西方写实绘画的主观生动和色彩细腻融入中国传统艺术审美之中。70年代起创作了一批中国画，运用传统材料工具表现现代精神，以求实现中国画的现代化，富有时代感。2000年，吴冠中成为首位获得法兰西艺术院通讯院士职位的中国籍艺术家，也是法兰西学院成立近200年来第一位获此职位的亚洲人。晚年将自己的油画作品捐赠给各大美术馆，以供后人参考。代表画作有《长江三峡》、《北国风光》、《荷塘》、《小鸟天堂》、《黄山松》、《鲁迅的故乡》、《春雪》、《长城》、《狮子林》、《漓江新篁》、《长江万里图》、《大瀑布》等。另出版有《吴冠中画集》、《吴冠中画选》、《吴冠中油画写生》、《吴冠中素描、色彩画选》、《吴冠中中国画选》等。

詹建俊（1931—　），著名油画家、中央美术学院教授、中国油画学会主席，曾获中国文联造型艺术成就奖和第二届中国美术奖终身成就奖。1948年考入徐悲鸿主办的北平国立艺术专科学校西画科，1950年进入中央美术学院绘画系学习，后以本校研究生身份学习彩墨画。先后受教于徐悲鸿、吴作人、董希文、蒋兆和、叶浅予、马克西莫夫等绘画大师，接受了严格的素描训练，为写实油画造型打下了坚实基础。

詹建俊（1931—　）

詹建俊专长油画，画作结构严谨，用笔简练洒脱，色彩强烈（喜用红色），富有诗意性和音乐性。画作主要包括人物画和风景画两类。其中人物画不拘于繁琐细节，注重以明暗关系的把握表现人物的神态，以赞颂其美好情操。以"文革"为界线分为前后两个时期：前期以主题性绘画为主，兼有部分肖像画，代表作品有《狼牙山五壮士》、《炉边》、《艾依莎木》、《新疆少女》、《舞蹈演员》等；后期人物画主题性减少，从群像人物转向主要描绘单个人物形象，其中以少数民族女性为主，更加富有抒情性，代表作有《凌妮》、《柴木错》、《遥远的地方》、《雪莲》、《帕米尔的冰山》、《清风》、《绿野》、《山那边的风》、《母亲》、《黑非鼓手》等。风景画多壮美之作，结构宏大，意境壮阔，笔触写意，富有诗情画意和画家的主观情感抒发，可分为石、山、水、树、马等系列，形成其油画独特的意象群。代表作品有《寂静的石林湖》、《石林深处》、《岩松》、《长虹》、《鹰之乡》、《潭》、《瀑》、《虹》、《泉》、《山野秋色》、《金秋》、《秋野》、《秋天的树》、《秋林》、《秋声》、《沙丘上的胡杨林》、《倒下的树》、《枯树中的一片绿》、《大漠胡杨》、《藤》、《树和藤》、《石和藤》、《雪松》、《原野》、《高原情》、《冬雪》、《草地上的天空》、《野马》、《闪光的河流》、《高山上的马群》、《清辉》、《红云》、《林间》、《远雷》、《绿色山谷》等。

陈逸飞（1946—2005），著名油画家、导演、视觉艺术家、文化实业家，《青年视觉》杂志总策划。1965年从上海美术专科学校毕业后进入上海画院油画雕塑创作室，主要从事油画创作。

1980年，旅美后的陈逸飞专注于对中国题材油画的研究与创作，画风融

陈逸飞（1946—2005）

合写实主义和浪漫主义，画面宁静平和，充满强烈的怀旧气息和中国传统绘画特有的诗意和美感，追求"运用西方的技巧，赋予作品中国的精神"。绘画主要题材涉及社会历史、水乡风景、音乐人物、古典诗词、仕女、西藏民俗等。提倡"大视觉"、"大美术"原则，试图通过现代手段，使视觉艺术更贴近人们的现实生活，在油画、电影、服饰、环境艺术等领域均有创造性成就。主要作品有《占领总统府》、《黄河颂》、《踱步》、《桥》、《家乡的回忆——双桥》、《独坐》、《人约黄昏》、《理发师》、《周庄》、《大提琴手》、《钢琴手》、《中提琴手》、《长笛手》、《古桥》、《童年嬉戏过的地方》、《寂静的运河》、《浔阳遗韵》、《罂粟花》、《西厢待月》、《恋歌》、《黄金岁月》、《玉堂春暖》、《春风沉醉》、《晨曦》、《山地风》、《藏族人家》、《山人》、《神庙》等。

罗中立（1948— ），当代著名油画家、美术教育家，四川美术学院院长、中国油画协会副主席。1948年生于重庆璧山，1977年就读于四川美术学院，毕业后留校任教。1984年赴比利时皇家美术学院研修，并于美国举行多场画展，广受好评。1986年返校，集中教学和创作，作品遍布世界各国以及国内各大画展。1992年创建罗中立油画奖学金，用于奖励执着追求艺术并富有创造精神的优秀青年学子，为中国艺术的发展催生后辈新人。1997年被评为文化部百位"德艺双馨"的艺术家之一。代表作品有《父亲》、《故乡》、《荷花池》、《蝉鸣》、《吸水》、《金秋》等。其中最为著名的《父亲》创作于1980年，原型是大巴山一位老农民，以写实主义手法和悲剧性的震撼力真实表现了新时代背景之下生活在困苦之中的老农形象。开裂的嘴唇、深刻的皱纹以及粗制的碗、耳后别的那只圆珠笔等皆极具表现力，感人至深，堪称现当代绘画中最具代表性的农民形象，也是一代农民的真实缩影。此画为罗中立荣获当时标志中国美术界最高荣誉的金奖，并奠定其中国当代油画家大师的地位。另出版有《罗中立油画集》、《罗中立油画选》、《素描集》等画册。

陈丹青（1953— ），当代最具影响力艺术家、作家、文艺评论家、学者，其性格与画作一样充满个性。陈丹青自幼喜欢绘画，初中毕业即被"文革"下放农村，其间自习绘画，创作有连环画《边防线上》、《飞雪迎春》、《维佳的操行》，油画《老将和小将》、《泪水洒满丰收田》、《给毛主席写信》等，成为当时颇有名气的知青画家，与北大荒知青画家群遥相辉映。

陈丹青（1953— ）

1978年，陈丹青考入中央美术学院油画研究生班，1980年便以其具有划时代意义的经典之作《西藏组画》轰动中外艺术界，奠定其中国艺术界巅峰人物地位。1982年移居美国，2000年归国并任清华大学美术学院教授、博士生导师，后因教育制度的教条、刻板于2004年愤然辞职，在社会上引起巨大轰动。

绘画之余，陈丹青还出版了多部文学作品，如《荒废集》、《退步集》、《纽约琐记》、《陈丹青音乐笔记》、《多余的素材》、《草草集》等，无论画风还是文风，都朴素率直、睿智犀利，充满人道情感和人格力量。另有画集《陈丹青素描稿》、《陈丹青速写集》、《陈丹青画集》、《陈丹青画册·静物》、《陈丹青归国十年油画速写》、《陈丹青素描油画》等。

冷军（1963— ），国家一级美术师，堪称中国当代超写实主义油画领军人物及最具代表性画家。冷军于1984年毕业于武汉师范学院汉口分院艺术系，现任武汉画院副院长。

冷军的作品无论是取材、画面还是情感的表达上均带有强烈的个人特色，表达着画家对世界和人生的看法。作品极端写实，画面纤毫毕现、精致入微，以

冷军（1963— ）

复制进行写生，作画时对所要表现的对象进行扫描式的细节揣摩，深入局部，观照整体，空间感强烈，力求细节与整体的完美统一。画作已达到"细腻而不腻，逼真而又非真"的地步，似乎是高精度的放大照片，完全看不出绘画痕迹，但又确实是用实实在在的颜料通过纯手工绘制出来的。加之取材的现代性，使其作品能够直观地给予观者以心灵上的巨大震撼。

2009年12月在北京市宇华画廊举办个人画展，展出多幅超写实主义画作，反响空前，引起国内一阵"油画写实热"。主要作品有《马灯的故事》、

《捆著的亚麻布》、《网——关于网的设计》、《世纪风景》、《突变——有刺的汤匙》、《突变——有刺的剪刀》、《蒙娜丽莎——关于微笑的设计》、《小唐》、《葡萄》、《破损石膏像》、《襁褓》、《五角星》、《小罗》等。

其他部分

除了传统的国画和外来的油画之外，中国绘画还包括漫画、连环画、版画、水彩画、水粉画的等多种类型，其发展进程和代表画家虽与国画、油画有所不同，但都是在时代背景的不断变换之下随之发展，符合时代的潮流，并出现大批精益求精的优秀画家。在此我们不再分类详加叙述，仅挑选几位具有代表性的画家重点介绍。

丰子恺（1898—1975）

丰子恺（1898—1975），原名丰润，又名丰仁，中国现代画家、美术教育家、音乐教育家、散文家、翻译家、书法家，新文化运动的启蒙者之一，"现代中国最像艺术家的艺术家"。师从李叔同，深受其绘画、音乐以及佛学思想影响。以融合中西画法的水墨漫画闻名，画风独特而富有人情味，往往寥寥几笔就勾画出一个内涵深刻的意境，广受喜爱，代表着中国现代漫画的开端。

1921年，丰子恺东渡日本短期学习绘画、音乐和外语，回国后从事美术、音乐教育工作，同时进行绘画和文学创作，画风纯真自然，文字平易恬静。1922年开始创作漫画，1925年出版第一本画集《子恺漫画》，内收画作60幅，是中国历史上的第一本漫画集。其后创作颇多，除描写诗词意境、儿童生活与学生生活外，亦不乏揭露旧社会的黑暗与劳动人民的苦难的画作，流传极广，散佚同样也多，曾结集出版的50余种画册也大多绝迹于市场。1927年11月，从弘一法师皈依佛门，法名婴行。1975年9月15日逝世，享年77岁。

丰子恺的主要画作有《人散后，一钩新月天如水》、《阿宝赤膊》、《你给我削瓜，我给你打扇》、《会议》、《我的儿子》等。画集有《子恺画集》、《护生画集》、《儿童相》、《学生相》、《人间相》、《都市相》、《战时相》、《都会之音》、《云霓》、《古诗新画》等。散文作品主要有《缘缘堂随笔》、《辞缘缘堂》、《缘缘堂再笔》、《告缘缘堂在天之灵》、《随笔二十篇》、《甘美的回忆》、《艺术趣味》、《率真集》等。音乐艺术理论书有《音乐入书》、《中文名歌五十曲》、《近世十大音乐家》、《西洋画派十二讲》、《艺术趣味》、《艺术漫谈》等，堪称中国近现代艺术集大成者。

李剑晨（1900—2002），原名李汝骅，字剑晨。中国现代著名美术家、教育家，"中国水彩画的开山大师"，"中国水彩画之父"，"国画大师"，"油画巨匠"，"美术教育泰斗"。师从陈半丁、王梦白以及捷克画家齐提尔等，中西绘画基础坚实。早年曾赴英、法留学，回国后从事美术创作与教育事业。

李剑晨（1900—2002）

李剑晨擅长中国画、油画，并致力于对传统中国画的创新，运用油画技法展现东方韵味，讲求意境之雄深和章法之变化，融会中外，贯通古今。尤擅水彩，提出水彩画的水分、时间、色彩三要素和干、湿画种基本画法，创造了自己独特的水彩画绘画理论并应用于绘画实践和教学：绘画上用笔洒脱，技巧娴熟，意境隽永，自成一体；理论上为中国水彩画技法奠定基础，对我国水彩画的发展影响颇深。作品多富有时代气息和中国民族情韵特色，画风浑厚雄健、富丽灵动、清新淳朴，具有强烈的个人风格。"文革"之中大量藏书和画作佚失，被戴上反动帽子，摘帽后继续投入教学和创作活动。

李剑晨一生出版画集、论著十余种，绘画和学术硕果累累。2001年获全中国美术金彩成就奖。2002年在南京逝世，享年102岁。主要画作有《英国爱丁堡》、《三里河清真寺》、《玉泉山》、《天坛祈年殿》、《颐和园琉璃塔》、《岳阳楼》、《晨——人民英雄纪念碑》、《田野》、《宁静的小巷》、《东海风云》、《龙门石窟》、《壮丽的天坛》、《收获》、《流浪儿》、《抢修上海机场》、《文成公主》、《蔡文姬》、《李师师》、《贵妃出浴》、《戚继光》、《文成公主》等，出版有《水彩画技法》、《英国水彩画选》、《水彩画创作技法》、《李剑晨水彩画小辑》、《剑晨水彩画选集》等著作。作为著名教育家，弟子有吴冠中、赵无极、陈其宽、吴良镛、吴承砚、修泽兰等。

张乐平（1910—1992），中国现当代最杰出的漫画家之一，"三毛之父"。他所创造的三毛形象，妇孺皆知。毕生从事漫画创作的张乐平，国画、素描、速写、水彩、年画、插图、剪纸等皆水准颇高。

1923年，张乐平在小学老师指导下创作平生第一张漫画《一豕负五千元》，讽刺军阀曹锟贿选，名噪一时。1929年开始向上海各报纸投稿，30年代逐渐成为上海较有影响力的漫画家。1935年创作三毛形象，

张乐平（1910—1992）

以其奇特的造型引起广大读者的注意和喜爱。抗战期间以绘画形式宣传抗日直到抗战胜利。1946年，《三毛从军记》在《申报》发表，引起轰动。次年，《三毛流浪记》在《大公报》连载，大胆反映深刻的社会矛盾，反响强烈。50、60年代，创作了大量时事漫画，关注现实生活，尤其喜爱儿童题材，单幅、系列皆多佳作。其中家喻户晓的三毛系列有《三毛翻身记》、《三毛日记》、《三毛今昔》、《三毛新事》、《三毛迎解放》、《三毛学雷锋》、《三毛爱科学》、《三毛与体育》、《三毛旅游记》、《三毛学法》等。其他漫画有《二娃子》、《萌萌与菲菲》、《百喻经新释》、《胡大生活漫记》、《父子春秋》、《我们的故事》、《好孩子》、《宝宝唱奇迹》、《小咪画传》、《小萝卜头》等。

刘继卣（1918—1983），我国现代杰出画家、连环画艺术大师，中国现代线描连环画奠基人。国画涉及人物、动物、花鸟等，取材广泛，融会中西，工笔写意兼长，造型准确，色彩绚烂，风格凝重奔放、潇洒传神，尤以工笔人物画和写意走兽画成就最为突出，画风严谨，形神兼备。

刘继卣（1918—1983）

刘继卣自幼酷爱绘画，16岁入天津市立美术馆西画系学习素描、速写、水彩、油画以及山水、人物画，为后来的创作打下坚实基础。1947年举办个人画展，蜚声津京。1949年迁居北京后，画艺更为精进，先后创作出一批享誉画坛的佳作。

50年代初期，刘继卣创作的连环画册《鸡毛信》轰动美术界，使画家声誉大振。后出版多种个人画册，并多次参加国内外画展，好评如潮。主要作

品有《鸡毛信》、《东郭先生》、《生死缘》、《永不掉队》、《奇怪的旅行》、《红楼梦》、《春光无限》、《金丝猴》、《东北虎》、《三打白骨精》、《黄巢起义》、《金田起义》、《穷棒子扭转乾坤》、《水帘洞》、《武则天》、《双狮图》、《大闹天宫》、《武松打虎》、《王秀鸾》、《朝阳沟》、《兔子的尾巴》、《乌鸦与狐狸》、《一个志愿军战士的未婚妻》、《愚公移山》、《游动物园》、《酒泉组画》、《狼来了》、《司马光小故事》、《自负的虎》等。另有大量插画作品，多形象生动，富有艺术张力。

黄永玉（1924— ），笔名黄杏槟、黄牛、牛夫子，中国著名画家、作家，中央美术学院教授，中国画院院士，"画坛鬼才"。博学多识，诗书画俱佳，皆可称为大家，设计的猴票和酒鬼酒包装家喻户晓。

黄永玉自学美术、文学，14岁开始发表作品，16岁开始以国画和木刻版画谋生。1956年出版《黄永玉木刻集》，其中代表作《春潮》、《阿诗玛》等轰动中国画坛。"文革"期间备受迫害，一度被打为黑画家，许多精品画作被当成"反面教材"在美术馆展出。

黄永玉（1924— ）

黄永玉擅长版画、国画，画作构思奇特、造诣精深。喜画荷花，被称为"荷痴"，所画荷花不仅数量多而且风格独特，以黑显白，浓墨重彩，蕴含着画家无限的情思。除绘画之外精于篆刻，但平生只为朋友制过两枚印章。主要作品有木刻画《劳军图》、《雪峰寓言插图》、《叶圣陶童话》、《饥饿的银河》、《森林组画》、《拜伦像》、《玛耶诃夫斯基像》、《自刻像》、《春天的树》、《小草》、《失乐园》、《春山春水》、《下场》、《烽火闽江》、《齐白石像》、《阿诗玛》，国画《鸡鸣》、《老鼠》、《花鸟》、《鹭鸶荷花》、《梅花图》、《高仕图》、《歌鸟》、《风景》、《马》、《双鹤》、《水鸟》、《骑驴人物》、《仙鹤图》、《苗族少女》、《梅花》、《彩荷》、《清夏》、《重彩花鸟》、《夏荷》、《花卉》、《猫头鹰》、《夏娃》、《山鬼》等，皆为画中精品。主要文学著作有《永玉六记》、《罐斋杂记》、《力求严肃认真思考的札记》、《芥末居杂记》、《斗室的散步》、《这些忧郁的碎屑》、《沿着塞纳河到翡冷翠》、《火里凤凰》、《比我老的老头》等。

几米（1958— ），台湾著名绘本画家，本名廖福彬，1999年出版的《向左走，向右走》开创成人绘本新形式，掀起一股绘本创作热潮。作品风靡两岸三地，美、法、德、希腊、日、韩、泰等国皆有译本，部分作品还被改编成音乐剧、电影、电视剧，广受欢迎，被称为"几米现象"。

几米（1958— ）

几米的作品风貌多变，风格清新细腻，多表现人生的无常以及现代都市人的孤独和敏感，充满都市感，言人所熟悉而不敢言之感觉。画中人物面目呈现西化特征，有修女、天使等代表西方文化的形象符号。优美的画风、诗意的配文使其画作在冷峻静谧的同时呈现孤独与温暖并存的气息，充满新鲜感。画作以故事结构全篇，清新流畅，堪称童话。主要绘本作品有《森林里的秘密》、《微笑的鱼》、《向左走，向右走》、《听几米唱歌》、《月亮忘记了》、《森林唱游》、《黑白异境》、《我的心中每天开出一朵花》、《地下铁》、《照相本子》、《1、2、3.木头人》、《我只能为你画一张小卡片》、《我梦游你梦游》、《布瓜的世界》、《幸运儿》、《你们我们他们》、《又寂寞又美好》、《遗失了一只猫》、《小蝴蝶小披风》、《蓝石头》、《谢谢你毛毛兔，这个下午真好玩》、《恋之风景》、《我的错都是大人的错》、《躲进世界的角落》、《吃掉黑暗的怪兽》、《星空》、《走向春天的下午》、《我不是完美小孩》、《世界别为我担心》、《我会做任何事》、《镜子里的小孩》、《时光电影院》、《小拥抱》、《如果我可以许一个愿望》、《并不是很久很久以前》以及《失乐园》系列等，本本经典。

第四节　当代中国音乐

1949年，新中国成立后，中国的现代音乐掀开了新的一页，无论是音乐创作方面还是表演形式上都发生了重大改变。新中国成立前后，尤以革命歌曲、爱国歌曲为主。社会主义新中国轰轰烈烈的建设大潮激荡起无数浪花，现代音乐是其中纯净的一朵。音乐艺术服务大众，为大众提供丰富的精神食粮。现代音乐形式多样，呈现百花渐放的繁荣局面，按地域或划分为内地及港台两大块，按照音乐的风格可分为爱国歌曲、摇滚、民谣、国语流行歌曲、粤语流行歌曲、中国风等。

---- 内 地 ----

一、革命歌曲

在新中国成立前后相当长的一段时期内，音乐界涌现出大量优秀作词、作曲人，他们积极投身于爱国歌曲的创作，充分体现了处于社会主义新时期的时代风尚和人们蓬勃向上的精神面貌。

激情澎湃的五十年代

50年代，新中国刚刚成立，一切都是崭新的。音乐作品所展现的风格或雄健豪迈，或热烈欢快，或热情奔放，或婉转悠扬，充分展现了新中国人民当家做主的喜悦心情，以及积极投身建设新中国高涨的革命热情。下面重点介绍《歌唱祖国》、《春节序曲》、《我的祖国》、《克拉玛依之歌》、《梁山伯与祝英台》、《人民英雄纪念碑》这六部作品及其创作者。

王莘（1918—2007），著名作曲家，江苏无锡人。青年时期在上海参加抗日救亡歌咏运动，1938年到延安入鲁迅艺术学院音乐系，毕业后在华北联大文艺部音乐系任教。1954—1958年入中央音乐学院作曲系进修，1960年兼天津音乐学院副院长。曾任天津市音协主席、天津市文联副主席等职务。主要作品有歌曲《边区儿童团》、《战斗生产》、《愉快的劳动》、《歌唱祖国》、《只因为立功喜报到了家》、《饲养员之歌》、《祖国颂歌》，歌剧《宝山参军》、《义和团》、《煤店新工人》，大合唱《团结反帝》等。

王莘（1918—2007）

《歌唱祖国》是由王莘作词、作曲，完成于1950年9月。歌曲以凝练简洁的歌词，雄健豪迈的旋律，充分表现出中国人民的自信心与自豪感，这首歌已经成为一个永恒的经典，响彻祖国大地，时时回荡在人们心中。

李焕之（1919—2000），著名作曲家、指挥家、音乐理论家。原籍福建晋江,生于香港。主要作品有群众歌曲《民主建国进行曲》、《社会主义好》、《把青春献给新长征》,民歌合唱《茶山谣》、《八月桂花遍地开》,琴歌合唱《苏武》,已成为我国春晚必演曲目的管弦乐曲《春节组曲》,第一交响曲《英雄海岛》,古筝协奏曲《汨罗江幻想曲》,箜篌独奏《高山流水》,电影音乐《暴风骤雨》等。

《春节序曲》是李焕之所作《春节组曲》中的第一乐章,作于1954—1955年。乐曲以我国民间的秧歌音调、节奏及陕北民歌为素材,通过对热烈欢快的秧歌舞蹈的描写,生动体现出我国人民共庆春节的热烈欢腾、载歌载舞的喜悦场景。因第一乐章最受欢迎,因此常常单独演奏。

李焕之(1919—2000)

乔羽(1927—),山东济宁人,著名词作家。1946年初入晋冀鲁豫边区北方大学学习,开始在报刊发表诗歌和小说,还写过秧歌剧。1948年毕业于晋冀鲁豫边区北方大学艺术学院。1948年华北联大与北方大学合并为华北大学,调入华大三部创作室,开始专业创作。2010年4月9日,担任北京大学歌剧研究院名誉院长。主要代表作品有:《我的祖国》、《牡丹之歌》、《人说山西好风光》、《让我们荡起双桨》、《心中的玫瑰》、《难忘今宵》、《思念》、《说聊斋》、《巫山神女》、《夕阳红》、《爱我中华》、《祖国颂》等。

乔羽(1927—)

刘炽(1921—1998),原名刘德荫,陕西西安人,我国著名作曲家。代表作品有:大合唱《祖国颂》、《我的祖国》(电影《上甘岭》插曲)、《英雄赞歌》(电影《英雄儿女》插曲)、《让我们荡起双桨》(电影《祖国的花朵》插曲),舞蹈音乐《荷花舞》,歌剧《白毛女》(曲作者之一)、《牧羊姑娘》(与人合作)、《火》、《阿诗玛》等,童声大合唱《英雄少年》、《天鹅之歌》、《山谷里的回声》、《蓝天和大地》、《金色的小船》等。

《我的祖国》这首歌曲是乔羽和刘炽为影片《上甘岭》写的插曲,作于 1955 年,是一首由女高音独唱和混声合唱组成的作品。歌曲以抒情的笔调表达了中国人民志愿军战士热爱祖国、保卫祖国的赤子之心和革命乐观主义精神。歌曲的旋律委婉动听、热情奔放,具有鲜明的民族特色,深受广大群众喜爱,广泛流传于全国。

吕远,中国著名作曲家,1929 年出生,山东烟台人。50 多年的专业创作生涯中,吕远为祖国和人民奉献出 1000 多首歌曲,约 100 部歌剧、舞台剧和影视音乐。主要作品有:《克拉玛依之歌》、《走上这高高的兴安岭》、《俺的海岛好》、《八月十五月儿明》、《泉水叮冬响》、《我们的生活充满阳光》(与唐诃合作)、《思亲曲》等,歌剧《壮丽的婚礼》、《大青山凯歌》等。

刘炽(1921—1998)

吕远(1929—)

《克拉玛依之歌》由吕远作词、作曲,完成于 1958 年。克拉玛依位于新疆准噶尔盆地西部,是我国著名的石油城。歌曲描绘了克拉玛依从戈壁变油田的过程,赞颂了劳动建设者们克服困难、顽强奋斗的贡献精神。

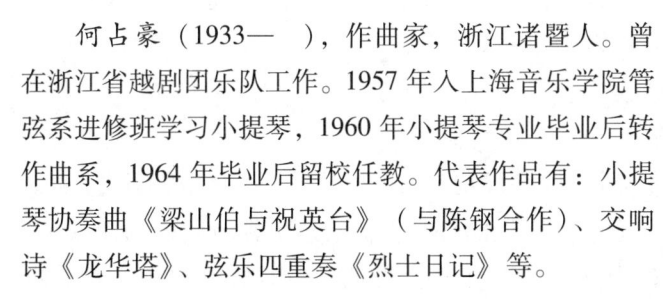

何占豪(1933—),作曲家,浙江诸暨人。曾在浙江省越剧团乐队工作。1957 年入上海音乐学院管弦系进修班学习小提琴,1960 年小提琴专业毕业后转作曲系,1964 年毕业后留校任教。代表作品有:小提琴协奏曲《梁山伯与祝英台》(与陈钢合作)、交响诗《龙华塔》、弦乐四重奏《烈士日记》等。

何占豪(1933—)

陈钢(1935—),作曲家,上海市人。1955 年入上海音乐学院作曲系学习,毕业后留校任教。作品主要是小提琴曲,除与何占豪合作的《梁山伯与祝英台》外,还有《阳光照耀着塔什库尔干》、《金色的炉台》、《我爱祖国的台湾岛》、《苗岭的早晨》及交响诗《屈原》，小提琴协奏曲《王昭君》等。

小提琴协奏曲《梁山伯与祝英台》是何占豪、陈钢就读于上海音乐学院时的作品，作于1958年冬。作品取材于民间故事，以越剧中的曲调为素材，采用结合交响乐和我国民间戏曲音乐的表现手法，依照剧情的发展精心构思布局，深刻而细致地描绘了梁山伯与祝英台两人之间真挚的情感，突出表现祝英台对封建势力的反抗精神，歌颂了人民对美好生活的向往。

陈钢（1935— ）

瞿维（1917—2002），作曲家，江苏常州人。主要作品有：交响诗《人民英雄纪念碑》、电影音乐《革命家庭》、管弦乐组曲《光辉的节日》、大合唱《油田颂》（晓星词）、管弦乐《洪湖赤卫队》幻想曲、室内乐合奏组曲《草原风光》、管弦乐《五指山随想曲》等，以及歌曲《工人阶级硬骨头》、《大学生之歌》和《心中的旗帜》等。

《人民英雄纪念碑》是瞿维在莫斯科柴可夫斯基音乐学院留学时的毕业作品，创作于1959年。作者以严谨的构思，鲜明生动的音乐语言，概括地表现了人们伫立在人民英雄纪念碑前，缅怀先烈，浮想联翩的思想感情。1963年音乐出版社出版交响诗《人民英雄纪念碑》总谱。

瞿维（1917—2002）

动荡不安的六七十年代

六七十年代，中国进入了一个比较特殊的历史时期，社会动荡不安，"文化大革命"对知识分子造成了毁灭性的打击，音乐艺术领域同样未能幸免，音乐人才及作品的数量急剧下降。60年代上半期比较有影响的作品有歌曲《我们走在大路上》（李劫夫词曲）、《唱支山歌给党听》（焦萍词、朱践耳曲）、舞剧《红色娘子军》（吴祖强等作曲）、《红军不怕远征难》（肖华词，晨耕、生茂、唐诃、遇秋曲）。70年代末，粉碎"四人帮"反革命集团后，在中国共产党十一届三中全会确立的马列主义路线和一系列方针政策指导下，音乐界与其他社会各界一道进行了"拨乱反正"的工作,在老一辈音乐家的引领和新一代音乐人的共同努力下,中国音乐迎来了一个崭新局面。这一阶段代表性的作品有:管弦乐《北京喜讯到边寨》(郑路、马洪业曲)、《祝酒歌》(韩伟词、施光南曲)、《我爱你,中国》(瞿琮词、郑秋枫曲),钢琴协奏曲《山林》(刘敦南曲)等。

施光南(1940—1990),祖籍浙江金华,出生于四川省重庆南山,从小酷爱音乐。中学时代先就读于101中学,后进入中央音乐学院附中。1964年,从天津音乐学院作曲系毕业后分配到天津歌舞剧院。他创作的女中音独唱曲《打起手鼓唱起歌》旋律流畅上口,具有浓郁的民族风味,深得群众喜爱。一曲《祝酒歌》传遍了华夏大地,陶醉了亿万中国人民,成为一代颂歌。怀着对周恩来总理的深切爱戴,施光南用泪水谱写了《周总理,您在哪里》,以独特、优美的旋律,表达了千千万万人积聚已久的悲痛和思念,牵

施光南(1940—1990)

动着所有人的心。1978年7月,施光南调入中央乐团,此后,他的创作灵感尽情喷发,先后创作了《生活是多么美丽》、《月光下的凤尾竹》、《假如你要认识我》等上百首带有浓厚理想主义色彩的抒情歌曲。他的歌唱出了中国人民走向未来的心声,唤起了亿万人民的强烈共鸣,成为经久不衰的时代之歌。除了创作歌曲外,他还谱写了大量的电影音乐,如为《幽灵》、《当代人》、《彩色的夜》以及音乐故事片《海上生明月》等谱曲,并创作了大型歌剧《伤逝》、《屈原》,芭蕾舞剧《白蛇传》等。

欣欣向荣的八十年代

80年代,社会各界走出"文革"时期的束缚,中国实行改革开放的政策,政治、经济、文化艺术各领域随着时代的步伐都在快速前进,音乐界呈现一派欣欣向荣的景象。这阶段较有代表性的作品有:《在希望的田野上》(晓光词、施光南曲)、《党啊,亲爱的妈妈》(龚爱书、余致迪词,马殿根、周右曲)、《十五的月亮》(石祥词,铁源、徐锡宜曲)、《我的中国心》(黄霑词、王福龄曲)等。

《在希望的田野上》是80年代以来反映农村题材的一支优秀歌曲。晓光

词,施光南曲,作于 1982 年。这首歌原是一部中型的抒情合唱曲,采用领唱与合唱形式。作者将我国南北民歌和某些戏曲音调融会贯通灵活应用于全曲,采用明快的节奏、热烈的情绪,令作品具有新颖生动的音乐语言。歌曲问世后,迅速传遍大江南北,并经久不息,成为经典曲目。

进入 90 年代,流行歌曲已经成为中国流行乐坛的主流,抒情歌曲的势头渐涨,但这一阶段仍不乏出现歌颂祖国的爱国歌曲,特别是为赞美改革开放给神州大地所带来日新月异变化的爱国歌曲,最具代表性的是《春天的故事》(蒋开儒、叶旭全词,王佑贵曲)、《当兵的人》(王晓岭词,臧云飞、刘斌曲)、《香港一九九七》(瞿琮词,方天行曲)、交响诗《百年沧桑》(朱践耳曲)等。

《春天的故事》创作于 1993—1994 年。这首歌曲以亲切的语调、优美动听的旋律,深切真挚地表达了亿万人民对改革开放总设计师邓小平的无限敬仰之情,赞美了改革开放为神州大地所带来的巨大变化。歌曲曾荣获 1994 年中国音乐电视(MTV)大赛金奖,又获 1997 年"春兰杯"一等奖。1998 年被改编为交响乐在中央电视台国庆晚会上演奏。

二、摇滚

中国内地的摇滚音乐在 20 世纪 80 年代初开始萌芽,80 年代早期先后出现了"七合板"乐队(成员有崔健、刘元等)和"不倒翁"乐队(成员有臧天朔、孙国庆、王迪、秦齐等)。1986 年,崔健以他那首《一无所有》拉启了中国内地摇滚音乐的大幕,自此后,摇滚乐的影响日渐扩大,并在 80 年代后期开始成为中国内地流行音乐的一个重要组成部分,同时在流行乐坛也发挥着重要作用。1991 年,"黑豹"乐队推出同名专辑,并在香港上市,立即引起轩然大波。次年,该专辑在国内发行后,引起了盗版商的强烈关注,"黑豹"也因此成了中国摇滚史上第一支家喻户晓的乐队。同年,崔健推出第二张专辑《解决》。1992 年底,"唐朝"乐队推出首张专辑《梦回唐朝》,首发 10 万张,一抢而空。3 月,摇滚合辑《摇滚北京》上市,收录了这一时期的"黑豹"、"呼吸"、"指南针"、"眼镜蛇"、"轮回"、"做梦"、"超载"、王勇等乐队和个人的作品,基本反映了当时中国摇滚乐的发展水平。

1994 年,中国内地的摇滚乐迎来了历史上的最高峰。"红星生产社"推出郑钧首张专辑《赤裸裸?!》,此专辑所收录的《回到拉萨》、《灰姑娘》、《极乐世界》传遍大江南北;"星碟"公司推出"指南针"乐队的首张专辑

《选择坚强》;"魔岩文化"推出名为"魔岩三杰"的三张力作:何勇的《垃圾场》、张楚的《孤独的人是可耻的》、窦唯的《黑梦》,在摇滚市场产生巨大影响。也是在这一年,崔健推出第三张专辑《红旗下的蛋》。年底,《摇滚北京II》上市,收录了"面孔"、"穴位"、"瘦人"、"战斧"等乐队的作品。这些作品,代表了中国摇滚乐坛的又一批新生力量。同年12月,"魔岩三杰"及"唐朝"乐队在香港红磡体育馆举办了"摇滚中国乐势力"演唱会,使内地摇滚乐更真实地走入香港,此次演出也成为中国摇滚乐史上里程碑式的重要演唱会。至此,中国摇滚音乐进入繁荣时期,体现在不仅风格多样,并且内容深刻、思想深远、发人深省,同时反映社会问题,侧重批判。这一时期的摇滚乐具有强烈的社会性和人文性。

崔健,词曲作家,1961年出生于一个朝鲜族家庭,父亲和母亲都是文艺工作者。从14岁起,崔健跟随父亲学习小号演奏。1981年,他被北京歌舞团招收为小号演奏员,开始了他的音乐生涯。1978年在北京交响乐团担任小号演员,直至1987年离开。崔健被誉为中国摇滚乐开山之人,有"中国摇滚教父"之称。成名曲为1986年的《一无所有》。代表作有《一无所有》、《最后一枪》、《新长征路上的摇滚》、《花房姑娘》、《无能的力量》、《给你一点颜色》、《快让我在雪地上撒点野》等。90年代中期以后,崔健逐渐淡出中国歌坛,但是在2005年,一张向崔健致敬的专辑《谁是崔健》,再次证明他在中国摇滚界举足轻重的地位。

崔健(1961—)

窦唯,1969年出生于北京,中学时期接触西方音乐并开始学习吉他,1987年离开学校。1988年加入黑豹乐队,担任主唱并创作词曲。1991年离开黑豹,组建做梦乐队。1992年与波丽佳音公司签约,同年10月乐队解散。1993年初,与波丽佳音公司解约,签约魔岩文化。1994年5月发行第一张个人专辑《黑梦》,与张楚、何勇并称魔岩三杰。同年6月与Radiohead同台,12月与张楚、何勇、唐朝乐队赴香港

窦唯(1969—)

参加"中国摇滚乐势力"演唱会。代表专辑有《艳阳天》(1995)、《山河水》(1998)、《八段锦》(2004)等,窦唯的作品风格特异,充满迷离梦幻之美。

三、"西北风"

1988年,一种带有西北民歌风格的流行歌曲蔚然成风,一时间"西北风"成为流行乐坛令人瞩目的焦点,也成为20世纪80年代中国歌坛的一个辉煌纪录。"西北风"歌曲以当时广为盛行的迪斯科(Disco)节奏为基础,以陕西、甘肃等地的民歌素材为元素,曲风热烈、粗犷,具有浓郁的中国本土特色。

由于深厚的民族文化内涵,加之摇滚节奏的配乐,摇滚或流行歌手的现代唱法等处理演绎,使"西北风"歌曲成为家喻户晓、风靡海内外的流行风潮。其中以范琳琳的《我热恋的故乡》、《黄土高坡》,崔健的《一无所有》,杭天琪的《信天游》,胡月的《走西口》,那英的《山沟沟》最为突出。1988年,电视剧《便衣警察》和《雪城》播出,由刘欢演唱的主题歌《少年壮志不言愁》、《心中的太阳》风靡一时,传遍大街小巷;紧接着,张艺谋导演的影片《红高粱》,片中插曲《妹妹你大胆地往前走》、《酒神曲》将"西北风"推向高潮,成为当时中国流行乐坛中风格特异的典型潮流。在那个激情燃烧的年代,这些歌曲无不给人们带来心灵的震撼。

范琳琳,"西北风"的代表人物,中国歌坛里程碑式人物。她成功演绎了《十五的月亮十六圆》、《我热恋的故乡》、《信天游》、《黄土高坡》等经典佳作。她开创的西北风声腔在1988年令众多女歌手争相效仿,被称为"西北风领唱者"。1988年之后范琳琳通过演唱《篱笆·女人和狗》、《康德第一保镖传奇》、《平凡的世界》等电视剧主题歌,又开启了电视剧歌曲流行歌坛的新局面。

范琳琳(1963—)

四、校园民谣

80年代末,在台湾民歌及欧美乡村民谣的影响下,校园民谣在北大、清华开始萌芽。直到1994年,由高晓松创作、老狼演唱的一曲《同桌的你》快速广泛传唱。校园民谣作为一种流行音乐,以它独有的清新自然、质朴纯真的风格席卷校园,并很快成为中国流行音乐的主流。校园民谣的迅速流行,与其极具诗意的浪漫气息分不开。朴实明快、积极向上、充满活力的曲风,很容易在学生心中产生共鸣。

1994—1995年间,校园民谣走向鼎盛时期,大地唱片公司制作了一系列的《校园民谣》,也因此成为校园民谣的摇篮。在《校园民谣Ⅰ》中,收录的《同桌的你》、《睡在我上铺的兄弟》、《流浪歌手的情人》、《寂寞是因为思念谁》、《青春》、《上班族》等歌曲,影响深远。随后,大地唱片还继续推出了李晓东、景岗山以及此前就小有影响的艾敬。1995年后,校园民谣的热潮渐渐退去,偶尔还有浪花溅起,比如朴树的《我去2000年》中收录的《白桦林》、《那些花儿》都是典型的校园民谣风格。作为校园文化的一部分,作为记录着年轻人梦想与激情的音乐篇章,中国大陆的校园民谣,以真诚与纯洁为标志,为年轻一代留下了青春的证明与时代的印迹。

高晓松,词曲创作者,导演。1988年考入清华大学电子工程系,后退学进入北京电影学院导演系。毕业后早期以电视编剧、音乐创作及制作人为主。1994年出版的《校园民谣》到1996年的个人作品集《青春无悔》令其声名大噪,成为国内屈指可数的音乐制作人,校园民谣的代表人物之一。与其合作的歌手包括老狼、叶蓓、阿朵等,他还曾经为刘欢、那英、小柯、黄磊、朴树、零点乐队、李宇春、林依轮、黄绮珊、曾轶可等人写歌或者担任制作人。代表词曲作品有:《声声慢》、《一个北京人在北京》、《万物生》、《同桌的你》、《睡在我上铺的兄弟》、《青春无悔》、《回声》、《久违的事》、《月光倾城》等。

高晓松(1969—)

老狼,本名王阳。1968年出生于音乐世家,母亲是中央广播交响乐团团长,父亲为中国航空航天部总工程师。大学毕业后,在北京一家工业自动化设计公司做电脑工程师,后参加香港大地唱片公司唱片《校园民谣1》的录制,演唱《同桌的你》、《睡在我上铺的兄弟》及《流浪歌手的情人》三首主打歌。《同桌的你》因为一场意外的大学生毕业晚会而瞬间红遍全国。主要

老狼(1968—)

代表歌曲有：《同桌的你》、《恋恋风尘》、《睡在我上铺的兄弟》、《青春无悔》、《北京的冬天》等。

五、流行歌曲

1949年新中国成立后，音乐风格多以歌颂社会主义新中国的革命歌曲、爱国歌曲为主，直到七八十年代，随着改革开放大门的打开，西方文化及港台时尚齐齐涌向中国内地，中国内地的流行音乐由此掀开新的一页。文艺渐渐走向为大众服务，更好地表露大众心声及思想感情。

80年代，一大批中青年作曲家运用新型的创作手法，在民歌的基础上，创作出大量旋律优美、节奏舒缓的抒情歌曲，如王立平的《太阳岛上》、《大海啊故乡》，谷建芬的《年轻的朋友来相会》，施光南的《祝酒歌》，铁源的《在那桃花盛开的地方》等。同时，受到港台流行音乐的影响，内地出现了第一批流行歌曲，如《请到天涯海角来》（郑南词、徐东蔚曲、沈小岑演唱）、《军港之夜》（马金星词、刘诗召曲、苏小明演唱）、《小螺号》（付林词曲、程琳演唱）、《妈妈的吻》（付林词、谷建芬曲、朱晓琳演唱）等。此时，谷建芬、付林等作曲家已初显大师风范。

谷建芬（1935— ）

谷建芬，作曲家，祖籍山东省威海市，1935年生于日本大阪，7岁随父母回国。1955年，毕业于沈阳音乐学院作曲系。她培养了众多歌星，包括苏红、毛阿敏、李杰、解晓东、那英、孙楠等，她的作品旋律优美，格调高雅，她对中国流行音乐的发展起到了至关重要的作用。她的代表作品有：《年轻的朋友来相会》、《清晨，我们踏上小道》、《绿叶对根的情谊》、《烛光里的妈妈》、《那就是我》、《思念》、《歌声与微笑》、《妈妈的吻》、《世界需要热心肠》、《今天是你的生日，祖国》、《历史的天空》、《二十年后再相会》等。

付林，词曲作家，1946年生于黑龙江佳木斯，1968年毕业于解放军艺术学院音乐系，曾任海政歌舞团演奏员、副团长、艺术指导等职。近40年，他创作了许多脍炙人口的歌曲。他的作品曲风质朴，旋律优美，代表作品有：《太阳最红毛主席最亲》（词）、《妈妈的吻》（词）、《小螺号》、《小小的我》、《故乡情》、《故园之恋》、《都是一个爱》、《故乡的雪》、《楼兰姑娘》、《步步高》、《天蓝蓝，海蓝蓝》等。

80年代后期，内地经济稳定发展，流行音乐也得到了良好发展。1986年，是内地流行音乐史上一个重要的转折年。音乐界在这一年，回顾总结了此前的流行音乐，并对流行音乐的未来发展模式、创作方向等进行了讨论，同时"第一届百名歌星演唱会"、"第二届全国青年歌手电视大奖赛"等重要活动也标志着这一年是内地流行音乐的一个转折点。"第一届百名歌星演唱会"于1986年5月9日在北京首都体育馆上演，当时云集了内地较有影响的歌星，其中包括成方圆、孙国庆、胡月、张蔷、常宽、付笛声、屠洪刚、韦唯等。演唱会的主题歌《让世界充满爱》迅速传遍全国，这首由郭峰创作的套曲成为中国流行音乐史上的一个重要标志。

付林（1946— ）

音乐才子郭峰，词、曲、演唱样样精通。1962年出生于四川。他14岁发表了第一首创作歌曲《月光》，18岁时便成为中国音乐家学会中最年轻的会员。1985年调入东方歌舞团任专业创作，1988年东渡日本，1991年赴新加坡，1995年回国继续音乐事业。他的作品传递出或人间大爱，或绵长深情，歌曲纯粹、向上、温暖、感人。代表作品有《我多想变成一朵白云》、《让世界充满爱》、《地球孩子》、《恋寻》、《心会跟爱一起走》、《永远》、《甘心情愿》、《不要说走就走》等。

郭峰（1962— ）

进入90年代，中国内地流行音乐迎来繁荣时期，造星运动随之展开。流行音乐以广州和北京为两个主要阵地。这一时期广州方面的代表作品有：广州新时代推出"金童玉女"——杨钰莹和毛宁，杨钰莹的《轻轻的告诉你》、

《我不想说》，毛宁的《晚秋》、《涛声依旧》都广为流传；1993年，"中唱广州"推出李春波的《小芳》，红遍大江南北，年底推出《一封家书》再获成功；随后"太平洋公司"推出甘萍的《大哥你好吗》、光头李进的《你在他乡还好吗》、张萌萌的《流浪的心流浪的梦》；"白天鹅"推出高林生的《牵挂你的人是我》；"新时代"推出林依轮的《爱情鸟》、《透过开满鲜花的月亮》。北京方面，1992年"大地"推出了艾敬的《我的1997》；汉唐推出黄群、黄众的《江湖行》，刘欢演唱的《北京人在纽约》主题歌《千万次的问》引起了极大的轰动；"北京影音"推出黄格选的《伤心是一种说不出的痛》、《春水流》，郭峰推出专辑《清醒》，其中《心会跟爱一起走》（与陈洁仪对唱）引起社会强烈关注，谢东的一曲《笑脸》，唱响各地；"星碟"推出刘海波的《人面桃花》、江珊的《梦里水乡》、陈琳的《你的柔情我永远不懂》等。在此阶段，摇滚乐与校园民谣也同时以不同风格竞相登台，中国内地原创音乐进入一个全盛阶段，每首歌都有明显的时代印迹，至今，或存于人们的心中，或仍旧是K歌时必唱的曲目。

进入21世纪后网络歌曲快速兴起，流行乐坛越来越趋向商业化、娱乐化、国际化。这一时期，内地较有影响的音乐人有：三宝、张宏光、肖白、高晓松、刘青、陈珞、刘克、宋小明、张千一、孟卫东、小柯、张亚东、王晓峰、孟军、冯晓泉、李杰等，同时还有上一时期就已活跃的郭峰、苏越、李海鹰、陈小奇等知名音乐人。较有影响的歌星有：杨钰莹、毛宁、张咪、解晓东、李春波、林依轮、李进、韩磊、那英、江涛、谢东、老狼、郑钧、张楚、窦唯、何勇、蔡国庆、戴军、尹相杰、罗中旭、高枫、腾格尔、孙国庆、田震、景岗山、黑鸭子、韩红、孙楠、羽泉、孙浩、朴树、满义军、刀郎、汪峰等。

港 台

香港、台湾地处南中国，在1949年新中国成立后，中国流行音乐渐渐由上海转向香港。港台在政治、经济、文化艺术方面有着相对自由的空间，因此，大批内地的音乐人及歌手纷纷南下香港。香港在一夜之间取代了上海，成为国语时代曲的新根据地。同时，香港作为中西文化的交汇点，音乐方面也深受欧美流行音乐等元素的影响，加之粤曲，三者共同作用下，香港音乐渐渐形成了本地特色。七八十年代以及接下来的几十年间，香港音乐一直引领国语流行音乐、粤语流行音乐的潮流。而台湾音乐自 60 年代开始，以鲜明的本土风格掀起民歌热潮，尊重并鼓励原创音乐。经过 20 年的时间，80 年代开始，台湾的流行音乐也进入了繁荣时期。纵观新中国成立后，港台音乐的主要流派有：时代曲、台湾民歌、校园民谣、国语流行歌曲、粤语流行歌曲、摇滚、中国风等。

一、时代曲

20 世纪三四十年代，内地时局动荡不安，战火连绵，许多内地的知识分子为躲避战乱，纷纷南下香港，因此，上海的"时代曲"随之来到香港，并且落地生根。三四十年代歌曲流行的方式无外乎影片、唱片、广播等形式。三四十年代，上海的著名影星周璇、胡蝶等主演的影片在香港十分卖座，因此，很多上海流行的电影插曲，比如《夜来香》、《玫瑰玫瑰我爱你》等歌曲在香港一样深得听众的喜爱。

50 年代初，时代曲在香港形成繁花盛开之势，成为香港流行音乐的主流。当时，此风格的音乐代表人物有姚敏、李厚襄、王福龄、陈蝶衣、周蓝萍等。

姚敏（1917—1967），1950 年从上海移居香港，开始成为五六十年代香港流行乐坛的中坚力量。他创作了大量的流行音乐及电影音乐，曾三次获得亚洲最佳电影音乐奖。他的作品旋律隽永、优美动人、千变万化，有爵士乐、民间小调、外国舞曲、说唱歌曲等。主要代表作品有：《情人的眼泪》、《春风吻上我的脸》、《站在高岗上》、《大地回春》、《我是一只画眉鸟》、《总有一天等到你》、《梦里相思》、《加多一点点》、《我爱恰恰》、《恨不相逢未嫁时》、《采红菱》、《卖汤圆》、《玫瑰玫瑰我爱你》、《夜来香》、《春光无限好》、《蔷薇处处开》、《鸾凤和鸣》、《花好月圆》等。

姚敏（1917—1967）

李厚襄（1916—1973），宁波人，1949年南下香港，50年代继续为多部影片作曲、配乐、指挥。他的音乐感情丰富，旋律动听，中西合璧，作曲技法十分巧妙。代表作品包括：《忆良人》、《秋夜》、《月下的祈祷》、《丁香树下》、《母亲你在何方》、《真善美》、《魂萦旧梦》、《岷江夜曲》、《听我细诉》、《侬本痴情》、《劝酒歌》、《春光曲》、《恨不钟情在当年》、《一片痴情》、《醉在你怀中》、《爱人永远在身旁》、《我心里的太阳》、《贺新年》、《人间尽是新希望》等。

李厚襄（1916—1973）

王福龄（1926—1989），上海出生，香港著名作曲家。毕业于上海光华大学，后来在上海音乐专科学校继续进修音乐。1952年，他移居香港。早期主要创作流行曲。不久即加入邵氏电影公司，并为很多电影处理电影歌曲及配乐，包括《红楼梦》（1961）、《白蛇传》（1962）、《王昭君》（1959）、《杨乃武与小白菜》（1962）、《潘金莲》（1963）、《乔太守乱点鸳鸯谱》（1963）、《双凤奇缘》（1963）、《鱼美人》（1964）、《西厢记》（1964）、《魂断奈何天》（1965）、《女秀才》（1965）、《金石情》（1965）、《新陈三五娘》（1966）、《三笑》（1969）、《金玉良缘红楼梦》（1977），几乎成了邵氏的御用作曲家。其他著名作品包括《今宵多珍重》、《南屏晚钟》、《钻石》、《不了情》（1961）、《甜言蜜语》、《我的中国心》、《狮子山下》等。

王福龄（1926—1989）

60年代，台湾流行歌曲渐渐崛起，直到60年代末期，出现了一大批优秀的词曲作者，如左宏元、庄奴、翁清溪、刘家昌等，随之涌现出一批本土歌星，如邓丽君、尤雅、谢雷、青山、陈芬兰等。

左宏元，笔名古月，作曲家。他是一位科班出身的作曲家，台湾流行音乐早期创作人，华语乐坛大师级音乐制作人。左宏元是台湾经典电视剧《新白娘子传奇》中所有歌曲的作曲者。该剧最著名的曲子有《千年等一回》、

《渡情》、《心湖雨又风》、《雨伞是媒红》等。他还创作了邓丽君演唱的《海韵》、《风从哪里来》、《千言万语》、《我怎能离开你》等。60年代中期，台湾影视业兴起，他为影视创作大量的主题曲及插曲，比如《我是一片云》、《月朦胧，鸟朦胧》、《一颗红豆》、《聚也依依散也依依》、《青青河边草》这些歌曲都具有很大的影响。他的创作，擅长运用台湾传统民谣的元素，以及中国民族五声音阶，具有浓郁的小调色彩。他为台湾流行乐坛开辟了一条有别于欧美和日本的流行音乐风格。

左宏元（1930— ）

庄奴，原名黄河，1921年出生于北京，与乔羽、黄霑并称词坛"三杰"。1949年到台湾后，当过记者、编辑，演过话剧，但以音乐创作彰显盛名，尤以流行歌曲最为人津津乐道。庄奴写词五十载，作品超过3000首，至今笔耕不辍，被称为"与时间赛跑的老人"。著名歌星邓丽君演唱的《小城故事》、《垄上行》、《甜蜜蜜》、《又见炊烟》、《原乡人》以及费翔演唱的《冬天里的一把火》等脍炙人口的流行歌曲都是庄奴作的词。

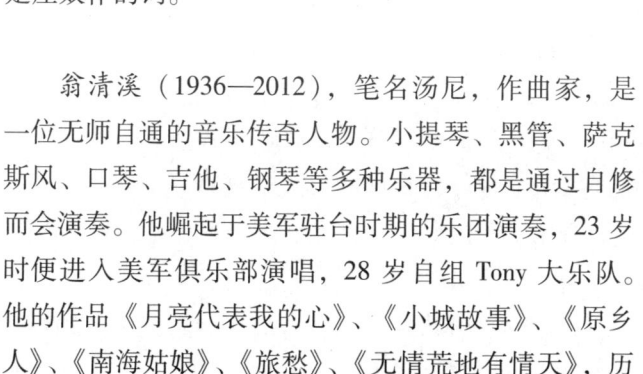

庄奴（1921— ）

翁清溪（1936—2012），笔名汤尼，作曲家，是一位无师自通的音乐传奇人物。小提琴、黑管、萨克斯风、口琴、吉他、钢琴等多种乐器，都是通过自修而会演奏。他崛起于美军驻台时期的乐团演奏，23岁时便进入美军俱乐部演唱，28岁自组Tony大乐队。他的作品《月亮代表我的心》、《小城故事》、《原乡人》、《南海姑娘》、《旅愁》、《无情荒地有情天》，历时多年，依旧广为传唱，经久不息。

翁清溪（1936—2012）

邓丽君（1953—1995），亚洲地区和全球华人社会极具影响力的台湾歌唱家，亦是20世纪后半叶最负盛名的歌坛巨星之一。其生前演艺足迹遍及台

邓丽君
(Teresa Teng, 1953—1995)

湾、香港、日本、美国、东南亚等地，演唱国语、日语、英语、粤语、闽南语、印尼语歌曲，对华语乐坛尤其是大陆流行乐坛的启蒙与发展产生深远影响，也为亚洲不同音乐文化间的相互交流做出了重要贡献。时至今日，仍有无数歌手翻唱她的经典歌曲向其致敬，被誉为华语流行乐坛永恒的文化符号。在邓丽君三十多年的歌唱生涯中，共演唱了 1500 余首歌曲。其中人们熟知的有：《我只在乎你》《月亮代表我的心》《甜蜜蜜》《小城故事》《但愿人长久》《又见炊烟》《漫步人生路》《路边的野花不要采》《美酒加咖啡》《何日君再来》《千言万语》《夜来香》《在水一方》《我一见你就笑》《再见我的爱人》《南海姑娘》《原乡人》《恰似你的温柔》《船歌》《阿里山的姑娘》《酒醉的探戈》等。

二、台湾民歌／校园民谣

从 1975 年到 80 年代，台湾流行音乐进入了"民歌运动"时期。此阶段台湾音乐界鼓励写自己的歌，唱自己的歌。70 年代的台湾动荡不安，社会问题层出不穷，引起很多文艺思潮大论战，台湾民族主义运动空前高涨。在此背景下，涌现出一大批音乐人、歌手自弹自唱，积极创作。与此同时，关于"中国现代民歌"的演唱会和座谈会纷纷推出，台湾全岛刮起一股清新的民族音乐之风。"民歌运动"从创作上提升了台湾流行音乐的品质，一改以往低沉、优柔之风，代之以清新、纯朴的曲风。"民歌运动"是台湾现代原创歌曲的重要转折期，此期间的代表人物有：李寿全、李泰祥、梁弘志、叶佳修、蔡琴、齐豫等。

李寿全（1955— ），台湾著名音乐人。1974—1976 年，李寿全在台中的"天才摇滚音乐屋"做 DJ，之后，在台湾民歌时代中后期进入台湾乐坛。1980 年，李寿全担纲制作的第一张专辑是李建复的《龙的传人》，同年又制作了王海玲的专辑《偈》和包美圣专辑《樵歌》，这三张专辑均由新格唱片出版发行。

李寿全（1955— ）

李寿全也制作了潘越云《天天天蓝》、洪荣宏《旧情绵绵》、娃娃《开心女孩》、王杰《一场游戏一场梦》、费玉清《晚安曲》、王力宏《情敌贝多芬》等作品。而由他作曲的《一样的月光》，更奠定了苏芮在歌坛的地位。他发掘的歌手有王杰、黄大炜、王力宏、张悬等人。

李泰祥，知名作曲家，1941年生于台湾台东县阿美族原住民的清寒家庭。他的创作覆盖各种不同规模、技法及风格的音乐作品，从严肃音乐、艺术歌曲到流行音乐均有涉及。流行歌曲方面，最有影响的作品是1979年为齐豫创作的《橄榄树》，这首歌在民歌运动中产生了重要影响。此外，由他创作，齐豫演唱的《春天的故事》、《欢颜》、《走在雨中》等歌曲，也有较大影响。

李泰祥（1941— ）

梁弘志（1957—2004），20世纪70年代末期校园民歌发展的代表人物，一生创作了500多首歌曲。蔡琴、苏芮等人就是因演唱他创作的歌曲而成为歌坛重量级歌手。他的作品曲调优美，文词婉约，充满意境和韵味，有人甚至称其为叙述情感的音乐大师。他的代表作品有：《恰似你的温柔》、《请跟我来》、《抉择》、《驿动的心》、《半梦半醒之间》、《读你》、《但愿人长久》、《像我这样的朋友》、《面具》、《把握》、《跟我说爱我》等。

梁弘志（1957—2004）

叶佳修，1955年出生于台湾花莲，词曲作家，歌手，民歌运动时期重要的代表人物之一。他的作品带有浓郁的乡村气息，代表作品有《外婆的澎湖湾》、《踏着夕阳归去》、《乡间小路》、《流浪者的独白》、《思念总在风雨中》、《爸爸的草鞋》、《年轻人的心声》等。

同期，较有影响的著名歌手有：蔡琴，其代表作品为《恰似你的温柔》、《被遗忘的时光》、《不了情》

叶佳修（1955— ）

等；齐豫，其代表作品为《橄榄树》、《欢颜》、《哭泣的骆驼》等；潘安邦，其代表作品为《外婆的澎湖湾》、《爸爸的草鞋》、《思念总在分手后》等；刘文正，其代表作品为《迟到》、《三月里的小雨》等；陈淑桦，其代表作品为《夕阳伴我归》、《浪迹天涯》等；李碧华，其代表作品为《祈祷》、《聚散两依依》、《梦的衣裳》等。

三、国语歌

80年代的台湾，经济飞速发展，一跃成为"亚洲四小龙"之一。此期间文化艺术也获得了空前发展，台湾的流行音乐在80年代进入全盛时期。1980年，段氏兄弟（段钟潭、段钟沂）在《滚石》杂志的基础上创办了台湾滚石唱片公司，并交由世界五大唱片公司之一的BMG发行，滚石推出了一系列经典唱片：《童年》（张艾嘉）、《朋友歌》（陶大伟、孙越）、《之乎者也》（罗大佑）、《天天天蓝》（潘越云）等。此后，近20年的时间里，滚石见证了台湾流行音乐的发展历程，同时也推出一大批极具影响力的歌星，如张艾嘉、罗大佑、李宗盛、周华健、陈淑桦、赵传、辛晓琪、潘越云、张信哲、陈升、黄品源、张洪量等。直到今天，滚石唱片依然是台湾乃至华人世界中最具影响力的唱片公司之一。

罗大佑（1954— ）

罗大佑（1954—），台湾省苗栗县的客家人，祖籍广东省梅县，是台湾地区著名的创作歌手、音乐人，有"华语流行乐教父"之称。曾创作并演唱《恋曲1980》、《童年》、《光阴的故事》、《你的样子》、《鹿港小镇》、《爱人同志》、《亚细亚的孤儿》、《东方之珠》、《野百合也有春天》、《皇后大道东》、《之乎者也》、《海上花》、《是否》等脍炙人口的国语、闽南语、粤语歌曲，对80年代后期到90年代初期校园民歌及整个华语流行音乐风格转变有划时代的影响。罗大佑的歌词具有深刻的思想性，极具批判精神，引人深思。情感类歌词如诗如画，而涉及环境、文化、教育等方面的歌曲，歌词扩大到对社会、历史、文化的思考，使流行音乐的内涵上升到一个更高的层次。

李宗盛，1958年生于台湾，词曲作家，音乐制作人兼创作歌手，华语乐坛最具影响力的音乐人之一,自 20 世纪 80 年代起创作了大量经典歌曲,发掘提携出周华健、辛晓琪、张信哲、莫文蔚、光良、品冠、五月天、梁静茹等歌手,是 80 年代后期和 90 年代台湾流行乐坛的第一推手。知名作品有《爱的代价》、《真心英雄》、《我是一只小小鸟》、《当爱已成往事》、《梦醒时分》、《笑红尘》、《伤痕》、《领悟》、《问》、《阴天》、《爱如潮水》、《壮志在我胸》、《明明白白我的

李宗盛(1958—)

心》、《让我欢喜让我忧》、《寂寞难耐》、《鬼迷心窍》、《凡人歌》、《给自己的歌》等。

郑智化,生于 1961 年。两岁时患小儿麻痹症,双腿残疾,22 岁大学毕业,次年进入广告公司,从事广告创作设计,受到广告界的肯定。1988 年底,发表首张个人专辑《老幺的故事》;1989 年 8 月,他离开广告界,并于次年出版第二张个人专辑《单身逃亡》;1990 年推出第三张个人专辑《堕落天使》;1991 年推出第四张个人专辑《年轻时代》;1992 年推出第五张个人专辑《私房歌》,其中单曲《水手》广泛流传;1992 年底,继续推出专辑《星星点灯》,以后陆续推出《落泪的戏子》、《烟斗兄弟》、《麻将》、《夜未眠》

郑智化(1961—)

等专辑。郑智化是 20 世纪 90 年代最具影响力的华语人文歌手之一。郑智化的歌具有着现实主义色彩,无论是对人生的思考、自我的反省、自我的激励,还是对社会的批判,歌词都具有很强的文学性,并以独特的视角切入,发人深省,催人上进。

四、粤语歌

20 世纪 60 年代开始,香港的社会面貌发生极大改变。短短十年间,香港从过去单一的转口港转型为工业化城市,经济快速发展。50 年代从内地移至香港的人们也都渐渐稳定下来,扎根香港,建设香港。随之,香港的教育文化都发生了很大变化,由于受西方影响深远,香港的年轻一代"崇洋"思想渐趋明显。在此背景下,流行音乐也进入了一个新的转型期:"时代曲"渐渐

走向没落，"披头士"为代表的乐队潮流疯狂来袭。受此影响，香港青年人纷纷组建乐队，比如：许冠杰的"莲花"乐队（The Lotus）、陈任的"The Menace"、Joe Junior 的 "Side Effects"、Teddy Robin（泰迪罗宾）的 "Playboys" 等。乐队潮流的兴起，不仅成就了一批音乐人，同时也为香港流行音乐的发展打下了基础。

70 年代，内地正处"文化大革命"时期，而此时，香港经济飞速发展。香港人意识到自身的发展优势，渐渐形成一种香港"本土意识"。而粤语文化作为香港文化的代表，逐渐进入港人的文化生活，随之，粤语歌曲、粤语电影迎来一个新的发展时期。此时期粤语歌曲代表人物为：许冠杰、顾嘉辉、黄霑、郑国江、卢国沾、黎小田等。

许冠杰，1948 年生于广州。年轻时深受西方摇滚乐的影响，60 年代组建乐队，1966 年加入"莲花"乐队，担任主唱。1974 年推出的专辑《鬼马双星》揭开了香港当代流行乐坛的序幕，1976 年的经典大碟《半斤八两》则标志香港粤语流行歌曲的市场正式形成。许冠杰是缔造当代香港流行歌曲的最大功臣。他与兄弟许冠文、许冠武和许冠英合称"许氏四杰"。他的歌或市井小调，或深蕴人生哲理。代表作品有：《鬼马双星》、《双星情歌》、《纸船》、《沉默是金》、《财神到》、《浪子心声》、《急流勇退》等。

许冠杰（1948— ）

顾嘉辉，作曲家，1931 年生于广州，1948 年随家人移居香港。他 17 岁开始接触音乐，1961 年到美国学习音乐，回到香港后从事电影音乐创作，七八十年代创作了大量电视剧的主题曲，掀起粤语流行歌曲的热潮。代表作品有：《啼笑因缘》（1974）、《书剑恩仇录》（1976）、《倚天屠龙记》（1978）、《小李飞刀》（1978）、《狮子山下》（1979）、《万水千山总是情》、《上海滩》（1980）、《京华春梦》（1980）、《铁血丹心》（1983）、《一生有意义》、《肯去承担爱》

顾嘉辉（1931— ）

(1983)、《世间始终你好》(1983)、《当年情》(1986)等。

黄霑，词曲作家，1941年生于广州，是70年代中期粤语歌曲兴起时的重要填词人之一。1949年随家人移居香港，1960年进入香港大学中文系，开始写歌词。他的作品或豪情万丈，或婉约多情，词风洒脱，语言精练，收放自如，张弛有度，深具大家风范。代表作品有：《沧海一声笑》（词曲）、《上海滩》（词）、《倩女幽魂》（词曲）、《当年情》（词）、《我的中国心》（词）、《狮子山下》（词）、《黎明不要来》（词曲）等。

黄霑（1941—2004）

郑国江，填词人，是70年代香港流行乐坛著名的词作家之一。他词风优雅，擅长抒情，整体风格偏向委婉柔和。80年代他与陈百强合作，陈百强作曲，他填词，创作出大量脍炙人口的粤语流行歌曲。代表作品有：《偏偏喜欢你》、《喝彩》、《涟漪》、《爱慕》、《侬本多情》、《风继续吹》、《星》、《真的汉子》、《漫步人生路》、《我愿意》等。

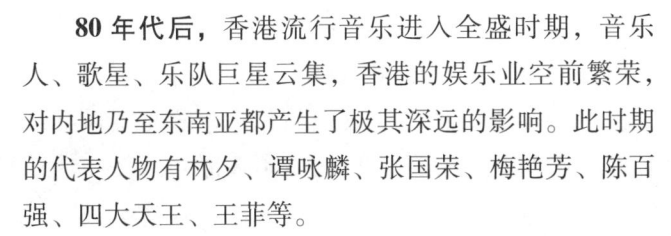

郑国江（1941—　）

80年代后，香港流行音乐进入全盛时期，音乐人、歌星、乐队巨星云集，香港的娱乐业空前繁荣，对内地乃至东南亚都产生了极其深远的影响。此时期的代表人物有林夕、谭咏麟、张国荣、梅艳芳、陈百强、四大天王、王菲等。

林夕，原名梁伟文，林夕就是"梦"字上下拆开来。他毕业于香港大学中文系，是80年代后期崛起的一名填词人。词风唯美深刻，内涵丰富隽永，自成一格。他对爱情，对友情都看得入木三分，细腻感人。1991年他加入罗大佑的音乐工厂，参与了《皇后大道东》和《信仰爱》（黄耀明）等专辑的创作。到

林夕（1961—　）

207

90年代，他已创作歌词作品近4000首，成为香港最著名的填词人之一。他的代表作品有：《皇后大道东》、《似是故人来》、《侧面》、《春光乍泄》、《冷战》、《暗涌》、《你的名字，我的姓氏》、《浓情化不开》、《无需要太多》、《至少还有你》、《红豆》、《因为爱所以爱》、《再见二丁目》、《富士山下》等。

谭咏麟，生于1950年，70年代进入歌坛，最初担任温拿乐队的主唱。1976年，温拿乐队走红，1978年乐队解散。是年，他开始进入影视界，并出版个人专辑。到1988年宣布不再领奖为止，共获得100多个奖项，他也由此成为香港乐坛巨星级人物。他的代表作品有：《雾之恋》、《爱的根源》、《爱在深秋》、《半梦半醒》、《水中花》、《夜未央》、《火美人》、《再见亦是泪》、《爱多一次痛多一次》等。

谭咏麟（1950— ）

张国荣，生于1956年，1977年参加丽的电视台举办的"亚洲歌唱大赛"获香港赛区亚军，同年签约宝丽金并出版专辑。1982年转至黎小田的华星娱乐公司，推出专辑《风继续吹》，大获成功。1989年宣布退出歌坛，1990年1月22日在香港红磡体育馆成功举办告别演唱会。1990年3月赴加拿大温哥华进修电影导演课程。1995年重返歌坛。此后在歌唱及电影界成为超级巨星。他的代表作品包括，歌曲《风继续吹》、《莫尼卡》、《侧面》、《侬本多情》、《当年情》、《倩女幽魂》、《沉默是金》、《风再起时》、《当爱已成往事》、《有谁共鸣》、《我》、《怪你过分美丽》、《红》、《共同渡过》等，影片《英雄本色》、《倩女幽魂》、《阿飞正传》、《霸王别姬》、《纵横四海》、《春光乍泄》、《异度空间》等。

张国荣（1956—2003）

梅艳芳，生于1963年，1982年获得第一届新秀歌唱比赛冠军和国际唱片协会颁发的新人奖，同年签约华星唱片公司，并出版首张专辑。1983年出版《赤色梅艳芳》，歌曲《赤的诱惑》入选香港电台"十大中文金曲"和无线电视台的"十大劲歌金曲"。1990年宣布拒绝接受任何唱片方面的奖项;1991年宣布退出舞台,1991—1992年,在红磡体育馆举行了30场"百变梅艳芳告别舞台演唱会"。她的代表作品有:《似水流年》、《似火探戈》、《似是故人来》、《烈焰红唇》、《胭脂扣》(与张国荣合唱)、《一生爱你千百回》、《亲密爱人》、《女人花》等。

梅艳芳(1963—2003)

陈百强,1958年生于香港,籍贯广东台山,香港已故流行歌手,1993年10月25日因为逐渐性脑衰竭而撒手尘寰。代表作品有:《眼泪为你流》、《偏偏喜欢你》、《涟漪》、《今宵多珍重》、《深爱着你》、《念亲恩》、《烟雨凄迷》、《一生何求》等。

90年代,香港乐坛进入造星时代。香港电台将张学友、刘德华、黎明、郭富城四人拉到一起,冠以"四大天王"的称号。借此,四大天王成为继谭咏麟、张国荣之后,香港流行乐坛的又一"神话"。张学友的代表作品有《遥远的她》、《吻别》、《祝福》、《饿狼传说》、《忘记你我做不到》、《想和你去吹吹风》、《一千个伤心的理由》、《我等到花儿也谢了》等;刘德华的代表作品有《如果你是我的传说》、《来生缘》、《我和我追逐的梦》、《谢谢你的爱》、《真情难收》、《忘情水》、《天意》、《相思成灾》、《中国人》等;黎明的代表作品有《今夜你会不会来》、《堆积情感》、《深秋的黎明》、《为我停留》、《哪有一天不想你》等;郭富城的代表作品有《我是不是该安静的走开》、《爱你》、《把所有的爱都留给你》、《渴望》、《我的开始在这里》、《你是我的一切》、《风不息》、《真的怕了》等。

陈百强(1958—1993)

在四大天王主宰乐坛的90年代,同期女歌星有:王菲、林忆莲、叶倩文、周慧敏、郑秀文等。其中王菲以其独特的嗓音和极具个性的行腔,赢得了广大歌迷的喜爱,她以另类而又适宜商业的风格在香港乐坛独树一帜。

王菲,曾用名王靖雯,1969年生于北京,1987年随家人移居香港。1989

王菲（1969— ）

年，她参加"亚太ABU流行歌曲创作演唱大赛"获季军，此后进入宝丽金旗下的新艺宝唱片公司，并于同年推出个人首张专辑《王靖雯》，自此开始，独步乐坛，风迷亚洲。她的代表作品有：《容易受伤的女人》、《执迷不悔》、《天空》、《棋子》、《但愿人长久》、《你快乐所以我快乐》、《人间》、《半途而废》、《当时的月亮》等。

五、摇滚／乐队

20世纪80年代后期，在一些唱片公司的支持下，乐队的潮流再次兴起。1985年起，香港出现了很多乐队，如LadyDiana、Raidas、Beyond、太极、达明一派、风云、边界、草蜢等，这些乐队多以原创为主，提倡非主流创作。

BEYOND

Beyond，成立于1983年，由黄家驹（主唱、作曲）、黄家强（贝司）、黄贯中（吉他）、叶世荣（鼓手）四人组成，1986年与宝丽金唱片公司签约，开始在香港乐坛产生影响。他们的作品超越了商业歌曲的情歌路线，创作了大量非情歌题材的作品，如：关于母爱的《真的爱你》，关于种族问题的《光辉岁月》，关于人类和平的《AMANI》，关于理想的《海阔天空》、《不再犹豫》等。此外，他们的代表作品还有：《再见理想》、《喜欢你》、《冷雨夜》、《大地》、《长城》等。

达明一派

达明一派，成立于1985年，由作曲、编曲兼吉他手刘以达和主唱黄耀明组成。1986年1月签约宝丽金，同年3月、9月推出两张专辑。1987年4月出版专辑《石头记》，标题歌曲被评论界认为是香港新旧流行音乐的分水岭。之后相继推出《长征》、《我等着你回来》、《夜未央》、《你还爱我吗》、《意难平》、《神经》等7张唱片。1990年10月25日举办《我爱你达明一派》演唱会后，不久解散。他们的代表作有：《石头记》、《四季歌》、《禁色》、《马路天使》、《十个救火的少年》等。

太极乐队，成立于 1984 年，由 7 位成员组成：主唱兼键盘手雷有耀、雷有辉，吉他手兼和声刘贤德、邓建明，贝司手盛旦华，键盘手唐奕聪，鼓手朱翰博。代表作品有：《红色跑车》、《留位我吧》、《Crystal》、《无尽风沙》、《全人类高歌》、《错》、《乐与悲》、《玻璃少女》、《拼命三郎》等。

太极乐队

台湾流行乐坛的摇滚乐，较主流流行音乐相对要逊色一些。20 世纪 80 年代的薛岳、90 年代的伍佰是摇滚乐的重要代表。到 90 年代末、21 世纪初，一批新的摇滚乐团的崛起，使摇滚乐这种风格形式进入主流音乐的行列。1997 年"动力火车"的成功，1998 年"迪克牛仔"的走红，为摇滚乐的流行奠定了基础。1999 年"五月天"开始初露锋芒，他们的英式摇滚倾向引起了听众的关注。随后，飞儿乐园（F.I.R）、信乐团相继走红。至此，众多的乐队将摇滚乐推向了一个高潮。其中，"动力火车"的《明天的明天的明天》、《忠孝东路走九遍》、《背叛情歌》等歌曲，"迪克牛仔"的《有多少爱可以重来》、《忘记我还是忘记他》以及《梦醒时分》等翻唱歌曲，"五月天"的《拥抱》、《温柔》、《倔强》等歌曲，飞儿乐团的《我们的爱》、《你的微笑》、《Lydia》、《千年之恋》等歌曲都在社会上广泛流传。

六、中国风

2000 年周杰伦的出现，台湾流行音乐得以进一步发展，并创造出兼具 R&B 和 Hip—Hop 两种风格的流行歌曲。周杰伦作为流行音乐的新的风格与潮流快速席卷中国大江南北，特别是在青少年中拥有众多歌迷。同时周杰伦与写词人方文山合作，华语歌坛刮起"中国风"。

周杰伦（Jay Chou），亚洲最具社会影响力和传奇性的偶像天王巨星，世界十大鬼才音乐人之一，2000 年后最具指标性流行歌手，四届世界音乐大奖最畅销亚洲艺人，唱片全球总销量近 4000 万张。其音乐作品打破了亚洲原有单一的音乐形式，开创了多元化流行音乐的先河，为亚洲流行乐坛翻开了新的一页。2000 年推出首张个人专辑《Jay》，专辑一出，立即轰

周杰伦（1979— ）

动歌坛。此后,每年推出一张专辑:《范特西》(2001)、《八度空间》(2002)、《叶惠美》(2003)、《七里香》(2004)、《十一月的萧邦》(2005)、《仍然范特西》(2006)、《我很忙》(2007)。2005年以《头文字D》涉足电影;2007年成立JVR有限公司,自编自导自演电影《不能说的秘密》;2010年主持电视节目《Mr. J频道》;2011年以《青蜂侠》跻身好莱坞进军国际,荣获美国MTV电影大奖最佳新人提名;2012年发行专辑《十二新作》,销量一路飙升各大榜首。

方文山,1969年出生于台湾花莲,华语乐坛著名作词人,曾为吴宗宪、温岚、潘玮柏、S.H.E等艺人作词,也是著名歌手周杰伦的御用作词人。方文山擅长文字拆解,赋予新意,其创作的歌词当中充满强烈的画面感、浓郁的东方风韵。文字独树一帜,意境清丽悠扬,名副其实的"中国风"最有名的作词人。

方文山(1969—)

回看现代音乐,无论西方,抑或东方,无论何种风格,哪一流派,都与其所处时代有着丝丝缕缕的密不可分的关联。经典音乐所传递的情感与思想,在历史的上空久久回荡,余音不绝,丰富着人们的精神世界,滋养着人们的心田。

第二章
"二战"后西方艺术

第一节 "二战"后西方艺术概述

一、发展脉络

当代西方艺术发展与视觉文化密切相关。作为一种语境,视觉文化为当代艺术的发生提供了可能性。在审美趣味与审美体验方面,当代艺术与传统艺术有着很大区别。当代艺术与大众文化、大众传媒关系日益密切。传媒与大众文化也是相互生成的,居于二者之间。当代艺术不断向大众生活和大众审美靠近,其基本特质是后现代性,与现代艺术的现代性追求,存在明显的背离。当然,这种差异并不是绝对的。当代艺术及其由此表征的后现代性是与文本、话语相关的,不仅放弃了作品本身的深度模式,不再追求传统的理性规则,而且也不再负有阐释和挖掘意义的职能。

布里希指出,今天被我们称为"艺术"的东西,在古代是完全不同的一种活动,而"艺术家"这一称呼在人类历史的不同时期也几乎等同于巫师、祭祀人员、圣像制作师等等。英文中的 art 一词源于拉丁文"ars",其含义是制作某种对象所需之技巧,因此 art 一词的所指十分广泛,包括建房、造船、陶艺、裁剪、绘画、雕塑,甚至还包括几何学、天文学、指挥作战术等建立在某种规则和知识之上的技能。文艺复兴时期,美的艺术从手工艺中独立出来,美的生产者——画家、雕刻家、建筑师的社会地位逐步提高,艺术摆脱宗教的禁锢,具有了独立审美品格。直到 18 世纪,法国艺术理论家夏尔·巴托将音乐、绘画、舞蹈、雕塑、诗歌、辩论术、建筑等统一归到"美的艺术"

这一名下，标志着现代艺术观念的诞生，同时意味着人们对艺术实践的自觉意识的形成，还意味着艺术与现实的界限被划分出来。黑格尔在《美学》中指出，美学的正当名称就是艺术哲学。艺术完成了脱离古典、文艺复兴时期的观念，走向现代意义上的纯粹审美，成为一个自主领域。纵观西方艺术发展历程，大致分三大类型，即古典艺术、现代艺术、当代艺术。

文艺复兴运动拉开了西方近代艺术史的开端。文艺复兴期间涌现出了众多著名的艺术家，代表人物有达·芬奇、米开朗琪罗、拉斐尔、安吉利特、尼德兰等，他们的思想观念和创作技巧，对于西方艺术发展都产生了深刻而久远的影响。现代艺术的发端，是由塞尚、凡高、高更等为主的后印象主义开启先河，而且一发不可收拾。现代艺术形成了与以往三千年完全不同的艺术观念、思维和形式，艺术的写实性、唯美性、叙述性和传统的美学观念被推翻，而其非写实性、反唯美性、非叙述性成为主流。

20世纪，则涌现出更多的艺术流派。从现代主义到后现代主义，西方当代艺术发展堪称风起云涌，众声喧哗。众多的艺术流派此起彼伏，带来了艺术的繁荣与创新。从野兽派开始，经历了表现主义、立体主义、未来主义、抽象主义、达达主义、风格派、形而上画派、包豪斯、超现实主义、巴黎画派、抽象表现主义、新现实主义、波普艺术、欧普艺术、地境艺术、观念艺术、行为表演艺术、照相写实、激浪派、极少主义、女性主义、涂鸦主义、装置艺术、影像艺术、新媒介艺术、全球化时期、象征主义、俄国前卫艺术、构成艺术、八人画派、现代雕塑，直至世界现代设计。

20世纪初工业文明、机器时代的到来，令年轻的艺术家们普遍关注革新形式，来表现迅猛变革的工业社会里人们复杂的内在情绪和心理。这一时期影响比较大的是立体主义。立体主义起源于塞尚的理论和创作实践，艺术家们把塞尚的"要用圆柱体、圆球体、圆锥体来表现自然"这句话当作自己艺术追求的理想。立体主义更多是在折射工业文明、机器时代的社会现实，代表人物是毕加索。毕加索热衷于前卫艺术创新，也不放弃对现实的表现。巨幅油画《亚维农的少女》，标志着毕加索个人艺术历程中的重大转折，同时也是西方现代艺术史上的一次革命性突破，引发了立体主义运动的诞生。

值得一提的还有包豪斯，1919年在德国成立的一所设计学院，是世界上第一所完全为发展设计教育而建立的学院。虽然只经历了短短的14年，但它在艺术史上却有着重要的地位，包豪斯优越严谨的教学体系更是沿用至今。它本身就是一件艺术品，无论是外在还是内涵，都值得人们学习欣赏，一直被称为20世纪最具影响力也最具有争议的艺术院校，在当时还是乌托邦思想和精神的中心。它创建了现代设计的教育理念，取得了在艺术教育理论和实践中无可辩驳的卓越成就。包豪斯的历程就是现代设计诞生的历程，也是在艺术和机械技术这两个相去甚远的门类间搭建桥梁的历程。设计在艺术史上始终不能像绘画那么受人关注，而正是包豪斯，引发了人们对设计的重视，这也顺应了工业高度发展的社会需求。

由于两次世界大战欧洲是主战场，大批的艺术大师纷纷逃离欧洲，移民到相对和平的美国。同时美国在战后迅速崛起，成为世界强国。所以战后艺术中心也就从巴黎转移到纽约。受美国本土文化的影响，现代艺术发生了很大的变化，开始了新的探索和创造，更多地是以注重观念改变为特点。50年代兴起抽象表现主义，只重绘画行为过程，体现了美国人自由创造的活力。此后，人们不满于偶然的发泄和主观的放纵，转而崇尚让画面自为地发挥出潜力，于是出现了大色域绘画、极少主义绘画、硬边派等。这些艺术多以冷静、简单的大色块布置画面，不掺任何感情的表现。60年代波普艺术登上画坛，首先风行美国。艺术与现代文明互相渗透，让艺术成为更为普及的交流手段，与现代人的生存息息相关。自70年代后，现代艺术进入多元化、个性化发展阶段，艺术家在更广泛的层面上探索艺术和艺术表现。

二、主要流派

抽象表现主义。"二战"后影响力最大的两个艺术流派当属抽象表现主义和波普艺术，而且也最能反映"美国本土特色"。抽象表现主义是第一个由美国兴起的艺术运动，也是"二战"之后西方艺术的第一个重要运动，是战后西方艺术风格实验的开端，标志着一个新的时代就此到来。自此之后的一段时期里，西方现代艺术的中心从巴黎转移到了纽约。研究中国美术史也会发现，艺术中心往往代表着经济中心，这也从侧面反映，随着艺术中心的转移，世界的经济中心也发生了变化。以波洛克为首的抽象表现主义画家，受到超现实主义画家关于艺术的源泉存在于无意识之中的观念影响，用颜料在画布上任意泼溅，完全打碎了画面的整体结构，画幅巨大。利用作画过程中的偶发事故，表现作者和作品间直接和意想不到的关系；有时画家使用全身的动作来表现无法控制的内在意识，为日后西方的行动派艺术开了先河，如德库宁的《女人一号》。

波普艺术。60年代前后，英国开始流行波普艺术，这与美国商品经济的高速发展有很大关系。波普"POP"有"通俗、大众、流行"之意。波普艺术家与抽象表现主义对工业化的反感，以及对都市生活、机械文明的逃避态度完全不同。他们用在生活环境中所接触的材料和媒介来制造大众所能理解的形象，使艺术与生活相结合，并利用大众传播媒介加以普及，如劳申伯格《床》。波普艺术虽然起源于英国，真正发展至鼎盛是在美国。美国波普艺术家声称他们所从事的大众化艺术与美洲的原始艺术和印第安人的艺术类似，是美国文化传统的延续和发展。波普艺术也是一个探讨通俗文化与艺术之间关联的艺术运动，试图推翻抽象艺术并转向符号、商标等具象的大众文化主题。波普艺术是当今较底层艺术市场的前身。早期波普艺术的影响力量在英国和美国，造就了许多当代艺术家。后期的波普艺术几乎都在探讨美国的大众文化。波普艺术对于流行时尚有着特别而且长久的影响力，不少服装设计、平面设计师都直接或间接地从波普艺术中获取灵感。可以说，在艺术精神上波普虽没有深造，却发展了艺术的其他道路。其中的代表人物是安迪·沃霍尔，他成了恶搞、前卫、疯狂、流行、经典的代名词。

极少主义，又称为减少主义艺术。60年代在美国兴起，主张以极少的形式为主题，强调艺术必须精心制作和设计，反对波普艺术混淆雅俗，反对抽象表现主义的偶发性等思想。虽然极少主义的内容少之又少，制作精心，但与传统绘画、雕塑艺术家讲究个人的笔触特征相反，他们尽量不留下艺术家个人的制作痕迹，在具体方法上并不完全循规蹈矩地走传统的审美道路。代表人物和作品有纽曼的《温漫一号》等等。

照相写实主义。以克洛斯为首的照相写实主义，用超写实的手法在巨大的画布上描绘人物，使人物的每个毛孔都清晰可见，给人一种前所未有的心灵震撼。照相写实主义又称超级写实主义流派，发源于美国。60年代和70年代，一些画家、雕塑家追随各种写实的具象形式，走向了照相写实主义的顶峰，主张艺术的要素是逼真的酷似，绘画多以比原头部大10倍的巨大画面呈现，纤毫毕现。雕塑和真人大小以极度逼真之感觉示人。题材都以城市街景、日常生活中的普通人为主。其代表人物及其作品有雕塑家安德利亚《座凳子的女人》、克洛斯《自画像》等等。

光效应艺术（op艺术）。西方60年代兴起的美术思潮，是用几何形象制造出各种光色效果引起运动幻觉的一种抽象派艺术。光效绘画产生的标志是1965年在美国纽约现代美术馆举办的眼睛的反应画展。这种艺术是建立在对抽象派和波普艺术反叛的基础之上的。它认为抽象派艺术太依赖画面偶然性的效果和任凭感情的冲动，而波普艺术又过于鄙俗和缺乏艺术的感染力。他们的目的是要通过各种不同的纹样和色彩，利用观众的视觉变化来造成一种幻觉效果。它的具体做法就是利用简单的几何形体的重复或中断，利用色块的补色关系和结构的连续与并列达到绘画的效果。他们在作画时常常使用直尺和圆规等工具，有的还可以大量的拷贝和复制。从事光效应艺术创作的画家往往具有比较熟练的技巧，比较完美地掌握了图案艺术的规律，能使作品产生千变万化的效果。可以说，他们是打破了纯绘画艺术和装饰图案艺术之间的界限，对工艺美术、银幕艺术、广告艺术和建筑艺术都产生了较大的影响。所以有人把光效应艺术当作视觉艺术的科研成果来看待，是年轻的艺术家们对科学技术开发兴趣的结果。开创者为法国画家瓦萨莱利，其作品有《索拉塔—T》、《沃诺尔—克茨》等。

概念艺术。概念艺术取自极少艺术家索尔·勒维特于1967年夏天在《艺术论坛》上发表的《概念艺术短评》。概念艺术认为语言和概念是艺术真正的精髓所在。对几乎所有概念艺术家而言，语言或多或少起到工具的作用，因此观众在画廊所看到的概念艺术往往只是艺术家思想的记录，尤其是在语言性的作品中只有文字的痕迹。概念艺术60年代发端于美国，中期以后流行于欧美及世界各国，1969—1972年间最为盛行，代表人物有金霍尔茨《缩影式战争纪念》、阿孔奇《苗床》等。

大地艺术。大地艺术又称地景艺术，是把极限艺术的一系列方法和构思在大自然中利用大规模的土方工程，在大地表面进行创作。大地艺术家普遍厌倦现代都市生活和高度标准化的工业文明，主张返回自然，对曾经热恋过的最少派艺术表示强烈的不满，以之为现代文明堕落的标志，并认为埃及的金字塔、史前的巨石建筑、美洲的古墓、禅宗石寺塔才是人类文明的精华，才具有人与自然亲密无间的联系。大地艺术家们以大地作为艺术创作的对象，如在沙漠上挖坑造型，或移山湮海、垒筑堤岸，或泼溅颜料遍染荒山。早期大地艺术多现场施工、现场完成，其作品无意给观者欣赏。1968年，德万画廊将大地艺术的一些图片及部分实物展览，故后期的大地艺术家很少大规模挖掘工程，而是更多借助摄影完成。大地艺术兴起的时间为60年代中期至70年代末，主要在北欧和美国。罗伯特·史密森是最早出现的大地艺术家，代表作品有《漩涡》等。

总体上，西方当代艺术具有后现代主义特征。后现代主义一词最早出现在丹尼尔·贝尔的著作《社会学的终结》（1960），十年后查尔斯·詹克斯开始将它引用到建筑上。通常认为1977年查尔斯·詹克斯的著作《后现代建筑语言》的发表标志着后现代主义时期的开始。后现代主义涵盖了自波普艺术、概念艺术、女性主义艺术以来的许多流派,这些流派的共性在于反对形式主义的审美观,反对现代主义向纯粹抽象艺术的演变,因此后现代主义最广泛的定义就是20世纪后半段非抽象艺术的总称。这一思潮没有明确的中心,称得上是国际化的艺术运动。后现代主义艺术表现在内容上以多元文化观念为主导,形式上以综合的方式为基础,打破了各门类、艺术与生活、审美与非审美的界限,如"行为艺术"艺术家们采用身体的行动来取代以往的美术表达方式。后现代主义的另一大特点是回归历史,回归自然。如新古典主义、将古典主义手法与现代主义元素相结合,创造出一种新的艺术形式。正如贡布里希所言:"20世纪西方前卫艺术最重要的特征在于它们的实验性。"从西方艺术一百多年的演变过程不难看出,西方现当代艺术发展至今已呈现出多元并存、纷繁复杂的局面。在这个过程中艺术在不断地否定着他人,也不断地否定着自身,同时也在多方位、多层次上自由地实验各种可能性。

第二节 "二战"后西方电影

"二战"后,世界局势趋向稳定,各国政治谋求改革,文化艺术追求创新,革新的浪潮席卷着各个领域。电影作为现代艺术的主流形式之一,在新的时代背景之下自然也有了新的变化。这一变化以欧美影坛为主,并在世界范围内引起巨大影响。

美国30年代开始的非商业性的实验电影在"二战"结束后仍有余韵,60年代中期到70年代初期兴起具有"反文化"色彩的青年电影运动,通过表现与旧生活观念充满冲突的年轻一代的生活和思想,反映社会和政治问题。盛行于30、40年代的古典好莱坞电影也在60年代以后被新好莱坞电影所代替,并凭借开放包容的文化氛围、先进的电影工业技术、丰富的电影类型和强大的明星制度、导演群体等成为世界电影新主流。不仅出现大批美国本土优秀导演和影片,很多国外导演也受到新好莱坞的强大吸引力而纷纷赴美或在艺术上向好莱坞式大片靠拢,拍出的经典大片不计其数,拉开世界电影商业化新帷幕。70年代后,好莱坞电影随着电影制作技术的发展进入第三阶段,科幻片、灾难片等类型不断发展，进入 90 年代之后更是以高成本、大制片、大场面、大明星的优势在全球取得绝对优势。

战后欧洲电影的复兴则表现在各国的电影运动之中，其中最重要的有三。

20 世纪 40 年代中期，意大利兴起新现实主义电影运动，在继承以往电影现实主义传统的同时，将纪实性美学观念推向新的高峰。这类电影在内容题材方面具有明显的社会性，多数以现实主义手法表现意大利的社会动向和民族悲剧，影片主人公多是混迹于社会底层的小人物，不尚拍摄技巧，带有浓厚的生活气息。剧情和人物的设置等方面对西方传统电影艺术来说是一种巨大的反叛和创新。50 年代末到 60 年代法国的新浪潮运动及其分支左岸派电影，在关注社会现实题材的同时展现人的内心世界，反对戏剧式的结构模式和僵化的制片制度，在电影语言和形式上进行革新，多使用实景拍摄和即兴导演，大大丰富了现代电影的表现技巧和风格。60 年代的德国新电影学派则以其批判现实主义闻名，强调电影的叙事性和大众性，风格坦率冷静，多利用陌生化效果激发观众的判断和思考，有效地缓解了德国电影在好莱坞影响之下的过度商业化现象。

这些电影运动很大程度上推动了战后世界电影的发展，欧洲国家如英国、俄国、西班牙、爱尔兰、波兰等，亚洲国家如中国、日本等都曾在不同时期受到影响。

进入 90 年代以后，世界电影的发展更加多元化，在好莱坞电影占据世界电影大部分市场的背景之下，各国也都在积极探寻着本国电影的发展出路。在这条永无止境的探寻道路上，世界各国、新旧数代电影工作者付出了艰辛的努力。

美 国 部 分

美国电影发源于 1893 年，到现在经过 100 多年的发展，美国已经成为世界上最大的电影制作国家和影片出口国家。以好莱坞为集中地的美国电影业每年都创作着不胜枚举的大片。虽然美国电影在 20 世纪 40、50 年代中也经历了一系列挑战，到 60 年代黄金时期渐渐过去，但从现在的发展看来，美国大片以其商业化特色，聚集科技、明星优势，在全球范围内的票房号召力还是其他国家电影一时难以媲美的。除了美国本土很多才华横溢的电影导演之外，还成功地吸引着世界各地的导演前往试水、发展，从而形成了美国电影的多元化和开放性，群星璀璨。

斯坦利·库布里克（1928—1999），美国著名导演战后现代主义电影的代表人物，同时也是威尼斯电影节终身成就奖得主。他的电影取材广泛，力求表现荒诞的人生和悲剧化哲理，因主张以暴制暴和取材的争议性而毁誉参半，但这并不影响其成为20世纪全球最具影响力的导演之一。

斯坦利·库布里克
（1928—1999）

斯坦利·库布里克的代表作品《乱世儿女》、《发条橙》、《闪灵》、《奇爱博士》、《2001太空漫游》等都是电影史上的经典之作。1956年执导《杀手》，取得艺术上的第一次成功。1957年拍摄《光荣之路》进一步巩固导演地位。1960年执导《斯巴达克斯》，赢得金球奖最佳影片奖。1961年执导改编自纳博科夫同名小说的《洛丽塔》，与后来其执导的另一部影片《发条橙》虽然所关注主题不同，却同样富有争议性。1965年《2001太空漫游》为美国电影史上的一座里程碑，堪称库布里克的巅峰之作。1980年执导恐怖电影《闪灵》后又拍摄了越战题材电影《全金属外壳》。直到1999年导演在完成自己最后一部作品《大开眼界》四天后在英国英格兰的赫特福德郡与世长辞。

伍迪·艾伦（1935— ）是美国最受尊敬的导演之一，身兼编剧、演员、作家、音乐家数种身份。常自编自导甚至亲自上阵演出，电影拍摄效率极高且数量繁多，表现的主题也即调侃讽刺的主角广泛，上至历史、文化、政治、宗教、爱情、死亡、性，下至欧洲电影、犹太人身份、纽约知识分子、小偷以及某些不道德行为。

伍迪·艾伦（1935— ）

伍迪·艾伦善于吸取无声喜剧片的优点，配合带有浓厚地方色彩的机智对白，以"内行人笑话"达到独特的幽默讽刺效果，深受美国观众喜爱并拥有固定而独特的观众群。主要代表作品有《午夜巴黎》、

《遭遇陌生人》、《怎样都行》、《午夜巴塞罗那》、《独家新闻》、《好莱坞式结局》、《业余小偷》、《甜美与卑微》、《名人百态》、《解构爱情狂》、《人人都说我爱你》、《非强力春药》、《别喝生水》、《子弹飞越百老汇》、《曼哈顿谋杀疑案》、《影与雾》、《爱丽丝》、《爱与罪》、《纽约故事》、《另一个女人》、《那个时代》、《汉娜姐妹》、《开罗紫玫瑰》、《变色龙》、《仲夏夜绮梦》、《星尘往事》、《曼哈顿》、《内心深处》、《安妮·霍尔》等。

弗朗西斯·福特·科波拉（1939— ），美国著名演员、编剧、导演、制片人。1963 年已经开始独立拍片，但直到 1970 年凭借《巴顿将军》剧本获美国奥斯卡最佳编剧奖后才开始得到认可。1972 年导演《教父》，展现出不同以往的美国黑手党形象，其中最经典的要数众多弱小者的保护神——"严父"维托克·里昂。新颖的构思和片中所提倡的奋斗精神，使影片深受观众喜爱，在商业上获得巨大成功。70 年代后半段基本是导演的黄金时期，这一时期的《对话》荣获法国戛纳电影节金棕榈奖，《教父2》也获得 7 项奥斯卡金像奖。然而 1976 年拍摄反映越南战争的《现代启示录》却遭遇滑铁卢，票房惨淡，致使导演在 80 年代持续低迷，直到 1990 年的《教父3》才得以恢复昔日的辉煌。其他作品有《哭泣苍穹》、《恐惧》、《雨人》、《斗鱼》、《局外人》、《棉花俱乐部》、《佩姬苏要出嫁》、《伊奥船长》、《石花园》、《塔克：其人其梦》、《纽约故事》、《吸血僵尸惊情四百年》、《家有杰克》、《超时空危机》、《没有青春的青春》、《泰特罗》、《此刻与日出之间》等。

弗朗西斯·福特·科波拉（1939— ）

马丁·斯科西斯（1942— ），美国战后最具影响力的电影导演之一，新好莱坞电影代表人物，学者型影人，有"电影社会学家"之美称。美籍意大利裔的生活背景以及内向孤僻的性格，使其在拥有独立的宗教文化和生活理念的同时分外敏感、虔诚，体现在其影片当中便是浓郁的意大利风情和社会反思性。故而他的作品多追求现实主义，冷静而深刻地表现和剖析意裔美国人的

马丁·斯科西斯（1942— ）

文化及身份认同、宗教罪恶与救赎以及黑帮暴力等社会问题，在好莱坞崇尚商业化的环境下独树一帜。主要作品有《愤怒的公牛》、《出租汽车司机》、《再见爱丽丝》、《好家伙》、《基督最后的诱惑》、《纯真年代》、《我的意大利之旅》、《纽约黑帮》、《飞行者》、《没有方向的家》、《无间行者》、《海滨帝国》、《禁闭岛》、《雨果·卡布里特》等。

乔治·卢卡斯（1944— ），著名编剧、导演、制片人，美国电影学院终身成就奖得主。1973年凭借《美国风情画》开始导演生涯，1977年开始投拍的《星球大战》系列以其极高的特技含量（激光、电脑、机器人等）和丰富奇幻的想象力成功地展现了未来科技的高度发展，并探讨由此产生的社会发展问题，取得空前成功。影片于1978年摘得7项奥斯卡大奖，对于科幻数字电影创作和发展具有开拓性意义，标志着好莱坞拉开讲求特技、表现科幻世界的大帷幕。此类型影片也成为80年代世界商业电影主流。80年代初与史蒂文·斯皮尔伯格合作的《印第安纳·琼斯》系列（又称《夺宝奇兵》）亦反响不俗。其他作品有《魔域奇兵》、《伊奥船长》、《威洛的故事》等。

史蒂文·斯皮尔伯格（1946— ），美国著名编剧、导演、制作人，曾以《辛德勒名单》和《拯救大兵瑞恩》两度荣获奥斯卡最佳导演奖，并于1995年获得金球奖终身成就奖。斯皮尔伯格拥有犹太人血统，电影涉及多种主题与类型，如鲨鱼、太空人、蛇、犹太人大屠杀、奴隶制度、历史、政治、战争、恐怖主义、女性生存、科技发展等，具有深刻的现实意义，充满智慧和理性。他的商业娱乐性质电影如《大白鲨》、《E.T.外星人》、《侏罗纪公园》等，俱以丰富离奇的想象力给观众以前所未有的视听盛宴，广受欢迎。另外，系列电影《夺宝奇兵》号称电影史上的动作经典，从1981年开拍到现在最新的第五部，艺术性经久不衰。为了拓宽艺术视野，导演也曾拍摄过关注女性的《紫色》、直击幸福的《幸福终点站》和动画片《丁丁历险记：独角兽号的秘密》等作品，均属上乘佳作。其他经典作品有《横冲直撞大逃亡》、《第三类接触》、《一九四一》、《太阳帝国》、《直到永远》、《霍克船长》、《人工智能》、《逍遥法外》、《少数派报告》、《未来报告》、《死亡转账》、《慕尼黑惨案》、《世界大战》、《战马》、《林肯》、《机器人启示录》等。

大卫·林奇（1946—　），著名编剧、导演、制片人、摄影家、作曲家和漫画家，当代美国非主流独立电影代表人物之一。其电影作品大多符合以其命名的"林奇主义"风格，电影具有先锋感和解构性，主题多与黑暗、困惑、虚无相关，风格阴郁古怪甚至诡异恐怖，华丽迷幻的同时带有导演特有的黑色幽默和热情纯真。他善于用恐怖的梦魇和荒诞的超现实场景表现人性的贪婪和社会的暴力本质，拥有极强的视觉

大卫·林奇（1946—　）

冲击力，配乐也不落俗套。经典影片有诡谲梦幻的《蓝丝绒》、暴力诡异的《我心狂野》、黑暗神秘的《双凤镇》、混乱不堪的《迷失的高速公路》、充满梦魇的《穆赫兰大道》、恐怖奇幻的《橡皮头》、时代和道德意味同样浓重的《象人》和温情朴实的《史崔特先生的故事》等。其他作品有《六个苍白的人影》、《字母》、《祖母》、《截肢者》、《沙丘》、《心碎的梦想》、《美国史》、《在空中》、《迷离情骸》、《妖夜荒踪》、《斯特雷特的故事》、《兔子》、《内陆帝国》等。

蒂姆·伯顿（1958—　），美国电影鬼才，拥有离奇的艺术感。电影以黑色幽默和视角独特著称，善用象征和隐喻，热衷错位描绘。80年代早期的短片《弗兰肯维尼》就已可见其作品的动画实验片的倾向。1989年执导的商业大片《蝙蝠侠》，由同名畅销漫画改编，以超现实的诡异阴暗风格取得巨大成功。1990年的《剪刀手爱德华》讲述长着剪刀手、披着凌乱长发的"科学怪男"的浪漫感人的爱情童话故事。人物造型怪异甚至可怕，但风格和情调都是难得的明朗动

蒂姆·伯顿（1958—　）

人。这种哥特式背景之下光明与黑暗、明朗与阴郁对比的风格在后来导演的电影中得到很好延续，如《查理与巧克力工厂》阴

暗低沉的外部世界、怪异神经质的工厂主人和色彩斑斓的工厂装置、纯净的童心,《僵尸新娘》灰暗阴冷的人间和色彩斑斓的阴间,《理发师陶德》面色僵硬苍白而专情的主人公、原本幸福美好的家庭生活和失去美好之后血腥暴力的复仇之路,《爱丽丝梦游仙境》奇异跳跃的故事情节和梦境般的童话色彩……其他经典电影还有《小科学怪人》、《荒唐小混蛋奇遇记》、《阴间大法师》、《艾德·伍德》、《火星人玩转地球》、《断头谷》、《决战猩球》、《大鱼》、《黑暗阴影》、《科学怪狗》等。

大卫·芬奇(1962—),美国著名导演。影片多关注人性与社会的阴暗之处,基调阴郁而哀伤。例如1995年执导《七宗罪》便以连环杀人案反映当代社会道德沦丧等社会问题。以暴吃、淫荡、贪婪、懒惰、高傲、嫉妒、愤怒为原罪的七宗案件细节真实,节奏紧凑惊险,同时带有宗教救赎意味。类似风格的作品还有《十二宫》、《异形3》、《危险之旅》、《心理游戏》、《搏击俱乐部》、《战栗空间》等。2008年上映的《返老还童》讲述人生开始于老人结束于婴儿的本杰明·巴顿的人生和爱情故事,基调忧伤,情感真挚,算是芬奇作品中的温情之作。其他作品有:《社交网络》、《龙纹身的女孩》、《海底两万里》、《重金属》、《与拉玛相会》、《纸牌屋》、《杀手》等。

大卫·芬奇(1962—)

英国部分

第二次世界大战爆发之后,英国电影业因战乱和电影界人才的流失无法正常生产,但观众却有增无减,票房收入节节攀升。因此,在"二战"期间,英国出现了不少电影事业家,如著名的 J. A. 兰克。"二战"结束后,为了保护本国电影不受美国电影的打击,采取了一系列措施,但大都效果不佳,反而在一定程度上使英国电影多年来萎靡不振。一直到80年代,这种情况才有所好转,但经过多年的发展和融合,英国电影在保有本国一部分特色,如英式对白、优雅风度、典雅镜头、文学气息等的同时,也很难真正剔除美国元素了，导演方面也是如此。

阿尔弗雷德·希区柯克（1899—1980），著名编剧、导演、制品人，惊悚悬疑电影代名词，尤其擅长拍摄惊悚悬疑片。39岁前往好莱坞发展，并迅速凭借《蝴蝶梦》一举拿下奥斯卡最佳影片奖，开始了其国际性电影旅程。其影片注重以细致深刻的心理状态描写对人性展开思考，以观众为主线的悬疑设置使得观众在不知不觉中身临其境地体验惊悚。曲折离奇的故事情节、独具创新的拍摄手法、鲜明戏谑的趣味象征以及近乎完美的悬疑配乐，使导演获得国际"惊悚大师"的美名。而导演神出鬼没地出现在自己影片中也

阿尔弗雷德·希区柯克
（1899—1980）

成为其电影不成文传统。1979年荣获美国电影协会颁发的终身成就奖。代表作品有《后窗》、《惊魂记》、《西北偏北》、《列车上的陌生人》、《擒凶记》、《三十九级台阶》、《牙买加旅馆》、《深闺疑云》、《爱德华大夫》、《美人计》、《夺魂索》、《欲海惊魂》、《忏情记》、《哈里的麻烦》、《捉贼记》、《伸冤记》、《迷魂记》、《群鸟》、《艳贼》、《冲破铁幕》、《谍魂》、《狂凶记》、《家庭阴谋》等。

大卫·里恩（1908—1991），著名演员、编剧、导演、制片人和剪辑师，英国电影界的泰斗。1928年开始从影，作品以宏大壮观的史诗性著称。从影40多年只拍摄了16部影片，但获得的奥斯卡提名却多达56次，金奖27项，他本人则七次得到最佳导演奖提名并两次获奖。早期作品以独特视角批判现实，充满人文关怀。1946年的《孤星血泪》以精确洗练的电影语言和细致的心理描写，成功展现了专制时代穷乡僻壤的困顿世景。1948年的《雾都孤儿》以娴熟的技巧和精良的制作生动地呈现出当年英国的社会风貌，深刻地揭示和鞭挞了当

大卫·里恩
（1908—1991）

时资本主义社会的黑暗和虚伪。1965年的《日瓦戈医生》描写理想主义者日瓦戈和热情奔放的护士娜拉之间的爱情故事，剧情曲折，风景壮丽，荣获奥斯卡十项提名和五项大奖。其他作品有《与祖国同在》、《天伦之乐》、《相见

恨晚》、《苦海孤雏》、《欢乐的精灵》、《梅特林》、《一飞冲天》、《女大不中留》、《艳阳天》、《桂河大桥》、《阿拉伯的劳伦斯》、《万世流芳》、《印度之行》、《瑞安的女儿》等。

肯·洛奇（1936— ），英国著名编剧、制片人、独立电影导演，威尼斯电影节的终身成就奖得主。作品以写实主义风格表现社会性题材，充满社会意识，关注社会低下阶层生活。1970年导演的《小孩与鹰》讲述来自破碎家庭的孤独小男孩与宠物鹰的故事，被认为是英国有史以来最伟大的电影之一。后来的作品一直保持高度的社会意识，如2006年的《风吹稻浪》通过20世纪初爱尔兰独立运动期间三位青年的不同际遇，真实地再现了特殊历史时期人们的生活经历和精神风貌，获得第59届戛纳电影节金棕榈大奖。其他作品有：《苦命母牛》、《家庭生活》、《再见祖国》、《致命档案》、《底层生活》、《石雨》、《折翼母亲》、《以祖国之名》、《卡拉之歌》、《我的名字是乔》、《面包与玫瑰》、《铁路之歌》、《九一一事件簿》、《甜蜜十六岁》、《情深一吻》、《航向幸福的旅程》、《自由世界》、《天使的一份》等。

肯·洛奇（1936— ）

迈克·内威尔（1942— ），英国著名演员、制片人、喜剧导演。作品以不落俗套的故事结构见长，散发着浓厚的英伦色彩文学气息和知性特征。1994年执导的爱情轻喜剧《四个婚礼和一个葬礼》，以含蓄内敛的幽默和犀利辛辣的嘲讽，讲述了一个具有浓厚浪漫色彩的爱情故事。之后他执导了紧凑动人的卧底警探电影《忠奸人》、自由烂漫的师生关系电影《蒙娜丽莎的微笑》以及青春魔幻的《哈利波特与火焰杯》等英伦风格电影，部部精品。其他作品有《铁面人》、《觉醒》、《坏血》、《与陌生人共舞》、《好父亲》、《无声的抗议》、《酸甜》、《海角新乐园》、《情迷四月天》、《大冒险》、《空中塞车》、《沧田》、《霍乱时期的爱情》、《达尔文夫人》、《波斯王子：时之刃》、《远大前程》、《在切瑟尔海滩上》等。

迈克·内威尔（1942— ）

安东尼·明格拉（1954—2008），英国著名剧作家、导演、制片人。1995年导演的《英国病人》改编自同名小说，以战争和沙漠为背景，演绎了一场跨越时空的爱情悲剧，美轮美奂，感人至深，并获得了超过30项国际大奖，为导演在国际影坛上赢得巨大声誉。其风格也在导演此后的作品中得到沿袭，如1999年的《天才雷普利》、2000年的《冷山》等，兼具艺术性和商业性。其中《冷山》根据查尔斯·弗雷泽同名畅销小说改编，描述美国南北战争中，受尽战火洗礼的主人公漫长而艰难的归家历程。影片充满着光荣、责任、忠诚等主题，在此之下暗暗流淌着细腻和舒缓的现实生活琐碎细节。

安东尼·明格拉
（1954—2008）

可惜的是，伦敦时间2008年3月18日清晨5时，安东尼·明格拉因突发脑溢血，享年54岁。其他作品有《一屋，一鬼，一情人》、《红娘先生》、《三角恋》、《解构生活》、《纽约，我爱你》、《无敌女子侦探社》等。

丹尼·博伊尔（1956— ），英国著名导演、制片人。电影作品想象力丰富，极具后现代视听风格，热衷表现青年一代的精神世界。1994年凭借剧情长片《浅坟》一炮而红。1999年执导的《猜火车》改编自同名小说，是一部着眼于社会问题的另类之作，以黑色幽默讲述了一群爱丁堡瘾君子的生活，被视为英国90年代新潮电影的杰作。2008年执导的《贫民窟的百万富翁》讲述出身印度贫民窟少年的爱情和人生故事，剧情曲折扣人心弦，叙事流畅，充满印度式的史

丹尼·博伊尔
（1956年— ）

诗性质和欧式人文情怀，一经推出便大受欢迎，获得各种庆典多项大奖。其他作品有：《同屋三分惊》、《天使爱情鸟笼伴》、《迷离沙滩》、《28日后》、《太阳浩劫》、《127小时》等。

盖·里奇（1968— ），英国著名编剧、新锐导演，擅长表现暴力影像，频繁使用英式无厘头旁白为故事构建线索，利用快速剪接等手法制造炫酷镜头，带有后现代解构主义风格。但作品良莠不齐，其中佳作有拍摄于1999年的《两杆大烟枪》、2008年的《摇滚黑帮》和2009年的《大侦探福尔摩斯》

等。其他作品有《偷拐抢骗》、《浩劫妙冤家》、《转轮手枪》等。

《两杆大烟枪》以惊险、悬疑的紧凑情节讲述一场赌局劫案，使盖·里奇首次受到好莱坞的瞩目。尽管盖·里奇的电影作品质量参差不齐，但在他的影迷心中，盖·里奇电影中无厘头的英式对白和匪夷所思的巧合，超级炫酷的镜头剪辑和英式摇滚等因素，都是独具魅力的。

盖·里奇（1968— ）

克里斯托弗·诺兰（1970— ），英国编剧、导演、摄影师、制片人。1996年拍摄《追随》，初露头角。2000年拍摄《记忆碎片》，以精巧的叙事展现了人性的复杂，在各大电影节上颇多斩获。2010年拍摄科幻片《盗梦空间》，成功编制了一个半梦半醒的梦境空间，带领观众游走于现实与虚幻之间，获得金球奖最佳导演及最佳原创剧本提名。其他作品有《蚁蛉》、《盗窃罪》、《塔兰台拉》、《白夜追凶》、《致命魔术》、《蝙蝠侠之黑暗骑士》等。

克里斯托弗·诺兰（1970— ）

法 国 部 分

作为最早发明电影的国家之一，法国的电影历史悠久。"一战"结束后，法国形成了印象派、先锋派和诗意派电影，独具法国风情。"二战"结束后，法国电影难免受好莱坞冲击。由于资金的缺乏等因素，在战后5年期间，法国生产的电影大多数为讲述过去时代的虚构故事片，富有诗意，但脱离现实生活。50年代之后的故事片也大都质量平平，这种颓势直到新浪潮的出现才有所改变。在这股新浪潮之中，法国诸多电影导演的创造和努力功不可没。

阿伦·雷乃（1922— ），法国电影新浪潮左岸派中坚分子，关注和表达时间对生活的影响，通过具有随意性和跳跃性的记忆时间讲述故事，带有意识流的神秘主义色彩。1946年开始拍摄的一系列绘画纪录片，富有诗意，如《梵高》、《高更》、《格尔尼卡》、《雕塑也会死亡》等。1959年拍摄新浪潮代表作《广岛之恋》，改编自玛格丽特·杜拉斯的同名小说，讲述了法国女演员与日本建筑师在广岛的婚外恋情，以"闪切"手法成功表现人意识的瞬间流动，抒情性对白和画面使影片具有浓厚的文学气息。拍摄于1961年的《去年在马里昂巴德》，运用同样的艺术手法，使人物和观众都深深沉浸在回忆和忘却之中。其他作品有《夜与雾》、《全世界的记忆》、《苯乙烯之歌》、《穆里埃尔，或返回的时光》、《战争结束了》、《我爱你，我爱你》、《天意》、《我的美国舅舅》、《生活像小说》、《生死恋》、《我要回家》、《吸烟不吸烟》、《人人都唱这支歌》、《好戏还在后头》等。

阿伦·雷乃（1922— ）

让·吕克·戈达尔（1930— ），法国新浪潮电影奠基者之一。其电影多以即兴式风格拍摄，运用大量实景、外景，并将自己的丰富学识和激进的政治思想注入作品之中。1959年在特吕弗的帮助下凭借《精疲力尽》一举成名。前期作品旨在表现西方人的精神危机和混乱生活，如《混泥土工程》、《风骚女子》、《夏洛特和她的情人》等。50年代末至60年代中期进入创作高峰期，执导了《精疲力尽》、《小兵》、《女人就是女人》、《随心所欲》、《卡宾枪手》、《狂人皮埃洛》、《大诈骗犯》、《轻蔑》、《圈外人》、《已婚妇人》、《阿尔法城》、《美国制造》等佳作。80年代以后，以同时充满政见和艺术创新的影片为主，代表作有《中国姑娘》、《电影史》、《人人为己》、《话语的力量》、《主客关系》、《艺术的童年》、《悲哀与我》、《永远的莫扎特》、《老地方》、《我们的音乐》、《社会主义》等。

让·吕克·戈达尔（1930— ）

弗朗索瓦·特吕弗（1932—1984），法国电影新浪潮时期"作者论"主要倡导者。作品有意避开政治题材，具有强烈的纪实性，多体现导演早年的生活经历和心路历程，带有自传色彩，忧郁而反叛，富有戏剧性，雅俗共赏。

229

弗朗索瓦·特吕弗
（1932—1984）

1959年的《四百下》是法国新浪潮电影的开山之作，平直的叙述方式中蕴藏着一种巨大张力，荣获1959年戛纳电影节最佳导演大奖。1980年拍摄的《最后一班地铁》，以独特的戏中戏套路，将表现的舞台从场景、艺术类型到表现手法甚至人物性格都做了双层处理，在一种令人讶异不已的叙述中实现了柔美抒情与残酷冷峻的对比，艺术魅力极其丰富。其他作品有《射杀钢琴师》、《野孩子》、《柔肤》、《骗婚记》、《黑衣新娘》、《华氏451度》、《偷吻》、《日以作夜》、《阿黛尔·雨果的故事》、《零用钱》、《痴男怨女》、《绿屋》、《爱情狂奔》、《隔墙花》、《情杀案中案》等。

让·雅克·阿诺
（1943— ）

让·雅克·阿诺（1943— ），法国著名编剧、导演、制片人，以海外为主要制作基地和市场，擅长表现历史题材，作品精益求精，追求完美，拍片周期长达三、四年。1976年凭借处女作《高歌胜利》荣获奥斯卡最佳外语片奖。1992年拍摄的《情人》使得导演真正步入世界电影大师行列，在华人界也引起巨大轰动。2009年开始投拍同名小说改编而成的《狼图腾》，2014年上映。影片中深含的蒙古民族图腾崇拜的中国传统文化意蕴，无疑有助于中国少数民族文化的传播和在世界范围内的理解，在某种程度上，也是导演对于1997年拍摄的《西藏七年》中对于西藏文化和政治局势错误理解的一种弥补。其他作品有《火之战》、《陛下未成年》、《玫瑰之名》、《熊的故事》、《虎兄虎弟》、《兵临城下》、《黑金》、《轻举妄动》、《大敌当前》、《两只老虎》等。

让·皮埃尔·热内（1953— ），法国著名编剧、导演。早年从事电视广告和视频片段的制作。2000年拍摄了具有超现实主义浪漫风格的电影《天使爱美丽》，讲述一个现代灰姑娘的童话故事。导演以其敏锐的洞察力和精湛的导演艺术，将生活中细微而美好的时刻一一呈现在影片当中，真实自然而诗意浪漫，具有强烈的感染力。该片成为当时法国票房最高的电影，并在全球范围内取得成功。2004年原班人马出演的战争爱情片《漫长的婚约》,以田园的优美突出战争的残酷和爱情的美好,亦好评如潮。其他作品有《黑店狂想曲》、《妙不可言》、《童梦失魂夜》、《异形之复活》、《尽情游戏》等。

吕克·贝松(1959—),著名演员、编剧、导演、制片人,有"法国斯皮尔伯格"之称。作品场面宏大,节奏明快,风格诡异奢华,富于时尚感,极具商业价值。1983年,处女作《最后的战斗》问世,后凭借《地铁》、《碧海蓝天》、《第五元素》、《圣女贞德》、《尼基塔》、《这个杀手不太冷》等经典作品建立其国际大导演声誉。其中1994年拍摄的《这个杀手不太冷》由让·雷诺和娜塔莉·波特曼主演,讲述中年杀手和小女孩奇特的感情经历,充满沉郁浪漫的艺术气息,上映多年来深受世界观众喜爱。其他作品有:《最后决战》、《地下铁》、《亚特兰蒂斯》、《天使》、《亚瑟和他的迷你王国》、《阿黛拉的非凡冒险》、《昂山素季》等。

让·皮埃尔·热内(1953—)

吕克·贝松(1959—)

意 大 利 部 分

意大利电影在世界电影史上有着举足轻重的地位。第二次世界大战结束之后,在民主运动形势高涨的背景之下,意大利出现了新现实主义电影,对于世界电影艺术产生重大影响。新现实主义电影追求纪录片的真实准确性,旨在展示饱受战争苦难的意大利人民的悲苦生活,表现人民对社会不公正和资产阶级冷酷的抗议。最重要的是,它在展现过往苦难、充满批判性的同时,殷切地反映人民对未来的最美好憧憬。60年代,新写实主义电影渐渐衰败之后,意大利又出现以反法西斯主题为主的第二个电影浪潮,出现了意大利式喜剧电影和以离奇形式表现青年对资产阶级生活习俗以及家庭理论反抗的"叛逆电影",电影行业呈现出新的繁荣景象。70年代,"政治电影"产生,在反法西斯、批判社会和艺术表现方面都是对新现实主义的继承和发展。70年代末到现在，意大利电影的发展并不景气，一些制片人和导演为了拍摄出更好的作品，重拾喜剧片、侦探片和音乐片，试图借辉煌时期的余韵和影响力吸引观众的注意。

德·西卡（1902—1974），意大利著名演员、导演。作品具有浓厚的人道主义色彩，常表现社会或政治动荡对普通人命运的影响，以批判社会现实为己任。40年代初期开始导演自己的电影作品，并经常兼任主演。1943年拍摄的《孩子看着我们》代表着新现实主义的萌芽，1956年的《屋顶》则是新现实主义最后一部力作。其他新现实主义的经典之作还有《天国之门》、《擦鞋童》、《偷自行车的人》、《米兰的奇迹》、《温培尔托·德》、《终站》、《乔恰拉女人》、《昨天，今天，明天》、《意大利式的结婚》、《向日葵》、《芬奇·康蒂尼斯的花园》等。

德·西卡（1902—1974）

米开朗基罗·安东尼奥尼（1912—2007），意大利现代主义电影导演，世界电影美学最具影响力的导演之一。影片善于表现现代化社会题材，通过人物的行为来分析哲学观念。影片很少有明显的戏剧冲突，角色多无目的性、不带感情且有时带有朦胧的特质。不重音效、光效，以影片本身的纪实性色彩为表现元素。镜头复杂缓慢而沉默，对白简短，寓深意于画面之中。曾获威尼斯影展终身成就奖、欧洲电影奖终身成就奖和美国奥斯卡终身成就奖。代表作品有《波河上的人们》、《爱情编年史》、《不戴茶花的茶花女》、《失败者》、《小巷之爱》、《女朋友》、《公路之王》、《迷情》、《夜》、《蚀》、《红色沙漠》、《春光乍现》、《无限春光在险峰》、《中国》、《过客》、《奥伯瓦尔德的秘密》、《一个女人的身份证明》、《云上的日子》、《米开朗基罗的凝视》、《爱神》等。

米开朗基罗·安东尼奥尼
（1912—2007）

费德里科·费里尼（1920—1993年），意大利著名编剧、导演。编剧的著名作品有《不设防的城市》、《游击队》等。导演作品多显示出他浓重的马戏团情节，具有强烈的个人风格，即"费里尼风格"。1953 年拍摄《浪荡儿》引起国际瞩目，并获得威尼斯电影节银狮奖。1954 年拍摄《大路》，从新现实主义蜕变为新现代主义，名声大噪。1963 年拍摄《八部半》，以一个灵感枯竭的导演基多为主人公，为其后的心理片确立了经典范式。其他经典作品有《卖艺春秋》、《白酋长》、《朱丽叶与魔鬼》、《小丑》、《卡萨诺瓦》、《大路》、《卡比利亚之夜》、《甜蜜生活》、《八部半》、《罗马风情画》、《阿玛珂德》等。

费德里科·费里尼
（1920—1993 年）

瑟吉欧·莱昂（1929—1989），意大利演员、编剧、导演、制片人。执导作品仅有七部，但影响深远。1961 年拍摄处女作《洛特岛要塞》，开始电影生涯。1964 年把黑泽明的《大镖客》改编为《荒野大镖客》，开创意大利西部片热潮。1984 年的"美国三部曲"之一《美国往事》则代表着其电影事业的最高峰。作品多设悬念，并利用道具推进情节发展，富有"残酷的幽默"色彩和史诗风格。其他经典作品还有：《狂沙十万里》、《黄昏双镖客》、《黄金三镖客》、《西部往事》、《革命往事》、《天火焚城录》等。

瑟吉欧·莱昂
（1929—1989）

罗伯托·贝尼尼（1952—），意大利著名导演、喜剧演员，因其精湛的演技被誉为"意大利的卓别林"。影片善于表现遭受命运捉弄的小人物以及他们的美好品质和人生智慧。1991 年拍摄《约翰尼·斯泰基诺》大获成功。1994 年执导并主演《顽皮警察》，再次风靡欧洲影坛。1998 年执导他人生中最重要的故事片《美丽人生》，以导演父亲在纳粹集中营的经历写成，用喜剧的格调讲述"二战"中一对犹太父子在纳粹集中营中笑中有泪、扣人心弦的悲喜经历，反映

罗伯托·贝尼尼
（1952—）

战争时代的罪恶和平民的无辜辛酸，荣获奥斯卡最佳外语片等多项国际大奖。其他作品有《木偶奇遇记》、《老虎和雪》等。

吉赛贝·托纳多雷（1956—），意大利写实电影流派新贵导演。影片数量不多，大多自编自导，并以家乡西西里岛为背景展现少年时代的憧憬和回忆。1988年执导《天堂电影院》，讲述西西里岛一个鬼灵精怪的小男孩在电影院放映师的影响之下实现自己电影梦想的感人故事，获得空前成功。1998年编导史诗巨作《海上钢琴师》，讲述钢琴天才"1900"在远洋客轮上传奇的一生，情节曲折、富含隐喻和浪漫色彩，为导演摘得意大利大卫奖最佳导演奖。2000年编导《西西里岛的美丽传说》，讲述13岁少年的青春躁动，怀旧而美丽。其他作品有《天伦之旅》、《幽国车站》、《新天堂星探》、《隐秘女人心》、《巴阿里亚》、《最佳出价》等。

吉赛贝·托纳多雷（1956— ）

日 本 部 分

日本电影从1896年开始至今，已有100多年的历史。"二战"结束之后，日本电影进入其发展的第四个时期，电影独立制片运动蓬勃兴起，直到50年代中期达到鼎盛。这一时期的电影虽然热衷于纯娱乐，但也没有完全置作品的艺术性和进步意义于不顾。1949年之后的约10年之间，日本电影进入文艺片的复兴时期，同时表现社会问题的影片也明显增多。经过60年代的颓败之后，70年代的日本电影界盛行与外国合拍之风，加之日本人民消费结构的变化和电影事业体系化倾向的出现，以及民族化、怀古与现代性结合的表达方式日渐受到观众青睐等因素，日本电影整体呈现出逐渐复苏的景象。

沟口健二（1898—1956），日本电影界著名"女性电影大师"。电影多关注女性题材，尤其是对艺妓生活进行表现，对于女性意识的表现带有理想化色彩。很多作品取材古典文学作品，带有浓厚的东方情结，基调忧伤，充满苦难，却自有一种暖意。

沟口健二（1898—1956）

后期作品表现出赎罪意识,抨击牺牲女性的男权社会,也塑造了众多慈母般宽容美好的女性形象。在电影表现形式上勇于创新,善用"一场一镜"即模拟日本传统卷轴画挪动的长镜头,形成日本电影独特的民族风格。代表作品有《灵与血》、《浪华悲歌》、《祇园姐妹》、《残菊物语》、《西鹤一代女》、《雨月物语》、《山椒大夫》、《近松物语》等。

小津安二郎(1903—1963),日本著名编剧、电影导演。作品带有日本传统特有的物哀特色,散发着淡淡的哀愁。常以表现日本家庭的"现代剧"为题材,反映日本中下阶层的日常生活和现代日本社会的风俗习惯、世态人情。风格活泼明快,富有幽默感、时尚感。拍摄手法上,多用仰拍、固定机位和简单的切割镜头,人物的画面布局几乎采用同一姿态且很少出现大幅度动作,说话时直面镜头。可以说,对电影画面几乎达到了洁癖的程度。1949年的《晚春》是其一系列优秀作品的开端,也标志着小津电影的成熟。其他作品有《东京之宿》、《淑女忘记了什么》、《宗方姐妹》、《秋刀鱼之味》、《麦秋》、《茶泡饭的味道》、《东京物语》、《早春》、《东京暮色》、《彼岸花》、《早安》、《浮草物语》、《秋日和》、《小早川家之秋》等。

小津安二郎(1903—1963)

黑泽明(1910—1998),20世纪日本著名编剧、导演。自1943年执导第一部影片《姿三四郎》以后从影60余年,编写剧本近70种,导演电影31部,被誉为"电影界的莎士比亚"和"电影天皇"。作品多用人道主义和存在主义思维诠释东方历史和文化,描写人在逆境中的顽强拼搏,对日本民族文化和社会生活等各方面进行深刻反思,极富哲理性和民族特色。作品对西方很多著名导演也产生过巨大影响,如乔治·卢卡斯、史蒂文·斯皮尔伯格等。1950年拍摄的《罗生门》为导演获得亚洲电影史上第一个威尼斯金狮奖;1990年又成为奥斯卡史上第一个获得终身成就奖的亚洲电影人;1954年拍摄的动作片《七武士》更奠定其世界级艺术大师的地位,对于亚洲电影的意义不言而喻。其他

黑泽明(1910—1998)

作品有《泥醉天使》、《静夜之决斗》、《丑闻》、《白痴》、《生之欲》、《活人的记录》、《蜘蛛巢城》、《低下层》、《椿三十郎》、《天堂与地狱》、《红胡子》、《电车狂》、《德尔苏·乌扎拉》、《影子武士》、《乱》、《梦》、《八月狂想曲》、《袅袅夕阳情》等。

宫崎骏（1941— ），日本著名动画导演、动画师及漫画家，"动画界的黑泽明"，在全球动画界具有无可替代的地位，甚至能够与迪士尼、梦工厂共分世界动画天下。出品的动漫电影以动人的故事和温暖的风格在世界动漫界独树一帜，具有鲜明的日本民族特色，将动画上升到人文高度。主题大多涉及人与自然关系、和平主义、女权运动、梦想、人生等。以平凡朴实的人物形象配以唯美的动画画面、舒缓的背景音乐，天真、淳朴、温暖、清新浪漫、天马行空、无拘无束、宁静美好、意味悠长。代表作品有：《龙猫》、《千与千寻》、《天空之城》、《幽灵公主》、《风之谷》、《悬崖上的金鱼公主》、《哈尔的移动城堡》、《红猪》、《捕鲸记》、《魔女宅急便》、《种下星星的日子》、《红发少女安妮》、《空想的飞行机械们》、《胶卷咕噜咕噜转》、《小狗克罗历险记》、《酵母君与鸡蛋公主》、《起风了》等。当地时间2013年9月6日，宫崎骏再次宣布隐退，并笑言自己亲自制作长篇动画片的时代已经结束。

北野武（1947— ），日本著名电影演员、导演，日本电影复兴旗手，号称"日本电影新天皇"，媒体多把他与黑泽明并列。电影类型丰富，自1989年开始拍摄电影以来，不断创新，无视传统电影模式，提倡即兴和自由创作。电影崇尚暴力美学，对暴力、死亡和存在等母题的深度思考带有冷酷、感伤色彩，但在这种冷酷之下又隐约浮现着温情，成为北野武电影的独特魅力。1997年拍摄的《花火》是日本电影第二次高潮的代表作，荣获威尼斯影展金狮奖及蒙特利尔影展最佳导演奖。1999年自编自导自演的《菊次郎的夏天》有别以往风格，温馨的故事情节配以久石让简单明快、清新自然的主题曲，使电影从头到尾充满着夏日的清新气息，感人至深。其他作品有《凶暴的男人》、《那年夏天，宁静的海》、《小奏鸣曲》、《性爱狂想曲》、《坏孩子的天空》、《大佬》、《玩偶》、《座头市》、《双面北野武》、《导演万岁》、《阿基里斯与龟》、《极恶非道》等。

岩井俊二（1963— ），日本新电影运动旗手，被誉为日本最有潜质的新近"映像作家"。影片清新独特，感情细腻，光线柔和，镜头含蓄唯美，有"日本王家卫"之名。作品多表现对现代社会的思索以及对纯真梦想的执着追求。1995年拍摄《情书》，以清新感人的故事和明快唯美的影像成为日本电影在国际影坛第二次高潮的先导。其后的电影多数以同样的风格展开画面。2001年执导《关于莉莉周的一切》以

岩井俊二（1963— ）

清新的影像不露声色地剥落出一个残酷的青春故事，2004年拍摄的《花与爱丽丝》则以细腻纯净的感情和影像讲述了两名少女的青春与成长故事。其他作品有《无名的孩子》、《来杀人的男人》、《鬼汤》、《蟹肉罐》、《一个夏至的故事》、《烟花》、《无名地带》、《雪的国王》、《爱的捆绑》、《梦旅人》、《疯狂的爱》、《燕尾蝶》、《月亮骑士》、《空之镜》、《四月物语》、《想从另一个透视观看烟火的孩子们》、《市川昆物语》、《纽约，我爱你》、《华莱士人鱼》、《吸血鬼》等。

其他

当今世界，科技的发展使世界渐渐成为一个互相连通的整体，每个国家的发展除了自身的因素之外，都难免受到外来因素的影响。在世界电影受好莱坞商业大片广泛影响的大背景之下，各国电影在寻求自身发展的时候，相比学习好莱坞的制片艺术和先进技术之外，更多还是在孜孜不倦地寻找自己国家文化的根源。

安德烈·塔可夫斯基（1932—1986），原苏联著名导演，以"俄罗斯银幕诗人"闻名于世。电影同导演个人一样，具有强烈的宗教气质，末世与拯

安德烈·塔可夫斯基
（1932—1986）

救、战争与和平、人类精神迷失与社会文明危机等创作母题使其电影带有启示录般的震撼力量。导演充分认为"过去"比"此刻"更为真实久远，而时间只有通过记忆才能获得"物质性的重量"，故而时间和回忆成为其电影的核心要素。电影拒绝快速剪接，具有一定的观赏障碍，电影语言亦忠实于电影本性，简约诗意，叙事庄重沉郁。主要作品有《伊万的童年》、《压路机与小提琴》、《安德烈·卢布廖夫》、《索拉里斯》、《镜子》、《潜行者》、《乡愁》、《牺牲》等。

米洛斯·福尔曼
（1932— ）

米洛斯·福尔曼（1932— ），捷克著名演员、编剧、导演、制片人，捷克新浪潮电影代表人物，后赴美发展。多以捷克人特有的怪诞和理性思维拍片，对人物传记情有独钟。影片多以第一人称为视角，从童年开始多角度地展现人物生活，通过细节准确而细致地把握人物细微的心理变化，以冷静客观的洞察力使传记人物展现出性格的多面性和复杂性。此类佳作有 1984 年的《莫扎特传》等。电影也集中反映背离社会的人的生活，混杂着黑色幽默和对日常生活的艰辛审视，这一类型作品中以 1975 年的《飞越疯人院》最为经典。以上两部作品均获奥斯卡最佳导演奖。其他作品有《黑彼得》、《金发女郎之恋》、《消防员舞会》、《逃家》、《慕尼黑运动会》、《爵士年代》、《最毒妇人心》、《性书大亨》、《月亮上的男人》、《戈雅之灵》等。

阿巴斯·基阿鲁斯达米
（1940— ）

阿巴斯·基阿鲁斯达米（1940— ），伊朗著名导演、剧作家、制作人以及剪辑师，伊朗电影新浪潮运动中的新星。影片充满现实主义色彩，风格朴素自然，表演即兴，结构框架近乎纪录片，多反映伊朗儿童的学习和生活，如《一年级新生》、《家庭作业》以及 1987 年为其赢得国际声誉的《何处是我朋友的家》等。后者讲述一个山村小学生拿错同桌作业本后的一系列故事，由当地小学生和村民本色出演。尔后

第二章 "二战"后西方艺术 | 下编 艺术

同为"村庄三部曲"的《生活在继续》和《橄榄树下的情人》也在该村拍摄。1996年拍摄探寻自杀主题的《樱桃的味道》，获戛纳影展的金棕榈奖。其他作品有《面包与小巷》、《休息》、《我也能作》、《解决一个问题的两种方法》、《色彩》、《向老师献礼》、《加罕拉马宫》、《一号方案》、《牙疼》、《有序与无序》、《合唱》、《经历》、《旅行者》、《结婚礼服》、《报告》、《第一案，第二案》、《公民同胞》、《特写》、《风带我们走》、《ABC在非洲》等。

克日什托夫·基耶斯洛夫斯基（1941—1996），波兰著名导演，"电影诗人"，后转向法国发展。大多数作品没有紧凑的情节，而是关注人生苦难和个体精神世界问题，譬如道德困境、人的脆弱本质等，富有哲学意味和神秘主义倾向。在拍摄了十余年展示生活细节的纪录片之后，1989年凭借故事片《十诫》跃入世界级大导演行列，电影色彩也呈现出表现主义倾向。进入90年代后，陆续拍摄了《维罗尼卡的双重生命》以及《蓝》、《白》、《红》三部曲。其他作品有：《照片》、《洛兹城》、《我是个士兵》、《泥瓦匠》、《人行道》、《初恋》、《职员》、《医院》、《伤痕》、《平静》、《夜搬运工看世界》、《我不知道》、《七个不同年龄的女人》、《摄影迷》、《车站》、《发言者特写头像》、《机遇》、《短暂的工作日》、《永无止境》、《一周七天》、《谋杀短片》等。

克日什托夫·基耶斯洛夫斯基（1941—1996）

维姆·文德斯（1945— ），德国著名导演，20世纪70年代德国"新电影运动"代表人物之一，与法斯宾德、施隆多夫和赫尔措格并称"德国新电影四杰"。影片画面诗意优美，风格冷静坦率，充满生命力。多表现充满流浪和疏离色彩的旅行经历，尤其喜欢表现公路、汽车、火车、飞机和轮船，充满诗意与虚空感。其拍摄的欧式公路电影，最著名的是包括《爱丽丝漫游城市》、《错误的运动》和《公路之王》的"旅行三部曲"，以及1991年的《直到世界尽头》，代表着欧洲公

维姆·文德斯（1945— ）

239

路电影的完美风格。1987年拍摄《柏林苍穹下》，荣获当年戛纳电影节最佳导演奖，进一步巩固了文德斯在世界影坛的地位。其他作品有《城市之夏》、《守门员对点球的焦虑》、《红字》、《美国朋友》、《水上的闪电》、《哈默特》、《事物的状态》、《德州巴黎》、《寻找小津》、《衣食住行事件簿》、《咫尺天涯》、《里斯本的故事》、《云上的日子》、《光之幻影》、《暴力启示录》、《乐满哈瓦那》、《百万美元大酒店》、《科隆颂歌》等。

詹姆斯·卡梅隆（1954— ），加拿大著名编剧、制片人、剪辑师、导演。擅长拍摄动作片以及科幻电影，主题往往试图探讨人与科技之间的关系。1984年，凭借《终结者》成功获得电影界广泛关注。1986年，自编自导《异形2》，以动作片风格紧凑地重新演绎太空中人类与异形的大战，导演实力再次得到肯定。1994年拍摄《真实的谎言》，在间谍惊险片中融入喜剧情节，充分表现了导演对此类影片的高超驾驭能力。1997执导其导演生涯中最重要的《泰坦尼克号》，以精美的特技和凄美动人的爱情故事，一举揽获11项奥斯卡大奖。2005年推出3D大片《阿凡达》，以绚丽的特技和极具奇幻色彩的故事情节而大受欢迎，缔造了全球票房新纪录。2012年上映的3D版《泰坦尼克号》，成功掀起世界泰坦尼克号影迷重温热潮。其他作品有《食人鱼之繁殖》、《深渊》、《末世黑天使》、《重返俾斯麦战舰》、《深渊幽灵》、《深海异形》等。

彼得·杰克逊（1961— ），新西兰著名编剧、导演。早期影片多为带有黑色幽默色彩的恐怖片，借助电脑特技呈现真实而血腥恶心的视觉效果，如《群尸玩过界》、《罪孽天使》、《恐怖幽灵》等，大获成功。1998年开始拍摄《指环王》系列，以其美轮美奂的魔幻色彩，开启导演的魔幻主义电影旅程。此后的作品，如2005年翻拍的《金刚》，以及2012年执导的《霍比特人：意外之旅》等无一不是魔幻主义大作。其他作品有《宇宙怪客》、《疯狂肥宝综艺秀》、《被遗忘的影片》、《可爱的骨头》等。

陈英雄（1962— ），越南新电影扛鼎人物，著名编剧、导演。14岁移民法国的异国文化背景，使其为数不多的作品在浓厚的东南亚文化气息之中带有超然和审视意味，风格独特。1994年凭借《青木瓜之味》一举成名，影片讲述法属时期一个普通越南女孩的成长经历，无论是内敛悠长的剧情、精致细腻的人物形象还是柔和唯美的画面、音乐，都充满浓郁

陈英雄（1962— ）

的东方古典色彩，并显现出一种超然于时代之外的平和。1995年凭借《三轮车夫》获威尼斯金狮奖，迎来事业巅峰。影片一改东方式的温婉内敛，以尖锐凌厉的手法讲述越南社会底层的生存困境，充满血腥暴力，触目惊心，以冷静的审视揭开生活中阴暗压抑的一面，直面现实而更少置身事外。2000年拍摄的《夏天的滋味》以一个家庭秘而不宣的一面展现物质富裕后人们精神上的迷惘，风格依旧清新婉约、冷静超然，苦痛中蕴含着平静。另有作品《伴雨行》，以及改编自村上春树同名小说的《挪威的森林》。

米拉·奈尔（1957— ），印度演员、编剧、导演、制片人，是印度电影在西方的标志性人物。出身印度中产阶级，1976年进美国哈佛大学学习，并于学生时代拍摄了一系列印度题材的纪录片。1988年拍摄剧情片《早安孟买》，以纪录片式的手法展现孟买贫民区一个流浪小男孩的悲惨生活，具有强烈的现实主义风格，荣获1988年坎城电影节金摄影机奖。2001年的《季风婚宴》通过一场婚礼所引起的新德里两代人之间的

米拉·奈尔（1957— ）

意见不合，探讨新时代背景之下传统习俗与现代信仰之间的矛盾问题，荣获2001年威尼斯金狮奖及金球影展最佳外语片奖，在印度女性导演之中实属首次。另有作品《密西西比风情画》、《旧爱新欢一家亲》、《爱经》、《九一一事件簿》、《神经性失明》、《浮华若梦》、《同名同姓》、《纽约，我爱你》、《艾米莉亚》、《桑塔拉姆》等。

第三节 "二战"后西方绘画

西方艺术的发展自文艺复兴开始到 19 世纪时已经建立起一个以比例、解剖和透视等为依据的完善艺术体系,然而在这个体系之中,无论是绘画、设计、建筑还是雕塑等的发展都已经表现出某种形式化的倦怠意味。为了走出这种困境,艺术家们进行了新的艺术实验,西方美术开始分化,进入新的发展时期,即现代主义时期。这个时期自 1870 年以后的后印象主义开始,直到后来的抽象表现主义结束。在此半个多世纪的时间里,世界范围内出现了众多现代主义艺术思潮,美术创作无论在审美观念还是理论上都有别于此前的传统艺术,带有个人主义和形式主义色彩。

总体而言,20 世纪西方现代美术以 1945 年"二战"结束为分水岭,可以划分为两个主要阶段。其中第一阶段以法国巴黎为中心,美术的发展以现代主义为主,强调艺术的纯粹性和主观感情的抒发,认为绘画最重要的是组织画面结构用以表达个人内在情感,在一定程度上具有神秘性和解读性。"二战"中,法国的沦陷导致了巴黎世界艺术中心地位的改变。欧洲很多艺术团体因在战争中受到严重打击而纷纷解体,许多艺术家逃往美国,直接或间接地导致了战后纽约成为世界艺术发展的新中心。这一时期,抽象和反传统的艺术倾向影响遍及欧美甚至日本等亚洲国家。而战后西方艺术就在纽约出现的抽象主义运动中拉开帷幕。

现代主义时期的主要艺术流派有"一战"前的野兽派、立体主义、表现主义、未来主义、风格主义、维也纳分离派,以及两次大战期间的巴黎画派、达达主义、形而上画派、超现实主义、至上主义、抽象主义、包豪斯等。代表画家有闻名世界的马蒂斯、毕加索、巴拉、蒙克、蒙德里安、康定斯基等。1905 年诞生的野兽派绘画以马蒂斯为代表,主张以绘画表达画家最直接的主观感受,不注重光线的明暗效果,而是大胆运用平涂式的原色和起伏式的轮廓线构造画面,带有单纯化、平面化特点,具有一定的装饰性。1908 年诞生的立体派绘画以毕加索和乔治·布拉克为代表,追求形式的排列组合所产生的几何美感，否定从一个视点观察和表现事物的传统绘画技法，画面多存在于平面或两度空间之内。20世纪初期表现主义登上画坛，注重表现画家的主观精神和内在情感，代表画家有爱德华·蒙克、克林姆特、埃米尔·诺尔德等。1909年未来主义美术运动在意大利抬头，以贾科莫·巴拉、翁贝特·波丘尼、卡洛·卡拉等为代表，主要用立体主义分解的方法表现物体运动的感觉。抽象主义大约产生于1910年前后，代表画家有康定斯基和蒙德里安。"一战"期间产生的达达主义不仅反战争、反权威、反传统，而且否定一切包括艺术本身。最著名的代表人物是马塞尔·杜尚，他将达·芬奇的《蒙娜丽莎》画上胡须，并将小便池作为艺术品。随着达达主义的消退，超现实主义开始出现。绘画把具体的细节描写与虚构的意境相结合，表现梦境和幻觉，代表人物有萨尔瓦多·达利、杰昂·米罗等。

"二战"结束之后，现代主义艺术直到60年代开始向后现代主义时期转变，出现的主要艺术流派有抽象表现主义、波普艺术、欧普艺术、照相写实主义等。此外，装置艺术、行为艺术、反概念艺术、新具象艺术、新达达艺术、最少派艺术、环境艺术、偶发艺术、大地艺术、仿真主义、贫困艺术、涂鸦艺术、观念艺术、女权艺术、同性恋艺术等具有浓烈后现代主义性质的艺术也逐渐兴起并快速发展。

就像任何时代的艺术不可能与以往艺术类型完全割舍一样，"二战"后的西方艺术不是凭空产生的，而是在旧有艺术发展的基础之上，契合新的时代背景、创作要求和具体画家、画派的艺术审美诉求等综合因素，并符合特定艺术规律而产生和发展的。"二战"之后，以巴黎为中心的欧洲艺术走向失落，野兽派、未来主义、巴黎画派等画家的创作却没有因此中断。他们要么坚持以往的绘画风格走完艺术人生的最后一段，要么在新潮流和自身艺术表达诉求改变之后创作出不同以往的作品。要想全面地把握20世纪下半叶西方乃至世界艺术发展的历史，就不能抛开这些流派而单单断章取义地论述现代主义后期和后现代主义时期五花八门的新艺术类型。20世纪初的现代艺术业已进入不断改革创新的时代，野兽派的马蒂斯、立体派的毕加索、超现实主义的夏加尔以及其他种种流派与思潮中的美术家的艺术创作，构成了空前多元化的现代美术格局，这种格局到"二战"结束之后的20世纪下半叶仍然在不断地发展之中。我们将以绘画为主例，展示"二战"之后西方艺术的发展，对于60年代之后出现的五花八门、涉及广泛的综合艺术则不予赘述。

野兽派

野兽派绘画，1905年产生于法国，是西方20世纪前卫艺术运动最早的派别。此派画家热衷于运用鲜艳、浓重的色彩创造强烈的画面效果，笔法直率、粗放，充分表达感情。代表人物有马蒂斯、弗拉芒克、杜飞、乔治·鲁奥等。

亨利·马蒂斯（1869—1954），法国著名画家，野兽派创始人。偏爱以主观色彩作画，根据情感变化组合色块，多用高纯度平面色块，使画作简练而流畅，撞色而和谐，散发出轻快天真的气息。其代表画作有《带绿色条纹的马蒂斯夫人像》、《舞蹈》、《红色和谐》、《金鱼》、《生活的欢乐》等。

亨利·马蒂斯
（1869—1954）

《带绿色条纹的马蒂斯夫人像》色彩浓重而奔放：画面以人物面部正中央的绿色粗线为核心，把画面划分为明暗冷暖两种色彩，加之背景的三色以及头发衣服颜色的深浅对比，浓重的眉毛，使画面达到一种神奇的平和，整幅画散发出一种浓烈而沉静的气息。《红色和谐》也是这样一幅用浓烈色彩来表现沉静悠闲的画作：墙、桌、地面、椅子用大块红色，绿地清新，白树优雅，小黄花、椅垫、水果色调温暖，藤蔓分布规律，大块的纯红底色稳稳地托起其他轻色，给人一种热烈之外的安定之感。《舞蹈》创作于1909—1910年，画中背景为大片蓝色，蔚蓝而沉静，绿色的草地以弧形鼓在蓝天的沉淀中，六位舞者赤裸着朱砂色的身体跳着狂放的舞蹈。画面之上再无他物，人物的暖色、动态和天空大地冷色的静态形成鲜明对比，仿佛一场狂欢却又是可节制的。画作风格单纯、简洁、清晰，主要以线和色块构成艺术形象。《金鱼》画中的色块相比前几幅画作中更加零散，面积变小，更多显现出清新淡雅、恬静怡然的风格，画面中自然流动着某种小情感。

莫利斯·德·弗拉芒克（1876—1958），法国画家，野兽派中最狂放不羁的一位。其笔下风景画独具特色，笔触厚重富有质感。用色大胆、明亮、浓烈，浓墨重彩，喜欢以饱满的橙色与鲜明的红色相呼应，并以强烈对比的色彩（蓝、绿等）来强化其视觉冲击力。偏爱厚涂的笔法，喜欢以旋动的笔触和粗重的黑线勾画物象的结构。主要作品有《夏都的住宅》、《布日瓦尔的山丘》、《塞纳河畔的采石场》、《红树》等。其中《塞纳河畔的采石场》是其野兽派风格的典型作品。画作中，大红色、橙色与绿色蓝色形成对比，树枝张牙舞爪毫无秩序，色彩浓厚杂乱，富有紧张感，气氛热烈动荡，很好地体现了弗拉芒克的绘画风格。

乔治·鲁奥（1871—1958），法国画家，世界上最著名的宗教画家之一。在野兽派绘画中，画作以深沉、神秘的气息以及粗犷、厚重的画风而别具一格。作品中用强烈的色彩和扭曲的线条描绘人类的痛苦，富于激情，充满爱与怜悯，渗透着宗教气息。鲁奥热衷于描绘社会的阴暗面，通过人物形象来表现他对丑恶与堕落的诅咒。画风简洁、有力而粗放。在他的画中，鲜明的色面总是为粗重的线条所框住，令人想起中世纪的玻璃窗彩画。

乔治·鲁奥（1871—1958）

乔治·鲁奥的画作往往以深色的粗线迅疾地勾画形象，廖廖几笔便能形神皆备。粗重的轮廓线、浑厚的色层以及浓重的色彩，使他的画充满强劲的力度与节奏感。其中《悲剧小丑》和《三士师》是他反抗社会丑恶的代表作，《被士兵戏弄的耶稣基督》则是众多描绘耶稣受难的作品之一。他还因非传统的版画复制技术而闻名。鲁奥在对社会与宗教的思考中逐渐形成自己的艺术个性，主题以暗红色和蓝色大胆地薄涂并勾出强有力的轮廓来表现，成为相当忧郁阴沉的形象。晚年鲁奥的绘画多为厚涂，色调浓艳，形象以浓重的粗线勾出来，轮廓线明确地采用剪影原理把整个身体分成块面，具有庄严的感觉。《贫民区的基督》是罗奥的一幅油画代表作。在这幅画中，画家把基督安排在一片破败不堪的街景之中，远处的天空月光幽静。画家并没有在基督的头上画上那圈代表其救世主身份的光环。他以他自己的信仰，用内心的爱与怜悯，来体会基督的超于凡俗的神性，把基督当作受苦难人类最大的希望去表现。

立 体 主 义

立体主义1908年始于法国，在西方现代艺术中具有重大影响。立体派画家努力消减作品中的描述性和表现性成分，试图组织起一种几何化倾向的画面结构，从而展现结构之美。作品虽保持一定具象性，却主要是对空间与物象的分解和重构。1912年以后立体主义进入综合立体主义阶段，画面形体依然支离破碎，但色彩的表现力明显加强，富有装饰性。最著名的代表是毕加索。

巴勃罗·鲁伊斯·毕加索（1881—1973）

巴勃罗·鲁伊斯·毕加索（1881—1973），西班牙画家、雕塑家，西方现代立体画派创始人和代表人物，当代西方最具创造性和影响力的艺术家之一，"人类艺术史上罕见的天才"。截止到1973年4月8日逝世，享年93岁的毕加索一生创作数量惊人，总计近37000件，包括1885幅油画、7089幅素描、20000幅版画以及6121幅平板画。绘画造型丰富，空间、色彩与线的运用普遍而熟练。

毕加索的主要创作时期可以分为以下几个阶段：1900—1903年处在人生低潮的蓝色时期，主要作品有《蓝色自画像》和《人生》，皆为浓郁的蓝色调；1904—1906年进入玫瑰时期，主要作品有《拿烟斗的男孩》和《斯坦因画像》；1907—1916年进入立体主义时期，正式开始立体主义风格创作，创作了《亚威农少女》、《卡思维勒像》、《瓶子、玻璃杯和小提琴》等；1916—1924年处于古典时期，创作有《欧嘉的肖像》、《三角帽》、《海边奔跑的两个女人》等；1925—1932年进入超现实主义时期，与雕塑家贡萨列斯一起创作雕塑和铁线结构，并创作以女人头像为题的攻击性系列画作；1932—1945年进入蜕变时期，创作《红色扶手椅中的女人》、《读书》、《多拉·玛尔的肖像》、《格尔尼卡》、《女孩与小船》、《大自然的故事》等；1936年进入田园时期，直至1973年结束，期间创作《和平鸽》、《卡门》、《斗牛士》、《伊卡洛斯的坠落》、《草地上的午餐》变奏系列、《画家与模特儿》、《流沙》等。

创作于1907年的《亚维农少女》是第一张有立体主义倾向的画作，引发了立体主义运动，具有突破性的里程碑意义。"二战"时创作的油画《格尔尼卡》抗议德、意法西斯对西班牙北部小镇格尔尼卡的狂轰滥炸，融立体主义、超现实主义和抽象主义等手法为一体，笔触扭曲夸张，造型抽象，极富表现力。

达达主义

达达主义于1916—1923年产生于法国、瑞士和德国，是一种无政府主义的艺术运动，试图通过废除传统的文化和美学形式来展现真正的现实。作品多表现对资产阶级价值观和战争的绝望，对一切事物采取虚无主义态度，主张废除绘画和所有审美要求，多用怪诞抽象甚至是枯燥的符号来组成画面。代表人物有马塞尔·杜尚。达达主义无论是在精神还是艺术手法上都为1922年前后超现实主义艺术的出现作了必要准备。超现实主义脱胎于达达主义内部，对西方现代绘画影响巨大。超现实主义画家们得益于弗洛伊德的潜意识学说，认为只有梦幻与现实相统一的真实才是绝对的真实，注重人类的先验性，勇于突破合乎逻辑与实体世界的现实观，力图把生与死、过去与未来、梦境与现实结合在一起，表现在画作中即是神秘、恐怖和怪诞。代表画家有米罗、达利、恩斯特、马格里特、伊夫·唐吉、马森·克利等。

马塞尔·杜尚（1887—1968），出生于法国，后移居美国，达达主义核心人物，超现实主义代表人物之一，20世纪实验艺术先锋。西方现代艺术尤其是"二战"之后的西方艺术，主要是沿着杜尚的思想轨迹行进的。

1905年，18岁的杜尚为逃避兵役而走上艺术创作之路。1917年他将从商店买来的男用小便池命名为《喷泉》，然后匿名送到美国独立艺术家展览要求作为艺术品展出，成为现代艺术史上具有里程碑意义的事件。

马塞尔·杜尚
（1887—1968）

1919年重画达·芬奇的《蒙娜丽莎》，用铅笔给蒙娜丽莎加上山羊胡，创作出"带胡须的蒙娜丽莎"，成了西方绘画史上的名作。

杜尚将绘画和雕塑从传统的主题和材料中解脱出来，否定和戏谑传统，作品内容充满颠覆性，艺术创作手段和观念大大不同于前，并开创了直接以实物或改造、命名后的实物为艺术品的实验艺术，在当时引起巨大轰动，对后世亦影响颇深。主要作品《下楼的裸女》、《新娘》、《带胡子的蒙娜丽莎》、《布兰维尔的风景》、《研磨机》、《现成的自行车轮》、《大玻璃》、《火车上悲伤的男人》、《楼下的裸女2号》、《咖啡磨，二号》、《药房》、《天堂》、《春天里的女孩和男孩》、《奏鸣曲》、《杜西妮亚》、《古斯塔夫的肖像秋茄的母亲》、《下棋者的肖像》等。

萨尔瓦多·达利（1904—1989），西班牙超现实主义画家、雕塑家，具有着非凡的艺术才能，想象力丰富奇特而荒诞不经，与毕加索、马蒂斯一起被公认为20世纪现代美术三大家。代表作品有《记忆的永恒》、《悍妇与月亮》、《内战的预兆》、《面部幻影和水果盘》等。

萨尔瓦多·达利
（1904—1989）

达利的画作以探索潜意识的意象著称，认为潜意识是超乎理性之上的"更为重大的现实"。自创"偏执狂临界状态"的绘画方法，通过激发潜意识中的心灵意象投入创作。作品多以精致入微的细部写实等方法表现伪装的梦境或幻觉，主题围绕性、死亡、变态和非理性等，具有一定程度的魔幻现实主义色彩，对超现实主义以及20世纪艺术发展做出卓越贡献。

达利的一生充满传奇色彩，除了绘画，其文章、口才、动作、相貌以及打扮等均带有超现实主义的色彩，带有一种扑朔迷离的神秘色彩。

未 来 主 义

未来主义肇始于1909年的意大利，"一战"期间开始流行于欧洲各国，崇尚现代机器、科技甚至战争和暴力，迷恋运动和速度，妄图"摧毁所有的博物馆、图书馆和科学院"，割断历史以创造全新艺术。表现在绘画方面则借鉴印象主义的点彩技术和立体主义的形式语言，致力于表现钢铁、狂热、骄傲以及疾驰的"现代生活漩涡"，努力在画布上阐释运动、速度和变化过程，传达现代工业社会的审美观念。在他们的画作中空间不再存在，而物体永不静止。代表人物有波丘尼、卡拉、巴拉、塞韦里尼、鲁索罗等。其中贾科莫·巴拉（1871—1958）是一位抒情画家，倡导同时性绘画原则。作品强调旋律、光与色的抽象处理，以色与形为基础构建抽象符号，擅长通过同时描绘某一活动中物体的各个侧面来表现其运动、速度和力量。代表名作有《街灯

——光的习作》、《拴着皮带的狗》、《雨燕的飞行》、《悲观与乐观》等。塞韦里尼（1883—1966）作品则多由不断变化的曲线和穿插于画面之中的多体面构成。代表作品如《塔巴伦舞场的象形文字的力动》、《红十字列车》、《离心的光的球体伸展》等，被认为是未来主义的典范之作。

抽象表现主义

发轫于美国的抽象表现主义运动，又称"纽约画派"、"行动绘画"，是"二战"后西方艺术发展的第一个重要流派，从绘画技巧上可以看出对超现实主义、立体主义、抽象主义、表现主义等的借鉴。画作风格多样但作品主要为抽象画，或热情奔放，或安宁静谧，具有反叛、无序、疏离和虚无等特点，强调艺术的无意识和自发性，主张即席创作，只重绘画过程而不重画面结果。绘画充满自我表征，成功拉开战后风格实验的序幕。后来的撞色绘画、简约主义绘画和硬边派等绘画，同样强调画家行动的自主性和绘画的抽象表现特征，多以冷静、简单的大色块布置画面，也通常被视为抽象表现主义绘画的延伸之一。20世纪50年代后期，抽象表现主义渐渐失落，60年代初更出现了否定它的倾向。如极简主义，表现最原始的物体自身或形式，意图消弥作者借作品对观众意识形成的压迫性，力图把作品减缩到基本的几何形状，减到最后转为概念，物质消失。虽为否定，但仍能看出对抽象表现主义绘画技巧和元素的保留。代表画家有威廉·德·库宁、杰克逊·波洛克、莫里斯·路易斯、弗朗兹·克兰、阿德·莱因哈特、罗伯特·马瑟韦尔、马克·罗思科等。

威廉·德·库宁（1904—1997），荷兰籍美国画家、雕塑家，抽象表现主义的灵魂人物之一，新行动派绘画大师。他将立体主义、超现实主义与表现主义的风格融于自己的绘画之中，艺术表现激进，画作具有很强的形式感和饱满的感情色彩，极端中透着美感。

威廉·德·库宁的创作以人体绘画为主体，集中于抽象、女人和男人三个系列，其中尤以女人系列最为著名。及至40—50年代时开始使用黑瓷漆等各种新材料

威廉·德·库宁
（1904—1997）

进行创作，画作中的形象分解程度越来越高，笔触迅疾、猛烈、粗重、纵横交错，色彩肆意挥洒，形成强烈的个人风格。

1945年，库宁开始全新的心理动力学绘画，通过手的动作直接将强弱不同的力度传送到画布之上，从而组合出作品的整体性，富有开创性意义。1948年首次举办个人画展，从而名声大振，广为人知。后综合康定斯基、波洛克、毕加索等人的绘画手法，创造出人物形象与背景相融合的艺术空间，即"无环境绘画"，这种特点一直保留到他晚期的绘画之中。70年代中期以后创作一系列巨大的抽象风景画，人体绘画逐渐减少。80年代又改变风格，以广泛的题材和多变的风格构置了一系列画面结构，色彩交错成自由流动的线条。代表作品有《女人与自行车》、《玛丽莲·梦露》、《两个女人》、《女人6号》、《粉红色天使》、《谁的名字写在水上》、《无题》等。

杰克逊·波洛克（1912—1956）

杰克逊·波洛克（1912—1956），20世纪美国抽象表现主义绘画奠基人和中坚画家之一，他的作品被视为"二战"后新美国绘画的象征，成功塑造出美国"民族英雄"形象，并创造了举世闻名的"滴画"，堪称美国自由性格在绘画作品中的典型体现。代表作品有《秋天的韵律》、《第一号》、《订婚二号》、《第三十二号，1950》、《薰衣草之雾》等。

在杰克逊·波洛克的创作之中，偶然因素起到很大作用，他往往并不从草图开始构思，而是由一系列即兴动作完成，将绘画行动自身视为作品题材和内容之一，凭借直觉和经验在画布上肆意挥洒。波洛克摒弃传统绘画工具，常用棍子或笔尖、石块、沙子、铁钉、碎玻璃等浸入珐琅或铅颜料中，以滴或甩的方式进行创作，随意自然，纵横交错，线条大多扭曲而具有抽象性。作品多为大幅，画布多钉于地面之上，绘画时完全摆脱受制于手腕、肘和肩的传统模式，行动即兴、随意，满载着画家的情感倾泻，使绘画行动本身与画作一样，充满活力。

罗伯特·马瑟韦尔（1915—1991），美国纽约派抽象表现主义画家和创始人。他曾短暂学习过艺术，基本属于自学成才。艺术创作受超现实主义影响，把偶然因素作为绘画的内在驱动力，倡导创作的自发性动机，并不断丰富绘画主题和基本形式，重视超意识现象和直觉引导。

马瑟韦尔最著名的作品是其表现哀歌主题的系列画作《西班牙共和国哀歌》。画面主要以黑色的随意笔触画在白色背景之上，形成几何化的团块结构，对比鲜明，在自由表达和画面结构之间达到一种奇妙的平衡，具有纪念碑式的沉稳厚重并带有画家自身的怀恋之情。笔触精简，色彩简化成黑白二色。

在1949—1976年间，马瑟韦尔创作有150多幅哀歌主题的变体画，1968—1972年左右开始其艺术生涯中的第二个伟大主题。这一时期作品多由单一色块的平面和炭笔线条构成，画面变化多样而富有节奏感、内在关联性，代表作品是1969年的《开放第24号》。

罗伯特·马瑟韦尔
（1915—1991）

新 表 现 主 义

新表现主义，20世纪70年代末80年代初开始于德国，是波普艺术和极少主义的反动，在20世纪初的表现主义基础上，参照未来主义、形而上画派的表现语言，并广泛吸收了50年代以来一些绘画流派的创作手法。画作多带有强烈的情感表达，没有具体的题材内容而是追求自由表现，具有新的反叛精神。代表画家有马库斯·吕佩尔兹、约尔格·伊门多夫、安塞尔姆·基弗、A. R. 彭克、西格玛·波尔克、乔治·巴塞利茨、彼得·舍凡利耶、托马斯·辛德勒等。

A. R. 彭克（1939— ），本名拉尔夫·温克勒，是德国著名油画家、版画家、雕刻家，20世纪德国新表现主义创始者和代表画家。

在成为画家之前，彭克当过广告公司绘图员学徒、伙夫、夜班执勤，也当过邮递员和小演员等。1966年，他开始使用"A. R. 彭克"作为笔名。他的画作在原有表现主义基础上参照未来主义、形而上画派的表现语言，并广泛吸收50年代以来一些流派的手法，使现代艺术具有新的反叛精神。

A. R. 彭克（1939— ）

彭克热爱原始艺术，在绘画中复苏表意符号、象形符号和书法等，带有浓厚的原始意味，并试图用之传达冷战时期的恐怖与隔离心理，是新表现主义画家们所共有的危机心态的典型代表。20世纪80年代参与"新怪诞派"潮流，力图创新。主要画作有《黑暗中的蛇》、《阴影中的蛇》等。

安塞尔姆·基弗（1945—），德国画家、雕塑家，新表现主义代表人物之一，被公认为德国当代最重要的艺术家，"成长于第三帝国废墟之中的画界诗人"。代表作品有《多瑙河之泉》、《占领》等。70年代，基弗以战时德国冒险行为为主题创作一系列作品，既有歌颂又含讽刺。到80年代又反复表现对大屠杀的记忆，渗透着德意志民族精神，带有痛苦与追索意味的深厚历史使命感。

安塞尔姆·基弗
（1945—　）

基弗的作品常以圣经、北欧神话、瓦格纳音乐、保罗·策兰诗歌和德国历史政治为主题，并大量使用稻草、粉煤灰、粘土材料、油彩、虫胶、感光乳剂、石头、铅铁、模型、照片、版画、柏油、沙子等元素。无论是绘画、行为、摄影、综合材料、装置还是雕塑作品，都结合抽象与具象、幻觉与实质，渗透着对历史和文化的反思，充满强烈而忧郁的美感和晦涩的诗意，张力十足，震撼人心，对20世纪末世界文化产生了重要影响。

约尔格·伊门多夫（1945—　），德国新表现主义代表画家。1964年就读于杜塞尔多夫艺术学院，受教于大师瑟夫·博伊斯。60年代，伊门多夫开始参加"行为艺术运动"，利用偶发事件、示威活动引人注意，并在绘画中标上口号以加强宣传效果，这种行为艺术带有明显的政治性色彩。1977年，伊门多夫开始架上绘画创作，到70年代末则开始与吕佩尔兹、波尔克、彭克等人共同引领德国新表现主义艺术潮流。

约尔格·伊门多夫
（1945—　）

伊门多夫的画作以描绘德国当代政治、历史和社会生活为主要素材，政治性极强，很少描绘自然景观。画面追求粗犷、原始而稚拙的效果。代表作《德国咖啡馆》，通过分割的画面表现出对德国分裂的社会现状的概括性描绘和批判。

波普艺术

波普艺术是流行艺术的简称,又称新写实主义,20世纪50年代初萌发于英国,50年代中期鼎盛于美国。作品中大量利用废弃物、商品招贴、电影广告和各种报刊图片作拼贴组合,全面反映大众文化各个领域。主题集中于商业化社会中日常、平凡的东西,如热狗、馅饼、公路标志、滑稽画报、服装、罐头、包装盒和公众人物等,有新达达主义的称号,代表着一种流行文化,是当今较底层艺术市场的前身。作品以干净、硬边的精确画法为特征,在某种程度上代表着对抽象表现主义非具象类绘画的反叛,使艺术与现代文明的联系更加密切,并日渐成为更为普及的交流手段。代表人物安迪·沃霍尔、理察·汉密尔顿、凯斯·哈林、大卫·霍克尼、贾斯培·琼斯、草间弥生、罗依·李奇登斯坦、彼得·马克斯、克拉斯·欧登伯格、伯特·罗申伯格、詹姆斯·罗森奎斯特、伟恩·第伯等。

安迪·沃霍尔(1928—1987),美国画家、摄影师、电影导演、制片人、摇滚乐作曲者、作家、出版商,波普艺术倡导者和领袖人物,20世纪艺术界最有名的人物之一。代表作包括《玛丽莲·梦露》、《金宝罐头汤》、《可乐樽》、《车祸》、《电椅》等。

沃霍尔小时候因神经性疾病"风湿性舞蹈症"而渐渐形成敏感的性格,后来在母亲的引导下才开始涂涂画画。在21岁时,他前往纽约追求艺术家梦想,顺利成为一名商业插画师,从大众传媒得到启示和灵感

安迪·沃霍尔
(1928—1987)

后逐渐成为著名商业设计师,致力于摒弃古典、颠覆传统的概念创作,大胆尝试凸版印刷、橡皮或木料拓印、金箔技术、照片投影等各种复制技法,如广为人知的"大量复制"当代著名人物脸孔和32幅"坎贝尔浓汤罐"系列画作、可乐瓶艺术品、美元钞票绘画等,带有强烈的商业性质。1954年获美国平面设计学会杰出成就奖。

1962年7月，沃霍尔以32幅"坎贝尔浓汤罐"系列画作成功举办自己首个波普艺术展，这32个艺术化的罐头至今仍在世界现代美术史上占据一席之地。1967年，沃霍尔遭受枪击，侥幸存活下来，但一直未能完全康复。1987年2月22日死于外科手术，享年59岁。

大卫·霍克尼（1937— ），美籍英国画家、摄影家，当今国际画坛最具影响力的大师之一。绘画代表作品有《更大水花》、《克利斯多夫·伊修伍德和唐·巴查笛》、《克拉克夫妇俩》、《浪子的历程》等。

霍克尼早期追随汉密尔顿发展波普艺术，采用实物拼贴、环境设计等方法，以日常生活用品为绘画对象，物象精细变形，画面冷漠超然，具有广告设计的性质。这种波普艺术的特色贯穿和延续在其以后的艺术创作之中，画作写实中略带变形，既有照相写实主义，又有变形夸张的拼贴，在抽象或写实中深含人与社会存在之间的深刻联系。他还在摄影方面独创"霍克尼式"拼贴，拍摄同一对象的不同局部后重新拼合原有整体，或以不同的方向拍摄同一物体后拼贴成类似鱼眼镜头一般的透视变形画面，利用重叠、错位和视角偏移等，赋予摄影作品绘画般的感觉，创造出全新的摄影艺术效果。

凯斯·哈林（1958—1990），20世纪美国街头绘画艺术家、社会运动者。曾就读于纽约视觉艺术学院，作品带有浓厚的波普主义艺术风格。最早作品创作于1980年纽约地铁的黑色海报代贴处，使用白色粉笔以粗轮廓线画出空心的抽象人、动物等图案。代表作品有《戴鳄鱼面具的狗》、《流行商店》等。

凯斯·哈林的作品不讲究透视也缺少肌理，多以复杂的花纹和图案充满整个构图，带有象征性和视觉性，如三眼怪物、重叠人、红心等。因其独特性很快在纽约艺术界名声鹊起，渐渐确定涂鸦画家身份后作品开始进入博物馆，画作价格也水涨船高，并举办多场个人画展。

1988年，发现自己罹患艾滋病的哈林，开始创作旨在提醒年轻人安全性行为的作品以宣传艾滋病的防治,并于次年创立凯斯·哈林基金会,促进儿童福利规划。1990 年,凯斯·哈林以 31 年短暂人生告别世界,但其涂鸦作品自诞生以来至今已成为流行文化中不可或缺的一部分,富有开创性,影响深远。

欧普艺术

欧普艺术是继波普艺术之后,在技术革命推动下在 20 世纪 60 年代产生于法国的一种新的风格流派,又称"视觉效应艺术"或"光效应艺术"。欧普艺术是一种精心计算的"视觉艺术",强调几何化非具象的展现,在绘画方面主要以幻象为手段,采用黑白或者明亮彩色,并以几何形体的复杂排列,通过对比、交错和重叠等手法造成各种形状和色彩的异动,利用人类视觉上的错视,造成视知觉的运动感和闪烁感,从而产生眩晕错乱的光效应现象。其绘画广泛应用于服装饰品设计、家居设计、食品包装设计、建筑设计以及汽车标志设计等方面,即使在 70 年代走向衰退之后,仍以其变幻无穷的视觉印象广泛渗透在欧美和日本等国家的类似领域,具有强烈的新奇感和刺激性,影响广泛而深远。主要代表人物有维克托·瓦萨雷里、埃斯沃兹·凯利、约瑟夫·艾伯斯、布里奇特·路易斯·莱利、弗兰克·斯特拉、肯尼斯·诺拉德、卡西米尔·马列维奇等。

维克托·瓦萨雷里(1908—1997),欧普绘画奠基人和杰出代表,被誉为"欧普艺术之父"。代表作品有《滑稽角色》、《西洋跳棋》、《虎》、《斑马》、《织女星》、《索拉塔——T》等。

瓦萨雷里认为几何形状是色彩的基础,一生沉迷于线性图案结构。作品反映自然以及社会内容但完全抛开个性因素,只重视画面构图对视觉效果的影响,多采用圆、椭圆、正方形和平行四边形等简单的几何图形,通过其大小、形状和位置的变化,在平面上寻

维克托·瓦萨雷里
(1908—1997)

求空间动感，充满潜在的力量。与其他欧普艺术家一样，瓦萨雷里也采取与众不同的绘画方式，使用尺子、圆规等数学工具来代替画笔。

60年代后期，瓦萨雷里画作中的色彩元素开始由最初的黑白两色转为丰富多彩，并尝试以平涂手法将正面或侧面的小块标准色形进行鲜明对比，立体空间效果十足，且富有流动般的韵律性，充满外在的形式美和内在的意境美。

埃斯沃兹·凯利（1923— ），美国画家、雕塑家，欧普艺术代表人物之一。1941年开始先后学习于普特拉学院、波士顿美术馆和巴黎美术学院。作品取益于哥特式艺术、拜占庭艺术、超现实主义和新造型主义等，无论类型还是风格都非常多变，涉及类别有油画、木刻浮雕、拼贴画、雕塑等。风格上有时将宽而有曲度的边放到绘画和雕塑作品之中，有时将颜色减到只剩下黑、白和灰。主要作品有《红蓝绿黄》、《无题》、《红黄蓝白和黑》、《黑色弧形对角线》、《蓝色弧线》等。

凯利的绘画和雕塑题材很多来源于建筑局部的简化构图，擅长利用明亮的色彩造成刺眼的颤动效果，在格网中以不规则几何形状直接完成作品，达到视觉上的亢奋，具有很强的装饰性。

卡西米尔·马列维奇（1878—1935），俄国画家，欧普艺术代表人物，俄国立体派领袖，至上主义艺术奠基人，首创几何形绘画。主要作品有《花姑娘》、《农民》、《黑色正方形》、《至上主义》、《黑十字》、《黑色圆形》、《白色上的白色》、《白底上的黑色方块》、《一个英国人在莫斯科》、《手足病医生在浴室》、《玩纸牌的人》、《无物象的世界》等。

马列维奇的作品带有立体主义和未来主义特色：早期追求变形和稚拙之美，多采用印象主义和几何抽象主义画法；1913年转向图表式形象拼凑，显现出半画谜、半招贴画式的性质；晚期多用黑白或亮丽色彩的具体几何形体，在至上主义的发展上更加成熟。画作彻底抛弃绘画的语义性、描述性成份以及画面对三度空间的呈现，造型基本来源于最简约的方形，以长方形为延伸、圆形为自转、十字形为垂直水平交叉。多将在生活中毫无逻辑可言的实物或纯粹符号放在同一画面之中，完全按照画家意志自由而杂乱地排列，构图奔放，在画面中形成一种旋转或离心的动感，构筑出一个神奇的"无物象世界"，不带任何感情因素。

马列维奇的至上主义思想影响了塔特林的结构主义和罗德琴科的非客观主义，并通过李西茨基传入德国，从而对包豪斯的设计教学也产生了重要影响。

照相写实主义

照相写实主义，又称超级写实主义，兴起于 20 世纪 60 年代末 70 年代初的美国，在 70 年代以后广泛流行。认为传统写实主义作品带有作者的主观因素，是一种主观或人文上的写实，为人所了解的可能性相对较小。而用照相机来客观反映则多数不带有主观情感因素，能够更广泛地为人所知。因而作品往往先拍摄平面的照片形象，尔后以照片作为参照，利用照相技术和摄影成果，在画布上进行客观逼真的复制和描绘，其逼真程度，比起相机有过之而无不及。作品风格多严峻、冷漠、疏离，带有自然主义色彩。画作多为大尺幅，往往将现实事物扩大五到十倍，从而产生一种异乎寻常的美学和心理效果，富有震撼力，在某种程度上是都市生活形态的产物，呈现"人工的自然"。产生伊始曾受强烈批评和攻击，但随着发展渐渐依靠画商的支持和大众的喜爱在艺术界站稳了脚跟，至今影响绵延不绝。代表画家有菲力普·佩尔斯坦、查克·克洛斯、唐·艾迪、爱斯特、查尔斯·贝尔等。

菲利普·佩尔斯坦（1924— ），美国现代照相写实主义画家。曾修习艺术史，后转入绘画创作。主要作品有《镜前地毯上的两模特》、《双腿交叉的裸妇》、《坐在黄色与蓝色布幔上的裸妇》、《斜卧的裸女》、《埃德蒙·匹斯伯格夫妇》等。

佩尔斯坦最初画作以风景画为主，也曾经历抽象主义创作阶段。后来作品

菲利普·佩尔斯坦
（1924— ）

转入以具象的大尺寸裸体为主，多以冷色调描绘无表情、无个性、未经任何美化的人物，以中性、静止的状态忠实记录，情绪冷却，称之为"人体静物画"，以期表现美国工业社会的疏离、冷漠。常将作品中人物的脸和肢体大胆割除，使画面中的人产生一种延伸的扩大感，将抽象艺术观念深深蕴含在具象表现之中，带有不同寻常的意蕴。大学期间曾修习东方美术，尤其对南宋时期中国绘画深有心得，因空间构图观念深受东方传统绘画影响，被评论家称为"透明式"空间构图方法。

查克·克洛斯
（1940— ）

查克·克洛斯（1940— ），美国照相写实主义代表画家，最初从事抽象画创作，1964年起才开始描绘人像，两年后开始以照片为蓝本进行艺术创作，进入照相写实主义阶段。代表作品有《约翰像》、《苏珊像》以及各个时期的《自画像》等。

克洛斯的画作多为大幅，描绘对象则多选择他熟悉和了解的亲友，但注重表现生理细节而忽视神韵个性，不带任何个人主观情感，追求以客观甚至冷漠的心态真实描绘照片中的现实世界。克洛斯创作时借助相机等工具拍摄后用投影仪放大投射到分格的画布上，然后用传统画笔或喷笔、钢笔等其他工具进行逐格创作。他的画作远看逼真，近看局部却非常抽象，可视为克洛斯式的真实虚幻，在照相写实的具象中深藏着抽象的哲理和本质。

克洛斯后来患上"面容失认症"，无法辨别人的面容，给他的艺术创作带来了极大的不便。雪上加霜的是，1988年12月，克洛斯更因脊髓动脉崩溃而严重瘫痪。但克洛斯身残志坚，仍坚持在轮椅上继续他的绘画创作，其艺术水准和艺术家精神一样，值得世人钦佩。

第四节 "二战"后西方音乐

与所有艺术一样，伟大的音乐总是吸收并表现着其所处时代的思想精神及意识形态。20世纪上半叶，全世界处于动荡不安与跌宕起伏当中，两次世界大战给全人类带来了极大的难以弥合的心灵创伤，世界政治、经济、文化随之发生巨大变化。现代音乐与传统音乐彻底决裂。"二战"后，西方音乐以多元风格并存的形式，不断开拓创新，世界范围内涌现出多个特色鲜明的流派，流派的复杂与风格变换的频繁超过了历史上任何一个时期。这些在20世纪上半叶的钢琴音乐中反映为：以阿诺尔德·勋伯格为代表的"序列主义"拒绝了19世纪作曲家所享有的形式自由，而是回归于一种受到严格规则支配的形式作曲技法；以伊戈尔·斯特拉文斯基、保罗·欣德米特等为代表的"新古典主义"用一种有意冷静的风格取代了自我放纵的情感主义，或许表现了第一次世界大战的重创之后，人们对逃避主义的需求；以贝拉·巴托克为代表的"新民族主义"追求传统音乐在原始状态中朴实自然的、有时非常复杂的特性，从而形成极为独特的音乐语言。而在"二战"后兴起并延续至今的先锋派音乐，无论是整体序列主义、具体音乐、电子音乐还是偶然音乐都在不同程度上主张标新立异，追求艺术表现的绝对自由，竭力打破一切传统准则，带有明显的尝试性与变革意味。

一、序列主义和十二音音乐

"二战"之后，序列主义作品不断出现。梅西安、布列兹、施托克豪森等一批采用序列手法作曲的作曲家，他们将起奏法、速度、节奏、音色、力度、密度等因素都排列成序，从而形成了所谓整体序列主义。斯特拉文斯基、布里顿等古典主义作曲家，也曾尝试过序列主义音乐的创作。

序列主义的由来：为了给混乱的世界带来一些秩序，奥地利作曲家阿诺尔德·勋伯格（Arnold Schoenberg，1874—1951）发明了一种全新的作曲技法——"序列音乐"或"十二音音乐体系"，一个能够完全取代调性成为音乐基础的体系。序列主义也称序列音乐，其特征是将音乐的一些参数（一个或几个高音、力度、时值）按照一定的数学规律排列组合，称为一种序列，然后这些编排序列或编排序列的变化形式在全曲中重复。序列的概念最早用于音高方面，导致20年代出现十二音音乐，其创始人勋伯格在十二音音乐中将音高排列成一定的序列。1936年，他的弟子韦伯恩所作《变奏曲》（作品第27号）的第二乐章，将序列手法进一步发挥，其音高在各音区的分布及音的发声与休止，也按预先确定的序列进行。勋伯格与他的两位活跃于维也纳的学生——阿尔班·贝尔格（Alban Berg，1885—1935）和安东·冯·韦伯恩

（Anton von Webern，1883—1945）是 20 世纪二三十年代这一新风格的代表人物，他们三位也被称为"第二维也纳乐派"（The Second Viennese School）。

十二音音乐是现代西方作曲技巧之一，亦称"十二音体系音乐"。这一体系的关键是否定调性，也就是"无调性音乐"。十二音音乐在美学思想和创作技巧上与印象派截然不同，他们认为艺术既不应该"描写"，也不应该"象征"，而应该直接表现人类的精神与体验。这种观点与绘画上的表现主义一脉相承，即通过艺术揭示人类的心灵世界，把疯狂、绝望、恐惧、焦灼等病态情感以及人类不可思议的命运相互掺杂在一起。

阿诺尔德·勋伯格
（Arnold Schoenberg，1874—1951）

勋伯格是十二音序列音乐的开山鼻祖，是序列主义及十二音音乐的代表人物。创作于1908年的《钢琴曲三首》是第一部完整的无调性作品。经过近十年的实验，勋伯格于1923年发表了第一首完整的十二音音乐作品《钢琴组曲》，完成了严格的十二音音乐作曲技术体系。勋伯格的作品虽然音乐语言晦涩难懂，却蕴含着丰富的戏剧性力量。而勋伯格的两位弟子在继承他创作体系的基础上，各自开创了一条新的道路。贝尔格在十二音音乐中糅入了更多的旋律因素，减弱了音乐语言的艰深程度；而另一位弟子韦伯恩创作手法虽然简洁，但音乐语言却比勋伯格更加晦涩。韦伯恩进一步发扬了序列音乐的思维，为后世开创了整体序列音乐写作的先河。

二、新古典主义

新古典主义（Neoclassicism）兴盛于 20 世纪二三十年代，反对浪漫主义音乐不加控制的情感主义，转而采用巴洛克和古典主义音乐的姿态规范和作曲技法。从 20 年代初到 50 年代，新古典主义可以说是影响面最大的一种音乐流派。新古典主义主张音乐创作不必去反映紊乱的社会和政治，主张采取"中立"或"艺术至上"的立场；创作应该回到"古典"中去，回到"离巴赫更远的时代"去，那里有音乐的纯粹（不混杂诗或绘画等）；作曲家应该摆脱主观性，而以冷静的客观性把古典的匀称和谐的形式，用现代手法再现出来。新古典主义运动以巴黎为中心，但绝不仅限于法国境内。第一批问世的新古典主义作品之一就是俄罗斯作曲家谢尔盖·普罗科菲耶夫（Sergei Prokofiev，1891—1953）的《第一交响曲"古典"》（1917），这是一部令人愉悦的作品，听起来好像海顿来到了20世纪。另一位领军人物则是德国作曲家保罗·欣德米特（Paul Hindemith，1895—1963）。

伊戈尔·费奥多罗维奇·斯特拉文斯基（Igor Feodorovich Stravinsky，1882—1971），是20世纪音乐领域最杰出的人物之一。20世纪20年代，经过不断探索，斯特拉文斯基创立了新古典主义。他有着漫长的职业生涯，并且经历了多个特点鲜明的不同风格时期，大致可分为三个时期：俄罗斯风格时期、新古典主义时期、序列主义时期。其作品惊人的原创性以及对强劲的不规则动力的强调，对此后的音乐影响深远。他出生于俄罗斯圣彼得堡附近的奥拉宁堡（今罗蒙诺索夫），其父亲是圣彼得堡帝国歌剧院著名的男低音歌唱家。在他的一生

伊戈尔·费奥多罗维奇·斯特拉文斯基（Igor Feodorovich Stravinsky，1882—1971）

中，他的好友兼合作者佳吉列夫扮演着重要角色，他们二人的合作，成为20世纪音乐艺术领域最重要的合作之一。自1909年开始，接下来的四年间，斯特拉文斯基为佳吉列夫的俄罗斯芭蕾舞团写作了三部芭蕾舞剧音乐——《火鸟》（1910）、《彼得鲁什卡》（1911）、《春之祭》（1913）。其中《春之祭》是最具革命性的作品之一，舞剧表现史前人在春季祭献中的宗教仪式，最后将一名年轻女孩献祭。这部作品采用的是十二音音乐的创作手法。

"一战"结束，斯特拉文斯基于1920年创作了首部舞剧《普尔钦奈拉》（1920），这是所有新古典主义音乐中最著名的作品之一。"二战"前，其母亲及妻子相继离开人世，他移居美国，在1948年创作大型歌剧《浪子的历程》之后，开始对序列主义产生兴趣。1956年，开始运用整体序列主义，他将勋伯格及其弟子韦伯恩的作曲技法加以改造，形成了他个人的风格。1971年4月6日于美国去世，根据他的遗愿，遗体被送往意大利威尼斯的圣米凯莱（San Michele）葬在他的朋友与合作者佳吉列夫旁边，后者于1929年去世。

三、先锋派

先锋派音乐泛指20世纪第二次世界大战结束后兴起并延续至今的一种音乐思潮。它主张标新立异，追求艺术表现的绝对自由，竭力打破一切传统准则，并具有革新性和实验性两大特点。先锋派音乐，主要集中在德国的达姆斯塔特（Darmstadt）。1946年，那里成立了现代音乐讲习班，旨在促进和推动已被纳粹压抑多年的进步性的音乐创作。这个讲习班快速成为世界先锋音乐的中心，世界各地年轻的作曲家慕名前来。第二次世界大战以后，达姆斯塔特云集了梅西安、布列兹、施托克豪森、诺诺、贝里奥等人，先锋派音乐的思想与创作观念在这里得到传播、推广和发展。先锋派音乐的出现，使音乐创作、音乐表演以及音乐美学思想发生了巨大的变革。这种变革，主要体现在音乐的审美观念与创作技法对传统不同程度的偏离或反叛。先锋派音乐作为一个集合名词，它涵盖了整体序列主义、具体音乐、电子音乐、偶然音乐、非确定性音乐等。

整体序列主义（Total Serialism）

20世纪50年代，皮埃尔·布列兹（Pierre Boulez，1925— ）、卡尔海因兹茨·施托克豪森（Karlheinz Stockhausen，1928—2007）和路易吉·诺诺（Luigi Nono，1924—1991）三位领衔在讲习班授课。工作过程中，此三人致力于探索一种被称为整体序列主义的音乐创作技法。1949年，奥利维埃·梅西安在其钢琴作品《时值与力度的模式》中引入一种新的观念，即整体序列主义，是将勋伯格的序列主义原则扩展至音高以外的其他方面，就是说，除去十二音音列外，在节奏、力度、表述等方面也应进行序列化处理，最终形成一种高度有序的音乐。此风格的作品并未获得听众的高度认可，但整体序列主义挑战着西方音乐传统的基础，由此为作曲家创作音乐提供了一种全新的思考方式。

梅西安（Olivier Messiaen，1908—1992），整体序列主义的创立者，现代法国著名作曲家、管风琴家、教师，20世纪作曲家中重要代表人物之一。出生于法国的阿维尼翁。他的父亲是从事文学教学和翻译的学者，曾把莎士比亚全集译成法文，母亲是一位诗人。1919年，他进入了巴黎音乐学院，1931年担任圣三一教会的管风琴师，终生担任此职。1940年，梅西安被入侵的纳粹德军俘虏，在波兰战俘营中度过了长达9个月的时间，此间创作了《时间终结四重奏》(1941)，并面对上千战俘进行了首演，用的是一架破损的钢琴和一把只剩三根弦的大提琴。就在这部作品中，梅西安首次运用了鸟鸣。1941年获释后，他在巴黎音乐学院担任作曲教授。1944年出版了他的理论著作《我的音乐语言技术》，书中总结了他的音乐思想。宗教信仰、爱、大自然带给梅西安以无尽的创作灵感。梅西安有着坚定的宗教信仰，他的作品中常常体现对罗马天主教的虔诚及对大自然的无比崇敬。对万物生灵的赞叹，对自由飞翔的鸟儿的向往，以及各种如天籁般的鸟鸣，令被尊称为"先锋派之父"的梅西安，不局限于整体序列主义的刻板教条当中，而是更多地从大自然中获取灵感，不断探索生命的奥秘，自然的神奇与伟大。

奥利维埃·梅西安
(Olivier Messiaen, 1908—1992)

具体音乐（Musique concrète）

具体音乐是由在巴黎的法国广播公司任职的皮埃尔·舍费尔（Pierre Schaeffer, 1910—1995）于40年代晚期创立，是指将自然界和现实生活中的各种声音（可以是人声、汽车的声音、笑声，或是脚步声）用电子手段进行操控，进行组合加工而成的"音乐"，属现代先锋派音乐的一种。1950年舍费尔与皮埃尔·亨利（Pierre Henry, 1927—　）共同创作的《单人交响曲》(Symphonie pourun homme seul, 1950) 是具体音乐最早的例子之一。

电子音乐（Electronic music）

20世纪50年代以来，随着科技的不断发展与进步，电子技术同时应用到音乐领域。因此，电子技术也成为先锋派音乐中一个极其重要的组成部分。早在40年代中期，磁带录音机的发展为音乐传播提供了大量新的可能性，整个欧洲及美国的国立广播电台和多所大学都纷纷建立电子音乐工作室，为作曲家提供新的创作空间。所谓电子音乐，是指用完全通过电子手段制作的声音来创作音乐。施托克豪森的《练习曲I》(1953)、《练习曲II》(1954) 是这种体裁的最早作品。

卡尔海因兹茨·施托克豪森
（Karlheinz Stockhausen,
1928—2007）

施托克豪森，是20世纪最具创造性和想象力的音乐智者之一。他出生于德国科隆附近，父亲是一位教师，母亲则是业余钢琴手与歌手。他的童年十分艰辛，13岁时成了孤儿。战后师从梅西安，50年代在达姆斯塔特先后学习和任教，并在一些作品中进行整体序列主义实验，包括《交叉》（Kreuzspiel，1951）、《对位》（Kontrapunkte，1953）、《钢琴曲I—IV》（1953）。此间，他对电子音乐的强烈兴趣，促使其大胆探索，并最终在此方面成为领军人物，《练习曲I》（1953）、《练习曲II》（1954）为最初级的电子技术音乐作品。随着双声道（立体声）和后来的四声道输出技术的出现，他迷恋于通过不同方向的不同声音所产生的效果。在美妙的《少年之歌》（Gesangder Jünglinge，1956）中，五个扬声器围绕着表演空间，将纯粹的电子音响和经过电子处理的童声独唱相混合。这是第一部将具体音乐和电子声音相结合的作品，是电子音乐的里程碑。

在整个60年代，施托克豪森都在尝试新的技法和技术。他开始运用非确定因素，对表演者仅做出关于音高、时值、力度的大致指示，将音乐的细节留给了演奏者。作品《颂歌》（Hymnen，1967），是一部长达两个小时的融合了具体音乐风格的电子音乐作品，将全世界40个国家的国歌精妙地交织在一起。这部作品是如今所谓的世界音乐的最早例子。

20世纪70年代初，施托克豪森已经是世界上最著名的先锋派作曲家。1977年开始，他将全部精力投入到《光》的创作中。《光》是一套由七部歌剧组成的作品——每部歌剧以一周的一天命名，体现了作曲家的音乐、宗教、宇宙信仰的综合。这七部歌剧中的五部——《星期一》、《星期二》、《星期四》、《星期五》、《星期六》——首演于1981至1996年之间；《星期三》和《星期日》的场景已经在音乐会中单独上演，但作为完整歌剧尚未被完整表演过。

偶然音乐（Aleatory music）

偶然音乐是西方现代主义音乐流派之一，指作曲家在创作中将偶然性因素引入创作过程中或演奏过程中的音乐，也称非确定性音乐（indeterminacy）或机遇音乐（aleatoric music）。偶然音乐的创始人是美国作曲家约翰·凯奇，他最早的偶然音乐作品钢琴曲《变化的音乐》，其乐谱上的音高、时值等是按中国的《易经》以及由3个金钱占卦来决定的。此外，非确定性音乐也包括将某些决定留给表演者，演奏者可以临场发挥。比如施托克豪森的《第十一钢琴曲》（1956），由9个音乐片段组成，演奏时可任意颠倒次序，并可根据指定的各种不同的速度、力度、触键方法任选其一。

凯奇（John Cage，1912—1992），美国音乐先锋派的关键人物。他在美国现代音乐发展史上占有极为重要的地位，在很长一段时间内，几乎就是先锋艺术领域里的一位领袖或先知。他的音乐常常看似具有荒诞色彩，重视简单性而非复杂性，但在他关乎生命和精神的根深蒂固的信念当中，他的音乐所体现出的东方哲学（特别是禅宗）至关重要。凯奇曾于欧洲学习绘画，后进入音乐领域，于1951年利用《易经》创作了《变化的音乐》。利用偶然因素来决定一部作品的写作或表演体现了凯奇将自我和个人品位从音乐中剔除的愿望，这种愿望来自禅宗的教义。

约翰·凯奇
（John Cage，1912—1992）

1952年，凯奇创作了他自认为最好的音乐作品《4分33秒》。该作品为任何种类的乐器以及任何数量的演奏员而作，共三个乐章，总长度4分33秒，乐谱上没有任何音符，唯一标明的要求就是"Tacet"（沉默）。作品的含义是请观众认真聆听当时的寂静，体会在寂静之中由偶然所带来的一切声音。这也代表了凯奇一个重要的音乐哲学观点：音乐的最基本元素不是演奏，而是聆听。

60年代，他的作品引发的争议越来越多，一面是冷嘲热讽，一面是疯狂的追随者。在他的作品《0分00秒》（1962）中，一位表演者在舞台上切菜，然后将其放入电子搅拌机中榨汁，最后喝掉菜汁，同时喉部还放了一个麦克风，就这样通过一系列行为来构成整部作品。凯奇终其一生都是一位多产的作曲家，直到1992年中风去世。他的思维和行为方式都带有典型的美国式特点——开拓、创新和向传统挑战。

四、简约主义（Minimalism）

20世纪60年代，简约主义风格的音乐在美国兴起。简约主义音乐，指的是在创作中反对采用复杂的形式，而是用极少的材料构建出整部作品。简约主义的出现实际上是西方在 1945 年以后的创作之中，为了寻求新的音色而出现的一种重要的现象和倾向。在西方音乐中，简约主义音乐是作为繁冗、复杂的反对观念而出现的一种音乐创作现象和倾向。所谓简约，是一种技巧，这种技巧主要强调的是一些差别不明显或在较长时间段缓慢变化的小单位的多次重复。简约主义运动的第一位关键人物是拉蒙特·扬（La Monte Young，1935— ）。他的作品包括《X 献给亨利·弗林特》（X for Henry Flint，1960）和《死亡圣咏》（Death Chant，1961）。作品《C 调》（1964）由特里·赖利（Terry Riley，1935— ）创作，他是扬在加州大学伯克利分校的同学。事实证明，正是这部重要的作品将简约主义确立为 20 世纪一个新的、主要的运动。

这种节奏相连相扣的理念在生于纽约的史蒂夫·赖克（Steve Reich，1936— ）那里得到了进一步发展。赖克是第一位将简约主义音乐推向主流听众的作曲家。他的作品体现了对极端复杂派写作方法的背叛，对新浪漫主义音乐过度阐释的反叛，对赋予超出音乐本身意义的创作立场的背弃，同时又避免回归新古典主义的老路，在抛弃同时代的各种风格中某种共同的对音乐的过度阐释及其美学原则之后，回归音乐本体进行创造。在 60 年代晚期，他采用所谓的"相位技法"（phase technique）来创作。其原理是：同样的音乐由两位或多位音乐家以略微不同的速度演奏。因而，尽管几个声部同时开始，但会逐渐变得不同步，在这些相互联结的声部的混合中便会出现意想不到的新旋律和新节奏，直到所有声部最终重新同步为止。作品《出来》（Come Out，1966）、《钢琴相位》（1967）、《小提琴相位》（1967）都体现了这种风格。

到了 70 年代中，赖克的作品更具和声性，如《供 18 名演奏者演出的音乐》（Music for 18 Musicians，1976）中所运用的节奏与和声，令人联想到印度尼西亚佳美兰音乐和西非音乐，赖克对这两种音乐都有过研究。80 年代，赖克开始在作品中探索历史主题和当代主题。《不同的火车》（Different Trains，1988）是一部痛苦而深刻的作品，将两种列车旅途进行对比：一种是作曲家狂野乘坐火车横穿美国大陆的经历；另一种则是作曲家假设自己成长在纳粹统治的欧洲，便很可能踏上将他带往集中营、走向死亡的旅程。自 1998 年开始创作并于 2002 年首演的作品《三个故事》（Three Tales），是由赖克与妻子、影像装置艺术家贝莉尔·科罗特（Beryl Korot）共同创作，由 3 部有关20世纪主要事件的"录影带歌剧"组成：1939年，齐柏林"兴登堡"号飞艇坠毁；50年代，在南太平洋比基尼岛上的核实验；以及1996年，克隆羊多利（Dolly）的诞生。

菲利普·格拉斯（Philip Glass，1937— ），美国作曲家，简约主义运动的另一位创立者，可能也是现今在商业上最为成功的严肃作曲家。他的创作融合了摇滚乐、非洲与印度音乐、西方古典音乐的元素。他最著名的如史诗般的作品，歌剧《海滩上的爱因斯坦》（1967），是对爱因斯坦相对论正负两方面的沉思。这部作品的成功在很大程度上使当代国际歌剧领域重焕生机。随后他又创作两部"肖像歌剧"（portrait operas）：《非暴力抵抗和不合作主义》（Satyagraha，1980）以甘地的生平为基础，文本直接取自印度最重要的典籍《薄伽梵歌》（Bhagavad-Gita）；《阿赫那吞》（Akhnaten，1984）则是基于一位古埃及法老的故事，他试图建立有史以来的第一个"一神宗教"（monotheistic／one-god，religion）。

菲利普·格拉斯（Philip Glass，1937— ）

约翰·亚当斯（John Coolidge Adams，1947— ），美国当代古典音乐作曲家，简约主义音乐的代表人物之一。他的音乐结合了简约主义音乐和浪漫主义的部分风格，其歌剧《尼克松在中国》是20世纪下半叶最著名的歌剧作品之一。1987年首演的歌剧《尼克松在中国》奠定了亚当斯20世纪重要的歌剧作曲家的地位。这部歌剧取材于1972年美国总统尼克松的对华访问。这部歌剧是历史上少有的取材于当代新闻事件的歌剧，但亚当斯却把它写成一部充满浪漫主义时期的英雄主义气质的大歌剧。剧中的音乐非常动听，尤其是尼克松以及周恩来等角色所唱的咏叹调，展示了亚当斯杰出的旋律天赋。此后亚当斯又创作了以1985年阿基莱·劳伦号劫船事件为题材的《克林霍弗之死》（The Death of Klinghoffer，1990），讲述关于1985年巴勒斯坦民族解放阵线劫持一艘游轮，并杀害了一名人质的故事，

约翰·亚当斯（John Coolidge Adams，1947— ）

受害者是一位名叫利昂·克林霍弗（Leon Klinghoffer）的犹太残疾人。亚当斯还创作了以曼哈顿计划为背景的《原子博士》（Doctor Atomic，2005）等歌剧。

流行音乐

流行音乐又称通俗音乐、大众音乐，泛指通俗易懂、为广大群众喜闻乐见、传播较广的音乐。流行音乐以结构短小、形式活泼、富有节奏性而有别于严肃的古典音乐和传统的民间音乐。现代流行音乐主要包括：爵士乐、摇滚乐、通俗歌曲等，也包括探戈、伦巴等歌舞音乐以及用通俗音乐手法改编的古典音乐。

爵士乐（Jazz）

爵士乐于19世纪末20世纪初源于美国，诞生于南部港口城市新奥尔良，音乐根基来自布鲁斯（Blues）和拉格泰姆（Ragtime）。爵士乐的主要表演形式是器乐演奏，讲究即兴，是作为舞蹈音乐发展起来的。它既有调性，也有旋律、节奏，包含音乐本身所要求的一切因素。20世纪前20年爵士乐主要集中在新奥尔良，1917年后转向芝加哥，30年代又转移至纽约，直至今天，爵士乐风靡全球。爵士乐的主要风格有：新奥尔良爵士、摇摆乐、比博普、冷爵士、自由爵士、拉丁爵士、融合爵士等。爵士乐的乐器主要是吉他、小号、长号、单簧管、萨克斯管、钢琴。演奏者技巧娴熟，带有极强的个人魅力和强烈的感染力，常给听众带来兴奋、狂热及震撼的感受。

乔治·格什温
（George Gershwin，1898—1937）

乔治·格什温（George Gershwin，1898—1937），美国著名作曲家，写过大量的流行歌曲和数十部歌舞表演、音乐剧，是百老汇舞台和好莱坞的知名作曲家。1924年，格什温应著名爵士乐指挥保罗·怀特曼（P·Whiteman）之请，特意为爵士音乐会创作《蓝色狂想曲》。此曲是一首布鲁斯风格的"严肃爵士"，1925年2月12日，由格什温自己演奏钢琴，怀特曼指挥自己的管弦乐队，在纽约的伊奥利亚（风神）音乐厅（AeolianHall）首演，反响强烈，大获成功。整首曲子通过丰富多彩和经常变化的节奏，给人以生机勃勃、乐观热情的感受。此曲成为艺术化爵士乐的典型代表作品,对美国和其他国家的作曲家在作品中运用爵士的手法产生了深远影响。接着,格什温创作了管弦乐曲《一个美国人在巴黎》、《第二狂想曲》、《古巴序曲》,并以描写黑人生活的歌剧《波姬与贝丝》达到创作的顶点。格什温的卓越贡献是把德彪西和拉赫马尼诺夫的风格与美国的爵士乐风格结合了起来,虽缺乏熟练的写作技巧,却是个了不起的旋律天才。

通俗歌曲

通俗歌曲在西方称为"popular song",也称为流行歌曲,是一种更为大众化的音乐,具有通俗易懂、轻松活泼、易于流传、拥有广大听众和广阔市场的特点。歌曲主要用以表达普通人的思想情感、反映平民日常生活,旋律相对易记易唱,结构短小简练,节奏强烈、清晰、单纯而富有变化。不少通俗歌曲与民间音乐有着紧密联系,经常采用地方色彩的旋律。

通俗钢琴音乐

通俗钢琴音乐作品主要改编自欧洲古典乐派、浪漫乐派的钢琴名曲,其特点是优美流畅、通俗易懂、易于被大众理解与接受,且具有独特的风格及魅力,被称为"情调钢琴音乐"。这类乐曲演奏难度不大,适宜专业水平不很高的钢琴爱好者弹奏。代表作品有《阿蒂丽娜叙事曲》、《童年的回忆》、《致爱丽丝》(克莱德曼改编自贝多芬的同名钢琴曲)等。

理查德·克莱德曼(Richard Clayderman,1953—),20 世纪法国钢琴演奏家,他进行了通俗化钢琴音乐的尝试。1977 年,他为电视剧配乐,演奏了《阿蒂丽娜叙事曲》(又名《水边的阿蒂丽娜》),一举成名,此后,投入到通俗钢琴音乐的创作、改编和演奏活动当中。克莱德曼是目前世界上改编并演奏中国音乐作品最多的外国艺术家,他改编、演奏并出版的乐曲包括《红太阳》、《一条大河》、《梁祝》、《山歌好比春江水》,以及《花心》、《爱如潮水》等流行歌曲。

理查德·克莱德曼
(Richard Clayderman,1953—)

音乐剧

音乐剧是当代音乐戏剧的简称，是一种舞台艺术形式，结合了歌唱、对白、表演及舞蹈，通过歌曲、台词、音乐、肢体动作等的紧密结合，把故事情节以及其中所蕴含的情感表现出来。虽然音乐剧和歌剧、舞剧、话剧等舞台表演形式有相似之处，但它的独特之处在于：它对歌曲、对白、肢体动作、表演等因素给予同样的重视。其中舞蹈可以是芭蕾舞、民间舞、现代舞等形式，可以是与歌唱配合的舞蹈，也可以是器乐伴奏下的舞蹈。

音乐剧源于美国歌舞戏剧的综艺表演。19世纪以前，美国歌舞戏剧舞台只是欧洲歌舞戏剧舞台的缩影。1927年上演的《演艺船》，宣告音乐剧形式的成熟。此后相继涌现出《南太平洋》、《国王与我》、《音乐之声》、《西区故事》等一批作品，音乐剧进入黄金时期，百老汇成为美国的音乐剧演出中心。20世纪50年代以来，音乐剧渐渐在欧洲盛行，80年代的《猫》、《悲惨世界》、《西贡小姐》、《剧院幽灵》等欧美名剧，为音乐剧在全球范围内赢得了荣誉。

《音乐之声》（The Sound of Music）是一部改编自玛丽亚·冯·崔普的著作《崔普家庭演唱团》的戏剧作品，最初以音乐剧的形式在百老汇上演，之后被改编成电影，其主题曲与电影同名。戏剧描述1938年奥地利修女玛丽亚来到退役军官特拉普上校家任家庭老师，用她善良热情并充满爱与包容的心对待军官的七个孩子，通过游戏与歌声打开了孩子们的心扉，不仅赢得了孩子们的好感与信任，同时也获得了军官的好感与倾慕。最终，一家人以家庭音乐会的形式成功逃离纳粹的迫害。

《猫》是由英国著名音乐剧作曲家安德鲁·劳伊德·韦伯（Andrew Lloyd Webber, 1948— ）所创作，取材于托马斯·斯特恩斯·艾略特为儿童写的诗《老负鼠的一本关于猫的书》。《猫》这部音乐剧混合了轻歌剧、百老汇歌舞、爵士、摇滚和英国本土音乐等多种风格，运用主题贯穿手法取得全剧音乐的统一。乐队由电声乐器和管弦乐器混合组成。《猫》作为歌舞剧首次演出是在1981年于伦敦西头的新伦敦剧院，从此在英国一炮而红。《猫》凭借再难以打破的票房纪录成为英国有史以来最成功、连续公演最久的音乐剧。1982年《猫》开始在全世界的舞台剧圣地——美国纽约的百老汇大街上公演，到2000年夏天停演，早已打破了百老汇连续公演最久而且次数最多的纪录。

后　记

关注当代文学艺术发展，是本书作者的学术方向，以及兴趣所在。近年来，一直在高校开设"20世纪中国文艺思潮"、"当代文学"、"当代小说研究"等课程；同时在《名作欣赏》、《长城》、《当代小说》等期刊开设专栏，研究评析当代文学创作，算是有比较多的积累。

本书主要是对当代文学艺术的概览，包括中国和外国两部分。以"二战"后的文学艺术发展为主线，总论是全面的描述和勾勒，分论部分，包括代表性作家作品、导演影片、画家画作、音乐单曲、艺术流派等的介绍和简评。有些作品论是以单篇作品为主，有些是并列了近年来的主要作品。由于个人视野的局限，呈现出来的未必是当代文学艺术发展及创作全貌，整体上可能存在疏漏，对相关人物作品的评析，也难免带有个人倾向。诚请读者谅解，并批评指正，以求不断臻于完善。

本书的写作，王春林教授主要承担了文学部分，张艳梅教授承担了艺术部分。张艳梅负责全书统稿。另外，应我们之邀，山东理工大学文学与新闻传播学院中国现当代文学硕士研究生王莹、自由撰稿人张冬梅参与了本书的资料收集、图片编辑等工作。这些基础工作很有价值，也非常辛苦，在此一并致谢。

本书能够出版，首先要感谢中国书籍出版社社长、总编王平老师的信任。责编和美编为本书出版，都付出了大量辛勤劳动。在此，谨向他们致以我们最真诚而温暖的感谢。

作者于 2015 年 9 月 10 日

图书在版编目（CIP）数据

国民必知当代文学艺术读本/张艳梅，王春林著．—北京：中国书籍出版社，2015.10
ISBN 978-7-5068-5207-4

Ⅰ.①国… Ⅱ.①张… ②王… Ⅲ.①世界文学－现代文学史②艺术史－世界－现代 Ⅳ.①I109.5②J110.95

中国版本图书馆 CIP 数据核字（2015）第 233310 号

国民必知当代文学艺术读本
张艳梅　王春林　著

责任编辑	刘　娜　舒　越
责任印制	孙马飞　马　芝
封面设计	楠竹文化
出版发行	中国书籍出版社
地　　址	北京市丰台区三路居路 97 号（邮编：100073）
电　　话	（010）52257143（总编室）　　（010）52257140（发行部）
电子邮箱	chinabp@ vip. sina. com
经　　销	全国新华书店
印　　刷	北京市温林源印刷有限公司
开　　本	710 毫米×1000 毫米　1/16
印　　张	17.25
字　　数	287 千字
版　　次	2015 年 10 月第 1 版　2015 年 10 月第 1 次印刷
书　　号	ISBN 978-7-5068-5207-4
定　　价	36.00 元

版权所有　翻印必究